Die Rache des Freibeuters

Die Autorin

SUSANNA DRAKES große Leidenschaften sind Geschichte und Schreiben. Nach Jahren in der internationalen Arbeitswelt hat sie ihr Hobby zum Beruf gemacht und schreibt nun mit Begeisterung historische Liebesromane. Auf ihren Reisen in den USA hat sie sich intensiv mit amerikanischer Geschichte beschäftigt und viele Anregungen für historische Liebesromane gefunden.

SUSANNA DRAKE

Die Rache des Freibeuters

ROMAN

Weltbild

Besuchen Sie uns im Internet:
www.weltbild.de

Genehmigte Lizenzausgabe für Verlagsgruppe Weltbild GmbH,
Steinerne Furt, 86167 Augsburg
Copyright der Originalausgabe © 2009 by Monika Prohaska
Vermittelt durch die Literarische Agentur Kossack GbR, Hamburg
Umschlaggestaltung: Atelier Seidel – Verlagsgrafik, Teising
Umschlagmotiv: Pino Daeni via Agentur Schlück GmbH, Garbsen
Gesamtherstellung: CPI Moravia Books s.r.o., Pohorelice
Printed in the EU
ISBN 978-3-86365-155-8

2015   2014   2013   2012
Die letzte Jahreszahl gibt die aktuelle Lizenzausgabe an.

Prolog

For they're hangin' Danny Deever, you can hear the Dead March play,
The regiment's in 'ollow square – they're hangin' him to-day;
They've taken of his buttons off an' cut his stripes away,
An' they're hangin' Danny Deever in the mornin'.

Rudyard Kipling, 1890

1. Kapitel

John Whitburn stand mit dem Fernrohr an der Reling, beobachtete aufmerksam das Ufer und überließ es seinem verlässlichen Ersten Leutnant, das Schiff mit wenigen Segeln in den Hafen von Plymouth zu steuern.

Noch konnten sie mit gewisser Fahrt navigieren, bald aber würden sie die Segel back setzen und den ihnen zugewiesenen Ankerplatz anlaufen.

Der vom Meer kommende Wind zerrte an seinem Zweispitz, obwohl er ihn fest auf den Kopf gedrückt hatte, und blies ihm einige dunkle Haarsträhnen ins Gesicht und in die Augen. Verärgert wischte er sie weg. Er hatte sein Haar bei seiner Abreise wie die meisten Seeleute zu einem Zopf im Nacken gebunden gehabt, nachdem sein Skalp jedoch bei der Eroberung einer Prise mit einer feindlichen Kugel Bekanntschaft geschlossen hatte, hatte Hailey, sein Steward sein Haar kurz geschnitten, weil die Wunde leichter zu pflegen war. Jetzt sah er aus wie einer der jungen Burschen, die sich in London herumtrieben, Gecken, die ihr Haar kurz schnitten und sich die unmöglichsten Frisuren verpassten.

John warf einen raschen Blick über die kleine Flotte aus französischen Prisen, die seiner Fregatte in den Hafen folgte. Für einen ehrgeizigen Kapitän, der sich in der Schlacht profilieren und durch die Eroberung von Prisen ein hübsches Sümmchen verdienen wollte, kam der Krieg gegen die Franzosen gerade recht. Und die Fahrt war mehr als zufrieden stellend verlaufen. Die Prisen waren unterbesetzt, deren Mannschaften mussten in doppelten Schichten arbeiten, aber sie machten das gerne, wartete doch ein hübsches Prisengeld auf sie.

Napoleon, der selbstgekrönte Kaiser der Franzosen hatte nach seiner Niederlage bei Trafalger die Eroberung Siziliens geplant. Die britische Flotte, darunter auch John mit seiner Fregatte hatte die Meerenge von Messina verteidigt und die Invasion verhindert. Den Franzosen war es Mitte September zwar gelungen, zu landen, sie waren jedoch geschlagen worden und geflohen. John hatte danach den Auftrag erhalten, den französischen Schiffen zu folgen und dem Flottenkommandanten über deren weitere Aktivitäten Bericht zu erstatten. Er hatte die Schiffe allerdings nicht nur verfolgt – es war ihm gelungen, sogar einige, die sich zu weit aus dem zerstreuten Flottenverband entfernt hatten, anzugreifen und zu kapern.

Er gab sich keine Mühe, sein zufriedenes Grinsen zu unterdrücken, wenn er im Kopf die Summe überschlug, die ihm als Captain zustand. Es war genug, um sich eine fundierte Lebensbasis zu schaffen. Ein Haus. Vielleicht nicht gerade in London, aber in einer der kleineren Städte; in der Nähe von Plymouth vielleicht.

Die Entscheidung, Miranda einen Antrag zu machen, war nicht einfach gewesen. Er war kein Mann, der sich leichtfertig den Unbilden eines Ehelebens aussetzte, auch wenn es unter seinen Kameraden überraschend viele gab, die sich Hals über Kopf in eine solche Verbindung stürzten, sobald ihre finanziellen Mittel es gerade so zuließen. Er war da anders, hatte zwar gelegentlich daran gedacht, den Ehestand aber niemals ernsthaft in Erwägung gezogen. Erst mit Miranda hatte sich seine Anschauung geradezu drastisch geändert, und nun konnte er es kaum erwarten, an Land zu gehen, die Formalitäten zu erledigen, seine Berichte abzugeben und dann schleunigst nach London zu fahren, um seine zukünftige Frau in die Arme zu schließen.

Miranda würde auf einiges verzichten müssen, aber wenn sie ihn liebte, würde sie der steifen Londoner Gesellschaft nicht nachtrauern. Zumindest hatte sie mehrmals davon gesprochen, wie gerne sie dem allen entfliehen würde. Und jetzt hatte sie die Gelegenheit dazu – mit ihm gemeinsam.

Wie er seinen Heiratsantrag am besten anbringen wollte, wusste er noch nicht, obwohl er sich auf den letzten tausend Meilen in jeder freien Minute den Kopf darüber zerbrochen hatte. Die Tatsache, dass sie verheiratet war, mochte sich als Problem herausstellen. Er konnte schließlich nicht gut bei Admiral Dumfries anklopfen und fragen, ob er so freundlich wäre, ihm seine Frau zu überlassen.

Er atmete tief durch. Die Genugtuung über eine gelungene Reise war nichts im Vergleich zu dem Verlangen, Miranda wiederzusehen, sie zu halten, zu küssen, zu schmecken. Er glaubte fast schon ihr Haar zu spüren, das kühl und glühend zugleich über seine nackte Haut strich, wenn sie sich über ihn beugte, um ihn zu küssen. Sein Körper begann vor Sehnsucht zu schmerzen, und jetzt, wo die Erfüllung seines Traumes fast greifbar war, wurde ihm jede Minute, die ihn von ihr trennte, zu einer Stunde. Er verzog die Lippen zu einem kaum merklichen Lächeln. Wie hatte er nur das vergangene Jahr ausgehalten?

John setzte das Fernrohr ab. Sie waren jetzt nahe genug, um die einzelnen Leute am Ufer mit dem freien Auge ausmachen zu können. Er starrte noch intensiver hinüber, getrieben von einer lächerlichen Hoffnung, auch wenn er wusste, dass Miranda nicht hier sein würde. Sie ahnte ja nicht einmal, dass er ankam.

Kinder, Männer, Frauen winkten den Schiffen entgegen. Angehörige und Freunde der Mannschaft und viele Fremde. Jubelgeschrei von den anderen Schiffen, als man die Prisen erkannte. Boote wurden ins Wasser gelassen. Die Männer auf Johns Schiff winkten und schrien zurück, schwenkten die Hüte. Heimzukommen war jedes Mal ein seltsames Gefühl. Es war eine Mischung aus Freude, Übermut, Überschwang und... Angst. Sie hatten lange Zeit nichts von daheim gehört. Es kam nicht selten vor, dass ein Seemann fortfuhr und wenn er heimkehrte ein neues Kind im Arm wiegen konnte. Oder – weitaus tragischer – seine Familie dezimiert oder gar nicht mehr vorfand. John war so oft Zeuge solcher Rückkehr gewesen. Die Eltern gestorben. Die Frau davongelaufen. Die Kinder tot.

Und noch weitaus wahrscheinlicher war, dass so mancher Ehemann, Geliebter, Sohn nicht zurückkehrte – zumal bei einem Kriegsschiff, das unweigerlich in Gefechte verwickelt wurde. Es waren viele gefallen. Einige waren bei den Kämpfen über Bord gegangen, andere Tote hatten sie blutig und verstümmelt in Segeltuch genäht und dem Meer übergeben. Weitere waren an ihren Verletzungen, Wundfieber, andere an Krankheiten zugrunde gegangen. Einige lagen noch auf dem Krankendeck, aber die würden es schaffen. Den letzten Mann hatte er vor zwei Wochen auf eine so lächerliche Weise verloren, dass John jetzt noch wütend wurde, wenn er daran dachte. Er war betrunken in den Wanten herumgeturnt und ins Meer gestürzt. Sein Erster Leutnant, ein guter Schwimmer, war ihm sogar nachgesprungen, als sie ihn jedoch herausgefischt hatten, war er schon tot gewesen. Er hinterließ, soviel John wusste, zwei Ehefrauen. Eine in Kent und eine auf Jamaika.

Knapp neben sich hörte er die kräftige Stimme seines Ersten Leutnants, die Befehle des Masters, die Rufe der Männer, als sie die Segel refften. Es war, als könnte er die gespannte und freudige Erregung an Bord mit Händen greifen. Steuerbord voraus pullte das Lotsenboot auf sie zu.

Er sah, wie Cedric Parmer, sein Erster Leutnant, sich bemühte, gleichzeitig seine Leute und die Menschen am Ufer zu beobachten, und hätte ihm gerne freundschaftlich auf die Schulter geklopft. Cedrics Familie lebte in Plymouth, und sein Begrüßungskomitee bestand aus einer Traube von Menschen. Allen voran die eindrucksvolle Gestalt von Mrs Parmer, die Witwe des vor fünf Jahren verstorbenen Admiral Parmer, vor der die halbe Familie und die ganze Admiralität zitterte.

Von Johns Familie lebte lediglich ein Onkel mütterlicherseits, der sich seit Jahren in seinem Landhaus im Süden Englands verbarrikadiert hatte und nur dann auftauchte, wenn er glaubte, sich in die Angelegenheiten anderer einmischen zu müssen. Henry Wyre, Viscount Aston, hatte John nach dem Tod seiner Eltern zuerst einige Wochen bei sich aufgenommen, ihn dann zu einer Tante, einer bigotten alten Jungfer, und schließlich – dafür war er ihm dankbar – in ein Internat gesteckt. Dort hatte er William Parmer, Cedrics älteren Bruder kennengelernt. Ohne ihn und dessen weitläufiger Familie wäre er ohne Freunde aufgewachsen. Er lächelte, als ihm bewusst wurde, dass die winkenden Gestalten auch auf ihn warteten.

»Anker werfen, Sir?« Sie hatten ihre endgültige Position im Hafen erreicht. Cedric hatte einen konzentrierten, wichtigen Ausdruck aufgesetzt, weil ihm bewusst war, dass man ihn vom Hafen aus scharf beobachtete. Der Bursche hatte sich mit seinem Aussehen Mühe gegeben: frisch geputzte Uniform, polierte Messingknöpfe, glänzende Stiefel, gebürsteter Zweispitz.

»Richtig schmuck sehen Sie heute aus, Mr Parmer«, sagte John anzüglich, aber so leise, dass nur Cedric ihn hören konnte. Sofort wurde er bis zu den Haarwurzeln rot. John grinste zufrieden. »Anker werfen, Mr Parmer«, erwiderte er dann laut. Wie aus der Ferne hörte er das Rasseln der Ankerketten.

Nun waren sie endgültig daheim. Und ihn trennten nur noch wenige Tage von Miranda.

* * *

Die knapp sechzig Stunden, die zwischen seiner Ankunft und seinem Besuch bei Lady Miranda Dumfries lagen, zogen sich für John länger dahin als seine Zeit auf See. Sie waren mit den üblichen administrativen Zwängen ausgefüllt, mit Berichten, Meldungen, Besuchen bei der Admiralität, und dann gönnte er sich gerade nur fünf Stunden Schlaf und ein Bad, eine gründliche Rasur, bevor er in seine beste Uniform schlüpfte, um Lady Miranda Dumfries seine Aufwartung zu machen.

Es war ein wenig lästig, als Captain John Whitburn anzuklopfen und wie ein Fremder das Haus zu betreten, wenn ihm doch weit mehr daran lag, einfach hineinzustürmen, sie in die Arme zu reißen und mit der gleichen Vehemenz in Besitz zu nehmen, als wäre sie eine Prise. Er grinste, als er daran dachte, dass ihr diese Inbesitznahme auch gefallen würde. Miranda mochte es, von ihm im Sturm erobert zu werden. Es war die einzige Gelegenheit, bei der sie sich gehen ließ, seiner und ihrer Leidenschaft nachgab, und nicht die kühle Lady spielte, die stets die Fasson wahrte.

Als er auf dem Hanover Square aus der Kutsche sprang, schlug sein Herz schnell und hart, und als er die Stufen hinaufeilte und nach dem Türklopfer griff, sah er mit Erstaunen, dass seine Hand zitterte. Üblicherweise, wenn er von einer kleineren Reise zurückkehrte, sandte er ein paar artige Zeilen, die sie dann beantwortete, und schließlich brachte ihre Zofe eine mündliche Nachricht, wo sie sich treffen wollten, meist in Johns Wohnung. Aber dieses Mal war das Verlangen sie zu sehen größer als alle Vorsicht.

Er blieb zwei Atemzüge lang stehen, fasste sich, dann erst klopfte er an. Als er den eisernen Ring gegen die Tür schlug, klang dieser so laut wie sein Herz. Nicht mehr lange, und er würde sie in die Arme schließen, ihr den Antrag machen, den er so oft im Geist geübt hatte, und dann jede Sorge, jeden Widerspruch wegküssen, bis sie ja sagte.

Hinter ihm stritten zwei Straßenfeger, eine alte Frau bot mit krächzender Stimme Zündhölzer feil und ein Vater schalt seinen Jungen. Eine Kutsche ratterte vorbei und der Kutscher ließ die Peitsche knallen. Das laute Pferdegetrappel übertönte alle anderen Geräusche.

Er atmete tief ein, während er darauf wartete, dass geöffnet wurde. An den Geruch in dieser Straße erinnerte er sich, wie er sich an alles erinnerte, was mit Miranda zusammenhing. Es roch nach Holzrauch und Kohlen, nach Frieden und nicht nach Pulverdampf und Krieg. Und wenn er die Augen schloss, vermeinte er bereits, Mirandas Duft wahrzunehmen. Seine Kehle wurde eng. Er riss sich zusammen und bemühte sich um einen distanzierten Ausdruck, als der Butler endlich die Tür öffnete und John von oben bis unten musterte.

John räusperte sich. Er hatte seine Visitenkarte schon längst bereit und reichte sie dem Butler. »Captain John Whitburn. Ist Admiral Dumfries daheim?« Die Frage war nicht gerade weltgewandt formuliert, aber er war plötzlich nervöser als vor einer Seeschlacht. Mit einem Mal fühlte er sich wie ein frisch verliebter, verlegener Kadett, der seiner Angebeteten nachstieg.

Der Butler warf einen Blick auf die Karte und neigte den Kopf. »Bedaure. Admiral Dumfries befindet sich nicht daheim.«

Natürlich nicht, sonst hätte er bestimmt nicht an die Tür geklopft. Dumfries war seines Wissens nach bei dem Geschwader, das Brest blockierte. John zog ein bedauerndes Gesicht. »Dann habe ich vielleicht die Ehre, Lady Dumfries meine Aufwartung machen zu dürfen?«

Der Butler zögerte unmerklich.

John spürte, wie ein eisiger Schauer über seinen Rücken kroch. Er war wie immer mit solcher Sicherheit gekommen, empfangen zu werden, dass ihn der Gedanke, es könnte nicht so sein, merklich abkühlte. Vielleicht war sie gar nicht daheim? War ausgegangen? Befand sich auf dem Landsitz? Bis zu diesem Moment hatte er nicht einmal daran gedacht. Was er in dem Fall mit seiner aufgestauten Sehnsucht und Leidenschaft, ganz zu schweigen von dem Heiratsantrag tun sollte, stand auf einem anderen Blatt.

»Ich werde nachsehen, ob Mylady zu Hause ist.«

John verkniff sich ein zu offensichtliches Aufatmen. Sie war also daheim, sonst hätte der Mann nicht die übliche Floskel verwendet, sondern ihn gleich abgewiesen. Er trat gemessenen Schrittes ein, obwohl er den würdevollen Kerl am liebsten zur Seite gestoßen hätte. Als er dann noch mitansehen musste, wie diese Schlafmütze im Schneckentempo durch die Halle schlurfte, hätte er am liebsten seinen Säbel gezogen, um ihn im Sturmschritt vor sich herzutreiben.

Als er dann endlich wiederkam – abermals im Schneckentempo –, waren Johns Nerven bereits zum Reißen gespannt.

»Lady Dumfries lässt bitten.«

Er zwang sich zu einem verhaltenen Kopfnicken, während er seinen Zweispitz und seinen Säbel ablegte. Nur noch wenige Schritte, wenige Atemzüge trennten ihn von Miranda. Es war hier, im Hause ihres Gatten, leider unmöglich, ihr auf der Stelle die Kleider vom Leib zu streifen und sie in Besitz zu nehmen. Aber sie zu sehen, war immerhin besser als nichts.

Der Butler kroch vor ihm zum Salon. John folgte ihm so dicht, dass er ihm beinahe auf die Fersen stieg.

»Captain John Whitburn, Mylady.«

Zum Teufel mit diesem Kerl, der die Sache noch verzögerte!

Und dann – endlich ihre Stimme: »Ich lasse bitten.«

Der Butler prallte auf ihn, als er sich umwandte. Er musste den Kopf etwas in den Nacken legen, als er sagte: »Mylady lassen bitten.«

»Danke.« Es kostete John Kraft, ihn nicht beiseitezuschieben, sondern zu warten, bis er den Weg von selbst freigab. Und dann kostete es ihn noch mehr Beherrschung, ruhig einzutreten, eine artige Verbeugung zu machen und mit ruhiger Stimme zu sagen: »Ich danke Ihnen für die Ehre, dass Sie mich empfangen, Lady Dumfries.«

Rascheln von Kleidern.

Dort war sie, neben dem Kamin. Der Schein des Feuers malte einen warmen Kranz um ihren Körper. Sie erhob sich und kam auf ihn zu. John starrte sie an, als gelte es sein Leben. Er war so ausgehungert nach ihr, dass sein Verstand aussetzte. Ja, genauso hatte er sie in Erinnerung. Hochgewachsen, schlank, anmutig. Das blonde Haar elegant nach hinten frisiert und am Hinterkopf mit einem Knoten hochgesteckt. Andere Erinnerungen – die häufigeren, denen er sich in der Einsamkeit seiner Kajüte hingegeben hatte – zeigten sie ohne diese störende Kleidung, mit offenem Haar, in das er seine Hände vergraben konnte, um sie festzuhalten und in Ruhe küssen zu können.

»Wie liebenswürdig, uns zu besuchen, Captain Whitburn. Admiral Dumfries wird es sehr bedauern, Sie nicht zu treffen.«

Ihr Mann würde den Teufel tun und John ebenfalls. Wäre Dumfries hier, hätte er keinen Fuß über die Schwelle dieses Hauses gesetzt, es sei denn, um Dumfries niederzuschlagen und Miranda mitzunehmen. John machte einen Schritt auf sie zu, während er sie hungrig anstarrte. Zum Glück war Dumfries weit weg, nur der verflixte Butler hinderte ihn daran, sie endlich in die Arme zu nehmen.

»Leider ist er ausgegangen und ich erwarte ihn erst in zwei Stunden wieder«, sprach sie weiter.

John hatte fasziniert die Bewegung ihrer Lippen verfolgt und brauchte einige Sekunden, bis der Sinn dieser Worte einsickerte.

Ausgegangen? In zwei Stunden? Dumfries war hier? In London? Unmöglich! Den letzten Informationen zufolge musste er vor der bretonischen Küste sein!

Miranda machte zwei Schritte auf den Butler zu, damit dieser nicht bemerkte, wie Johns Gesichtszüge entgleisten.

»Danke, Sie können gehen.«

Der Butler verließ den Raum.

John stand wie festgenagelt da. Rote Flecken tanzten vor seinen Augen. Seine Kehle war wie zugeschnürt und seine Eingeweide hatten sich zu einem harten Klumpen verknotet. Dumfries hatte damals zwei Tage vor ihm London verlassen und war, nach seinen Informationen, und die waren verdammt gut, seitdem nicht mehr daheim gewesen. Es war schon schlimm genug für John, daran zu denken, dass Dumfries grundsätzlich jedes Recht auf Miranda hatte, aber das Wissen, dass er weit von ihr entfernt war, während sich John ebenfalls auf See befand, hatte ihn beruhigt. Er konnte Miranda nicht haben, segelte aber in der Gewissheit, dass auch kein anderer sie besaß, und ihr Mann nicht seine Ansprüche auf etwas geltend machte, was John für sich allein haben wollte.

Und jetzt war dieser verdammte Bastard schon vor ihm hier gewesen.

Bei dem Gedanken, dass dieser Hurensohn vermutlich wie ein ausgehungerter Pavian über diese wunderbare Frau hergefallen war, wurde ihm schlecht. Ja, regelrecht schlecht. Er spürte, wie Galle in ihm hochstieg. Wäre Dumfries jetzt, in diesem Moment hier gewesen, er hätte nicht gezögert, ihn niederzuschlagen, ein Messer zu nehmen und ihm seinen verdammten Schw…

»John…?« Mirandas besorgte Stimme drang in den Nebel aus glühender Eifersucht. Sie streckte die Hand nach ihm aus, die wunderbaren grauen Augen, sonst so kühl, blickten besorgt. »Geht es dir nicht gut? Fühlst du dich nicht wohl?«

»Hat…« Er räusperte sich. »Wann ist er heimgekommen?«

Ihr Blick war verschleiert, die Stimme leise. »Vor zwei Tagen.« Sie musste nichts weiter sagen, ihr Tonfall sprach Bände. Sie war darüber ebenso unglücklich wie er.

John fixierte sie. »Hat er… Ist er… Ich meine…« Er fand keine Worte. Paviane *paarten* sich, aber bei Miranda war dieser Ausdruck unangemessen.

Sie verstand ihn auch so und senkte den Blick; soeben noch bleich, stieg eine zarte Röte in ihre Wangen. »Ich war leider unpässlich, daher konnte ich ihn nicht gebührend empfangen. Wir haben uns nur kurz gesehen.«

Die Nebel lösten sich auf. Er atmete durch und fühlte eine Erleichterung, die ihn fast schwindlig machte. Dumfries hatte sie nicht gehabt, nicht berührt. John brachte sogar so etwas wie ein misslungenes Lächeln zusammen.

Auf jeden Fall hatte Dumfries ihr Wiedersehen zerstört, alles kaputt gemacht, was er hatte tun und sagen wollen. Er hatte sich vorgestellt, sie in die Arme zu nehmen, ihr den Antrag zu machen und so lange zu küssen, bis der leiseste Widerspruch erlosch. Jetzt jedoch war ihr Ehemann schon daheim, und es würde schwierig sein, die Vorbereitungen zu treffen. Er selbst hätte kein Problem, Dumfries einfach zu fordern, zu erschießen und Miranda mitzunehmen, aber er musste den Skandal Mirandas wegen so gering wie möglich halten. Und einen Skandal würde es geben, das war unvermeidlich.

»Du hättest nicht kommen sollen.« Sie sah ihn vorwurfsvoll an. Wie blass sie war. Dunkle Schatten hatten sich über ihre sonst so leuchtenden Augen gelegt.

»Wieso? Ich mache doch nur Admiral Dumfries meine Aufwartung.« Er entspannte sich etwas. Nun, da er wusste, dass Dumfries Miranda nicht angerührt hatte, war es leichter, wieder klarer zu denken.

»Du kannst jetzt nicht länger hierbleiben. Nicht, seit mein Mann zurück ist.« Sie kam einen Schritt näher.

Dumfries hatte wahrhaftig der Teufel hierhergeweht. *Mein Mann.* John hatte Mühe, nicht allzu verbissen dreinzuschauen. Diese Anrede sollte in Zukunft nur ihm allein gebühren.

Sie kam noch einen Schritt näher. Als würde sie von ihm angezogen. »Wir sehen uns ein anderes Mal«, hauchte sie, mit einem gehetzten Blick zur Tür. »Ich komme zu dir, sobald ich kann.« Sie hob zögernd die Hand, berührte sekundenlang seine Wange, und ihr Blick war so voller Sehnsucht, dass John die Arme hob, um sie zu umarmen.

Miranda wich zurück und packte statt dessen seinen Ärmel, um ihn zur Tür zu zerren. »Geh jetzt bitte. Ich möchte nicht, dass Dumfries misstrauisch wird, sonst wird es schwierig, dich zu besuchen.«

John ließ sich zur Tür schieben und ziehen, sah auf sie hinab, spürte ihre Nähe, die Wärme ihres Körpers und glaubte sogar durch den dicken Uniformstoff hindurch ihre Berührung zu fühlen. Sie war nur einen halben Kopf kleiner als er, eine schlanke Frau mit den Formen einer Göttin. Zumindest in seinen Augen. Aber ihr Aussehen war schon lange nicht alles, was ihn an ihr so sehr anzog, dass er ihr sogar seine kostbare Freiheit opfern wollte.

Sein Blick glitt von ihrem Haar, ihrem Profil tiefer, weiter hinab. Sie trug ein helles, fließendes Gewand, aus welchem Stoff auch immer – John hatte kein Interesse an Nebensächlichkeiten –, das einen hübschen Einblick auf diese reizvolle Spalte bot. Und unter ihren Brüsten war das Kleid mit einem Band zusammengebunden, so dass die vollen Hügel hervorragend zur Geltung kamen. Er blieb wie festgewachsen stehen.

Bei seinem Widerstand sah sie hoch.

»Das Kleid …«, sagte er, ohne den Blick von dieser Spalte zu lassen, und von dem, was er darunter erahnte, und was er so oft in den Händen gehalten hatte. Bei einer minderen Frau hätte er jetzt auch zugegriffen, aber Miranda war eine Lady, nicht nur dem Namen und Titel nach. Dennoch konnte er sich einen sprechenden Blick und ein anzügliches Grinsen nicht verkneifen. »Sehr kleidsam.«

Er liebte es, wenn diese zarte Röte in ihre Wangen stieg. Miranda hatte den schönsten Teint, den er jemals an einer Frau gesehen hatte. Sie lächelte, bemühte sich aber sofort, wieder ernst zu werden. »Du musst jetzt gehen.«

Er wich keinen Fingerbreit, als sie ihn weiterschieben wollte. »Muss ich?« Nicht, bevor er nicht zumindest einen Kuss erhalten hatte.

»John, wenn …«

John nahm sich gerade noch so viel Zeit, einen Blick über die Schulter zu werfen, um sicherzugehen, dass die Tür wirklich geschlossen war, dann lag Miranda auch schon in seinem Armen. Zum Teufel mit Dumfries, zum Teufel mit dem Butler und zum Kuckuck dem Rest der Welt.

Ihre Lippen waren besser als jeder Traum. Das war das Besondere an Miranda. Sonst verklärte die Erinnerung die

Realität, aber bei ihr übertraf die Wirklichkeit jede Fantasie. Sie presste die Hand gegen seine Brust, als wollte sie sich aus seinem Arm winden, aber dann gab sie nach. Ihre Arme glitten an ihm empor, und ihre Hände verschränkten sich wie von selbst in seinem Nacken. Mirandas Art, sich an ihn zu schmiegen, war kein simples Ankuscheln, es war, als würde ihr Körper gegen seinen fließen, eins mit ihm werden. Und da war auch dieses kleine Stöhnen, das er so sehr liebte, wenn er sie küsste, diese Ungeduld, diese Hingabe. Als er sich von ihr löste – viel zu früh, obwohl sie beide nach Atem rangen – presste er sie eng an sich. »Komme bald«, flüsterte er in ihr Haar. »Es gibt so vieles, das ich dir sagen muss.«

»Ja«, ihre Lippen zitterten und ihre Wangen waren gerötet. »Bestimmt. Und nun geh!«

Er wollte sich schon zur Tür wenden, dann drehte er sich noch einmal um, legte seine Hand unter ihr Kinn und sah sie eindringlich an. »Miranda, ich weiß, dass du verheiratet bist, aber wenn du deinen Mann in dein Bett lässt, kann ich für nichts garantieren.«

Sie schüttelte atemlos den Kopf. »Nein, ich fürchte, ich habe mir eine dauerhafte Unpässlichkeit zugezogen. Ein leichtes Fieber.«

Er beugte sich hinab, presste einen letzten, schnellen Kuss auf ihre Lippen. »Gelbfieber«, murmelte er an ihrem Mund. »Das schreckt jeden Seemann.« Er lächelte, und ohne dass es ihm bewusst war, lag seine ganze Liebe in seinen Augen.

2. Kapitel

Zur selben Zeit, als John Miranda besuchte, saßen vier Männer um den Tisch im Sitzungssaal der Admiralität. Außer dem Ersten Lord, Robert Dundas, waren noch der Erste Seelord Domett, der Erste Sekretär John Croker und Admiral Dumfries, Mirandas Gatte, anwesend. William Parmer, der Chef des Marinegeheimdienstes, lehnte einige Schritte entfernt mit verschränkten Armen am Fensterbrett. Er war im Gegensatz zu den Offizieren in Zivil und trug einen dunkelblauen, langschößigen Rock und gleichfarbige Kniehosen, dazu weiße Seidenstrümpfe und schwarze Schuhe. Trotz seiner stattlichen Größe war er eine eher zurückhaltende, unauffällige Erscheinung. Unauffällig allerdings nur, solange man ihm nicht ins Gesicht blickte, und im Moment musterte er Dumfries mit jenem Ausdruck, den sein jüngerer Bruder Cedric als »Williams Meuchelmördergesicht« bezeichnet hätte. Im Gegensatz zu den anderen, älteren Gentlemen hatte er auf eine Perücke verzichtet, und trug sein dunkles Haar am Hinterkopf zusammengebunden.

Admiral Dumfries stand im Mittelpunkt. Er redete seit zehn Minuten ohne Unterbrechung und verdächtigte einen gewissen Captain John Whitburn der Kooperation mit amerikanischen Schiffen.

William Domett, seit März Erster Seelord der Admiralität, sah zweifelnd auf den Bericht, den Admiral Dumfries vorgelegt hatte. Angeblich hatte John Whitburn ein kleines Vermögen damit gemacht, Bestechungsgelder von amerikanischen Händlern anzunehmen, anstatt deren Schiffe nach desertierten englischen Seeleuten zu durchsuchen und darüber hinaus noch die Mannschaft zum Dienst in der englischen Marine zu pressen. Das Pressen fremder Seeleute war seit vielen Jahren ein normales Vorgehen. Denn zum einen desertierten eine Menge der gepressten Matrosen auf amerikanische Schiffe, wo es ihnen besser ging als in der Navy, und zum anderen waren die englischen Kriegsschiffe durch den jahrelangen Krieg gegen Frankreich ohnehin ständig unterbemannt. Etwa 50 % der Besatzungsmitglieder der Kriegsschiffe waren schon gepresst worden, kein Wunder, dass sie bei jeder Gelegenheit versuchten, entweder wieder »Land zu gewinnen« oder auf Handelsschiffe zu fliehen, auf denen eine weniger strenge Disziplin herrschte.

Als Dumfries endlich verstummte, herrschte betretenes Schweigen. Dann schlug Admiral Dumett, ein sonst eher zurückhaltender Gentleman, den seine angegriffene Gesundheit vom aktiven Dienst abhielt, wütend mit der Faust auf den Tisch. »Ich kenne John Whitburn, seit er auf meinem Schiff als Kadett das erste Mal seekrank wurde! Und später, als ich unter Nelson diente, hat er schon sein eigenes Schiff befehligt. Ich kenne ihn nur als aufrechten Seemann und Offizier! Etwas schwierig vielleicht, hat Probleme mit der Rangfolge«, räumte er ein, »aber niemals ist er ein Betrüger oder gar ein Kollaborateur!«

»Es ist andererseits kein Geheimnis«, ließ sich der Erste Lord mit einem kurzen Blick auf William bedächtig vernehmen, »dass John Whitburn schon seit langem gegen das Pressen amerikanischer Seeleute wettert.«

William nickte dazu. John Whitburn war mit dieser Ansicht nicht allein – jeder mit Verstand musste sich sagen, dass die Amerikaner sich das nicht mehr lange bieten ließen. Der Unterschied bestand nur darin, dass John seine Meinung ungehemmter als andere äußerte. William kannte John seit seiner Kindheit, später waren sie gemeinsam zur See gegangen, wie viele Söhne aus weniger einflussreichen oder wohlhabenden Familien, um dort ihr Glück und Einkommen zu finden. Während John jedoch auf See geblieben war, hatte William nach einer schweren Verletzung seine Karriere im Innendienst begonnen. Und als sich der frühere Leiter des Marinegeheimdienstes zurückgezogen hatte, war William ihm auf dessen Empfehlung nachgefolgt.

»Ich habe zwei Männer von dem amerikanischen Handelsschiff mitgebracht, die meine Aussage bestätigen können«, warf Dumfries ein. »Sie warten in der Halle. Wenn Sie es erlauben, Mylords«, er machte eine leichte Verbeugung zu den beiden Lords, William und Croker beachtete er nicht, »werde ich sie holen lassen.«

Dundas läutete nach seinem Sekretär, dieser verschwand mit dem Auftrag, und nur kurze Zeit später standen zwei Seeleute im Raum. Man sah, dass sie sich gewaschen hatten, ihre besten Sachen trugen, aber unter der Sauberkeit schwitzten sie Blut. Der Engländer machte den Eindruck, als würde er jeden Moment zusammenbrechen. Der andere sah weniger verzweifelt aus und sprach mit starkem amerikanischen Akzent. Wie er behauptete, wäre er an Bord eines amerikanischen Handelsschiffes gewesen, das von Captain Whitburn aufgehalten wurde. Allerdings hatte der seine Leute nicht durch das Schiff geschickt, nicht einmal die Verstecke öffnen lassen, die jeder kenne, und wo sich die Männer immer verbargen, wenn ein Engländer sie pressen wollte. Und dann hätte er gesehen, wie Whitburn einen dicken Packen von dem Captain übernommen hätte. Ja, und Händeschütteln. Und dann war er wieder abgezogen. Damals wäre er froh gewesen, sagte der Amerikaner, dass keine Leute gepresst wurden. Aber dann waren sie auf Admiral Dumfries' Schiff gestoßen. Er verzog das Gesicht zu einem schiefen Grinsen. »Hätte es aber schlechter treffen können.«

»Wo war das?«, fragte Domett scharf.

»Im Mittelmeer, Sir«, erwiderte der Amerikaner. »Vor Sizilien. Wir wollten dort Geschäfte machen.«

Der andere wollte nicht so recht mit der Sprache raus, dann gab er mit leiser Stimme zu, ein desertierter englischer Seemann zu sein. William spürte sofort die Anspannung im Raum, auch wenn Dundas nur eine Augenbraue hob und Domett seine Haltung kaum merklich veränderte.

»Der Mann hat sich freiwillig gemeldet, als wir das Schiff aufgebracht haben«, sagte Dumfries. »Und er hat mir dieselbe hochinteressante Geschichte erzählt.«

»Das stimmt, Euer Ehren«, sagte der Mann. Er sah unruhig von einem zum anderen und William ahnte, dass er schon längst bereute, hierhergekommen zu sein. Auf Desertation standen bis zu 400 Peitschenhiebe – was einem Todesurteil gleichkam. Er begann seine Geschichte zu erzählen, sie stimmte mit der des Amerikaners überein.

»Und weshalb nehmen Sie an, dass wir einem Deserteur glauben?«, fragte Domett scharf.

»Weil's die reine Wahrheit ist, Euer Ehren«, stotterte der Mann. Schweißperlen standen auf seiner Stirn, obwohl es im Raum kühl war. Er trat unruhig von einem Fuß auf den anderen und knetete verzweifelt seine Kappe zwischen den Händen. »Hab gedacht, wenn ich die Wahrheit sage, dann … vielleicht …« Er verstummte.

Der Bursche tat William leid. Im Grunde wäre es für John gar nicht so abwegig, solche Leute auf einem Schiff zu übersehen. Er selbst hatte in seiner aktiven Zeit auch Leute gepresst und diese Arbeit gehasst. Er hatte früher ebenfalls Deserteure dem Gericht und damit dem Tode ausgeliefert, aber wenn er jetzt tötete, dann Spione und Halsabschneider. Er war recht zufrieden mit dieser Entwicklung seiner Laufbahn, auch wenn ihm die See manchmal abging.

»Und weshalb sind Sie desertiert?« Es war das erste Mal, dass William sprach, und die beiden Seeleute zuckten beim Tonfall seiner dunklen, harten Stimme zusammen.

Der Engländer drehte sich um. »Hab's nicht ausgehalten«, flüsterte er heiser. »Sollte auf ein Schiff mit Kurs auf Ostindien kommen. Hätte meine Trudi nie wiedergesehen. Der amerikanische Captain hat mir versprochen, er würde mich absetzen. Dann hätte ich über Land heimkehren können.«

William nickte nur. Dundas wies seinen Sekretär an, die Wache zu holen. Der Mann wurde abgeführt. Er stolperte mit, und William sah ihm nachdenklich nach. Der Mann konnte noch anderweitig verwendet werden, er würde gut kooperieren, wenn er dafür seine Haut rettete.

»Ich könnte noch alle anderen Männer als Zeugen bringen, die sich damals auf dem Schiff befunden haben«, sagte Dumfries, als sie wieder unter sich waren.

Dundas hob abwehrend die Hand. »Das wird nicht nötig sein. Die Männer sollen sich aber für weitere Vernehmungen bereithalten. Mr Parmer, wo ist das Logbuch von

Captain Whitburn? Sie haben es mir heute Nachmittag gezeigt, nachdem Sie mir Admiral Dumfries' Besuch ankündigten.«

»Hier, Mylord.« William legte ihm das schwere Buch hin. Er blätterte kurz darin, dann wies er auf eine bestimmte Eintragung. »Und hier ist das fragliche Datum.«

»Im Logbuch wurde tatsächlich ein Treffen von Whitburn mit dem amerikanischen Schiff festgehalten«, brummte Dundas, nachdem er die Eintragungen gelesen hatte.

William hatte wieder seinen Platz am Fenster eingenommen und beobachtete die anderen. Alle, Dumfries ausgenommen, dessen Gesicht vor schwer unterdrücktem Triumph glühte, sahen betreten drein.

Der Erste Seelord schüttelte den Kopf. »Ausgerechnet Whitburn. Nein, das glaube ich nicht. Er hätte es auch nicht nötig. Nicht bei den Prisen, die er mitgebracht hat.«

Dumfries zögerte, man sah ihm an, welche Überwindung ihm die folgenden Worte kosteten: »Ich habe sehr guten Grund anzunehmen, dass er sehr viel Geld braucht. Einen sehr... persönlichen Grund.« Er sah in die Runde. »Und ich möchte Sie bitten, diesen mit größter Verschwiegenheit zu behandeln, da meine Ehre auf dem Spiel steht.«

»Nicht nur Ihre«, entfuhr es Domett verärgert.

Dumfries warf ihm einen brennenden Blick zu. »John Whitburn hat ein Verhältnis mit einer Dame der Gesellschaft. Er braucht das Geld für sie.«

»Das wäre ja kein Verbrechen«, sagte der Erste Seelord grimmig. »Er wird auch, wenn ich mir seine Erfolge ansehe, genügend Geld bekommen, um eine Familie zu gründen. Mehrere französische Prisen! Da schaut für ihn und seine Mannschaft ein hübsches Sümmchen heraus.«

»Aber nicht genügend, um Admiral Dumfries' Gattin ein gutes Leben zu ermöglichen«, ließ sich William trocken vernehmen.

Die anderen sahen peinlich berührt auf Dumfries, und dieser lief rot an. William hielt seinem Blick kühl stand. Dumfries hatte diese Mitteilung als letzten Trumpf ausspielen wollen, und William hatte ihm die Pointe genommen. Er empfand eine leise Genugtuung dabei.

Dumfries räusperte sich. »Es ist leider nur zu wahr, Mylords, dass Captain Whitburn versucht hat, meine Gattin für sich zu gewinnen. Miranda hat mir erzählt, dass er sehr aufdringlich wurde und sie ihm sogar mehrmals die Tür weisen musste. Schließlich hat sie sich verleugnen lassen.«

So, dachte William. Dumfries ließ es sich zwar einiges kosten, John zu vernichten, aber als gehörnter Ehemann wollte er denn doch nicht dastehen.

Dundas räusperte sich. »Ich verstehe. Das wirft… ähem… ein gewisses Bild auf die Angelegenheit.« Er nickte, wie zur Bestätigung. »Nun denn«, raffte er sich auf, »wir danken Ihnen für Ihre Offenheit, Admiral Dumfries. Vorerst werden wir die Sache überprüfen. Sollten noch weitere Fragen nötig sein, werden wir Sie das wissen lassen.«

Dumfries, der somit verabschiedet war, erhob sich. Er verneigte sich vor Dundas und Domett, warf William einen giftigen Blick zu, und ging. Mr Croker begleitete ihn bis zur Tür, verabschiedete sich und kehrte dann zurück.

»Tja, eine sehr unangenehme Sache«, meinte Dundas schließlich.

»Dieser verflixte Whitburn«, knurrte Domett. »Aber es ist kein Wunder, wenn ich so aussähe wie Dumfries, würde ich meine Frau in Whitburns Nähe ganz wegsperren.«

Die Männer verbissen sich ein Grinsen, dazu war die Sache zu ernst.

»Was meinen Sie?«, fragte der Erste Lord in die Runde.

»Es ist eine Tatsache, dass etliche Händler durchkommen und immer mehr Seeleute abspringen. Hier«, Domett öffnete eine Mappe und schob Dundas die Unterlagen hin. »Das sind die Zahlen unseres Geheimdienstes.« Er deutete dabei mit dem Kopf auf William.

William setzte sich neben den Ersten Seelord. »Mir geht es nicht um diese paar Händler, oder um jemanden, der so nebenbei Geld macht. Wenn ein Captain einen Batzen einsteckt und ein Schiff nur schlampig kontrolliert, ist das für mich uninteressant. Hier steckt jedoch mehr dahinter. Ich habe herausgefunden, dass auf diese Art französische Informanten durchkommen, deren Schiffe wir sonst vielleicht abfangen würden. Amerika und Frankreich sind im Moment natürliche Verbündete und helfen sich gegenseitig im Austausch von Informationen.«

»Die Amerikaner mögen die Franzosen nicht allzusehr«, meinte der Erste Lord.

»Nicht alle«, stimmte William zu. »Aber da wir damit rechnen müssen, dass uns die Vereinigten Staaten früher oder später den Krieg erklären, verfolgt ihre Regierung das Motto: Der Feind meines Feindes ist mein Freund.« Er lehnte sich zurück und streckte die langen Beine von sich. »Die Gefahr liegt, wenn ich wiederholen darf, nicht an einem privaten, wenn auch illegalen Einkommen, das ein Captain unter der Hand macht, sondern darin, dass die Franzosen mit den Amerikanern kooperieren. Daran müssen wir diese Leute hindern. Außerdem sind uns durch Verrat zwei gute Agenten abhanden gekommen.« Er schwieg, um die Bedeutung der folgenden Worte zu unterstreichen, dann sagte er: »Wenn ich es recht überlege, so bin ich davon überzeugt, weitere Beweise für Captain Whitburns Schuld auftreiben zu können. Noch stichhaltigere als diese hier, um ihn damit vor Gericht zu bringen.«

»Ich dachte, Sie wären mit Whitburn befreundet«, fuhr der Erste Seelord ihn grimmig an; Croker bedachte William mit einem äußerst kritischen Blick, nur Dundas musterte ihn kühl und abschätzend.

»Ich bin vor allem der Chef des Geheimdienstes«, erwiderte William kalt. »Es gibt Dinge im Leben, die wichtiger sind als Freundschaft, und Spionage gehört dazu, sonst wäre ich auf diesem Posten fehl am Platz.« Er musterte die anderen aus harten, grauen Augen. »Was ich Ihnen jetzt sage, Gentleman, hat ganz unter uns zu bleiben. Und zwar völlig.«

Die anderen hörten aufmerksam zu, als er ihnen seinen Plan entwickelte.

Der Erste Lord seufzte, als William geendet hatte. »Wenn Sie recht haben, erwischen wir dabei alle. Gut, dann werden wir die Sache jetzt ins Rollen bringen und Whitburn verhaften lassen.« Er streckt die Hand nach der Glocke aus und läutete.

Domett fluchte, und William sah zu Boden.

3. Kapitel

Hatte John die sechzig Stunden seit seiner Ankunft schon unerträglich lang gefunden, so litt er die nächsten vierundzwanzig, während er auf Nachricht von Miranda hoffte und wartete, noch doppelt. Er war beglückt und unglücklich zugleich heimgefahren. Der Kuss hatte nur das Verlangen nach ihr vertieft, ohne viel Abhilfe zu schaffen, und die Erinnerung daran verfolgte ihn ebenso wie die Furcht, Dumfries könnte unverschämt genug sein, seine ehelichen Rechte einzufordern. Dieser Gedanke hatte ihn die halbe Nacht über wach liegen lassen.

Als es dann am nächsten Nachmittag endlich mit dem zwischen ihm und Miranda vereinbarten Zeichen an der Tür klopfte, hatte er Mühe, seine Würde zu bewahren und nicht so überhastet zur Tür zu stürzen, dass er vor seinem Steward dort ankam.

Er stand jedoch nur zwei Schritte hinter Hailey, als dieser die Tür öffnete. Anstatt der kernigen Gestalt von Sally Peabody, Mirandas Zofe, erschien jedoch eine tief verschleierte Dame. John schob Hailey zur Seite und griff nach der Hand der Lady, um sie mehr stürmisch als höflich hereinzuziehen.

»Tür zu!«, rief er über die Schulter zu Hailey, und dann hatte er Miranda auch schon in seinen Salon verfrachtet und die Tür hinter ihnen zugeworfen. Ungeduldig und mit zittrigen Fingern löste er die Nadeln, die Hut und Schleier hielten, und warf das Gebilde einfach auf einen Stuhl, bevor er Miranda, die atemlos, mit gerötetem Gesicht, halb ängstlich, halb willig nachgab, in seine Arme zog.

Sie hielt nur einige Sekunden still, dann begann sie sich gegen seine Umarmung zu wehren. »Nicht. Ich kann nicht lange bleiben, John. Wir müssen...«

Es klopfte.

»Hailey, verschwinde.« John sah nicht einmal hoch, er war damit beschäftigt, Mirandas Gesicht zu küssen.

Als es abermals klopfte, drehte er sich mitsamt ihr um, drängte sie gegen die Tür und stemmte die Hände links neben ihrem Kopf an das Türblatt. Auf diese Weise verhinderte er nicht nur, dass sein Steward hereinkam, sondern auch, dass Miranda ihm auskam.

Sein Blick glitt langsam über ihr gerötete Gesicht, ihren schlanken Hals, dieses weiße Dekolleté, und tiefer. Ihr Mantel verdeckte ihm den Einblick auf mehr, und er begann mit geübten, wenn auch ungeduldigen Fingern, die Bänder zu lösen.

Sie schob seine Hand weg. »Nicht, John. Was fällt dir ein?«

»Nichts, was mir nicht ungefähr zehnmal täglich eingefallen wäre, seit ich mich vor über einem Jahr von dir getrennt habe.« Sein Atem ging unregelmäßig, und sein Herz schlug bis zum Hals. Er wollte zumindest einen Teil seiner sehnsüchtigen Träume wahr machen. Er wollte sie erregt sehen, mit verhangenem Blick, und Lippen, die noch von seinen Küssen geschwollen waren, wenn sie schon längst wieder in ihrer Kutsche saß und sich auf dem Heimweg befand.

So, endlich war der Mantel auf. Mirandas Duft stieg zu ihm empor und machte ihn schwindlig. Er roch nicht nur das Parfüm, das sie so dezent verwendete, sondern ihre Haut, ihr Haar, ihr...

Es klopfte abermals an der Tür, dieses Mal energischer. »Mylady?« Das war Sallys Stimme. »Mylady? Wir können nicht lange bleiben! Sie haben versprochen...« Heftiges Gemurmel, dann Sallys keifende Stimme, Haileys Meckern und schließlich ein Klatschen, als hätte jemand eine Ohrfeige bekommen.

»Verflixte alte Schreckschraube! Kielholen sollte man solche Weiber!«

»Und so was wie Sie sollte gar nicht frei herumlaufen!«

John überließ die beiden ihrem Schicksal und schob den Riegel vor.

Dann rutschte der Mantel zu Boden, und John machte sich am Verschluss des Kleides zu schaffen. Nur einen Blick auf diese wunderbaren Brüste. Sie sehen, fühlen, mit den Lippen erforschen, wenn für mehr keine Zeit war.

»John, hör auf, ich muss gehen.«

Das Kleid gab nach, sprang vorne ein wenig auf. Miranda wand sich, aber da lag sein linker Arm schon um ihre Taille, presste sie an ihn, während seine rechte Hand tief in ihr Haar griff und ihren Kopf leicht nach hinten bog. So war es schon besser. Er verschloss ihr mit seinen Lippen den Mund. Reden konnte sie später. Außerdem sollte sie nicht reden, sie brauchte nur »Ja« zu sagen, alles andere würde er tun. Er hatte sich zu dem Antrag überwinden müssen, also ließ er sich auch nicht so leicht abfertigen.

Als er seine Lippen von ihr löste, ging ihr Atem stoßweise. Sie hatte den Kopf in den Nacken zurückgelegt und die Augen geschlossen. »Ich muss wieder gehen.« Das klang schon viel weniger abweisend.

Zufrieden und hungrig zugleich ließ er seine Lippen weiter wandern. »Damit das eben nicht mehr vorkommt, werden wir unsere Beziehung in Zukunft auf eine andere Basis stellen«, flüsterte er zwischen den Küssen.

Sie riss die Augen auf und entwand sich seiner Umarmung. »Wie meinst du das?«

»Wir werden heiraten.« Seine Stimme war heiser.

Sie sah erschrocken aus. Natürlich, wie auch nicht. Er hätte es subtiler angehen müssen, aber Subtilität war etwas, das er bei Kriegslisten anwandte. Jetzt war er nur ein Mann, dem die Leidenschaft den Verstand vernebelte. Leidenschaft und monatelanges Zölibat. Er war kein Heiliger. Und er wollte diese Frau mehr als sein Leben.

Er zog sie wieder näher. »Ich habe jetzt genug Geld, um dich erhalten zu können«, flüsterte er an ihrem Hals, während er seine Lippen weiter hinab gleiten ließ, bis zu ihrem Schlüsselbein und seinen Weg von dort über ihr Dekolleté fortsetzte. Ihre Haut war so weich und ihr weiblicher Duft verführerischer als sämtliche Gerüche Ostindiens.

Sie antwortete nichts. Als sie zu lange schwieg, hob John den Kopf und sah sie an. Ihr ernstes Gesicht machte ihm Sorgen. Er hatte nicht erwartet, dass sie gleich zustimmen würde, aber etwas mehr Freude hätte er doch erhofft.

»Wir haben nie über so etwas gesprochen«, sagte sie leise. Sie schob ihn weg, sanft, aber so bestimmt, dass er irritiert nachgab, und drehte sich von ihm weg. Sie machte einige Schritte von ihm fort, zum Fenster. John sah ihr irritiert nach, bevor er ihr nachging. Etwas hatte sich seit ihrem letzten Treffen entscheidend verändert. Er umfasste sie von hinten und zog sie an sich, legte das Gesicht in ihr Haar und atmete den Duft von Rosen ein.

»Wir haben vielleicht nie darüber gesprochen, aber ich habe das letzte Jahr nichts anderes getan, als daran zu denken«, murmelte er. Er fühlte, ihr leichtes Erschauern, als sie seinen Atem spürte. Sie wehrte sich nicht gegen seinen Griff, schmiegte sich aber auch nicht an ihn. »Außerdem *haben* wir darüber geredet. Wir haben davon gesprochen, wie es wäre, woanders zu leben, alles hinter uns zu lassen. Du musstest wissen, dass ich dich zur Frau will. Und ich habe vieles dafür getan.« Sogar sehr viel. Er war große Risiken eingegangen, um zu Geld zu kommen, mehr als er es sonst getan hätte. Er konnte nur froh sein, dass die Sache gut ausgegangen war, sonst würde er jetzt vor dem Kriegsgericht stehen.

Für einige Herzschläge glaubte er, sie würde nachgeben, dann riss sie sich mit einem Geräusch los, das wie ein Schluchzen klang, und trat einen Schritt von ihm fort. Sie wandte sich nicht um, als sie sagte: »Unsinn! Du hast dir etwas eingebildet! Das waren nicht mehr als Träume, verliebte Spinnereien!«

»War es nicht.« John wurde wütend, er machte nicht leichtfertig Anträge. Es war sein erster, und vielleicht hatte er ihn nicht gut eingefädelt, aber so schnell gab er nicht auf. Und er hätte ihn niemals gemacht, wäre er sich seiner Sache – und ihrer Liebe – nicht sicher gewesen.

»Davon, dass ich Dumfries verlassen würde, war nie die Rede!«

»Dumfries nicht verlassen?«, fuhr John auf. »Das kann doch nicht dein Ernst sein! Du liebst ihn doch nicht!«

Sie wirbelte zu ihm herum. »Aber er gibt mir Sicherheit

und eine mir angemessene Stellung in der Gesellschaft.« Ihre Augen funkelten.

»Das kann ich jetzt auch«, erwiderte er gepresst. Als ob er nicht wüsste, wie weit er Admiral Dumfries sowohl an Stellung als auch an Vermögen unterlegen war. Aber was das Vermögen betraf, so hatte er einiges aufgeholt. Er konnte es sich leisten, eine Frau wie Miranda zu erhalten, vielleicht nicht in London, aber in einer kleineren Stadt. Sie konnten ja zur Ballsaison zurückkommen, wenn ihr etwas daran lag. Ihm war das gleichgültig. Ihm war ein kleines Anwesen, weitab von der Londoner Gesellschaft, ganz recht.

Sie schüttelte verärgert den Kopf. »Der Skandal würde uns beide ruinieren.«

»Das würde ich nicht zulassen. Ich werde meinen Dienst quittieren, wir werden...«

»John, ich weiß gar nicht, wie du auf diesen Gedanken kommst! Ich weiß auch nicht, was du dir eingebildet hast, aber glaube mir, es hat nichts mit meinen Wünschen und Vorstellungen zu tun!«

John war für Sekunden sprachlos. War das die Frau, die vor seiner Abreise eng an ihn geschmiegt gelegen hatte, die ihre Tränen kaum hatte unterdrücken können, die ihn wie von Sinnen geliebt, sich ihm vorbehaltlos hingegeben hatte, als wäre es das letzte Mal? Das letzte Mal? Diese Wendung gefiel John nicht. Sie machte ihm Angst.

»Du willst bei einem Mann bleiben, der dich betrügt?« Das war ungeschickt, aber es war das einzige Argument, das ihm in diesem Moment einfiel.

Miranda hatte inzwischen wieder ihre Contenance gefunden. »Das tut fast jeder Ehemann in meiner Gesellschaftsschicht«, erwiderte sie tonlos. »Und die Frauen schweigen dazu. Und außerdem«, sie zuckte leicht mit der ihm abgewandten Schulter, »ich betrüge ihn ja auch.«

Dieses Argument gefiel ihm noch weniger. »Das kannst du nicht vergleichen.« Sie wollte ihn tatsächlich mit irgendeinem Verhältnis gleichsetzen?

»Nein, vermutlich nicht. Seine Geliebten wechseln öfter.« Sie hatte ihm den Rücken zugekehrt, bemüht, ihre Kleidung wieder in Ordnung zu bringen.

Öfter? John packte sie an den Schultern und riss sie herum, dass sie taumelte. »Du hast einen anderen?«

»Schrei mich bitte nicht so an.« Sie schob ihn verärgert fort. »Es wäre auch kein Wunder, wenn ich über ein Jahr nichts von dir höre. Was weiß ich denn, was du in dieser Zeit getan hast? Meine Erfahrungen mit Seeleuten sind ja nicht die besten, wie du soeben ganz richtig festgestellt hast.«

John hatte das Gefühl, gegen einen Mast gerannt zu sein. Das konnte doch nicht wahr sein! »Du ... hast ... einen andern.«

Er sah so perplex aus, dass ihr Blick weich wurde. »Nein. Das ist es nicht. Ach, du begreifst nicht! Wenn ich mich scheiden ließe, löste dies einen Skandal aus, der uns beide ruinieren würde!«

»Du denkst wirklich nur an deine gesellschaftliche Stellung?« Er schüttelte den Kopf. Sie würde vielleicht einen Skandal ertragen müssen, aber er würde die Navy verlassen, seine Karriere zurücklassen, sein Schiff. Was war dagegen der Verlust dieser snobistischen Gesellschaft? »Wir werden eben woanders hinziehen. Auch in ein anderes Land, wenn du willst.« Er lächelte. »Wir können überall leben, es muss nicht hier sein.«

»Du willst die Navy verlassen? Und würdest mir das nie verzeihen!«, fuhr sie ihn an. »Denke an meinen Vetter Richard! Er hat wegen seiner Frau den Dienst quittiert. Und jetzt sprechen sie kaum noch miteinander!«

»Dein Vetter Richard ist ein Idiot, der sonst nichts mit seiner Zeit anzufangen weiß«, stellte John trocken fest, »und seine Frau ist eine verwöhnte Gans.«

»Sie ist keine verwöhnte Gans«, widersprach Miranda. »Es fällt ihr nicht leicht, so armselig zu leben. Sie ist etwas anderes gewöhnt. Im Hause ihrer Eltern hatte sie zwanzig Dienstboten, jetzt nur ein Kindermädchen und einen schielenden Diener.«

John ging achselzuckend über den Sehfehler des Dieners hinweg. »Wir könnten uns sehr gut eine größere Dienerschaft leisten.«

»Und womit, wenn das Geld ausgegangen ist? Wie willst du neue Prisen machen, wenn du nicht auf See bist? Wovon willst du leben?«

Darüber hatte er sich schon selbst genügend Gedanken gemacht. Er war schließlich kein verantwortungsloser Mann, der seine zukünftige Familie dem Hungertod aussetzte. Aber derartige Gespräche führte man üblicherweise nicht mit der Braut selbst, sondern mit deren Vater, oder, in Mirandas Fall, mit Anthony Silverstone, ihrem Bruder.

Miranda wandte sich entschieden ab. »Ich muss jetzt wirklich gehen. Dumfries wird bald heimkommen, ich will keine Auseinandersetzung heraufbeschwören oder Lügen erzählen müssen.« Sie griff nach ihrem Hut, setzte ihn auf und drapierte den Schleier, dann schob sie den Riegel zurück.

John hatte Mühe, seine Enttäuschung und seinen Ärger

hinunterzuschlucken. Er hatte es sich zu leicht gedacht. Und er hatte es verflixt ungeschickt angepackt. Das war ein Fehler, den er auf See niemals gemacht hätte. Er bückte sich nach ihrem Mantel und legte ihn ihr um die Schultern. »Miranda?«

Widerwillig drehte sie sich nach ihm um. Er lächelte sie an. »Ich hatte keine andere Frau.« Es wäre gelogen gewesen zu behaupten, er hätte auch keine andere angesehen oder mit dem Gedanken gespielt, obwohl er so weit wie möglich aller Versuchung aus dem Weg gegangen war. Es war sein Aberglauben gewesen, der ihn auf eine zeitweilige Abstinenz gesetzt hatte: John hatte sich geschworen, keine andere anzusehen, bis er die Möglichkeit und das Geld hätte, Miranda zu heiraten. Ein Zölibat von einem Jahr für ein Leben mit Miranda. Es war nicht leicht gewesen, verflucht schwer sogar, aber er hatte durchgehalten. Er hatte tatsächlich Glück gehabt: Ihn erwartete eine Menge Geld, und jetzt wollte er auch die Frau dazu.

Mirandas Mund zuckte, als würde sie gleich weinen wollen. Er beugte sich herab, küsste sie zart auf die Lippen und legte dann zwei Finger an ihre Wange. »Ich lasse dich jetzt gehen, um dir keine Probleme zu bereiten, meine Liebe, aber das letzte Wort ist noch nichts gesprochen. Ich werde nicht so einfach auf dich verzichten.«

Im Vorraum erwartete sie schweigende Feindseligkeit. Links an der Wand lehnte Hailey und schoss giftige Blicke auf Mirandas Zofe ab, die ihm gegenüber stocksteif an der anderen Wand stand und ihn musterte, als wäre er ein Wesen aus einer anderen, ekligen Welt. Mirandas Zofe war eine kleine, stämmige Frau, und unwillkürlich sah John auf Haileys Wange, auf der sich der Abdruck ihrer Hand abzeichnete.

Als sie Miranda sah, eilte sie auf ihre Herrin zu und machte sich an ihrem Mantel zu schaffen, zupfte an dem Hut, dem Schleier und murmelte dabei Unverständliches, aber vermutlich Unverschämtes, wie ihre gelegentlichen Blicke auf John und Hailey vermuten ließen.

John scheuchte Hailey mit einer Kopfbewegung zur Seite, dann ging er an den beiden Frauen vorbei und öffnete die Tür. Als Miranda an ihm vorbeiging flüsterte er: »Wir sehen uns wieder, Mylady.«

»Du begreifst es nicht«, sagte sie leise. »Es ist aus, John. Endgültig.«

»Nicht, solange ich lebe.« Er war sehr ernst, als er sich ein wenig zu ihr hinunterbeugte. »Zwischen uns beiden wird es niemals aus sein, Miranda. *Nicht, solange ich lebe*«, wiederholte er leise, aber sehr deutlich.

Sie wandte hastig den Kopf, und dann war sie auch schon aus der Tür. Ihre Zofe folgte ohne ihn anzusehen.

* * *

Sally begann mit ihrer Strafpredigt, kaum dass Miranda in der Kutsche saß, und die Pferde anzogen »Unglaublich. So habe ich Sie nicht erzogen! Und ich habe wirklich darauf geachtet, eine Dame aus Ihnen zu machen, Mylady!«

Miranda nickte nur, in trübe Gedanken versunken. Sally einfach ausreden zu lassen, war das beste Mittel, sie zum Schweigen zu bringen. Außerdem gab ihr Sallys Strafpredigt, die ohne abzusetzen und fast ohne Luft zu holen hervorgesprudelt wurde, Gelegenheit, ihren eigenen Gedanken nachzuhängen.

Sie hatte früher nicht gewusst, dass ein Lächeln durch

Leib und Seele schneiden konnte, aber seines tat es. Es war das erste gewesen, was ihr an John Whitburn aufgefallen war: Sein Lächeln. Anfangs bewundernd, dann frech, später sogar herausfordernd. Und jetzt zärtlich. Vermutlich war sie jedoch schon bei dem allerersten Lächeln verloren gewesen.

Er war heiter. Er lachte gerne, neckte sie. Er hatte sie in seinen Armen vergessen lassen, dass es ein Leben vor ihm gab und dass sie es wieder betreten musste, sobald sie seine Arme verließ.

Innerlich hatte sie sich schon lange, ehe John in ihr Leben getreten war, von Dumfries getrennt. Eines Tages hatte sie begriffen, dass nicht einmal die körperliche Nähe einer Ehe bewirken konnte, Dumfries zu lieben. Im Gegenteil. Er war vielleicht ein großer Stratege auf See, aber keiner im Ehebett. Er nahm sie wie einen Besitz, wie eine Selbstverständlichkeit, etwas, das ihm zur Verfügung stand, und das er entsprechend benutzte.

Ob er jemals in sie verliebt gewesen war? Nein, kaum. Er hatte sie bestenfalls gemocht. Vielleicht hatte sie ihm gefallen, aber mehr hatte er wohl nie für sie empfunden. Nie mehr als für ein schönes Bild, eine Kostbarkeit, die er herzeigen konnte. Obwohl er herzlich wenig von Kunst verstand. Bis John in ihr Leben getreten war und sie verführt hatte, war ihr niemals bewusst gewesen, dass die körperliche Liebe so reizvoll sein konnte. Es war, als wäre sie erst in seinen Armen, unter seinen Lippen zur Frau geworden.

John hatte ihr Herz im Sturm erobert, auch wenn sie sich und ihm lange nicht nachgegeben hatte. Schon davor hatte sie oft daran gedacht, Dumfries zu verlassen. Später hatte sie davon geträumt, mit John zu leben, auch wenn sie nicht zu glauben wagte, er könnte sie so sehr lieben wie sie ihn. Dass sie ihm gerade jetzt den Laufpass geben musste, als er ihr mit einem Antrag diese Liebe bestätigte, traf nicht nur ihn bis ins Mark, sondern auch sie.

Sie nickte, weil Sally dem Tonfall ihrer Tirade nach eine Antwort oder zumindest eine Geste erwartete, und verlor sich dann wieder in ihren Gedanken.

Sie hatte nicht völlig gelogen, als sie ihm vorgehalten hatte, dass eine Frau wie sie ein anderes Leben gewohnt war, als er ihr bieten konnte. Es würde ihr tatsächlich nicht leichtfallen, auf das zu verzichten, was die Ehe mit Dumfries ihr bot. Sie war im Luxus aufgewachsen. Mit einer Zofe, Dienern, Mädchen, Kutschern, Pferden. John hatte ja keine Ahnung, welcher Unterschied zwischen seinem Vermögen und dem ihres Vaters bestand. Allein ihre Mitgift musste schon ein Mehrfaches von dem ausmachen, was ein Captain im Laufe seiner gesamten Karriere verdiente. Die Vorstellung, arm zu sein, machte ihr tatsächlich Angst. Sie hatte niemals auf Geld achten müssen, alles war stets im Überfluss vorhanden gewesen.

Alles, außer Liebe. Schon deshalb hätte sie sich Hals über Kopf mit John in ein neues Leben gestürzt.

Sie wandte den Kopf, weil Sally plötzlich still war. Ihre Zofe sah sie ernst an. »Wir sind schon da, Kindchen.« So hatte Sally sie nicht mehr genannt, seit sie geheiratet hatte.

Sie nickte. Als der Diener den Wagenschlag aufriss, raffte sie ihre Röcke, nahm die angebotene Hand an und stieg elegant aus. Das hatte sie gelernt, seit sie ein Mädchen gewesen war: Haltung. Eleganz. Contenance. Und mit dieser Haltung würde sie jetzt auch ihrem Mann gegenübertreten.

Sie fragte nicht nach ihm, als der Butler ihr die Tür öffnete, sondern nickte ihm nur freundlich zu und schritt, mit Sally im Gefolge, die Treppe hinauf. Dumfries würde nicht lange zögern, sie aufzusuchen.

* * *

Miranda hörte Dumfries Schritte schon, bevor der Türknauf sich drehte und er eintrat.

Für Sekunden weigerte sie sich, den Kopf zu heben, aber dann wurde ihr bewusst, dass Trotz wie Schwäche wirkte. Sie sah hoch und hielt dem Blick ihres Mannes gelassen stand. Dumfries kam langsam näher, ein höhnisches Lächeln auf den Lippen. Er hatte volle Lippen, fast zu voll für einen Mann. Seltsam, dass sie das früher nicht gestört hatte. Vielleicht fiel es ihr jetzt deshalb so auf, weil sie zu einem Mann passten, der das Leben in vollen Zügen genoss; der bei der Wahl seines Portweines weitaus wählerischer war als bei jener seiner zahllosen Geliebten.

Viele Frauen wussten nicht, mit wem ihre Männer sich herumtrieben, aber Miranda schon. Eine wirkliche Dame hätte darüber hinweggesehen, ganz besonders über die Tatsache, dass ihr Gatte sich nicht einfach nur Mätressen hielt, sondern regelmäßig Etablissements mit eindeutig zweideutigem Ruf aufsuchte. Miranda nicht. Sie war ihm eines Tages, nur zwei Jahre nach der Hochzeit, gefolgt, die meckernde und zeternde Sally im Schlepptau. Sie hatte die Wahrheit wissen wollen. Und von dem Tag an hatte sie sich vor Dumfries geekelt.

»Du kannst gehen, Sally.« Ihre Stimme klang kühl und unbeteiligt.

Sally warf dem Admiral einen noch scheelen Blick zu,

dann drehte sie sich um und ging, wobei sie die Tür nicht gerade sanft hinter sich ins Schloss zog.

Miranda sah in den Spiegel und richtete etwas an einem Löckchen, das ohnehin perfekt saß. Dumfries schlenderte näher und blieb hinter ihr stehen.

»Hast du mit ihm gesprochen?«

Mit einem Mal hasste sie seine Stimme. Alles an ihm. Vor seiner Rückkehr und dem letzten Abend hatte sie nur Kühle ihm gegenüber empfunden, aber jetzt empfand sie Abscheu und Hass.

»Ja.« Sie saß so aufrecht, den Rücken so gerade durchgedrückt, dass jeder Muskel schmerzte. Ihr ganzer Körper war angespannt, es war ihr, als müsse sie damit ihr Leben aufrecht halten. Ein wenig nachgeben und sie würde zusammenbrechen. Aber nicht jetzt. O nein, nicht vor Dumfries. Vielleicht später, wenn er gegangen war. Wenn sie es sich überhaupt leisten konnte, wenn sie es wagte, sich selbst gegenüber nachzugeben, Schwäche wurde von Frauen wie ihr teuer bezahlt. Und sie bezahlte sie mit ihrer Liebe zu John.

Dumfries musste Spione haben. Sie hatten ihm nicht nur erzählt, dass John sie gleich nach seiner Rückkehr besucht hatte – er hatte sie schon davor beschatten lassen. Er hatte John in der Hand und damit auch sie. Er konnte ihm alles nehmen. Nicht nur seine Stellung als Postcaptain, die ihm ein sicheres Einkommen versprach, seinen Sold, sondern seine Ehre, vielleicht sogar sein Leben. Wenn sie Dumfries nachgab, auf seine Forderungen einging, dann würde John nur sie verlieren, aber alles andere behalten. Und über ihren Verlust würde er hinwegkommen, gleichgültig wie ehrlich seine Liebe auch war. Frauen gab es viele, die ihn trösten konnten, Ehre und Leben hatte er nur einmal.

Frauen spielten im Dasein eines Mannes ohnehin immer nur eine Nebenrolle, das hatte sie schon in ihrer Kindheit begriffen – es war Teil ihrer Erziehung gewesen, das zu verstehen. Sie kamen immer an zweiter Stelle, vielleicht auch erst an dritter. Sie standen seinem Haushalt vor, gebaren seine Kinder, repräsentierten ihn in der Gesellschaft und erhielten dafür Kleider, Essen, Schmuck, Sicherheit. Wenn sie Glück hatten, sogar Zuneigung und Freundschaft. Liebe dagegen sehr selten. Damit musste man sich abfinden, besonders wenn man in Mirandas Gesellschaftsschicht hineingeboren wurde.

»Ist es dir schwergefallen?« Dumfries klang lauernd, aber sie würde ihm nicht die Freude machen, sie schwach zu sehen.

»Da gab es nichts, das mir schwerfallen würde«, entgegnete sie kühl. Vermutlich war es nur recht und billig, teuer für etwas zu bezahlen, das ihr solches Glück verschafft hatte. Was immer jetzt mit ihr passierte, es war es wert gewesen. Aber John musste geschützt werden, um jeden Preis.

Dumfries kam noch einen Schritt näher, wollte die Hände auf ihre Schultern legen, aber sie hob die Hand. Ihre Blicke trafen sich im Spiegel, und in ihren Augen funkelte etwas, das ihn veranlasste, vorsichtig zu sein.

»Du bist eine Hure, Miranda«, sagte er kalt. »Eine Frau, die ihren Mann betrügt, sollte froh sein, wenn er sie überhaupt noch berühren will.« Das hatte er ihr schon am Abend davor gesagt, bevor er sie genommen hatte. Wie eine Hure genommen hatte, weit brutaler als je zuvor, nur zwei Stunden nachdem John sie verlassen hatte. Sie kam sich jetzt noch beschmutzt vor. John hätte ihn dafür getötet, aber er würde es nie erfahren.

»Vergiss nie, dass ich auf meinem Eigentum beharre«, sagte Dumfries, bedächtig jedes Wort setzend wie eine tödliche Waffe. »Und zwar in jeder Beziehung. Hast du mich verstanden?«

Sie antwortete nicht.

Er wandte sich zum Gehen. »Ach ja, eine gute Nachricht: Wir gehen morgen Abend zu einer Gesellschaft. Und du wirst dich freuen, dein Captain Whitburn wird ebenfalls anwesend sein. Ich bin sicher, du wirst dir die Unterhaltung nicht entgehen lassen.«

4. Kapitel

Lady Lacys Ball war wieder ein voller Erfolg. Londons Creme de la Creme gab sich ein Stelldichein, und die Damen übertrafen sich an duftiger Grazie, während die Herren würdevoll auftraten, in eleganten Anzügen, zwischen denen die blau gekleideten Angehörigen der Marine und die Soldaten in ihren roten Röcken herausstachen. Das Stimmengewirr, Gelächter verband sich zusammen mit der tapfer dagegen ankämpfenden kleinen Kapelle zu einem so ohrenbetäubenden Summen, dass sich eine Gruppe von Männern etwas zurückgezogen hatte, um sich in einer Fensternische ungestört unterhalten zu können. Links neben John stand Anthony Silverstone, Mirandas Bruder, daneben William Parmer, und zwischen William und John wippte Cedric, Johns Erster Leutnant, unternehmungslustig zum Takt der Musik auf seinen Stiefelspitzen.

Wenn man von Cedric, Williams um acht Jahre jüngeren Halbbruder, absah, betrug der Altersunterschied der Männer nur wenige Monate, knapp ein Jahr. William und John hatten gemeinsam die Schule besucht und mit zusammengebissenen Zähnen den Schikanen der älteren Schüler standgehalten, bis sie endlich alt genug gewesen waren, ihrerseits die Jüngern zu drangsalieren. Der reiche Anthony war dagegen von Privatlehrern erzogen worden, und William und John hatten ihn in jungen Jahren deshalb halb beneidet und halb verachtet. Trotzdem hatte die Freundschaft der drei Männer bis zum heutigen Tag angedauert. Die Landgüter von Williams und Anthonys Eltern befanden sich in Derbyshire und lagen nur gerade fünf Reitminuten voneinander entfernt. Da John während seiner Schulzeit die freien Tage dort verbracht hatte, war er immer der dritte im Bunde gewesen.

Cedric hatte dagegen das Schicksal aller jüngeren Brüder getroffen, entweder geduldet oder ausgenutzt zu werden. Obwohl der Altersunterschied jetzt nicht mehr so ins Gewicht fiel, hielt er sich respektvoll und bescheiden einen halben Schritt hinter Johns linkem Ellbogen.

»Die Situation ist für die Amerikaner wirklich nicht leicht«, sagte John soeben. »Wir durchsuchen sie, weil wir vermuten, dass sie Frankreich Waren liefern, pressen ihre Seeleute, und die Franzosen wiederum beschlagnahmen ihre Schiffe, weil sie behaupten, die Amerikaner wären uns abgabenpflichtig.«

»Mit der Meinung kannst du dir auf die beste Art Feinde machen«, brummte Mirandas Bruder.

John zuckte mit den Schultern. Wenn er Miranda wirklich heiraten wollte, dann konnte es ihm gleichgültig sein, jedenfalls sobald er sein Geld ausbezahlt bekommen hatte. Sein Blick suchte sie. Sie war zu seinem Leidwesen mit Dumfries gekommen, aber der hatte sich vor fünfzehn Minuten mit einigen Herren auf die Terrasse zurückgezogen.

Er konnte sich nicht an ihr sattsehen. Er hatte sie am Tag davor zwar gehen lassen, aber das hieß nicht, dass er seinen Plan aufgab. Er war nicht so völlig mittellos, wie die meisten glaubten. Seine Eltern hatten ihm ein hübsches Sümmchen vermacht, von dem er ein kleines Anwesen kaufen konnte, und sobald er einmal über das Geld für die Prisen verfügte und es vernünftig anlegte, konnte er ihr auch ein angemessenes Leben bieten. Er hatte schon bei seinem letzten Landaufenthalt einige Anwesen in Sussex besichtigt, auf denen sie sich gewiss wohlfühlte. Er rechnete mit tausend Pfund im Jahr, von denen sie gut leben konnten. Der Skandal war nebensächlich im Vergleich mit dem, was dann auf sie beide wartete.

»Käme es zu einem Krieg zwischen ihnen und uns«, sprach er weiter, »wären sie uns schon deshalb überlegen, weil die Seeleute aus freien Stücken und um ihre Freiheit kämpfen, während unsere gewaltsam auf die Schiffe gezwungen werden.«

»Von deinem Schiff ist bestimmt noch nie jemand desertiert, John«, warf Cedric Parmer stolz ein.

Sein Bruder William quittierte diese Worte mit einem spöttischen Grinsen. »Natürlich nicht. Kein Wunder, bei den Prisengeldern, die er immer einbringt.«

»Darum geht es nicht.« Cedric behandelte John zwar mit weitaus mehr Respekt als noch vor fünfzehn Jahren, als er ihm in Wutanfall einmal auf den Rücken gesprungen war und versucht hatte, ihm die Augen aus den Höhlen zu quetschen, aber er zögerte keine Sekunde, sich mit seinem Bruder anzulegen. »Wenn Captain Whitburn Plakate aufhängt, um Leute zu werben, drängen sich die Männer so im Hafen, dass man sie mit Stöcken wegtreiben muss. Ich habe sogar schon erlebt, wie sich etliche darum geprügelt haben, angeheuert zu werden.«

William grinste ihn höhnisch an. »Du bist jetzt nicht im Dienst, Bruderherz, du musst ihm nicht um den Bart gehen. Und sein Selbstbewusstsein ist ohnehin schon übertrieben genug. Ich bin zwar immer noch der Meinung, dass er dich aus Mitleid angeheuert hat, aber...« Williams Ton war schärfer als sonst, und er hatte schon den ganzen Abend über seltsam angespannt gewirkt, aber Cedric war zu empört, und John war zu sehr in seine Zuneigung zu Miranda verstrickt, um etwas zu bemerken. Anthony dagegen sah ihn scharf an.

Cedric, hochrot im Gesicht, vergaß seine Würde als Offizier und machte mit drohend erhobenen Fäusten einen Schritt auf seinen Bruder zu. »Ich werde *dir* gleich um den Bart...«

Anthony packte ihn am Arm. »Lass das, Junior.«

»Nimm deine Pfoten von mir, und misch dich nicht ein«, fuhr Cedric ihn an. Im Dienst war Cedric Parmer ein beherrschter Mann, aber im Kreise seiner älteren Freunde war die Würde schnell vergessen, und er verwandelte sich in einem Wimpernschlag wieder zu einem jüngeren Bruder, der sich gegen die Quälereien der älteren zur Wehr setzte.

»Ruhe jetzt«, John wandte sich halb genervt, halb amüsiert, an seinen Ersten Leutnant. »Glauben Sie wirklich, dass ich Hilfe brauche, wenn ich diese halbe Portion hier verprügeln will, Mr Parmer?«

Cedric, sofort beschwichtigt, grinste und zog sich seine frisch gereinigte Ausgehuniform zurecht. »Nein, Sir. Und es wäre mir eine Ehre, dabei zuzusehen.«

»Gut«, John nickte. »Und jetzt gib Ruhe, Cedric, Sir Lacy betrachtet uns schon durch sein Monokel.«

»Die Leute sind ja nicht verblödet«, fuhr William fort, ohne sich überhaupt die Mühe zu machen, auf Johns Beleidigung zu reagieren. Die »halbe Portion« konnte er ungerührt übergehen, ohne sein Selbstbewusstsein zu gefährden.

Er war ebenso groß wie John, wenn vielleicht etwas weniger breit in den Schultern, aber drahtig und in jedem Fall ein Gegner, den man besser respektierte. »Kaum ein anderer Captain hat so viele Prisen eingeheimst wie du. Jeder, der mit dir segelt, kann das Zehnfache seiner Heuer an Land versaufen und ver...« Er unterbrach sich und räusperte sich, weil die Gastgeberin vorbeischritt und ihm lächelnd zunickte. Im Bruchteil einer Sekunde veränderte er sich vom ätzenden Freund und Bruder zum vollendeten Gentleman. Er verneigte sich, lächelte zurück, sein Gesicht eine Studie von Aufmerksamkeit und Höflichkeit. John nutzte die Zeit, die sein Freund damit beschäftigt war einige Worte mit der Gastgeberin auszutauschen, um sich wieder in Mirandas Anblick zu vertiefen.

Sie stand auf der entfernten Seite des Saals, fast so, als würde sie sich scheuen, auch nur in seine Nähe zu kommen. Bei früherer Gelegenheit war das nicht so gewesen, da hatten sie zumindest Blickkontakt gehalten, und auch wenn dies nur flüchtige Momente waren, so hatten sie sich immer über die ganze Breite und Länge des Saals hinweg verbunden gefühlt. Er hatte jedes Mal einen einzigen Tanz mit ihr gewagt, nicht mehr, um sie nicht ins Gerede zu bringen. Auf diesen würde er auch heute nicht verzichten, und möglicherweise gönnte er sich danach noch einen zweiten und sogar dritten.

Anthony stieß John an. »Hör auf, zu meiner Schwester hinüberzustarren. Das fällt bereits auf.«

John wollte aufbegehren, aber da sah er, wie der Blick einer der berüchtigtsten Klatschbasen von London auf ihm ruhte. Er warf Anthony nur einen vernichtenden Blick zu und machte sich auf den Weg zu Miranda.

Obwohl sie damit gerechnet hatte, erschrak Miranda dennoch, als John plötzlich vor ihr stand. Sie hatte all ihre Beherrschung gebraucht, um seine Anwesenheit zu ignorieren, und hatte ihm stets bewusst den Rücken zugekehrt, um nicht in Versuchung zu kommen, ihn ständig zu betrachten. Dabei konnte sie ihn die ganze Zeit über fast körperlich spüren, es war, als würde allein seine Gegenwart ihre Haarspitzen knistern lassen, und seine Blicke auf ihrer Haut prickeln. Die Vorstellung, den Ball an seiner Seite zu besuchen, ließ die Sehnsucht nach ihm und einem gemeinsamen Leben so heftig werden, dass es ihr den Atem raubte. Jede Faser ihres Körpers sehnte sich nach ihm.

Weshalb hatte sie ihn nicht getroffen, bevor sie Dumfries geheiratet hatte? Weshalb hatte sie überhaupt geheiratet und nicht darauf gewartet, einen Mann zu treffen, den sie wirklich liebte?

Weil sie nicht an Liebe geglaubt hatte. Jedenfalls nicht in dieser Intensität und mit dieser Leidenschaft, die sie für John empfand. Und als er nun vor ihr stand, sich mit diesem charmanten Grinsen verneigte, wäre sie am liebsten in Tränen ausgebrochen. Aber da hatte er auch schon ihre Hand an sich gebracht, legte sie auf seinem Arm und marschierte mit ihr in den Tanzsaal.

Miranda setzte ein höfliches Lächeln auf, nickte zwei Gentlemen, die sie neugierig beobachteten, zu, und zischte: »Du kannst mich nicht einfach so verschleppen, John.«

»Und was willst du dagegen tun?«

Nichts. Im Gegenteil, es gab nichts, was sie mehr ersehnte. Am liebsten hätte sie ihn gepackt, hinter sich aus dem Saal gezerrt, um dann in die nächstbeste Kutsche zu springen und mit ihm auf Nimmerwiedersehen zu verschwinden. »Dumfries ist auch hier«, wandte sie gequält ein.

Johns Lächeln wurde grimmig. »Umso intensiver sollten wir die Zeit jetzt nutzen, bis er wieder im Saal auftaucht.«

Die Paare hatten sich bereits zum Kontertanz aufgestellt, und John und Miranda schlossen sich der Reihe an. Während der Figuren wurden sie voneinander getrennt, aber wann immer sie sich trafen, zögerte John nicht, ihr mit dem unbewegtesten Gesicht der Welt kleine Anzüglichkeiten und Frechheiten zuzuflüstern. Miranda wurde heiß und kalt zugleich. So unverschämt hatte er sich noch nie betragen. Und das ausgerechnet jetzt! Als er sie unmittelbar darauf zum nächsten Tanz aufforderte, entzog sie ihm ihre Hand.

Er wollte wieder danach greifen, aber eine Stimme hielt ihn davon ab. »Captain John Whitburn?«

»Ja?« John drehte sich widerwillig nach dem Sprecher um. Vor ihm stand ein Marinesoldat. Er betrachtete ihn von oben bis unten, amüsiert über den offiziellen Tonfall.

»Sie sind verhaftet. Kommen Sie bitte mit, ohne viel Aufsehen zu erregen.« Der Offizier sah sich unbehaglich um, als wären die sensationslüsternen Blicke der Gäste Nadelstiche, die sogar den dicken Wollstoff seiner Uniform durchdrangen.

John, sonst nicht schwer von Begriff, starrte den um einen halben Kopf kleineren Mann sprachlos an.

»Was wird Captain Whitburn zur Last gelegt?« Lord Anthony Silverstone hatte sich bereits durch die Neugierigen gedrängt.

Der Offizier erkannte in Anthony einen der zivilen Lords, die in der Admiralität in Whitehall saßen, und antwortete, auch wenn ihm anzusehen war, dass er lieber so schnell wie möglich den Saal verlassen hätte.

»Kooperation mit dem Feind.«

Miranda legte erschrocken die Hand auf den Mund. Nur undeutlich wurde ihr bewusst, dass ihr Mann neben ihr auftauchte und nach ihrem Ellbogen griff.

»Wie bitte?« John zog verärgert die Augenbrauen zusammen. »Das kann ja wohl nicht Ihr Ernst sein! Das ist ein Missverständnis, Sie haben den Falschen erwischt.«

»Keineswegs, Sir«, entgegnete der Offizier bedauernd. »Meine Befehle sind eindeutig.«

»Was ist denn los?« Sir Lacy, der Gastgeber, eilte besorgt herbei. »Eine Verhaftung?«, erregte er sich. »Bei einer Veranstaltung meiner Gattin? Das wird ein Nachspiel haben.«

»Es tut mir sehr leid, Sir. Ich habe meine Befehle.«

»Und die sehen eine Verhaftung ausgerechnet hier vor?« Das war die kühle Stimme von William Parmer. Er musterte den Offizier, der sich unter dem scharfen Blick räusperte, und wandte sich dann Admiral Dumfries zu. Minutenlang studierte er dessen zufriedenes Gesicht, bis dieser wegsah und Miranda einige Schritte zur Seite führte.

»Bitte machen Sie keine Probleme, Captain Whitburn«. Der Offizier versuchte, autoritär zu wirken, aber John hörte ein unterschwelliges Flehen aus seinem Tonfall heraus.

»Moment!« Das war natürlich Cedric Parmer, der nicht nur seinem Jugendfreund, sondern auch seinem Kapitän beistand. Seine hellgrauen, eindringlichen Augen, die denen seines Bruders so ähnlich waren, funkelten zornig. »So einfach wie Sie sich das vorstellen, geht das nicht! Sie können doch nicht einfach...«

John legte ihm die Hand auf den Arm. »Schon gut. Wir

werden draußen weitersprechen«, sagte er ruhig. »Gehen wir, Gentlemen. Ich bin sicher, diese Angelegenheit lässt sich mit wenigen Worten klären.«

Als John weggeführt wurde, fiel sein Blick auf Admiral Dumfries. Mit einem zufriedenen Grinsen, das er ihm am liebsten aus dem Gesicht geschlagen hätte, stand er neben Miranda.

Ihre Blicke trafen sich, sie wandte sich ab. Dumfries legte den Arm um sie und lächelte.

John ging zähneknirschend hinaus.

* * *

Nachdem John abgeführt worden war, begann das Getuschel, bis Miranda es nicht mehr ertrug. Sie fixierte ihren Bruder, aber der runzelte nur die Stirn und hob die Schultern. Unmittelbar darauf verabschiedete sie sich von den Gastgebern und verließ das Fest. Dumfries blieb, um nicht das Gesicht zu verlieren, nichts übrig, als ihr zu folgen.

»Du wusstest, dass sie Captain Withburn verhaften«, sagte Miranda tonlos, als sie gleich darauf neben ihrem Mann in der Kutsche saß.

»Du weißt, meine Liebe, dass ich meine Beziehungen habe«, fing Dumfries an, »und …«

»Beziehungen, die John ins Gefängnis bringen?«, unterbrach sie ihn scharf.

»John?« Dumfries lächelte behäbig.

Miranda, erzürnt über sich selbst, wandte den Kopf. Sie versuchte, sich zu beherrschen und sich ihren Zorn nicht anmerken zu lassen. Zum ersten Mal in ihrem Leben dachte sie an Mord. Aber die Wut in ihren Augen würde John nicht helfen, sie musste Gleichgültigkeit heucheln, um ihn zu schützen. An Mord und Totschlag konnte sie denken, wenn sie allein und unbeobachtet war.

»Du hast das eingefädelt, nicht wahr? Dir war es nicht genug, dass ich Schluss gemacht habe?« Sie zwang sich, ruhig zu atmen und zu sprechen, auch wenn ihr Herz bis zum Hals klopfte und der Zorn auf Dumfries sie würgte. Immer und immer wieder tauchte vor ihrem Auge das Bild auf, wie John von den Männern hinausgeführt worden war. Sie empfand die Kränkung und Demütigung so intensiv, als wäre sie an seiner Stelle gewesen. Ihr wurde übel vor Mitleid – auch wenn sich natürlich alles sehr schnell als Missverständnis herausstellen würde, gleichgültig, was Dumfries eingefädelt hatte: Nicht einen Moment glaubte sie daran, dass John schuldig sein könnte.

»Ich kann dir sogar noch mehr erzählen.« Dumfries beugte sich zu ihr. »Er wollte dich heiraten, nicht wahr? Wovon wollte er dich erhalten? Von seinem kleinen Einkommen? Von den paar Prisen? Wundert es dich nicht, woher er plötzlich so viel Geld hatte?«

»Lässt du dich jetzt schon zur Verleumdung herab?«, fragte sie kalt.

Dumfries Blick glühte zornig auf. »Er hat mit den Amerikanern paktiert und Bestechungsgelder angenommen.«

Miranda gönnte Dumfries nicht die Freude, erschrocken zu wirken, und doch trafen sie seine Worte so tief, dass sie für Sekunden wie gelähmt da saß. Das konnte nicht stimmen. Oder doch? John hatte ihr erzählt, dass er zu Geld gekommen wäre. Stammte es daher? War es ihretwegen? Weil er sie hatte heiraten wollen?

Dumfries ließ sie keine Sekunde aus den Augen, und es

kostete sie nicht geringe Anstrengung, die kühle, undurchdringliche Maske aufrecht zu halten.

»Er wird hängen«, sagte ihr Mann mit dieser sanften, höhnischen Stimme, die sie schon vor Jahren fürchten und hassen gelernt hatte. Nämlich damals, als er ihr gesagt hatte, dass sie ihm nicht genügte. Er hatte sie trotzdem immer wieder besucht, sie in Besitz genommen, und sie hatte die Zähne zusammengebissen und war wie leblos unter ihm gelegen, während der Gedanke, ihn zu verlassen, mit jeder Woche mächtiger geworden war.

Und dann war John in ihr Leben getreten. John, der sie liebte und vielleicht dafür ins Gefängnis wandern würde, wenn Dumfries nicht log. Vielleicht war alles doch nur Verleumdung? Steckte Dumfries dahinter? War das seine Rache?

Sie sah ihren Mann kalt an. »Wer hängt, entscheidet das Gericht.« Und das war, gottlob, nicht Dumfries, auch wenn er sehr viel Einfluss hatte. Sie musste mit Anthony sprechen. Er saß in der Admiralität und hatte eine gewisse politische Macht – so wie ihre ganze Familie. Gewiss konnte er etwas für John tun. Und sie musste mit John selbst sprechen. Es war bestimmt nicht schwierig, eine Besuchserlaubnis zu bekommen, nicht für sie.

Sie atmete auf, als die Kutsche endlich hielt. Sie würde sofort einen Diener losschicken, um Anthony gleich morgen früh zu sich zu bitten.

* * *

Anthony kam tatsächlich zu einer selbst für ihn ungewöhnlich frühen Stunde. Sally, Mirandas Zofe, war klug genug, ihn schon vor dem Haus abzufangen und durch den Hintereingang zu begleiten, so dass er dem Herrn des Hauses nicht gemeldet wurde. Anthony wunderte sich nicht über diese Vorsichtsmaßnahme, da er sich schon denken konnte, was seine Schwester auf dem Herzen hatte. Und als er dann in ihrem Boudoir stand und sie blass und unglücklich vor sich sah, nahm er sie in die Arme und drückte sie brüderlich, etwas, das er nicht mehr getan hatte, seit sie in Dumfries Haus gezogen war. Für ihre Sorge hatte er dagegen nur ein ärgerliches Achselzucken und wenig Trost.

»Die Beweise sind offenbar unwiderlegbar«, erwiderte er, als Miranda aufbegehren wollte.

»Ich glaube nicht, dass er das getan hat!«

»Wir«, damit meinte Anthony die Admiralität, »haben Beweise vorliegen, dass er tatsächlich Bestechungsgelder angenommen und etliche amerikanische Schiffe hat durchkommen lassen, ohne sie zu durchsuchen. Und erschwerend kommt hinzu, dass er mit seiner Meinung, es wäre ungerechtfertigt, Amerikaner aufzubringen und zum Dienst auf unseren Kriegsschiffen zu pressen, nicht gerade hinterm Berg gehalten hat.« Im Gegenteil, er hatte es schon viel zu oft hinausposaunt. John war vielleicht in der Lage, Staatsgeheimnisse zu hüten, aber nicht, seine private Meinung in maritimen Dingen für sich zu behalten. »Er wird vor ein Kriegsgericht kommen. Daran führt kein Weg vorbei.«

Miranda riss entsetzt die Augen auf. »Und was geschieht dann mit ihm?«

Für ihre Frage erntete sie ein abermaliges Achselzucken, das sie wütend machte, auch wenn sie wusste, dass es Anthonys hilflosem Zorn entsprang. So reagierte er immer, wenn er nicht weiterwusste, Dinge nicht ändern konnte, und seinem Ärger keinen freien Lauf lassen durfte. »Das übliche Prozedere: Es wird Anklage erhoben, er kommt vor das Kriegsgericht, wird vermutlich schuldig gesprochen und unehrenhaft entlassen werden und dann...«

»Dann wartet der Galgen auf ihn.«

Miranda erstarrte, als sie die Stimme vernahm. Anthony wandte sich mit einem höflichen Gesicht nach Dumfries um, der in der offenen Tür stand. Er trat ein und schloss die Tür hinter sich.

»Ich wollte die Geschwister nicht bei ihrem morgendlichen verwandtschaftlichen Austausch stören, aber ich hoffe doch, Sie hätten mir danach ebenfalls einen Freundschaftsbesuch abgestattet, Anthony.«

»Gewiss.« Mirandas Bruder verneigte sich so knapp, wie es die Höflichkeit und seine gute Erziehung gerade noch erlaubten. Mit unbewegtem Gesichtsausdruck sah er zu, wie Dumfries an ihm vorbei zu Miranda ging, nach ihrer Hand griff und sie an seine Lippen zog. Ihm entging dabei nicht der Ausdruck von Ekel, der über ihre Züge huschte.

»Ich hoffe, meine Liebe, dieser Morgen sieht dich in besserer Stimmung.« Zu Anthony gewandt sagte Dumfries mit einem hintergründigen Lächeln: »Diese unschöne Szene gestern Abend hat sie leider sehr mitgenommen.«

»Ich glaube, das ging uns allen so«, erwiderte Anthony gleichmütig. »Aber Sie dürfte das ja nicht überrascht haben, nicht wahr?«

»Natürlich nicht«, erwiderte Dumfries. »Genauso wenig wie Sie, schließlich lagen uns die Beweise vor. Sehr unangenehm war nur, dass meine Gattin in diese unerquickliche Angelegenheit hineingezogen werden musste.« Er nickte Anthony zu. »Und jetzt lasse ich Bruder und Schwester alleine. Sie haben sich gewiss viel zu sagen.«

»Was meinte er damit?«, wandte Miranda sich an ihren Bruder, kaum dass sich die Tür hinter Dumfries geschlossen hatte.

Anthony warf Dumfries einen Blick nach, in dem purer Abscheu lag. »Admiral Dumfries hat es für nötig erachtet, die Beweise dahin gehend zu ergänzen, dass er Johns… hm… Tendre für dich offengelegt hat.«

Miranda fühlte kein Entsetzen, sondern nur Erstaunen darüber, dass ihr Mann so tief sinken konnte, sogar das Verhältnis seiner Frau an die Öffentlichkeit zu tragen, nur um einem anderen zu schaden. »So weit ist er tatsächlich gegangen?«

Anthony nahm sie bei den Schultern. »Er will Rache, Miranda. Er will ihn hängen sehen. Und dir würde ich raten, seinen Hass nicht noch zu schüren.«

Miranda umklammerte seinen Arm. »Ich will ihn besuchen. Ich muss ihn sprechen!«

»Das ist unmöglich, das musst selbst du einsehen. Wir tun alles, um John heil aus der Sache zu bringen.« Er tätschelte beruhigend ihre Schulter. »Er bekommt den besten Verteidiger Londons oder gar Englands.«

Miranda fasste dankbar nach seiner Hand. »Du weißt, ich habe noch Mutters Schmuck. Wenn es nötig sein sollte…«

»Das wird nicht der Fall sein. Und jetzt«, ihr Bruder küsste sie leicht auf die Stirn und lächelte beruhigend, »mach dir keine Gedanken mehr. Wir werden schon dafür sorgen, dass John höchstens mit einer lebenslangen Gefängnisstrafe davonkommt. Schlimmstenfalls droht ihm die Deportation nach New South Wales, aber… Miranda was…? Geht es dir nicht gut?… Sally! Kommen Sie schnell!«

5. Kapitel

»Ziemlich trostlos hier«, stellte William Parmer fest, als er Johns Zelle betrat.

Ein grimmiges Schnauben antwortete ihm. »Es bekümmert mich zutiefst, dass ich dir keine feudalere Umgebung bieten kann.« John saß auf einer harten Pritsche, mit dem Rücken an die Wand gelehnt, einen Fuß auf der Pritsche den anderen von sich gestreckt.

Die Verhaftung war kein Missverständnis gewesen. John war dies spätestens nach Williams erstem Besuch noch in der vorigen Nacht und einem ausgiebigen Gespräch klar geworden. Immerhin hatte man ihn nicht angekettet wie einen Schwerverbrecher, und an den Gestank, der hier allerorts herrschte, hatte er sich schon ein wenig gewöhnt, auch wenn er feststellte, dass Bilgenwasser doch weit besser roch.

Die feuchte Kälte war ebenfalls nicht so schlimm. Er war es gewöhnt, bei jedem Wetter an Deck zu sein, und früher war er mehr als einmal mit klammen Fingern aufgeentert, wenn die Wanten mit einer Eisschicht überzogen waren. Er hatte im Norden Dienst gemacht, war mehrmals am Kap der Guten Hoffnung vorbeigesegelt und hatte sogar die gefürchteten Stürme um Kap Hoorn überlebt. Verglichen damit war es hier geradezu gemütlich.

»Musste das so sein?«, fragte er verdrießlich.

Sein Freund sah ihn ausdruckslos an. »Bei einem Betrüger und Verbrecher? Wie hast du dir das sonst vorgestellt? Dass wir dich auf einem roten Teppich nach Newgate verfrachten? Vielleicht noch Rosen auf dem Weg streuen?«

John fluchte. »Ausgerechnet auf dem Ball und vor...« Er unterbrach sich, aber William wusste, was er hatte sagen wollen: Ausgerechnet vor Miranda.

»Du weißt, dass Dumfries alles tut, um dich hängen zu sehen?«

»War das nicht zu erwarten?«

»Er hat sich auf die Beweise gestürzt wie ein Bär auf einen Honigtopf. Es würde mich nicht wundern, wenn er schon daheim sitzt und die Schlinge knüpft.«

»Der verdammte Narr.« John winkte ab, als William den Mund aufmachte. »Schon gut. Es wundert mich nur, welchen Einfluss Dumfries hat, dass er sogar Soldaten schicken kann, wohin und wann es ihm beliebt.«

William lachte trocken auf. »Er ist in die Admiralität berufen worden und sitzt dort gleich rechts neben Anthony. Wenn er sich gut führt, seine Beziehungen spielen lässt, haben wir vielleicht sogar das *Glück*, ihn eines Tages als Ersten Seelord zu sehen.«

John brummte etwas Obszönes, dem William von ganzem Herzen zustimmte. Er sah sich in der Zelle um, suchte vergebens eine angemessene Sitzgelegenheit und beschloss, stehen zu bleiben. John verzog höhnisch den Mund.

»Ist es dir hier zu dreckig, du feiner Pinkel?«

»Ich werde deinen Steward mit Kleidung und sauberer Wäsche schicken. Solange du nicht verurteilt bist, hast du als Kapitän seiner Majestät noch gewisse Privilegien. Sofern du sie bezahlen kannst, natürlich. Aber das sollte«, setzte er süffisant hinzu, »bei deinen zwielichtigen Geschäften ja kein Problem sein. Wie man hört, hast du dir damit eine goldene Nase verdient.«

»Küss mich, Parmer«, sagte John mit einem gefühlvollen Lächeln.

William lachte, wurde aber schnell wieder ernst. »Eigentlich sollte ich gar nicht hier sein und mit dir reden.« Nun hockte er sich doch neben John auf die Pritsche, um leiser sprechen zu können. »Was man dir vorwirft, John, ist kein Spaß. Du hast von amerikanischen Schiffen Bestechungsgelder angenommen, anstatt sie aufzuhalten, nach desertierten Seeleuten zu durchsuchen und Leute zu pressen, vergiss das nicht.«

»Das ist …«, fuhr John hoch.

Williams Faust drückte ihn unbarmherzig wieder zurück. »Sehr, sehr ernst«, unterbrach er ihn eindringlich. »Die Beweise liegen vor, und sie sind zwingend.«

John starrte ihn minutenlang durch das Halbdunkel an, dann ließ er sich zurücksinken und stieß hörbar den Atem aus. »Verfluchte Bande. Dreimal verfluchte Bande.«

William beobachtete seine Miene. »Mach keine Probleme, John. Es hätte keinen Sinn.«

John stieß seine Hand weg. »Geh zum Teufel. Ausgerechnet jetzt.«

»Ausgerechnet jetzt, wo du Miranda Dumfries in Schwierigkeiten bringen wolltest?«

Johns Faust schnellte vor und packte William so grob an seiner Jacke, dass dieser ein überraschtes Grunzen ausstieß. »Miranda hat mit der ganzen Sache nichts zu tun!«

»Hat sie doch«, zischte William ihn an. Er sah sich nach der Tür um, aber draußen blieb alles ruhig. »Sie ist Dumfries' Ehefrau. Des *gehörnten* Admiral Dumfries, wenn ich erinnern darf. Was die Sache doppelt schwierig macht, denn jetzt hast du nicht nur die Anklage am Hals, sondern einen rachsüchtigen Ehemann, der seinen Rivalen liebend gerne baumeln sehen würde.« Er löste Johns Faust von seiner Jacke, und dieser sank wieder zurück. Hatte Dumfries das eingefädelt, um sie zu zwingen, dabeizustehen und zuzusehen, wie man ihn verhaftete? Das sähe ihm ähnlich. Es war eine zusätzliche Demütigung gewesen. Eine leichte Sorge stieg in ihm hoch. Dumfries wusste Bescheid, das war nun klar – was, wenn er Miranda bedrohte? Er musste unbedingt mit Anthony sprechen, damit dieser ein wachsames Auge auf seine Schwester hatte.

William erhob sich seufzend. Er sah sich um und runzelte die Stirn, als er von der entfernten Ecke eiliges Huschen hörte. »Hailey wird dir alles bringen, was du brauchst. Und am besten noch einen Kammerjäger.« Er ging zur Tür und schlug mit der Faust dagegen. Von draußen waren die schlurfenden Schritte des Wächters zu hören, dann Schlüsselrasseln. Die Tür ging auf, aber bevor William hinaustrat, sagte er noch: »Mach keine Dummheiten, John.« Damit war er weg.

»Was für Dummheiten könnte ich hier schon machen!«, schrie John ihm nach, ehe er sich erschöpft wieder an die Wand sinken ließ.

Er wusste jetzt schon, dass die folgenden Wochen der Albtraum jedes Navy Officers werden würden.

* * *

William hatte sein Versprechen gehalten und John den Aufenthalt im Gefängnis erleichtert. Er verfügte nun über eine saubere Decke, zwei weiche Kissen, mehrere Kerzen, einen Wasserkrug und sogar einen Kübel mit Deckel. Anthony hatte die Wachen bestochen, so dass er sogar besseres Essen bekam. Außerdem hatten der Nachtwächter und er früher gemeinsam auf einem Schiff gedient, als John noch zweiter Leutnant gewesen war, und so kam der Mann gelegentlich während der Nacht auf einen Plausch vorbei. Manches Mal brachte er eine von Cedric Parmer gespendete Whiskeyflasche und Spielkarten mit.

Es wäre nicht so übel gewesen, hätten nicht die Langeweile und das Grübeln überwogen. Den größten Teil des Tages und der Nacht verbrachte er damit, dass er auf der Pritsche lag und zu dem kleinen Fenster empor sah, als hoffte er, dass Mirandas Gesicht dort auftauchte. Und manchmal war es ihm wirklich so. Ganz im letzten Winkel seines Bewusstseins hoffte er auf ihren Besuch. Und hoffte auch wieder innigst, dass sie nicht auf die Idee kam, ihn zu besuchen. Es wäre entsetzlich, stünde sie plötzlich vor ihm und sähe ihn so verdreckt und vernachlässigt.

Von dem kleinen, vergitterten Fenster her hörte man das Schlurfen und Kettenrasseln der Gefangenen, die zur Bewegung in den Hof getrieben worden waren. Zum Glück blieb John das erspart.

Dann erklangen vor der Zelle die Schritte mehrerer Menschen. Er nahm die Beine hinunter und setzte sich neugierig auf, als die Männer vor seiner Tür stehen blieben und der Schlüsselbund des Wächters schepperte. Dann drehte sich der Schlüssel im Schloss, und die Tür wurde aufgestoßen.

»Bitte sehr, Euer Gnaden. Hier drinnen.«

Zuerst wurde er durch die Laterne geblendet, aber dann machte er neben dem vertrauten Silhouette des Wächters noch eine andere aus. Die eines Mannes mittlerer Statur, der sich sehr aufrecht hielt, obwohl er sich auf einen Stock stützte. Ein Zylinder und ein schwarzer Mantel vervollständigten das vornehme Bild.

»Wenn Euer Gnaden wieder gehen will, bitte nur zu klopfen.«

»Ja, schon gut Mann, ich habe bestimmt nicht die Absicht, hier zu übernachten. Verschwinden Sie jetzt!« Eine tiefe Stimme, ein voller Bass, kaum getrübt durch die immerhin über sechzig Jahre, die sein Besucher schon auf dem Buckel hatte.

Die Tür wurde hinter dem Wächter geschlossen.

»Du machst deiner Familie nicht gerade Ehre«, stellte die tiefe Stimme brummig fest.

»Es ist eine Ehre, dass Sie sich hierher bemüht haben«, brummte John zurück. Er machte sich nicht die Mühe, aufzustehen, obwohl er über den Besuch überrascht war. Er rieb sich über das Kinn. Die Bartstoppeln machten ein kratzendes Geräusch. Ausgerechnet jetzt und hier musste sein Onkel auftauchen.

Henry Wyre, der Viscount Aston, hatte nicht gewollt, dass sein Neffe zur See ging, sondern hatte eine andere, politische Karriere für ihn vorgesehen gehabt. John hatte seine Sachen gepackt und sich anheuern lassen. Zuerst als einfacher Matrose vor dem Mast, aber dann hatte sein Onkel jedoch ein Einsehen gehabt und dafür gesorgt, dass er in den Offiziersrang erhoben wurde und sein Leutnantsexamen ablegen durfte. John hatte die Zeit vor dem Mast und in den Quartieren der Mannschaft zu nutzen gewusst – er war bei seinen Leuten schon deshalb immer beliebt gewesen, weil er wusste, wie es vor dem Mast war, wie es sich auf dem Vorderdeck unter all den Männern lebte, weil er als einer von ihnen begonnen hatte.

Der zweite Grund für die Treue seiner Mannschaft war sein Glück bei Prisen gewesen. Nur jetzt hatte er Pech gehabt, aber das hatte er gewissen Leuten zu verdanken.

Der Viscount ging im Raum auf und ab. »Was für ein penetranter Geruch. Wäscht du dich nicht?«

Fast hätte John gelacht. »Du klingst wie Tante Mary.« Tante Mary war die zweite lebende Verwandte von John und Henry Astons ältere Schwester. Der Earl hatte nach dem Tod von Johns Eltern versucht, die Verantwortung für den Jungen an die hochwohlgeborene Miss Mary Aston abzuschieben, aber John war nach zwei Wochen unerträglicher Belehrungen einfach ausgebrochen und davongelaufen.

»Deine dummen Bemerkungen sind äußerst unpassend.« Der Viscount blieb stehen und sah John scharf an. »Was ist dran an dieser Geschichte?«

»Frag die Admiralität«, gab John zurück.

»Hältst du mich für senil? Natürlich war ich schon dort und habe die Leute zur Rede gestellt! Aber von Dundas, diesem Trottel, habe ich nichts herausbekommen. Kein Wunder, dieser Mann ist vermutlich ebenso debil wie sein Vater.«

Robert Dundas war ein kluger Kopf, auch wenn John ihn im Moment in die Hölle wünschte. Das Missfallen seines Onkels entsprang in erster Linie der Tatsache, dass Dundas' Vater und er verschiedenen Parteien angehörten und sie sich vor Jahren, bevor Dundas senior starb, im Parlament regelrechte Schreiduelle geliefert hatten. Es hieß sogar, die Leute wären von weither zu den Sitzungen gepilgert, um sich an den erbitterten Debatten der beiden Streithähne zu delektieren. Anthonys Vater hatte sogar einmal gemeint, die beiden hätten die Anziehungskraft von Hinrichtungen oder Boxkämpfen weit übertroffen. Vielleicht nahm sein Onkel dem alten Dundas übel, dass er im Vorjahr gestorben war und ihn damit um ein rechtmäßiges Vergnügen brachte.

»Dann geh zu William.«

Der Viscount machte eine ungeduldige Handbewegung und baute sich vor John auf. »Also? Ich höre.«

John hielt seinem bohrenden Blick stand. »Die Beweise sind erdrückend«, sagte er lahm.

»Das will ich nicht wissen. Was ist mit Dumfries, diesem Volltrottel? Was haben er und seine Frau damit zu tun?«

»Er sitzt neuerdings in der Admiralität«, erwiderte John ausweichend.

»Und du hast ihm Hörner aufgesetzt. Oder sind die Gerüchte, dass du Miranda Dumfries verführt hast, falsch?«

»Lass Miranda Dumfries aus dem Spiel«, sagte John tonlos.

»Mir scheint aber, dass sie eine Hauptrolle darin spielt. Oder sehe ich das falsch, wenn ein Mann das eigene Land hintergeht, um Schmiergelder zu nehmen, nur um eine Frau …« Er konnte nicht aussprechen, denn John war aufgesprungen und trat so dicht vor ihn hin, dass er seinen Mantel berührte. Sein Gesicht war nur zwei Handbreit von dem des kleineren Mannes entfernt. »Ich sage es nicht noch einmal, Sir. Halten Sie Miranda Dumfries aus der Sache heraus. Sie hat nichts damit zu tun.«

Sein Onkel wich keinen Fingerbreit, sondern starrte zurück. »Ich verstehe. Das wollte ich wissen.« Er drehte sich auf der Stelle um, trat an die Tür und schlug mit dem Stock dagegen, um den Wärter zu rufen.

»Weshalb hast du nicht genügend Verstand gehabt, sie vor Dumfries kennenzulernen. Kannst du denn gar nichts richtig machen?«, fragte er in das Schlüsselrasseln hinein, als die Tür aufgeschlossen wurde.

John wusste keine Antwort darauf, nicht einmal eine bissige. Er zog lediglich die Augenbrauen hoch und musterte seinen Onkel ausdruckslos. Dieser nickte ihm noch einmal zu, dann ging die Tür auf, und er trat hinaus und überließ John seinen Grübeleien, die eine halbe Stunde später durch die Ankunft des Nachtwächters unterbrochen wurden.

John setzte sich erwartungsvoll auf. Cedric war an diesem Morgen wieder hier gewesen und hatte den Wächtern *Geschenke* gebracht. Er hätte jetzt nicht übel Lust auf einige Schluck Whiskey, um die schlechte Laune zu vertreiben und ihn davon abzuhalten, zu sehr ins Grübeln zu kommen. Statt der erwarteten Whiskeyflasche hielt der Mann ihm jedoch einen Brief hin.

»Hier, das hat mir einer für Sie gegeben, Captain.«

John stellte die Kerze auf den rohen gezimmerten Tisch, der zur Grundausstattung seiner Zelle gehörte, zog die flackernde Kerze näher und riss den Brief auf. Ein zweites Schreiben fiel heraus. Sein Herzschlag stockte, als er Mirandas Schrift erkannte.

Er sah hoch. »Von wem haben Sie diesen Brief?«

»Von Ihrem Steward. Er sagt, ein Bote von der Admiralität hat ihn abgegeben.«

Von der Admiralität? Er nickte dem Mann ungeduldig zu. »Danke.«

Begierig begann er zu lesen, kaum dass der Wächter die Zelle verlassen hatte. »*Mein Liebster...*« Er schloss sekundenlang die Augen. Wie konnte sie ihm nur diesen Brief schicken? Und dazu noch über die Admiralität? Oder hatte Anthony seine Finger im Spiel? Hatte er den Boten gespielt, um den Brief unauffällig an seine Adresse gelangen zu lassen?

Mein Liebster, wir können uns jetzt einige Zeit nicht sehen. Mein Mann ist wegen der Sache mit Whitburn sehr misstrauisch geworden.«

Wie war das? John überflog hastig den Brief, und starrte dann minutenlang verständnislos darauf, bevor er ihn abermals durchlas, dieses Mal genauer.

D. lässt mich kaum aus den Augen, doch du fehlst mir so sehr, deine Lippen, deine Arme um mich, deine Stimme, die mir sagt, dass alles gut sei. Bitte habe Geduld. Du hörst von mir, ich schicke Sally vorbei. Ich liebe dich. M.

Johns Verstand weigerte sich zu glauben, was er da sah. Er las den Brief immer und immer wieder, als bestünde die Hoffnung, dass sich die Worte vor seinen Augen veränderten. Sie blieben jedoch immer gleich, gleichgültig, wie sehr er darauf starrte und versuchte, den Sinn zu erkennen. Er besah sich den Umschlag nochmals, aber der ließ keine Rückschlüsse zu. Wer zum Teufel hatte ihm den Brief zukommen lassen? William? Anthony? Wie war er überhaupt in der Admiralität gelandet? Hatte William ihn abgefangen? War er an einen von der Admiralität gerichtet gewesen und durch einen Irrtum an ihn gelangt?

Wenn er nur herausbekommen würde, wer der verfluchte Bastard war. »*Mein Liebster*...« Diese Anrede gebührte nur ihm! – hatte er zumindest früher gedacht in seiner seligen Einfalt. Und tief in sich glaubte er das immer noch.

Er hielt den Brief näher zur Kerze. Ein Scherz? Hatte jemand ihre Schrift nachgeahmt? Nein, unmöglich. Die

Worte waren zwar hastig hingeworfen, die Schrift etwas fahrig, aber die Art, wie sie ihr M machte, war einzigartig. So wie in diesem Brief. Er hatte einige Briefe von ihr, die jetzt wohlverwahrt daheim in einer Kassette lagen; er hatte sie auf der Reise mit sich gehabt und sie so oft gelesen, dass sie schon ganz abgegriffen und brüchig waren.

In den folgenden Stunden wechselten sich Zweifel an der Echtheit des Briefes mit Zweifel an Mirandas Liebe und Treue, bis das Misstrauen überwog. Sie war so seltsam gewesen. Hatte sie nicht davon gesprochen, dass sie Dumfries öfter betrog? Sie hatte es dann abgestritten, aber vielleicht war es die Wahrheit gewesen.

Mein Liebster. Was wusste er schon von ihr? Er war ja immer unterwegs. Und was wusste er, wie viele sie schon mit diesem Kosewort geschmückt hatte! Vielleicht Hunderte! Und er, der Trottel, war zurückgekommen, um ihr einen Antrag zu machen! Dabei war ihr Leben doch so angenehm. Ein Ehemann, der ihr ein Leben in Glanz verschaffte, Reichtum, und daneben eine Reihe wechselnder Liebhaber. Ging der eine zur Vordertür raus, wartete der nächste schon an der Hintertür, oder umgekehrt. Und war der eine verreist, hatte sie vermutlich eine schöne Auswahl von anderen.

Es war schon schlimm genug für ihn gewesen, immer daran denken zu müssen, dass dieser Dumfries an ihr herumfingerte, sie streichelte, besaß, küsste. Jetzt noch daran zu denken, wie viele andere noch auf und in ihr gelegen hatten, verursachte ihm Magenschmerzen. Er zerknüllte den Brief in seiner Faust und warf ihn wutentbrannt gegen die Wand. Und er saß hilflos hier drinnen, anstatt sie zur Rede stellen zu können. Verflucht!

6. Kapitel

Dumfries hatte Miranda gezwungen, zur Verhandlung mitzugehen. Diese fand nicht wie zivile Gerichtsverhandlungen im Baileys statt, sondern im Admiralitätsgebäude in Whitehall. Miranda schluckte, als sie mit der Kutsche die Steinmauer passierten, die den Hof von Whitehall von der Straße abschirmte. Das Gebäude war drei Stockwerke hoch und hufeisenförmig angelegt. An der dem Eingang gegenüberliegenden Seite befand sich der im griechischen Stil angelegte Haupteingang mit vier Säulen und dem Tympanon darüber.

Ihr Herz wurde mit jeder Minute schwerer, und sie verkrampfte ihre Finger ineinander, um Dumfries nicht zu zeigen, wie sehr sie zitterten. Sie war früher einige Male hier gewesen, als sie jung verheiratet gewesen war. Sie hatte Dumfries überraschen, ihn abholen wollen, bis er sie dann bezichtigt hatte, ihr hinterherzuspionieren. Ihre Ehe war wohl von Beginn an zum Scheitern verurteilt gewesen. Warum hatte sie das nicht eher begriffen? Weil die ihrer Eltern so ganz anders gewesen war? Oder hatte sie sich das nur eingebildet? Wieso hatte sie damals gedacht, durch freundschaftliche Zuneigung ein gutes Verhältnis zu einem Mann herzustellen, der durch sie nur Zugang zur besseren Gesellschaft und mehr Einfluss wollte?

Sally hatte ihr geraten, einen Schleier um den Hut zu drapieren, aber sie hatte darauf verzichtet. Die Leute sollten sehen, dass sie nichts zu verbergen hatte. Sie bereute diese stolze und voreilige Entscheidung allerdings in dem Moment, als sie den Gerichtssaal betrat. Zivilisten war der Zutritt verboten, und die Gesichter, die sich ihr zuwandten, gehörten Marineoffizieren, den Angehörigen des Gerichts und dem Navyboard, und in jedem konnte sie Neugier, Verdacht und Vorwurf lesen. Jeder Blick schien die Anklage widerzuspiegeln, die sie sich selbst vorwarf: John ruiniert zu haben.

Dumfries führte sie zu einem Platz, von dem aus sie gut sehen und noch viel besser gesehen werden konnte. Am liebsten hätte sie ihn geohrfeigt, weil er sie und John dieser Demütigung aussetzte. Sie bemühte sich um einen kühlen Ausdruck, was nicht weiter schwierig war, denn darin hatte sie seit vielen Jahren Übung. Weitaus weniger leicht fiel es ihr, auch ihre Blicke unter Kontrolle zu haben, besonders in dem Moment, als John hereingeführt wurde.

Sie merkte erst, dass sie bei seinem Eintritt die Luft angehalten hatte, als ihr schwindlig wurde. Wie blass er war, der kalte, harte Zug um seinen Mund war ihr fremd und tat ihr weh. Sein Gesichtsausdruck war unbewegt, ausdruckslos, als ginge ihn das alles nichts an, als wäre es ein Fremder, der angeklagt wurde und über dessen Schicksal hier entschieden werden sollte, und nicht er. Sein Blick war beim Eintreten rasch und prüfend über die Anwesenden geglitten, auch über sie, aber er hatte kein Zeichen des Erkennens gegeben.

Was war nur aus ihm geworden? Aus ihrem stets gut gelaunten, temperamentvollen Geliebten, dessen stets leicht ironisches Lächeln sie sofort in den Bann gezogen hatte.

Was hatten sie ihm nur angetan, Dumfries und die anderen und sie selbst.

Er hatte sie verführt, bedrängt, aber sie hätte niemals nachgeben dürfen. Dann säße er jetzt vielleicht nicht hier. Nein, ganz sicher nicht. Sie hätte bei seinem Anblick am liebsten geweint, hätte sich gewünscht, hinzulaufen, die Arme um ihn zu legen, um ihm zu trösten. Ihm zu sagen, dass sie auf jeden Fall zu ihm hielt, gleichgültig, was geschehen war oder noch geschehen mochte. Anthony hatte behauptet, die Beweise wären unwiderlegbar, und John hätte bisher auch nicht widersprochen. Sie warf Dumfries einen raschen, hasserfüllten Blick aus den Augenwinkeln zu. Wie er da saß, selbstgefällig, äußerlich ernst und innerlich triumphierend. Sie wünschte, ihn tot zu sehen.

Sie ließ ihren Blick durch den Saal schweifen. Dort drüben saß William Parmer. Er beobachtete sie mit nachdenklichem Blick. Anthony hatte einmal gesagt, dass er eine wichtige Position in der Admiralität inne hätte. Welche, hatte er nicht sagen wollen, und sie hatte nicht weiter in ihn gedrängt – es war ihr nicht so wichtig gewesen. Eine plötzliche, heftige Abneigung gegen ihn stieg in ihr hoch, als sie in seine seltsam hellen, durchdringenden Augen sah. Auch so ein guter Freund, der keinen Finger rührte, um John zu helfen. Sie hielt seinem Blick mit schmalen Augen stand. Jetzt verneigte er sich fast unmerklich, dann wandte er sich ab.

Sie sah wieder geradeaus. Es war ihr schon früher aufgefallen, dass Parmer sie beobachtete. Schon auf dem Ball bei den Lacys, als John verhaftet worden war. Zweifellos hatten alle nicht erst seit Dumfries offizieller Aussage vor der Admiralität von dem Verhältnis zwischen ihr und John gewusst. Ob John davon erzählt, vielleicht sogar damit geprahlt hatte? Nein. Der Gedanke war absurd. Das war nicht Johns Art. Männer prahlten nicht mit Frauen, denen sie dann einen Antrag machten.

Sie hatte Parmer früher, als sie noch ein Kind war, gelegentlich auf dem Anwesen seiner Eltern gesehen, jedoch weit weniger als seinen jüngeren Bruder Cedric. Parmer war ein oder zweimal zu Anthony auf Besuch gekommen. Einmal war auch John dabei gewesen, aber wenn sie jetzt daran dachte, dann war die Erinnerung weitaus romantischer als damals die Realität. Er hatte sie nur unbeholfen angegrinst und hatte sich dann mit ihrem Bruder davongemacht, froh sie einfach stehen lassen zu können. Kein Wunder, sie war vielleicht gerade einmal neun Jahre alt gewesen und er schon fünfzehn.

Als sie ihn das nächste Mal gesehen hatte, war sie schon verheiratet gewesen, und er hatte nicht gezögert, sie zu umwerben und zu verführen.

Ihr Blick glitt wieder zu ihrem Liebsten, saugte sich an seinem Gesicht fest, als könnte sie ihm damit Kraft geben, ihm zeigen, wie sehr sie ihn liebte. Da traf sie sein Blick so voller Verachtung, dass sie erschrocken zusammenzuckte. Sofort beherrschte sie sich wieder und kämpfte ihre Verwirrung hinunter. Sie wusste, dass Dumfries sie beobachtete, und er war nicht der einzige. Was hatte das zu bedeuten? Zürnte John ihr? Hasste er sie, weil sie hier war, um seine Schande mitanzusehen? Glaubte er denn, sie wäre freiwillig hier?!

Sie versuchte, Johns Blick ein zweites Mal festzuhalten, um herauszufinden, was in ihm vorging, aber er sah nicht mehr her, er ignorierte sie. Langsam stieg Angst in ihr hoch, paarte sich mit Schuld, mit dem heißen Wunsch, John zu trösten, zu ihm zu laufen, bis die Stimmen des Richters, des Verteidigers und Anklägers zu einem Rauschen wurde, der Saal um sie herum verschwand und nur noch Johns Gesicht übrig blieb, hart, kalt und ausdruckslos.

* * *

John versuchte, Mirandas Anwesenheit zu ignorieren. Und zwar so, als gäbe es sie überhaupt nicht, als existierte sie nicht mehr. Nicht hier, in diesem Raum und auch sonst nicht. Es war allerdings einfacher, nicht hinzusehen, als ihre Gegenwart nicht zu spüren. Er war sich ihrer so sehr bewusst, dass er am liebsten aufgesprungen wäre, über die Balustrade gesprungen, um sie zu packen und zu schütteln. Immer wieder tauchte dieser Brief in seinen Gedanken auf. Wieso hatte man ihn in seine Wohnung geschickt, damit Hailey ihn weiterleitete? Hatte jemand in der Admiralität geglaubt, er gehöre ihm? Oder war es William gewesen, der ihn über Miranda hatte aufklären wollen? Wie wäre er überhaupt an den Brief gekommen? Ließen sie Miranda beobachten?

Er war sich noch nicht sicher, ob er William dafür dankbar sein sollte. Vielleicht in zwei Monaten oder zwei Jahren oder in zwanzig. Im Moment war es ein weiterer Schlag, den er gerade jetzt nicht brauchen konnte.

Er konzentrierte sich auf den Ankläger, um nicht länger an Miranda zu denken. Das Grübeln über diesen Brief war in den letzten Tagen zu einer ähnlichen Besessenheit geworden wie die Sehnsucht nach ihrem Körper. Was schmerzte so sehr daran? Dass sie ihn hintergangen hatte, oder dass er sich vor ihr – und noch viel mehr vor sich selbst – lächerlich gemacht hatte? Was war mehr verletzt, sein Herz oder sein Stolz?

Hätte er es nicht schon ahnen müssen, als sie so fremd getan hatte? Was war auch zu erwarten? Miranda war eine so leidenschaftliche Frau, die unter der Kälte ihres Mannes litt, auch wenn sie nie über Dumfries gesprochen hatten. Würde sie nicht sehr schnell einen neuen Geliebten suchen, der ihr all das gab, was Dumfries ihr vorenthielt? Oder würde sie warten und hoffen, dass ihr Liebhaber zurückkehrte? Das war unsicher. Sehr viele kamen nie zurück. Und schon gar nicht während des Krieges.

Verärgert wurde ihm klar, dass er Ausreden für sie suchte. Fast dieselben, die auch er parat gehabt hatte, als er nach Gründen gesucht hatte, sich mit anderen Frauen einzulassen. Trottel, der er war, hatte er im Gegensatz zu ihr allerdings der Versuchung widerstanden, und das ärgerte ihn am meisten. Er hatte abstinenter gelebt als der Papst! Nur aus Aberglauben, um sich mit diesem krankhaften Zölibat eine schöne Zukunft zu erkaufen. Anthony hatte schon recht, wenn er behauptete, alle Seeleute wären abergläubische Idioten.

Er bemerkte, dass sein Verteidiger ihn ansah. Ebenso der Ankläger, der Richter und sämtliche anderen im Raum. Er richtete sich ein wenig auf.

»Sind Sie liebenswürdigerweise bereit, Ihre Gedanken mit uns zu teilen, Captain Whitburn?« Das war der Ankläger, sarkastischer Bastard. Jetzt kam also die Vernehmung, vor der sein Verteidiger ihn gewarnt hatte. Er hatte ihm genau gesagt, was er antworten und wie er reagieren solle. Dämliche Landratte, als wüsste er das nicht selbst.

»Ihnen wird zur Last gelegt, entgegen den Befehlen Ihrer

Vorgesetzten französische Schiffe angegriffen und amerikanische ungehindert durchgelassen zu haben.«

»Wir haben keinen Krieg mit Amerika«, sagte er mit leichter Ironie. »Sehr wohl aber Krieg mit den Franzosen. Es erschien mir wichtiger, diese zu verfolgen und ihnen, falls möglich, Schaden zuzufügen.«

»Was Ihnen auch gelungen ist. Sie haben mehrere Prisen zurückgebracht. Allerdings war Ihnen das Prisengeld offenbar nicht ausreichend.«

John zuckte mit den Schultern. »Darüber kann ich nichts sagen, denn ich habe es ja noch nicht ausbezahlt bekommen. Und ausreichend ist, wie wir alle wissen, ein sehr dehnbarer Begriff.« Durch den Saal und die anwesenden Offiziere ging eine Welle unterdrückter Erheiterung. Einige murmelten zustimmend, einer im Saal lachte. Der Richter schlug mit seinem Hammer auf den Tisch.

»So dehnbar, dass Sie, um die Summe abzurunden, noch Bestechungsgelder von amerikanischen Händlern angenommen haben?«

John schluckte die Bemerkung, die ihm schon auf der Zunge lag hinunter. William hatte ihm auf dem Weg hierher nochmals eingeschärft, sich unauffällig zu benehmen. Dabei war unauffällig nicht gerade seine Art.

»Einspruch! Dass Captain Whitburn Gelder angenommen hat, ist noch nicht bewiesen«, fiel sein Verteidiger eifrig ein.

So, der war also auch wieder einmal aufgewacht.

»Stattgegeben«, sagte der Richter. »Beschränken Sie sich bitte auf die Fakten, Mr White.«

White verneigte sich. Er war ein großer Mann, der den dunklen Mantel und die Perücke mit Eleganz trug. Ganz anders als Johns Verteidiger, der in dem Ornat fast zu verschwinden drohte. John betrachtete ihn mit einer Mischung aus Ärger und Nachsicht. Ein trockener Kerl, der sich vermutlich von Paragraphen ernährte. Bisher hatte er kaum den Mund aufbekommen, hatte nur genickt und einige irrelevante Fragen an die Zeugen gestellt, die selbst den Richter zu einem Hochziehen der Augenbrauen veranlasst hatten. Traurig, dass Anthony keinen fähigeren Anwalt gefunden hatte. Dabei war alles von vornherein klar, der Mensch war im Grunde nur ein Statist so wie er auch. Wie alle anderen.

Sogar Miranda. Nein, sie war echt. So echt, dass ihre Gegenwart auf seiner Haut prickelte. Verflixtes Weibsstück. Schade, dass man sich so etwas nicht mit Brandy und Salzwasser abwaschen konnte.

White griff nach Papieren, die hinter ihm auf dem Tisch lagen. »Diese Aussagen hier bestätigen allerdings, dass Sie Kontakt mit amerikanischen Händlern hatten.«

»Sichtkontakt«, sagte John ruhig.

»Die Eintragungen in Ihrem Logbuch sagen etwas anderes.«

John schwieg.

»Haben Sie die Schiffe fahren lassen?«

»Ja, das habe ich.« Seine Stimme war kalt und nüchtern.

»Und Geld dafür angenommen.«

Er schwieg. Sein Blick glitt hinüber zu den Zusehern, ein Brennen stieg in ihm hoch, das ihm die Kehle zuschnürte. Sekundenlang glaubte er schon, er würde ernsthaft wütend werden, dann atmete er langsam durch. »Sie haben die Beweise vorliegen, weshalb fragen Sie noch?«

Unruhe entstand im Saal. Einige lachten, andere murrten.

Miranda wohnte der Verhandlung mit steigendem Entsetzen bei. Das sollte der beste Verteidiger sein, den London oder gar ganz England aufzuweisen hatte? War Anthony denn verrückt geworden, so etwas zu behaupten? Der Mann war ja völlig unfähig, bekam kaum den Mund auf, stotterte manchmal, und ließ dem Ankläger so freien Lauf, so dass Miranda mehr als einmal in Versuchung war, aufzuspringen, und »Einspruch!« zu schreien. Das sollte eine gerechte Verhandlung sein?

Sie schloss die Augen, presste die Lider zusammen, bis sie bunte Ringe tanzen sah, ihr ganzer Körper verkrampfte sich. Sie legte sich die Hand vor den Mund um nicht zu schreien. Wie sollte sie ohne der Hoffnung, dass John irgendwo auf der Welt existierte, dass es ihm vielleicht sogar gut ging, weiterleben? Wie den Gedanken ertragen, dass er getötet wurde – gehenkt wie ein Verbrecher. Ihre zweite Hand glitt an ihre Kehle. Es würgte sie, als spüre sie die Schlinge des Henkers selbst.

In der Pause erhob sie sich, ohne auf Dumfries zu achten, der sie ansprach, und suchte ihren Bruder. Er war zwei Reihen schräg vor ihr gesessen, und hatte es sehr eilig gehabt, den Raum zu verlassen. Sie sah seinen hellen Schopf zwischen den anderen, dann war er fort. Er wich ihr aus. Kein Wunder. Miranda verließ ebenfalls den Saal und blickte um sich.

Dort war der Verteidiger! Er sah herüber, dann drehte er sich hastig um und schlug die andere Richtung ein. Entschlossen strebte Miranda ihm nach, bahnte sich teilweise mit einem liebenswürdigen Lächeln, teilweise sehr energisch den Weg, bis sie den unfähigen Tropf in einer Ecke des Ganges gestellt hatte. Panik flackerte in seinen Augen, und sein Blick irrte auf der Suche nach einen Ausweg umher, als sie ihn wütend anfunkelte. Er hatte keine Chance. Er wäre vielleicht mit einer gewöhnlichen Frau fertig geworden, mit einem Fischweib, das ein Messer in der Hand hielt, aber nicht mit einer Lady der besten Gesellschaft, die hochaufgerichtet vor ihm stand und mit durchdringendem Blick auf den kleineren Mann hinabsah.

»Nennen Sie das eine gute Verteidigung, Sir?«

Er schauderte sichtlich unter dieser kalten Stimme. »Nun, Mylady, ich tue mein Möglichstes. Sehen Sie, …«

»Ich sehe nur, dass jemand wie Sie besser eine Tätigkeit als Ausrufer auf einem Jahrmarkt in Erwägung zöge, Sir«, erwiderte die kalte Stimme unbarmherzig, jedes *Sir* eine phonetische Beleidigung. »Falls Ihre Fähigkeiten dazu reichen – worüber ich mir nach der Vorstellung, die Sie nun eine Stunde lang geboten haben, nicht mehr so sicher bin.« Kühle graue Augen durchbohrten ihn mit heißem Missfallen.

»Ich muss schon sehr bitten, Mylady«, protestierte er errötend.

»Und ich muss bitten, dass Sie Ihrer Aufgabe mit etwas mehr Begeisterung nachgehen«, fuhr Miranda ihn an. »Sie sind, um es deutlich zu sagen, falls Sie meine Worte bisher nicht eindeutig genug waren, das erbärmlichste Beispiel für einen Verteidiger, das mir jemals …«

»Miranda!« Anthony nahm seine Schwester beim Arm.

Miranda wirbelte herum. »Das nennst du einen guten Anwalt?«, zischte sie ihren Bruder an. »Der Mann ist ein Seelenverkäufer!«

Anthony hob hilflos die Hände. »Er tut, was er kann.«

»Dann sollte er vielleicht ein wenig mehr tun?«, schlug

sie beißend vor. »Vielleicht würde ein Bajonett im Rücken dabei helfen?«

Anthony sah sich unbehaglich um, etliche Blicke waren auf sie gerichtet. »Ich bitte dich, du löst einen Skandal aus.«

»Das dürfte jetzt schon gleichgültig sein, oder?«

»Wir haben ein Abkommen mit der Anklage, Madam«, flüsterte der Verteidiger. »Wenn Captain Whitburn keine Schwierigkeiten macht, sondern sich schuldig bekennt, verzichtet das Gericht auf Todesstrafe und sogar Gefängnis.«

»Wie?« Miranda vergaß für Sekunden ihren Zorn. Die nächsten Worte des Mannes ließen jedoch das hoffnungsvolle Strahlen in ihren Augen erlöschen.

»Deportation, Mylady. Das ist das Äußerste, was wir herausholen konnten.«

»Das kann nicht Ihr ... Anthony!« Sie wandte sich heftig nach ihrem Bruder um.

»Sei still, es sehen schon alle her.« Anthony nickte dem Verteidiger zu, der ein Taschentuch aus seiner Tasche fischte und seine Perücke zurückschob, um sich die Stirn abzuwischen. Anthony zerrte Miranda so unauffällig wie möglich mit sich. »Das ist das beste, was John passieren kann, Miranda. Es geht nicht anders.«

»Er hat nicht einmal zugegeben, dass er es getan hat«, fauchte sie ihn an.

Anthony zerrte sie in ein leeres Zimmer, nahm sie bei den Schultern und drehte sie so, dass sie ihn ansehen musste. »Meine Kleine«, so hatte er sie nicht mehr angesprochen, seit sie zehn gewesen war, »bitte sei vernünftig. Du machst es nur schlimmer. Die Beweise sprechen gegen ihn. Indem er es nicht zugibt, es aber auch nicht abstreitet, hat das Gericht die Möglichkeit, die Strafe in Deportation umzuändern.«

»Dabei werde ich nicht schweigend zusehen«, sagte sie scharf.

Anthonys Gesicht wurde hart. »Doch, das wirst du. Weil du sonst Johns Lage nur erschwerst. Und jetzt...«, er beugte sich vor und küsste sie auf die Stirn, »sei bitte vernünftig.«

Der Rest der Verhandlung rauschte an Miranda vorbei wie ein Albtraum, aus dem sie nicht erwachen konnte. Sie beschuldigten John, kreisten ihn ein, dieser Mr White, der wesentlich fähiger war als das arme Würstchen von Verteidiger, brachte die Beweise Schlag auf Schlag. Und John saß am Ende nur noch schweigend da und zuckte bestenfalls mit den Schultern. Es kostete sie nicht geringe Mühe, nicht aufzuspringen, ihn zu packen und zu schütteln.

Und dann zogen sie sich zur Beratung zurück. Dumfries wollte Miranda hinausbegleiten, aber sie schob ihn von sich, saß nur stocksteif da und starrte blicklos auf die gegenüberliegende Wand.

Als sie wiederkamen, erhoben sich alle im Saal, und als das Urteil verkündet wurde, schloss sie die Augen.

»Captain John Whitburn«, hörte sie die Stimme des Richters wie aus weiter Ferne, »Sie sind der Kooperation mit amerikanischen Schiffen für schuldig befunden worden. Da sich das Vereinigte Königreich jedoch nicht im Krieg mit den Vereinigten Staaten befindet, kann das Strafmaß verringert werden.«

Es dröhnte und rauschte in Mirandas Ohren. Kalter Schweiß brach aus ihr hervor, ihr Kleid klebte an ihrem Rücken, kleine Schweißperlen liefen zwischen ihren Brüsten herab, standen auf ihrer Stirn. Der Mann machte eine Kunstpause, um die Spannung im Raum zu erhöhen. Verflucht sollte er dafür sein. Und endlich sagte er: »Für dieses Vergehen wäre eine lebenslängliche Gefängnisstrafe vorgesehen. In diesem Fall und in Anbetracht Ihrer Verdienste gegenüber der Krone, wird die Strafe in lebenslängliche Deportation nach New South Wales umgewandelt. Sie werden mit dem nächsten Gefangenenschiff transportiert. Gott schütze den König.«

* * *

Dumfries war zu Mirandas Erleichterung von seinen Pflichten in der Admiralität zurückgehalten worden, und sie hatte alleine heimfahren können. Sie würde sich seiner Gehässigkeit früh genug stellen müssen, aber so hatte sie zwei Stunden Zeit, sich zu fassen und zu sammeln. Auch wenn Anthony sie gewarnt hatte, sie war nicht wirklich auf diesen Urteilsspruch gefasst gewesen. Bis zu dem Moment, als der Richter die Strafe verkündete, hatte sie nicht nur gehofft, sondern im Innersten daran geglaubt, es würde sich alles noch als Irrtum herausstellen.

Wenn John tatsächlich schuldig geworden war, dann vor allem ihretwegen. Sie schloss die Augen, als sie daran dachte, wie er ihr erzählt hatte, dass er jetzt genügend Geld besäße, um mit ihr ein neues Leben zu beginnen. Sie hätten auf der Stelle flüchten müssen, aber stattdessen hatte sie ihn unter Dumfries Drohungen zurückgewiesen, um ihm nicht zu schaden. Aber es war schon zu spät gewesen, und Dumfries hatte seine Gelegenheit zur Rache zu nutzen gewusst. Rache an ihnen beiden.

Ihr ekelte vor ihm. Vor seinem nach Alkohol stinkenden Atem, vor ihm selbst. Das war nicht immer so gewesen, es hatte Zeiten gegeben, da waren ihr seine Berührungen willkommen gewesen. Sie war eine leidenschaftliche Frau, und selbst der unsensibelste Ehemann konnte etwas befriedigen, das sie brauchte. Bis Dumfries begonnen hatte zu trinken und sich in Bordellen herumzutreiben. Damals hatte sie gelernt, dieses Verlangen tief in sich einzuschließen. Bevor John in ihr Leben getreten und den Panzer aus Frustration und Kälte durchbrochen hatte, war sie wie tot gewesen, alle Gefühle wie in einem Kerker eingesperrt, voller Angst sich klar zu machen, wie unglücklich sie war. Aber als John ihre Seele berührt und ihre Liebe geweckt hatte, hatte sie die Einsamkeit erst wirklich zu fühlen begonnen.

Dann war er abgereist und hatte ein tiefes Loch zurückgelassen. Die Kälte war noch schlimmer geworden. Es hatte Momente gegeben, in denen sie beinahe an ihrer Verzweiflung erstickt war. Nur die Erinnerungen an diese eine Nacht hatten sie gewärmt. Und doch hatte sie gewusst, dass sie nur ein Abenteuer für ihn war, dass er sie, sollte er zurückkommen, vermutlich nur höflich behandeln und Abstand halten würde. Das war so üblich, sie wusste es von anderen. Sie war nicht die einzige Frau, die einsam daheim saß – viele nahmen sich Liebhaber, aber die Beziehung endete am nächsten Tag, beim nächsten Einsatz, und sie wurde nie wieder fortgesetzt. Als sie schließlich nach – für sie – endloser Zeit hörte, dass er zurückgekommen war, machte sie sich darauf gefasst, ihm in Gesellschaft zu begegnen und ihm wie eine Fremde zu sein.

Aber dann war er vor ihr gestanden, und sie war wie erstarrt gewesen, hatte nur seine Augen gesehen, die Wärme darin, die Sehnsucht. Er war gekommen. Ihretwegen. Und da war etwas in ihr aufgebrochen. Sie hatte sich in seine

Arme gestürzt, und er hatte sie an sich gepresst, Liebesworte in ihr Haar gemurmelt, sie an sich gedrückt. Hatte sie geweint? Vielleicht. Sie wusste nur noch, dass er ihr Gesicht geküsst hatte. Und sie war verloren gewesen.

Und jetzt waren sie beide verloren. Sie schloss die Augen.

Als Dumfries von der Admiralität heimkehrte, verlor er keine Zeit, Miranda aufzusuchen und seinen Triumph auszukosten. »Wäre es nach mir gegangen, würde er jetzt hängen«, waren seine ersten Worte, als er in ihr Zimmer trat.

Miranda hatte sich erhoben und sah ihm gerade in die Augen. Sie verstand nicht, wie einfältig sie gewesen war, zu glauben, Dumfries würde sich damit begnügen, einen Keil zwischen John und sie zu treiben. Er hatte ihn hängen sehen wollen, und die Deportation musste ihm tatsächlich ungelegen kommen, auf diese Art konnte er nicht einmal Zeuge sein, wie John in einem Gefängnis dahinsiechte.

Er sah sie lauernd an, als sie schwieg. »Du kannst froh sein, dass du dank meines Einflusses nicht ebenfalls angeklagt worden bist.«

Als hätte es ihr jetzt noch etwas ausgemacht.

»Das hätte dir nichts ausgemacht, nicht wahr?« Dumfries lachte auf. »Dann sollten wir einmal dem Gefängnis in Newgate einen Besuch abstatten, damit du einen Blick auf die armseligen Kreaturen dort werfen kannst. In einem Jahr würdest du aussehen wie ein altes, verbrauchtes Weib, wenn dich nicht schon in den ersten Monaten Krankheiten oder die Kälte, der Dreck weggerafft hätten. Oder hast du gehofft, mit ihm deportiert zu werden?« Er kam näher und beugte sich vor. Sein nach Brandy riechender Atem streifte ihr Gesicht. »Was denkst du jetzt? Willst du ihm nach New

South Wales folgen? Sein Schicksal teilen? Meinst du, er will dich überhaupt noch?«

Miranda hob so schnell die Hand, dass er nicht mehr ausweichen konnte. Sie hatte hart zugeschlagen, sein Kopf wurde zur Seite gerissen. Aber ehe sie noch den Schmerz in ihrer Hand fühlen konnte, traf sie sein Schlag. Sie taumelte, wollte sich fangen, der Raum drehte sich um sie, dann stolperte sie und stürzte. Sie griff nach der Frisierkommode, fasste daneben und kam hart auf dem Boden auf. Für Sekunden war alles weit weg. Dann wurde sie von einer Hand am Arm gepackt und hochgerissen.

»Ich habe noch nie eine Frau auf diese Art geschlagen«, zischte Dumfries sie an. Sein Gesicht war dicht vor ihrem, dass sie seinen Atem spürte. »Und auch nie das Bedürfnis verspürt, ihr seid es nämlich nicht wert. Aber bei Gott, ich hätte nicht übel Lust, dich zu prügeln.«

»Wage es!«

»Wagen?« Er stieß sie von sich, dass sie taumelte, und schüttelte verächtlich den Kopf. »Wer würde es mir übel nehmen, wenn ich meine Frau, die mich betrogen hat, jetzt schlüge? Jeder würde mich verstehen, wahrscheinlich sogar dein Bruder. Vielleicht hätte ich dich schon viel früher prügeln sollen, gleich zu Beginn, um dir von vornherein jeden Gedanken an einen Ehebruch auszutreiben?«

»Du wirfst mir vor, was du getan hast!«, fauchte sie ihn an. »Oder meinst du, ich wüsste nicht, wo du dich herumtreibst? Bei Hafendirnen? In Bordellen?«

»Weshalb auch nicht? Die Weiber dort sind weniger kalt, die sind aus Fleisch und Blut.«

Miranda lehnte sich an die Kommode, um ihm nicht zu zeigen, dass ihre Knie beinahe nachgaben. »Aus Fleisch und

Blut? Das war ich auch. Weiß Gott, das war ich auch, bis du eine Statue aus mir gemacht hast.«

Sie richtete sich sehr gerade auf, obwohl sich der Raum um sie herum immer noch drehte. Ihre Wange schmerzte, nein, ihr ganzer Kiefer, aber sie verdrängte den Schmerz.

Dumfries machte eine Bewegung, als wollte er auf sie zugehen, aber sie hob die Hand. Zu ihrer Überraschung stellte sie fest, dass sie zur Faust geballt war und sie tatsächlich bereit war, zuzuschlagen. Zu schlagen, zu kratzen, zu beißen. Glühender Hass auf ihren Mann saß in ihrer Kehle und schnürte ihr den Atem ab. Dumfries Augen weiteten sich vor Erstaunen. So hatte er seine stets beherrschte Frau noch nie gesehen. Dann zuckte er mit den Schultern und ging zur Tür. »Ich werde für zwei Tage außer Haus sein«, sagte er über die Schulter.

Miranda ließ ihre erhobene Faust langsam sinken. »Wenn du zurückkehrst, wirst du mich nicht mehr hier vorfinden«, sagte sie schwer atmend.

Er drehte sich nach ihr um. Seine Augen wurden schmal.

»Ich werde zu Anthony ziehen.«

»Dich bei ihm ausweinen?«

»Wir werden uns trennen«, sagte sie ruhig. Plötzlich fiel alles von ihr ab, Zorn, Angst. Mit einem Mal war alles so klar. Wie dumm sie gewesen war. Hätte sie John gleich gesagt, dass sie Dumfries verließ, hätte sich nichts verändert, John wäre in jedem Fall verurteilt worden.

»Stell dir das nicht so leicht vor«, sagte Dumfries mit erzwungener Ruhe. Dann schlug die Tür hinter ihm zu.

Sally schoss aus dem Ankleideraum, wahrscheinlich hatte sie schon die längste Zeit gelauscht. Ihre Augen funkelten, und ihre Lippen waren zusammengepresst.

Mirandas Stimme zitterte leicht. »Pack unsere Sachen, Sally, wir ziehen vorerst zu meinem Bruder.« Anthony würde sie bestimmt unterstützen, wenn er hörte, dass sie Dumfries verlassen wollte. Er war der einzige gewesen, der ihr damals von der Ehe mit Dumfries abgeraten hatte, aber sie hatte nicht auf ihn gehört. Sie war schon zweiundzwanzig gewesen und hatte Angst gehabt, sitzen zu bleiben. Davor hatte sie zwei gute Partien abgelehnt. Und als dann Dumfries gekommen war, hatte sie beschlossen, sich zu verlieben und einen eigenen Haushalt zu gründen. Vielleicht hatte auch die Überlegung, dass ein Seemann nie daheim war, eine Rolle gespielt. Ihr Vater war sehr dominant gewesen und ihre Mutter eine stille Frau, daher war die Ehe gut geworden, aber still war Miranda nicht, auch wenn sie nach außen hin so kühl wirkte. Sie konnte sich nicht zwölf Monate im Jahr unterordnen. Seltsam, wie vernünftig sie in die Ehe gegangen war – wie alle anderen Frauen wohl auch.

Sie ging zum Spiegel und betrachtete ihre Wange. Es war nicht viel zu sehen, vorerst nur eine Rötung, auch wenn der Schmerz jetzt einsetzte und sie leichte Kopfschmerzen hatte. Schlimmstenfalls musste sie Puder darüberlegen, damit Anthony nichts bemerkte. Ihr Bruder war durchaus imstande, hierher zu kommen und Dumfries zur Rede zu stellen. Das war nicht in ihrem Sinne.

Sie begegnete Sallys Blick im Spiegel. Das Gesicht ihrer Zofe war zornig verzogen. »Er hat Sie geschlagen.«

»Ich ihn auch.« Ihre Hand brannte jetzt noch. Sie fühlte eine gewisse Genugtuung dabei. Ihn zu schlagen war etwas, das sie schon längst hatte tun wollen. Wäre sie ein Mann, hätte sie versucht, ihn zu verprügeln, selbst wenn sie dabei den Kürzern gezogen hätte.

Sally kniff die Augen zusammen. »Sie hätten einen Prügel nehmen sollen. Oder mich rufen, ich weiß, wie man mit solchen Kerlen fertig wird.«

Daran zweifelte Miranda nicht. Sally war in einem Dorf aufgewachsen, als uneheliches Kind, ohne Vater. Sie hatte von Kindheit an schwer arbeiten und sich viel Bosheit und viele Kränkungen anhören müssen, aber sie hatte sich niemals geduckt, sondern immer ihre Meinung vertreten – und dafür von den verschiedensten Seiten Schläge einstecken müssen. Die des Hausherrn hatte sie nicht vergelten können, aber die Knechte und Mägde hatten oft Sallys von der Arbeit gestählten Hände gefühlt.

Miranda drehte sich um und lächelte. Es zog schmerzhaft in der Wange. »Das nächste Mal, Sally. Ganz bestimmt sogar.«

7. Kapitel

John hatte die Urteilsverkündung und demütigende Degradierung nach außen hin gleichmütig hingenommen, auch wenn er innerlich fast explodiert war. Aber zumindest hatte er niemandem die Genugtuung gegeben, ihn auch nur beeindruckt zu sehen. Am allerwenigsten Dumfries, dessen höhnischen Blicke er jetzt noch auf sich fühlen konnte, und dieser... dieser... Miranda.

Er durfte gar nicht darüber nachdenken. Schon gar nicht in das hineinfühlen, was in ihm kochte und schwelte und, wenn er nicht Acht gab, sogar bitter schmerzte. Es war, als säße tief in ihm ein dunkles Loch, das sein Denken verschlingen würde, ließe er es zu. Und das durfte nicht sein, er musste jetzt seinen Grips beisammen haben.

Er hatte seine misshandelte Uniformjacke ausgezogen und in die Zellenecke gepfeffert. Wenn er sie auch nur sah, lief er Gefahr, einen Wutanfall bekommen. Und der war an einem Ort wie diesem reichlich sinnlos.

Als William zwei Tage später zu ihm in die Zelle trat, sah John allerdings keinen Anlass, ihm ein gleichmütiges Gesicht zu zeigen, sondern präsentierte sich seinem Freund in der Laune eines harpunierten Hais.

William hielt auch wohlweislich Abstand. Er griff nach dem klapprigen Stuhl, dessen Beine ungleich lang waren, und zog ihn gut zwei Armlängen von John entfernt, bevor er sich vorsichtig darauf niederließ. Er bemühte sich um einen aufmunternden Tonfall.

»Du hast Glück, du musst nicht lange warten. Das Schiff fährt schon morgen ab. Du wirst nicht einmal bis nach Plymouth transportiert, sondern hier im Hafen abgeholt.« William begleitete diese Worte mit einem freundlichen Nicken, das allerdings an Johns finsterer Miene abprallte.

»Ich kann mich vor Freude kaum halten«, knurrte er. »Wenn du sonst keine Nachrichten hast, dann mach, dass du wieder verschwindest. Und zwar schleunigst, bevor mir bei deinem Anblick das Kotzen kommt.«

William blieb sitzen. »Ich habe tatsächlich eine gute Nachricht für dich. Du fährst mit der *Charming Mary*.«

Der Name durchzuckte John wie ein Blitz. »Ich dachte, die wäre bei einem Gefecht verloren gegangen?« Sein grimmiger Ausdruck wurde etwas milder. Die *Charming Mary* war Johns erstes Schiff gewesen; das erste Schiff, über das er das Kommando gehabt hatte, um genau zu sein. Eine kleine, aber feine Fregatte mit zweiunddreißig Kanonen. In den letzten Jahren war man dazu übergangen, größere und schwere Fregatten zu bauen wie die amerikanische *Constitution*, die vierundvierzig Kanonen trug, und John hatte nach seinen Erfolgen auf See ein Schiff erhalten, das ebenfalls stärker bewaffnet war. Dennoch hatte seine heimliche Liebe stets der *Charming Mary* gegolten; ein schlankes Schiff, das sich wie ein edles Rennpferd in den Wind gelegt hatte.

»Ist sie auch, aber sie wurde nicht versenkt, sondern ist in die Hand der Feinde gefallen. Ein Freibeuter hat sie dann wieder zurückerobert, sie wurde versteigert und die Krone hat sie selbst gekauft – als Transportschiff für Deportationen nach Australien. Es ist ihre erste Fahrt«, setzte William hinzu, als er Johns Zähne knirschen hörte. Er beugte sich etwas vor. »Hör mal, John, ich hoffe, du weißt, wie sehr ich das bedaure. Nicht nur die Sache mit der Anklage und der Verurteilung, sondern auch was... Lady Dum... ähm... Anthonys Schwester betrifft.«

Er wich Johns Blick aus, und dieser begriff. Dann stammte Mirandas Brief also von William. Er musste ihn abgefangen haben. Das war kein Problem für William und seine Leute, sie hatten ja auch die Beweise gefunden, die John diesen Schlamassel eingebrockt hatten. Und noch dazu jede Menge davon, mehr als überhaupt nötig gewesen wären.

John schnaubte abfällig. »Es ist ein Wunder, dass ihr mich nicht gleich an den Pranger gestellt und vom Mob mit verfaultem Gemüse und Fäkalien habt bewerfen lassen.«

William bewegte unbehaglich die Schultern. »Es ging nicht anders, John. Die Strafe ist nun mal...«

»Ach, halte deinen Rand.«

Schlüssel klirrten. Der Wächter kam mit zwei Männern herein, grobschlächtige Kerle mit Ketten in den Händen. Sie bauten sich vor John auf, traten jedoch einen Schritt zurück, als William sich in seiner vollen Größe vom Stuhl erhob und sie mit einen sehr prüfenden Blick bedachte. Der Wächter dagegen, an den John noch vor zwei Tagen eine halbe Guinee verloren hatte, sah ihn zerknirscht an. »Muss sein, Sir. Vorschrift.« Er wies auf die Ketten.

John stand seufzend auf, streckte sich und hielt ihnen dann gehorsam seine Hände hin, damit sie ihm die Ringe darumlegen konnten.

William hatte wieder sein Meuchelmördergesicht aufgesetzt, was die Soldaten bewog, einen Bogen um ihn zu machen. Er wandte sich scharf um. »Gehen wir.« Er stieß die Zellentür auf und trat auf den Gang hinaus.

John folgte ihm kettenrasselnd »Kommst du etwa auch mit? Sollst du vielleicht dafür sorgen, dass ich unterwegs nicht von Bord springe? Oder haben sie dich wegen vorzüglicher Dienste an der Krone nach Australien versetzt?«

»Dein Sarkasmus ist nicht angebracht.« William hatte sein gekünsteltes, aufmunterndes Getue abgelegt und klang nun noch schlechter gelaunt als John.

»Natürlich nicht«, sagte dieser aufgebracht. »Er ist auch nicht ausreichend.« Er hob in einer erbitterten Geste die Hände und ließ die Ketten angriffslustig hin und her schwingen. »Ausreichend wäre, dir damit eins aufs Maul zu geben und dem Rest deines Klüngels dazu. Du und deine verdammten...«

Der Wachmann hob beschwichtigend die Hände, und die Soldaten traten alarmiert näher, aber William hielt sie auf, bevor sie John ergreifen konnten. »Das ist schon in Ordnung.«

Er packte seinen Freund am Arm, zerrte ihn zwei Schritte weg und zischte. »John, nimm dich in Acht. Und das meine ich ernst. Das ist kein Spiel. Und kein Kavaliersdelikt.« Er klang eindringlich genug, um John tatsächlich verstummen zu lassen, auch wenn er ihm messerscharfe Blicke zuwarf, während er ihm hinaus in den Hof folgte.

Man verfrachtete ihn noch im Gefängnishof in eine Kutsche mit vergitterten Fenster, William und die beiden Wächter stiegen mit ihm ein. Als sie durch die schweren Tore hindurch auf die Straße fuhren, war John froh über sein stabiles Gefährt, denn wie üblich hatte sich der Pöbel versammelt, um Steine und Abfall nach der Kutsche und dem Gefangenen zu werfen, und die Rufe »Verräter« klangen bedrohlich. Ein Stein zerschlug die Glasscheibe des linken Kutschenfensters, und fast unmittelbar darauf stoppte ein Hindernis ihre Fahrt. Ein Karren war umgekippt, und während die Soldaten und der Fuhrmann den Weg freimachten, mussten die begleitenden Wachleute den Pöbel von der Kutsche fernhalten. William sah trotz des Steinhagels aus dem Fenster.

»Es sind nur einige wenige, die die anderen aufhetzen«, sagte er dann zu einem der Wachmänner in der Kutsche. »Nehmen Sie ein paar davon fest, ich möchte sie später verhören.«

John brauchte nicht zu fragen, was William wissen wollte, wahrscheinlich vermutete er so wie er, dass diese Leute dafür bezahlt wurden, hier zu randalieren.

Plötzlich wurden die Rufe von anderen Schreien übertönt, von Flüchen, gröbsten Beschimpfungen. John konnte ein Grinsen nicht unterdrücken, als er die Namen »Whitburn« und »*Blue Philipp*« hörte. Eine Schar entschlossener Männer teilte die Menge mit kräftigen Schlägen wie Ruderblätter das Wasser und stürzte sich auf die größten Krawallmacher.

In der Zwischenzeit hatten Soldaten den Weg freigemacht, und die Kutsche fuhr wieder an. Und dann hörte John Hurra-Rufe. Er linste aus dem zerbrochenen Fenster. Die Stänkerer waren durch verwegen und entschlossen aussehende Gestalten mit wettergegerbten Gesichtern vertrieben worden, nur im Hintergrund gab es noch ergrimmtes Gekeile. Die Männer warfen die Hüte in die Höhe. John wollte hinauswinken, aber William zerrte ihn zurück. »Verdammt, was fällt dir ein? Glaubst du, du bist der König, der seinen Untertanen zuwinkt?«

John lehnte sich mit einem schiefen Grinsen zurück. William beobachtete ihn eine Weile. »Alles in Ordnung?«, fragte er schließlich.

»So eine vertrottelte Frage hat mir wahrhaftig noch niemand gestellt«, stellte John erstaunt fest. »Könnte es sein, dass du senil wirst?«

William zuckte mit den Schultern. »Etwas an dir ist verändert.«

»Vielleicht fehlen die Epauletten?«, kam es brummig zurück. John starrte bei dem zerbrochenen Fenster hinaus. Es hatte sich tatsächlich etwas verändert. Miranda hatte einen anderen. Und er war gefangen, wurde verschifft und konnte nicht nachforschen, wer der verdammte Hurensohn war.

Als er Williams unverwandten Blick auf sich ruhen sah, holte er tief Luft. »Es ist tatsächlich etwas geschehen.« Etwas zögernd griff er in die Brusttasche und zog Mirandas zerknüllten Brief hervor und hielt ihn William hin. Dieser kannte den Inhalt vermutlich ohnehin schon. »Hier. Ich möchte, dass du etwas für mich tust, aus alter Freundschaft. Finde heraus, wer der Bastard ist.«

William studierte das Schreiben. Als er hochsah, waren seine Augen hart wie Stein. »Und was dann?«

»Was dann kommt, lass dann meine Sorge sein«, kam es ruhig zurück. John griff nach dem Brief, faltete ihn sorgfältig zusammen und steckte ihn wieder in die Brusttasche. Eine Erinnerung an seine Dummheit, die ihn für lange Zeit begleiten würde.

* * *

Johns ehemaligen Mannschaftsmitglieder waren nicht die einzigen, die ihm das Abschiedsgeleit gaben, Miranda befand sich ebenfalls ganz in der Nähe. Sie war im Morgengrauen gekommen und wartete schon seit Stunden, als sich endlich die Tore von Newgate öffneten, um die Kutsche mit John herauszulassen. Sie stand, in ein einfaches, viel zu kurzes Kleid, das sie Sally abgeschwatzt hatte, und einem abgetragenen Umhang, dessen Kapuze sie über den Kopf und halb über das Gesicht zog, am Rand der Menge, am ganzen Leib zitternd und den Tränen nahe.

Sie wusste sofort, dass John in der Kutsche saß, als die Horde zu johlen begann und mit Steinen und ekligen Dingen warf. Sie hätte sich am liebsten mitten hineingestürzt, um Ohrfeigen zu verteilen, aber Sally, die neben ihr stand und ein Gesicht machte, als wäre der Verdruss der ganzen Welt auf sie herabgekommen, packte sie vorsorglich am Kleid. Zum Glück hatten sich nicht nur Feinde hier versammelt, sondern auch Johns Leute, die mit den anderen prompt eine Prügelei anfingen.

Miranda starrte auf das kleine vergitterte Fenster, hinter dem John saß, vermutlich gefesselt oder sogar in Ketten, und zuckte entsetzt zusammen, als ein Stein die Scheibe zertrümmerte.

Als die Kutsche weiterfuhr, eilte sie durch die Menge zu ihrer Droschke, die eine Gasse weiter auf sie wartete. John hatte sie nicht sehen wollen. Sie hatte ihn nicht einmal besuchen dürfen. Sie hatte Anthony so lange bestürmt, bis er zweimal zu John gegangen und ihn gefragt hatte, aber dieser hatte strikt abgelehnt. Er hatte sogar ihre Briefe zurückgeschickt.

Sie wusste noch nicht, wie sie es ertragen sollte, ihn monatelang auf diesem Schiff eingeschlossen zu wissen, mit all den Gefangenen, und dieser vermutlich sehr brutalen Besatzung auf dem Schiff völlig preisgegeben. Immerhin hatte sie Anthony dazu gebracht, Teile ihres Schmucks zu versetzen, um damit den Captain zu bestechen, und dafür zu sorgen, dass John besser behandelt wurde, er frische Kleidung bekam, angemessenes Essen und sauberes Wasser.

Sie war in der vorigen Nacht weinend aufgewacht und hatte nicht mehr einschlafen können. In den frühen Morgenstunden, als der Tag durch die Vorhangspalten langsam ins Zimmer kroch und alles grau färbte, war alles noch viel schlimmer geworden. Sie hatte sich vor Schuldgefühlen und Angst um John zusammengekrümmt, hatte ständig seinen verächtlichen Blick gesehen, der ihr in jeder Zelle ihres Körper wehtat. Erst als die ersten Sonnenstrahlen durch die Bäume vor ihrem Fenster brachen, hatte sie sich besser gefühlt; es war, als brächte die Sonne auch Hoffnung mit sich. Auf jeden Fall hatte der Tag eine endgültige Entscheidung gebracht. Seit das Urteil verkündet worden war, hatte sie an nichts anderes mehr denken können, sondern Pläne geschmiedet, wie sie vorgehen wollte. Sie hatte daran gedacht, gleich auf dem Schiff mitzureisen, aber jeder Versuch war von Anthony schon im Keim erstickt worden. Sie musste es anders anstellen, geschickter, und sie hatte schon einen Plan. Aber vorerst wollte sie John noch ein letztes Mal sehen.

* * *

Als John hinter William aus der Kutsche sprang, sah er *sie* sofort. Die *Charming Mary* lag direkt am Hafen und war durch einem Landungssteg mit dem Ufer verbunden. Sie bot einen Anblick, der ihm in der Seele wehtat, und Johns Miene wurde mit jedem Stück, das er in Augenschein nahm, mürrischer. Niemand konnte etwas an der eleganten Form des Rumpfes verderben, aber er hatte noch selten ein so schlecht geriggtes und vernachlässigtes Schiff gesehen. Die Bordwände hatten seit einer Ewigkeit keinen neuen Anstrich bekommen, und die Masten standen viel zu aufrecht. Das mochte sie nicht. Sie lag besser im Wind, wenn die Masten ein wenig mehr nach achtern geneigt waren. Das neugierig an der Reling lehnende Gesindel vervollständigte noch das trübe Bild, und John stellte wehmütig fest, dass es der *Charming Mary* es nicht besser ergangen war als ihm: Sie waren beide degradiert, derangiert und heruntergekommen.

Grundsätzlich hasste er Deportationsschiffe. Einmal war er sogar einem von ihnen gefolgt, nachdem sie den Kurs gekreuzt und mehrere Leichen im Wasser treiben gesehen hatten. Er hatte den anderen gezwungen, die Segel zu reffen, und war an Bord gegangen. Der Gestank war bis hinüber zu ihrem Schiff zu spüren gewesen. Er war in den Laderaum hinuntergestiegen und hatte die noch überlebenden Gefangenen in einem beklagenswerten Zustand vorgefunden: halb im Wasser liegend, ihren eigenen Fäkalien und im Erbrochenen.

Er hatte den Captain dieses Schiffes gezwungen, den Laderaum zu säubern, sein Arzt hatte sich um die Männer gekümmert, und später hatte er Meldung erstattet. Wie er danach gehört hatte, hatten dennoch nur wenige überlebt. Er würde nie begreifen, warum man die Männer und Frauen nicht gleich henkte, sondern sie noch diesen Torturen aussetzte. *Strafmilderung* nannten sie das. Er schnaubte abfällig.

Der Wagen mit den anderen Gefangen, die auf das Schiff gebracht werden sollten, war kurz vor ihnen eingelangt und John musste neben der Kutsche warten, bis seine »Reisegefährten« eingeladen worden waren. Er wurde tatsächlich bevorzugt behandelt, denn diese bedauernswerten Menschen waren in einem käfigartigen Gefährt hierher gebracht worden. Er warf William einen schrägen Blick zu, aber der sah geflissentlich an ihm vorbei. Mehrere Soldaten trieben die Männer zum Landungssteg. Die meisten gingen schweigend, mit gesenktem Kopf. Traurige, zerlumpte Gestalten, die sich stolpernd dahinschleppten. John unterdrückte ein gereiztes Knurren.

»Ist er das?« Der Captain hatte mit dem Hafenmeister und zwei Offizieren etwas abseits gestanden, und kam nun näher, um sich den speziellen Gefangenen anzusehen. Zwei kräftige Matrosen begleiteten ihn.

William nickte kurz. »Ein ganz übler Bursche, Captain Murkins. Er muss unbedingt in Einzelhaft gehalten werden, damit er die anderen nicht zur Rebellion anstiftet.«

»Wir werden schon darauf achten, dass er nicht zu munter wird.«

John hätte William und ihn am liebsten gepackt mit den Köpfen zusammengestoßen.

Der Erste Leutnant der *Charming Mary* kam heran. »So, das ist also der Verräter, der mit den Amerikanern gemeinsame Sache gemacht hat?« Er musterte John von oben bis unten, dann wandte er sich an den Captain. »Sir, die Gefangenen sind jetzt vollzählig unter Deck.«

»Dann können Sie den hier auch einladen.«

»Ich habe schon einen speziellen Mann dafür bereitgestellt. Hier kommt er.«

Rechts von John schlenderte ein Seemann heran, in dem typischen wiegenden Gang, den alle hatten, die den größten Teil ihres Lebens auf See verbrachten. Ein Kerl mit Schultern wie ein Schrank. Er war gut einen halben Kopf größer als John, was etwas heißen wollte. Anstatt einen Bogen um John zu machen, ging er geradewegs auf ihn zu und prallte gegen ihn.

»Kannst du nich aufpassen, verdammter Halunke«, raunzte er ihn an. John sah in ein blassblaues Augenpaar. Er erkannte ihn sofort, das war einer der Kerle, die sich vor dem Gefängnis zusammengerottet hatten.

»Pass selbst auf«, knurrte John zurück.

»Hey, ich werde dir gleich eines auf dein freches Maul...« Der Mann hob schon die Faust, da schritt der Erste Leutnant ein.

»Geh auf deinen Posten, Spieker. Der Mann wird als Gefangener behandelt, wie es sich gehört. Haben Sie mich verstanden? Leg ihn in Eisen, dann wird ihm sein großes Maul schon vergehen.«

»Und Sie sind mir persönlich für ihn haftbar«, warf William mit einem scharfen Blick auf den Hünen ein.

Der Kerl bleckte die Zähne und zeigte dabei ein kräftiges, überraschend vollständiges Gebiss. »Alles klar, Sir. Nur keine Sorge, werde ihn hüten wie mein altes Muttchen.«

»Hoffentlich haben Sie eine gute Reise«, sagte William zu Captain Murkins. »Es soll sich einiges Piratengesindel herumtreiben.«

»Die werden nicht ausgerechnet ein Schiff voller Abschaum angreifen«, meinte der Erste Leutnant.

»Den könnten sie haben«, lachte der Captain. »Wäre doch eine gute Lösung, die loszuwerden.« Er machte eine vage Handbewegung. »Gut, dann könnt ihr den jetzt auch einladen.«

John wandte sich an William. »Moment mal, noch ein Wort, Parmer.«

»Bringt ihn schon weg, der Kerl quasselt zu viel.« Die Matrosen, allen voran dieser Spieker, packten John und wollten ihn mitzerren, bis er ihnen mit einigen deutlichen Worten und noch deutlicheren Ellbogen klarmachte, dass er noch nicht bereit war. Als sie daraufhin auf ihn einprügeln wollten, hielt sie die scharfe Stimme des Captains ab. »Nicht hier. Unten könnt ihr ihn dann fertig machen.« Er wandte sich William zu und grinste. »Hier sind zu viele Zuseher. Nicht, dass die meisten nicht ohnehin der Meinung wären, diese Kerle lohnten die Überfahrt nicht, aber der Hafenmeister ist oft recht pingelig in diesen Dingen.«

»Verständlich.« William sah vom Captain zu John. »Was gibt es noch?«

Eine ganze Menge, aber die hob John sich für ein anderes Mal auf. Jetzt ging es um Wichtigeres. Er riss sich von den beiden Männern los und trat zwei Schritte auf die Seite. »Meine alte Mannschaft«, zischte er, »Gnade dir Gott, wenn die nicht gut behandelt wird.«

Parmer nickte nur, dann gab er das Zeichen, John abzuführen. Die beiden rauhen Gestalten packten ihn und Spieker führte den Zug an. John wandte den Kopf und warf seinem Freund einen letzten, drohenden Blick zu. Dann war er auch schon über dem Steg und auf dem Schiff. Sie stießen ihn zur Leiter und hätten ihn vermutlich hinuntergeschubst, wäre nicht der Hüne vor ihm hinabgestiegen. So kam John wegen der Ketten ins Rutschen, wurde jedoch von einem kräftigen Arm aufgefangen und daran gehindert, schmerzhaft auf den Brettern zu landen. Als sie unten angekommen waren, rieb sich der Kerl vergnügt über die Bartstoppeln. »So, mein Schätzchen, jetzt sind wir ganz unter uns. Jetzt werden wir mal sehen, wie viel so ein feiner Captain wert ist.«

»Nimm mir die Ketten ab, und ich werde dir so einiges zeigen«, knurrte John.

Der andere brachte sein Gesicht dicht vor seines. »Ein ziemlich großes Maul hat der Kleine.«

John bemerkte, dass ihre Gesellschaft sich vergrößert hatte. Etliche schaulustige Matrosen waren hinzugekommen.

»Der Riese da macht den fertig«, behauptete einer.

»Ne, ich setze auf den anderen. Von dem habe ich schon gehört. Das ist Captain Whitburn.«

»John Whitburn?« Jemand pfiff erstaunt.

Der Hüne machte den Wetten ein Ende. »Verschwindet jetzt, ich kümmere mich um ihn. Befehl vom Captain und der Admiralität selbst. Der Kerl ist besonders gefährlich, braucht 'ne besondere Behandlung.« Er ließ seine Fingerknöchel unternehmungslustig knacksen.

Der Matrose, der versucht hatte, John die Leiter hinunterzustoßen, grinste. »Gib ihm von mir auch eins auf die Fresse.« Der andere fand sich weniger schnell damit ab, dass er um die Schlägerei gebracht werden sollte. Er hob unternehmungslustig die Fäuste. »Ich will aber auch mal.«

»Du wirst hier gar nichts, klar?« Die Augen des Hünen waren zu schmalen Schlitzen zusammengekniffen. »Und jetzt haut ab. Alle! Oder hab ihr nichts Besseres zu tun, als den ganzen Tag hier Maulaffen feil zu halten? Und du glotz nicht so dämlich«, schnauzte er John an.

Er stieß eine eisenbeschlagene Tür zu einem Verschlag auf und schubste John hinein. »Schlaf nicht ein! Da, rein mit dir.« John musste sich tief bücken, um überhaupt durch die Tür zu passen, und drinnen war er gezwungen, den Kopf einziehen. Er rümpfte die Nase. Gleichgültig, wie gut ein Schiff gehalten wurde, wie oft man das Deck schrubben, die Quartiere mit Essig auswaschen ließ und die Leute zum Waschen antrieb, der Geruch nach den vielen Menschen, Tieren und Bilgewasser war immer allgegenwärtig. Er war ihm so vertraut, dass er ihn kaum noch wahrnahm. Aber in diesem Verschlag stank es wie in der Senkgrube des Teufels. Schräg vor seiner heimeligen Unterkunft stand ein Käfig mit Tauben, und daneben waren Hühner untergebracht, die empört flatterten, als die Männer sich wieder davonmachten und dabei am Käfig anstießen. Von der anderen Seite hörte er eine Ziege meckern.

Hinter ihm krümmte sich der Hüne durch die Tür. Er gab ihm einen Schubs. »Mach schneller, Bursche.«

Sein neuer Aufpasser trat mit ihm ein und steckte dann sofort wieder den Kopf hinaus und griff nach einer Laterne. Die anderen hatten sich schon wieder davongemacht. Dafür lungerten jetzt zwei kräftige Gestalten vor dem Verschlag herum. Er nickte ihnen zu, sie nickten zurück, dann schloss er die Tür. »So, und jetzt zu uns beiden.« Er hing die Laterne an einen Haken an der Decke, um die Hände freizuhaben.

John drehte sich langsam nach ihm um und hielt ihm schweigend die Ketten hin. Die Ringe um seine Handgelenke waren nicht vernietet und relativ leicht zu öffnen. Der Matrose nahm sie ab und warf sie in die Ecke der Zelle.

»Wie war das doch gleich?«, fragte John mit einem verbindlichen Lächeln. »Dämlich glotzen?« Er rieb sich die Handgelenke. Der kurze Weg hierher hatte genügt, um sie aufzuschürfen. Aber das war nichts im Vergleich dazu, sie vielleicht über Monate tragen zu müssen. »Mir scheint, du bist während meiner Abwesenheit ein wenig forsch geworden, Samson.«

»Tut eben gut, mal eine Nettigkeit loszuwerden«, gab Samson zu. In Wahrheit hieß der Mann Leslie Spieker, aber seine kraftvolle Gestalt und sein dichtes, langes Haar, das er zu einem mächtigen Zopf geflochten hatte, hatte ihm den Spitznamen eingebracht. Zuletzt war er Bootsmann auf Johns Schiff gewesen.

»Du bist verrückt, hier mitzumachen«, brummte John.

»Nay, ich will mich nur nicht bei den anderen daheim langweilen. Außerdem hat Ihr Freund, Lord Anthony, den Captain bestochen. Wir sollten vorerst eine ganz angenehme Reise haben.«

»Anthony steckt also auch in der Sache drin?« Sie sprachen so leise, dass man sie außerhalb des Verschlages nicht hören konnte.

»Nicht ganz. Aber er sitzt schließlich im Navy Board und hat eine Menge mitgekriegt.« Er zwinkerte. »Hat mich auch dem Ersten Leutnant des Schiffes empfohlen.«

John nickte. Er sah sich um. Er hätte es wirklich schlechter treffen können; der Verschlag war zwar nur gerade einmal vier Fuß breit und knapp acht lang, so dass er, wenn er sich hinlegte, sich nur ein wenig strecken musste, um mit dem Kopf und den Zehen oben und unten anzustoßen, aber er hatte ihn – von einigen Nagetieren abgesehen – für sich allein. Er bückte sich nach einer Hängematte, die zusammengerollt auf dem Boden lag, und öffnete sie. Sie war erstaunlich sauber und heil. Sah geradezu neu aus.

»Gruß von Mr Parmer«, sagte Hailey, der ihn dabei beobachtet hatte.

»Welcher? Cedric oder William?«

»William, Sir.«

»Dem würde ich meine Grüße lieber hinter die Ohren schreiben«, knurrte John.

Samson hatte Mühe, nicht hinauszuprusten. »Da wäre ich gerne dabei.« Samson hatte früher unter William Parmer als Captain gedient. Ein hervorragender Stratege, ein exzellenter Seemann und gerechter Kommandant, der aber wegen seiner Kühle und Arroganz nie wirklich das Herz der Mannschaft besessen hatte. Ganz anders als John Whitburn.

»Na schön.« John betrachtete die Wände. Links und rechts an den Breitseiten waren Ringe festgemacht. Er rüttelte daran, und als sie hielten, befestigte er die Hängematte. Geschickt glitt er hinein, überkreuzte die Beine an den Knöcheln und streckte und reckte sich gähnend. »Wann segeln wir los?«

»Morgen früh mit der Flut. Die ersten paar Tage werden Sie hier unten bleiben müssen, aber dann werde ich dafür sorgen, dass Sie einmal am Tag Ausgang bekommen. In Ketten natürlich. Und immer vorausgesetzt, Sie fangen keinen Streit an.« Er grinste breit. »Vergessen Sie nicht, ich bin Mr Parmer persönlich verantwortlich, dass Sie sich gut benehmen und keinen Stunk machen.«

»Aber wo werde ich denn?« Die Aussicht, auf unbestimmte Zeit in dieser Zelle zu hocken, war nicht angenehm. Aber es war immer noch weitaus besser, als mit achtzig oder mehr anderen im Laderaum zu hocken, mehr übereinander als nebeneinander, und von jenen, die das Schaukeln des Bootes nicht vertrugen, von oben bis unten angekotzt zu werden. Als Samson ihm freundschaftlich aufs Knie klopfte und dann hinausgehen wollte, hielt er ihn auf.

»Ich hoffe, Anthony hat auch für die Männer im Laderaum bezahlt?«

Der Matrose grinste. »Es wurde ihm nahegelegt, soviel ich verstanden habe. Der Bursche ist doch ohnehin so reich, dass er nicht weiß, wohin mit seinem Geld. Ah ja, und noch was, Sir. Nehmen Sie sich vor dem Ersten Leutnant in Acht, das ist ein verdammt scharfer Hund.«

John brummte nur etwas, und Samson ging feixend davon.

* * *

Miranda stand halb hinter einem Fuhrwerk verborgen, dessen Besitzer sich in eine Taverne verzogen hatte, und starrte durch ein Lorgnon auf das im Hafen schaukelnde Schiff. John war soeben von drei widerlich aussehenden Kerlen an Bord gebracht worden. Sie wünschte so sehr, sie wäre bei ihm, um ihn zu beschützen. Bei ihrer einflussreichen Familie im Hintergrund würden sie es sich überlegen, ihn schlecht zu behandeln. Hoffentlich hatte Anthony auch genügend Bestechungsgelder verteilt. Der Schmuck, den sie ihm gegeben hatte, hätte reichen müssen, das ganze Schiff und noch die Hälfte der Besatzung zu kaufen und für sechs Monate zu versorgen.

Der Anblick, wie John aus der Kutsche stieg, schlecht rasiert, in einer verdrückten, zerrissenen Uniform, hatte tief in ihr Herz geschnitten. Sie hatte auch mitansehen müssen, wie dieser hünenhafte Mann ihn absichtlich anrempelte, und hatte nichts tun können.

»Kann ich helfen, Mylady?«

Sie fuhr herum, und brauchte vor Schreck zwei Herzschläge, um den Mann zu erkennen, der vor ihr stand und sie aufmerksam betrachtete. Jetzt erst wurde ihr klar, dass sie am ganzen Leib zitterte.

William Parmer. Anthonys und Johns *Freund*.

Parmers Blick glitt zu Sally, die ihn aufsässig musterte. Dann sagte er zu Miranda: »Ich weiß nicht, was Sie hier vorhaben, Mylady, aber was immer es ist – Sie sollten davon Abstand nehmen und nach Hause gehen.«

Sie wurde rot. Der Mann war nicht nur ein ungezogener, grober Klotz, es war auch klar, dass er ebenso wenig von ihr hielt wie sie von ihm. Parmer war nicht nur ein Verräter an seinem eigenen Freund, der – wie sie von Dumfries erfahren hatte – Beweise gegen John gesammelt und vorgelegt hatte, sondern auch noch dumm. In ihr begann es zu brodeln. Der Mensch kam ihr gerade recht. Sie straffte die Schultern.

»Wie ich hörte, waren Sie derjenige, der am eifrigsten nach Beweisen für Johns Schuld gesucht hat?«

Parmer sah sie nachdenklich an. Dann sagte er ruhig: »Das ist mein Beruf, Madam.«

»Ehrenwerte Männer zu beschuldigen?« Ihr Zorn kochte hoch.

Er ging nicht auf ihre Anklage ein. »Sie können ihn leider nicht mehr sehen, Lady Dumfries, auf dem Schiff ist jeder Besuch verboten. Aber Sie können ihm schreiben. Ich werde dafür sorgen, dass er den Brief erhält. Ob er ihn auch liest, kann ich allerdings nicht garantieren.«

Miranda schluckte an einer bissigen Antwort. Er musste

sehr genau wissen, dass John jeden ihrer Versuche, ihn zu sehen, abgeschmettert hatte, und ihre Briefe ungeöffnet an sie zurückgekommen waren. Ihr Herz war dabei fast gebrochen, aber das würde sie diesem grobklotzigen Menschen vor ihr nicht zeigen.

Sie straffte die Schultern, ganz Lady, obwohl ihr so jämmerlich zumute war, dass sie sich am liebsten heulend hinter der nächsten Häuserecke verkrochen hätte. »Ihr Anerbieten ist sehr liebenswürdig, Mr Parmer. Ich habe jedoch nicht vor, Briefe zu verschicken.«

Gewiss nicht. Wozu auch? Wenn er bisher ihre Briefe abgelehnt hatte, war es sinnlos. Sie würde etwas ganz anderes tun, nämlich ihm nachreisen. Wenn sie einmal in Australien vor ihm stand, würde er sie nicht mehr abweisen können.

William wusste für einen Moment nichts zu sagen. Er kam sich auf sehr subtile Art gemaßregelt vor. Jede andere Frau hätte jetzt trotzig oder arrogant geklungen, aber nicht Miranda Dumfries. Dazu war sie zu sehr Dame. Was immer man von dieser Frau halten mochte, die ihrem Mann und ihrem Liebhaber Hörner aufgesetzt hatte – sie verfügte über Haltung. Er betrachtete sie nachdenklich. Ihn hätte Miranda Dumfries nicht gereizt. Das blonde Haar mochte viele Männer anziehen, auch der makellose Teint, aber mit den kühlen grauen Augen, dem zwar schönen, aber ausdruckslosen Gesicht war sie keine Frau, die William interessieren konnte. Vielleicht war es gerade die kühle Zurückhaltung, die den temperamentvollen John so anzog. Die Herausforderung musste für einen Eroberer wie ihn unwiderstehlich gewesen sein.

Aber was wollte sie hier? Anthony hatte schon befürchtet, sie könnte Dummheiten machen, wie etwa versuchen,

John nachzureisen. Das war lächerlich. Zum einen war diese Frau viel zu verwöhnt, um allein schon die Reise durchzuhalten, und zum anderen wusste William seit dem Brief, was Anthony vermutlich nicht einmal ahnte. Was also hatte sie hierher getrieben? Neugier? Doch ein Rest Zuneigung? Vielleicht Schuld? Auf jeden Fall hatte sie hier nichts verloren.

»Der Hafen ist kein Aufenthaltsort für eine Lady«, sagte er in dem Ton, den Cedric immer schulmeisternd genannt hatte. Jetzt war er angebracht. Er winkte seiner Kutsche. »Ich werde mir erlauben, Sie zu begleiten.«

»Wie liebenswürdig, aber ich brauche keinen Aufpasser.«

Sie wollte an ihm vorbei, aber William, nicht gewöhnt, dass man ihm widersprach, nahm sie beim Arm, zog sie ein wenig zur Seite, als einige Seeleute vorbeischlenderten und ließ sie auch dann nicht los, obwohl sie ihn so kalt anfunkelte, dass er tatsächlich beinahe die Finger zurückgezogen hätte. »Erlauben Sie mir, Sie jetzt heimzubringen, Lady Dumfries.« Das war als Bitte formuliert, aber dahinter klang eiserne Entschlossenheit mit.

Es schien, als wolle sie widersprechen, aber schließlich neigte sie zustimmend leicht den Kopf. William winkte seine Kutsche herbei und half ihr beim Einsteigen. Als er Dumfries' Adresse angeben wollte, hob sie die Hand.

»Ich wohne jetzt bei meinem Bruder, Lord Silverstone.«

William war so überrascht, dass er nicht wusste, was er darauf sagen sollte. Er half ihr in die Kutsche; sie drehte noch einmal den Kopf und blickte zurück in den Hafen, und William staunte, wie sehr sich ihre Züge in diesem kurzen Augenblick veränderten. Jetzt, mit einem Mal, zeigte ihr Gesicht Charakter, eine solche Vielfalt von Gefühlen, die ihn sprachlos machten. Hatte sie diese bisher so gut verborgen? Stand nun die Frau vor ihm, in die John sich verliebt hatte?

Langsam wurde er neugierig. Die Sache schien weniger einfach zu liegen, als er anfangs gedacht hatte.

8. Kapitel

Es begann damit, dass die Hühner aufgeregt gackerten. Die herrische Stimme des Captains drang bis in seinen Verschlag, Füße trampelten über Deck, laute Flüche ließen den Schiffskörper vibrieren. Aber selbst dann noch schaukelte John gelassen in seiner Hängematte und vergnügte sich mit Tagträumen darüber, wie er sich an Miranda rächen wollte. Das war in den langen Stunden, die er unter Deck und in diesem Verschlag verbrachte, eine seiner Lieblingsbeschäftigungen geworden. Er dachte sich immer neue Szenarien aus, wie er sie demütigen und ihr ihre Untreue heimzahlen wollte, während er ihrem verfluchten Liebhaber das Lebenslicht ausblies. Flüche, Chaos an Deck waren unter dem Kommando von Captain Murkins auch nicht gerade außergewöhnlich, und John öffnete erst die Augen, als die ersten Pistolenschüsse fielen.

Die Hühner zeterten jetzt, als wäre der Fuchs hinter ihnen her. Die Ziege meckerte. John setzte sich auf. Sich nähernde Stimmen, dann dröhnende Schritte, die vor seinem Verschlag hielten. Und dann wurde der Riegel weggeschoben und die Tür aufgestoßen. Jemand bückte sich unter der Tür hindurch. Das Licht einer Laterne fiel herein und beleuchtete die leere Hängematte.

Derjenige, der die Laterne hielt, stand für einen Augenblick vor Verblüffung still. Und ehe wieder Bewegung in ihn kam, fühlte er sich schon von zwei kräftigen Händen am Hals gepackt und hineingezerrt. Vor Schreck ließ er fast die Laterne fallen. Er wurde zur Hängematte gestoßen, verfing sich darin und hob abwehrend die freie Hand. »Nicht, ich bin's!«

John nahm ihm die Laterne aus der Hand und leuchtete ihn an. »Verflixt, Samson, hat dir keiner beigebracht, dich zuvor anzumelden? Ich wusste ja nicht, wer hereinkommt.«

Sein Bootsmann rieb sich demonstrativ den Hals. »Hatte ja nicht gedacht, dass Sie gleich auf mich losgehen.«

»Was ist oben los?«

»Na was schon«, knurrte Samson beleidigt. »Meuterei. Nach was hört sich's denn an?«

John duckte sich auch schon unter der Tür hindurch und war auf dem Weg zur Leiter, die an Deck führte. Im hellen Viereck stand ein Mann. »Samson? Wo bleibst du denn? Was ist mit dem Skipp…« Er sprang zur Seite, als John hinaufstürmte.

Der Mann strahlte ihn an. Es war Ferguson, sein ehemaliger Master.

»Haben Sie eine Waffe, Ferguson?«

Der Matrose reichte ihm eine Pistole und einen Säbel. John wog ihn kurz in der Hand, fühlte das vertraute Gewicht, dann war er schon an Ferguson vorbei. Das Sonnenlicht blendete ihn, und er kniff die Augen zusammen, als er einen Blick in die Runde warf.

Überall an Deck waren Männer in Kämpfe verwickelt. Heruntergekommen Gestalten, offenbar Gefangene, rangen mit Matrosen, auch wenn es schwierig war, die einen von den anderen zu unterscheiden. Er hatte noch selten ein Schiff gesehen, das mit so viel Gesindel bemannt war.

Nur wenige Schritte von ihm entfernt stand Murkins. Er kämpfte gegen einen der Gefangenen. John war mit zwei Schritten dort, packte den Captain und hielt ihm die Pistole an die Schläfe. »Sofort aufhören!« Seine Stimme donnerte über Deck und ließ tatsächlich alle innehalten.

Der Erste Leutnant näherte sich mit erhobenem Säbel. »Sie glauben doch nicht, dass Sie damit durchkommen, Whitburn!«

»Säbel weg«, fuhr Samson ihn an.

Der Offizier schenkte John einen gallenbitteren Blick. »Machen Sie sich jetzt zum Anführer der Meuterer? Das werden Sie bereuen!«

John gönnte ihm ein Grinsen, das eher einem Zähnefletschen glich. »Was glauben Sie, hätte jemand wie ich noch zu bereuen? Es kann nur noch besser werden.«

Ein Mann lachte.

John drückte die Mündung der Waffe fester an die Schläfe des Captains. »Befehlen Sie ihren Leuten, die Waffen wegzuwerfen, Murkins.«

Der Captain brauchte keine weitere Aufforderung. »Waffen weg!«

Der Kampf war tatsächlich sehr schnell beendet. Die zerlumpten Gestalten kamen näher, unter ihnen befanden sich nicht nur Gefangene, sondern auch einige der Matrosen der *Charming Mary*. John sah in vor Dreck starrende, grinsende Gesichter, halb verdeckt von wuchernden Bärten. Er schubste den Captain zu Ferguson, der ihn in Verwahrung nahm. Die ehemaligen Gefangenen trieben die Mannschaft zusammen. Es waren erstaunlich wenige Leute.

John sah sich nach Samson um. »Wurden viele getötet?«, fragte er leise.

»Nur einer«, flüsterte Samson zurück. »Und das war mehr Pech. Ist mehr oder weniger in ein Messer gefallen, als die Männer das Deck stürmten.« Er deutete mit dem Kopf auf die Gefangenen. »Was geschieht mit den Leuten, Sir?«

»Wir sind noch nahe genug an der Küste, und der Wind steht günstig. Wenn wir sie in der Pinasse aussetzten, können sie morgen früh an Land sein.«

»Dagegen muss ich protestieren«, wandte Murkins ein, der die letzten Worte gehört hatte.

»Nehmen Sie sich ein Beispiel an Captain Bligh«, meinte John mit hochgezogenen Augenbrauen. »Gegen seine Reise ist Ihre ein Kinderspiel.«

»Im Fall von Captain Bligh und der *Bounty* wurden aber alle Meuterer gefangen und verurteilt«, fuhr der Erste Leutnant dazwischen.

John warf ihm einen genervten Blick zu. »Wenn ich etwas nicht leiden kann, dann sind es Leute, die Unglück vorhersagen.« Er drehte sich zu Samson. »Der Mann geht nicht mit den anderen, der bleibt hier. Vielleicht können wir ihm noch besseres Benehmen eintrichtern.«

»Den Teufel werde ich tun!« Der Erste Leutnant protestierte, bis Samson ihm eine Waffe an die Brust setzte.

»Bringt ihn zum Verhör in die Kajüte. Um den kümmere ich mich später«, befahl John. »Und legt ihn in Eisen, dann wird ihm sein großes Maul schon vergehen.«

»Kann er nicht mit uns mit?«, fragte Murkins besorgt. »Wir brauchen einen guten Navigator, und er versteht was davon.«

»Nein, der bleibt hier.«

Der Captain sah John an. »Hören Sie, bisher ist alles glimpflich ausgegangen, wenn Sie aber einen Offizier seiner Majestät...«

»Kümmern Sie sich um Ihren eigenen Hals«, unterbrach John ihn schroff.

Murkins sah sich verbittert um, als er bemerkte, wie sehr seine Mannschaft zusammengeschrumpft war. »Ich weiß nicht, wie Sie es geschafft haben, die vielen Leute zum Meutern zu bewegen, aber es wird ein Nachspiel haben.«

»Davon bin ich sogar überzeugt«, meinte John. »Gewisse Leute werden es bereuen, mich verurteilt zu haben.«

»Sir?«, fragte Samson leise. »Was geschieht mit den Huren unter Deck?«

John seufzte. »Wir wollen natürlich keine Liebespaare trennen. Sorgen Sie dafür, dass die weiblichen Begleiterinnen der Mannschaft ebenfalls von Bord gehen.«

»Alle?«, fragte Samson beunruhigt.

John warf ihm einen scharfen Blick zu. »Alle. Ausnahmslos.«

»Aber da ist die Frau des Masters, sie ist…«

»Ich wusste gar nicht, dass Sie verheiratet sind.« John wandte sich erstaunt nach Ferguson um.

»Seit einigen Seemeilen, Sir«, ließ dieser sich grinsend vernehmen.

»Dann bleibt sie hier. Der Rest verschwindet.«

Auf Johns Befehl wurde die Pinasse zu Wasser gelassen. John stand dabei, als der Captain hinabkletterte. Murkins wirkte recht gefasst. Vermutlich war er sogar noch erleichtert, so glimpflich davongekommen zu sein.

Die Männer stießen mit den Rudern vom Schiffsrumpf der *Charming Mary* ab. Kraftvolle Ruderschläge brachten sie schnell von dem ehemaligen Gefangenenschiff fort. Die meuternden Matrosen und Gefangenen standen an der Reling und johlten ihnen nach, als sie Segel setzten. Etliche

Obszönitäten flogen zu dem kleinen Schiff hinüber, die von deren Mannschaft mit düsterem Schweigen beantwortet wurden.

John drehte sich um und musterte die Männer, die auf dem Schiff verblieben waren.

»Gefangenenrebellion und Massendesertion?«, meinte er zu Samson und Ferguson.

»Aber woher denn, Sir!« Wäre nicht dieses Funkeln in Samsons Augen gewesen, hätte er ehrlich empört gewirkt. »Es gab da bloß gewisse Leute, die unter der Hand verbreiteten, dass ein Schiff im Hafen liegt, das Kurs auf die Strafkolonie nimmt. Tja, am Abend waren gerade einmal sechzig Leute an Bord. Und am nächstem Morgen einhundertneunundzwanzig, die Gefangenen nicht eingerechnet.«

»Die wundersame Matrosenvermehrung, wie?«

Samson sah ihn unschuldig an. »So wenig Arbeit, ein Schiff zu bemannen, hatten die Pressgangs noch nie, Sir.«

John stellte sich, für alle gut sichtbar, auf das Achterdeck. Seine neue Mannschaft drängte sich heran. Er kannte viele davon; bis auf jene, die der Mannschaft der *Charming Mary* angehört hatten, den Dienst auf einem Deportationsschiff satt hatten und beschlossen hatten, bei einem angehenden Piraten ihr Glück zu versuchen.

»Sie alle befinden sich auf einem Schiff, das Kurs auf die Strafkolonie hatte, Sie gelten als entflohene Gefangene oder als Deserteure. Vergessen Sie das nie. Sie befinden sich aber auch auf dem Schiff, auf dem ich Captain bin, und das sollten Sie noch besser im Gedächtnis behalten. Diejenigen, die bisher mir gesegelt sind, und das ist die Mehrzahl, kennen mich und wissen, was ich unter Disziplin verstehe. Glauben Sie nicht, dass sich durch unsere neue Situation etwas daran geändert hat. Im Gegenteil, sobald Murkins an Land geht, werden wir von den Engländern gejagt und wir haben uns noch nicht mit den Amerikanern verbündet. Ein Fehler und keiner von uns wird das überleben. Jeder, der das anders sieht, geht über Bord.« Anstatt Murren erntete John Hurra-Geschrei.

»Aufstellen! In Reih und Glied!« Samsons Stimme war über das ganze Deck zu hören.

Die Männer gehorchten. Allerdings nicht wie Soldaten in Reih und Glied, sondern in einer schlangenförmigen Linie, die John nur mit viel Wohlwollen als gerade erkennen konnte. Wo immer er hinsah, traf er meist auf grinsende Gesichter. Nur wenige sahen unsicher drein, einige besorgt. John ging die Reihe entlang. Er begrüßte jeden einzelnen mit Handschlag. Etwas, das auf einem Marineschiff nicht üblich gewesen wäre, aber das war eine besondere Situation. Vor einem betrübt dreinsehenden Mann blieb er stehen. Der Mann schielte ihn verlegen an, dann senkte er den Blick.

»Gewissensbisse, Seemann?«

»Nee, nich direkt, Skipper. Bloß … wenn sie uns fangen, dann werden wir entweder durch die Flotte geprügelt oder gehenkt.«

»Spinnst du, Mann?«, fuhr Samson ihn an. »Wer sollte uns schon fangen? Bist du blind oder bloß dämlich, he? Sieh dir unseren Captain an! Schon mal was von John Whitburn gehört? Was?«

Der Mann versuchte ein schwaches Grinsen. »Ja, klar, deshalb dachte ich ja, dass ich da besser dran bin.« Er richtete sich auf und führte grüßend seine Fingerknöchel an die Stirn. »Bin jedenfalls voll dabei, Sir.«

John ging die Reihe ab, dann kletterte er, gefolgt von Ferguson, unter Deck. In der großen Tageskajüte erwartete ihn bereits der Erste Leutnant der *Charming Mary*. Allerdings lag er nicht wie befohlen in Ketten, sondern stand beim Tisch und studierte die Karten. Ein prüfender Blick von oben bis unten, den John aus ganzem Herzen erwiderte, dann trat der Mann auf ihn zu und reichte ihm die Hand. »Herzlich willkommen an Bord deines Schiffes, Captain Whitburn. Ich hoffe, du brauchst einen verlässlichen Ersten Leutnant.«

»Wenn er Cedric Parmer heißt, auf jeden Fall.«

John wandte sich Ferguson zu und reichte auch ihm die Hand. »Es ist gut, Sie an Bord zu wissen, Ferguson.«

»Was ist mir denn anderes übrig geblieben? Ich konnte Sie ja nicht einfach so losziehen lassen. Als Mr Parmer«, er nickte zu Cedric hinüber, »vor meiner Tür stand und erzählte, dass es gewisse Verrückte gäbe, die sich darum rissen, auf einem Deportationsschiff anzuheuern, wurde ich neugierig. Tja, und da dachte ich, wenigstens ein Erwachsener sollte mitkommen.«

»Ich dachte, das wäre ich?«, mischte sich Cedric ein.

Ferguson, der Cedric kannte, seit dieser das erste Mal ein Schiff betreten hatte, und ihm so manches Mal den Hosenboden strammgezogen hatte, wandte ihm ein erstauntes Gesicht zu. »Junger Hupfer?«

»Kurs, Sir?«, wandte Cedric sich grinsend an John.

Dieser zupfte an seinem sechs Wochen alten Bart. »Wo meinen Sie, kann man bei den Amerikanern am besten als Freibeuter anheuern, Mr Ferguson?«

»Freibeuter oder Pirat?«, kam die unternehmungslustige Frage von Cedric.

»Red keinen Quatsch, Junge«, knurrte John seinen Ersten Leutnant an. »Ich bin gerade dem Henker durch die Schlinge entwischt. Auf eine Wiederholung habe ich keine Lust. Wir werden ganz legal vorgehen, mit Kaperbrief und allem Drum und Dran.«

»Es wird nicht schwierig sein, Kontakt zu den Amerikanern zu finden«, meinte Ferguson. »Inzwischen hat sich bestimmt schon herumgesprochen, dass man Sie angeklagt und verurteilt hat. Dafür hat schon Ihr Freund Dumf...« er würgte bei Johns stählernem Blick den Namen hinunter, verschanzte sich hinter einem Hustenanfall und wagte es erst nach einer geschlagenen Minute, wieder hinter seinem Taschentuch hervorzukommen. John beobachtete ihn immer noch kalt. Dumfries war ein Name, den besser niemand in seiner Gegenwart laut aussprach.

»Gut. Segel setzen lassen, Mr Parmer. Kurs auf die amerikanische Küste. Und schicken Sie mir einen der Schiffsjungen, der halbwegs sauber wirkt. Ich brauche einen Steward. Dann einen Krug Wasser, nein zwei, und frische Kleidung. Und dann etwas zu essen. Und genau in der Reihenfolge. Danach werde ich mir das Schiff näher ansehen. Hab noch nie ein schlechter geriggtes Schiff gesehen. Wenn der Captain nicht schon fort wäre, würde ich ihn jetzt über Bord werfen.«

* * *

»Über einhundert Leute sind desertiert?« Der Erste Seelord warf beinahe seinen Portwein um, als er Williams Parmers Bericht las. Er saß an der Stirnseite des Tisches, unterhalb des großen Scheibe, die allerdings keine Uhr darstellte, sondern einen Windweiser. Auf der linken Seite waren Fenster, die die ganze Höhe der Wand einnahmen, und gegenüber an der Wand befand sich die Sammlung von Seekarten.

Williams Gesicht hatte jene Meuchelmörder-Maske angenommen, die selbst dem Ersten Sekretär Croker unbehaglich war, der an der anderen Seite des Tisches saß. Sie waren bei dieser Besprechung wieder unter sich. Von den zivilen Lords war lediglich Anthony Silverstone anwesend.

»Was sonst hatten Sie gedacht?«, fragte William kühl. »Wir klagen einen bislang unbescholtenen Mann und ehrenwerten Captain unserer Flotte an, noch dazu einen erfolgreichen, dem wir so manche Prise zu verdanken haben, bezichtigen ihn des Verrats und entlassen ihn unehrenhaft aus der Marine. Wir haben Glück, dass es nicht schon in London zur offenen Meuterei gekommen ist.«

»Die Leute müssen gesucht werden«, sagte Croker.

»Die Leute lassen Sie laufen«, mischte sich zum ersten Mal der Erste Lord, Robert Dundas, ein. »Wir haben nichts davon, wenn sie wieder eingefangen werden oder zu viel Staub deshalb aufgewirbelt wird. Wenn wir das an die große Glocke hängen, macht es am Ende noch Schule, und wir haben bei jedem Captain, der angeklagt wird, einen Haufen Deserteure, die sich über einen Grund freuen, zu den Amerikanern überzulaufen.

»Verzeihung, aber da bin ich anderer Meinung«, sagte William. »Ich bin zwar dafür, sie entkommen zu lassen, aber wir müssen zumindest so tun als ob wir sie suchten. Andernfalls kommen wir in den Verdacht, Capitan Whitburn zu sanft behandelt zu haben. Es sind schon einige Stimmen laut geworden, die eine härtere Strafe gefordert haben.«

»Und am lautesten hat wohl Dumfries das Maul aufgerissen«, sagte der Erste Seelord derb.

»Dem kann ich leider nicht widersprechen. Es gibt aber auch Leute, die fragen, wie man ausgerechnet jetzt, wo wir nicht nur gegen Frankreich kämpfen, sondern sich auch die Lage mit den Vereinigten Staaten zuspitzt, auf verdienstvolle Kapitäne wie John Whitburn verzichten kann«, sagte William trocken.

Domett lehnte sich zurück. »Es gibt auch Leute, die sich fragen«, sagte er ruhig, »ob die Beweise nicht von einem gewissen Admiral gefälscht wurden.«

»Die Art, wie Dumfries den Beweisen hinterhergehechelt ist, war ekelerregend«, ließ sich der Erste Lord vernehmen.

Keiner widersprach.

»Und alles nur aus Eifersucht! Als wäre er der erste Ehemann, dem man Hörer aufgesetzt hat! Aber einen Mann nur deshalb ruinieren, weil er seine Frau gevö…«

Die anderen hoben alarmiert den Kopf. Domett hielt noch zeitgerecht inne und errötete. »Nun. Jedenfalls. Hm. Dumfries…«

Alle sahen sich nach Lord Anthony Silverstone um, der abwehrend die Hände hob. »Sehen Sie nicht mich an, Mylords. Ich kann nichts dafür. Hätte ich meine Schwester wegsperren sollen, wenn Whitburn in der Nähe ist?«

»Das wäre besser gewesen, so hätte uns Dumfries mit seiner Anklage und seiner Eifersucht beinahe in die Suppe gespuckt.« Der Erste Seelord hatte sich wieder gefasst.

»Das finde ich nicht«, widersprach William gleichmütig. »Es hätte gar nicht besser laufen können. Dumfries hat uns auf diese Art den besten Grund geliefert, Whitburn loszuwerden.«

»Wo ist Dumfries jetzt?«

»Er gehört zu dem Geschwader, das Brest blockiert. Es

wird aber noch einige Tage dauern, bis er in See stechen kann, sein Schiff muss überholt werden.«

»Also ein wenig beneide ich die Leute auf der *Charming Mary*«, meinte der Erste Seelord. Sein Blick ging sehnsüchtig in die Ferne. »Wäre nett, wieder einmal mittendrin zu sein.«

9. Kapitel

Miranda hatte diese Nacht vor Aufregung nicht geschlafen. Sie war nur am Abend zu Bett gegangen, um Sally keinen Grund zum Misstrauen zu geben, und war dann nach einigen Stunden, in denen sie kein Auge zugetan hatte, aufgestanden, um ihre Sachen zu packen.

Sie war keine Frau, die spontan handelte. Hatte sie diese Eigenschaft jemals besessen, so war sie ihr gründlich durch das Leben, ihre Gouvernanten und nicht zuletzt durch Dumfries ausgetrieben worden. Daher hatte sie die Vorbereitungen für ihre Flucht schon seit Johns Verurteilung vor vier Monaten betrieben. Sie war in dieser Zeit alles andere als untätig gewesen, hatte Informationen über die Seereise nach New South Wales gesammelt, über das Leben in der Strafkolonie, hatte Geld beiseitegelegt und ihren Schmuck versetzt, und schon genaue Pläne gemacht, wie sie mit John leben wollte.

Sie hatte Angst vor dieser Reise, vor dem, was sie erwartete, aber sie würde es durchstehen. Der Weg zu ihrem Glück war allerdings nicht wie im Sprichwort mit Nadeln bestückt, sondern mit fünfzehntausend Meilen Wasser, die ihr noch mehr Angst machten.

Über Australien wusste sie, dass der *derzeitige Gouverneur*, Macquarie, die Situation in den Kolonien entscheidend verbessert hatte. Die Bevölkerung setzte sich nicht mehr nur ausschließlich aus Gefangenen und ehemaligen Sträflingen zusammen, die zur Zwangsarbeit verurteilt worden waren, sondern es gab auch andere Kolonisten, die mit Schafzucht reich geworden sein sollten. Mit genügend Geld konnte man sich also dort ein akzeptables Leben schaffen. Miranda war niemals geschäftstüchtig gewesen – es war auch gar kein Bedarf vorhanden –, aber sie hatte gelernt, sich informiert und bei ihren interessierten Fragen so manchen erstaunten Blick aufgefangen.

Einen Freibrief für John erhalten, sollte kein Problem sein, solange er sich gut aufführte und sie genügend dafür zahlte. Und dann konnten sie sich, fern von dieser Welt und diesen Menschen hier, ein neues Leben aufbauen. Die acht Monate Fahrt konnten nicht langsamer vergehen als die letzten vier. Sie hatte die Trennung von Dumfires sehr energisch betrieben, aber ihr Mann hatte immer wieder dagegengesteuert, sich nicht damit abfinden wollen. Noch war sie Lady Dumfries, aber sie hatte Anthony Vollmachten übergeben und ihn in einem Schreiben, das nun auf dem Frisiertisch lag, gebeten, die Trennung in ihrem Sinne zügig durchzuführen. Wenn sie in New South Wales landete, war sie längst eine freie Frau.

Sally traute kaum ihren Augen, als sie um sieben Uhr dreißig auf Zehenspitzen ins Zimmer ihrer Herrin schlich, um den Morgenkakao zu servieren, und diese schon völlig angekleidet dabei vorfand, ihre Reisetasche zu packen. Vor Überraschung hätte sie beinahe die Tasse fallen lassen.

»Verreisen wir?«

»Allerdings.« Miranda sah nicht hoch; sie kämpfte mit zwei Unterröcken, einem Mieder, drei Paar Stümpfen und vier Spitzentüchlein. Als sie dann mit tödlich entschlossener Miene noch eine spitzenbesetzte Baumwollhose dazustopfte, schritt Sally entsetzt ein. Sie drückte Miranda die Tasse in die Hand, schob sie zur Seite und leerte die Tasche, ehe sie daran ging, sie fachmännisch neu zu packen.

»Warum haben Sie mir denn nichts gesagt?«, beschwerte sie sich. »Ich hätte alles für die Abreise gepackt. Und warum denn so zeitig in der Früh? Ich muss ja erst dem Kutscher Bescheid geben, dass wir loswollen. Weiß Mr Anthony eigentlich, dass wir auf den Landsitz fahren? Ist dort alles vorbereitet? Ich mag es ja nicht, wenn man so unvorhergesehen kommt, die Leute dort werden sicher aus allen Wolken fallen und dann ist es den ersten Tag so ungemütlich.«

Miranda antwortete nicht. Noch wollte sie einem Streit aus dem Weg gehen. Sie nippte an ihrem Kakao, dann stellte sie die Tasse weg und brachte noch weitere Kleidungsstücke, von denen sie annahm, dass sie in ihrem neuen Leben von Nutzen sein könnten. Bisher war Sally noch friedlich, aber das würde sich schnell ändern, wenn sie begriff, was ihre Herrin plante. Außer ihr durfte es ohnehin niemand erfahren, da Anthony sonst alle Hebel in Bewegung setzte, um sie aufzuhalten. Und jetzt, wo er verreist war, war die Gelegenheit günstig.

Miranda hatte Vorbereitungen getroffen, um ihre Spur zu verwischen, und sie war ihrer Meinung nach sehr geschickt vorgegangen. Sie hatte gleich nach Johns Verurteilung einen Brief an eine auf Jamaika lebende Freundin geschickt. Darin hatte sie ihr geschrieben, wie gerne sie doch einmal diese wunderbare Insel sehen wolle, von dem ihre Freundin ihr so vorgeschwärmt habe, und prompt war vor zwei Wochen eine äußerst liebenswürdige Einladung gekommen. Miranda hatte daraufhin überall von ihrer reizenden Freundin, die ja sogar über einige Ecken mit ihr verschwägert sei, erzählt, und dabei immer wieder betont, wie wundervoll es doch auf Jamaika sein müsse.

Dann hatte sie herausgefunden, wann das nächste Schiff nach Australien abfuhr. Leider hatte sie bisher keinen verlässlichen Mittelsmann, durch den sie vorab die Schiffspassage kaufen konnte, also musste sie persönlich nach Plymouth, um sich einen Platz zu sichern.

Sally eilte eifrig zur Kommode, um noch zwei Seidenunterröcke hervorzuholen, die sie liebevoll einpackte. Dabei redete sie ununterbrochen, bis Miranda sagte: »Wir fahren nicht auf den Landsitz.«

Sally sah von ihrer Arbeit hoch. Zuerst sah sie fragend drein, dann verwirrt. Und endlich begriff sie. Der Schock war so profund, dass sie händeringend auf einen Stuhl sank. »Nein.« Es war wie ein Wimmern. »Nein, Miss Miranda, das kann nicht Ihr Ernst sein. Doch nicht zu den Wilden dort unten!«

»Doch.«

»Zu den Verbrechern!«

»Meine Entscheidung ist gefallen. Du musst ja nicht mitkommen.« Miranda drehte sich schwungvoll um, zerrte noch ein Kleid hervor und warf es Sally hin. Dann noch eines. Bei der Abendrobe mit der Perlenstickerei zögerte sie.

»Das hier?«, sagte Sally höhnisch. »Das können Sie dann tragen, wenn Sie in Australien die Kühe melken. Oder die Schafe scheren, ich bin nämlich nicht einmal sicher, dass es dort bei den Wilden Kühe gibt!«

Miranda bewahrte Haltung. »Hör auf zu jammern«, schalt sie ihre Zofe. »Niemand verlangt von dir, mitzukommen.«

Sally schnaubte abfällig, als wäre dieser Kommentar keiner Antwort würdig. »Und wie weiter? Haben wir genug Geld?«

Miranda bemerkte mit Rührung und Erleichterung, dass Sally in der Mehrzahl sprach. »Vorerst ja«, erwiderte sie so selbstbewusst wie möglich. »Ich habe den Großteil meines Schmucks versetzt.« Sie hatte es wirklich genau durchdacht. Wenn sie einmal auf dem Schiff war und nichts mehr die Abreise verzögern konnte, würde sie einen Brief an Anthony schicken und ihn bitten, den kostbaren Schmuck wieder einzutauschen. Einige Schmuckstücke hatte sie behalten. Zum Teil, weil sie noch von ihrer Mutter stammten, zum Teil, weil sie dachte, sie in Australien gegen Geld oder Schafe zu tauschen.

»Und außerdem brauchen wir noch Diener. Oder zumindest ein Mannsbild, das uns hilft«, sagte Sally.

»Den werden wir schon finden. Ich bin sicher, in Plymouth gibt es genügend verlässliche Seeleute, die froh sind, als unser Diener anzuheuern, anstatt einem der Presskommandos in die Hände zu fallen.«

Sally stemmte die Hände in die Hüften und setzte ihr verkniffenstes Gesicht auf.

Miranda ließ sich auf dem Bett nieder und klopfte einladend neben sich. Das hatte Sally früher bei ihr gemacht, als sie noch ein Kind gewesen war, und Sally es für nötig befunden hatte, ihrem Schützling ins Gewissen zu reden. Sally zögerte, aber dann überwog ihre Zuneigung, und sie ließ sich mit einem Ausdruck zwischen Nachsicht und Vorwurf neben ihrer Herrin nieder, wandte jedoch den Kopf ab. Miranda griff nach ihrer Hand, und endlich wurde Sally weich und sah sie an.

»Ich habe sehr genau nachgedacht und nachgeforscht«, erklärte Miranda, froh, endlich über ihre Pläne sprechen zu können. Bisher hatte sie es ja nicht einmal gewagt, ihre treue Sally einzuweihen. »Ich habe sogar versucht, Anthony auszuhorchen, der ja seit einiger Zeit in der Admiralität sitzt, um herauszufinden, ob alle Leute von Johns Schiff wieder auf andere Schiffe versetzt wurden oder ob einige abgeheuert haben.« Zum Glück hatte Anthony sich ohne Argwohn ausfragen lassen. Die meisten ehemaligen Seeleute von Johns Schiff waren jedoch spurlos verschwunden. Man munkelte sogar von Desertion. Das war enttäuschend, da sie gehofft hatte, einen von Johns ehemaligen Männern anzuheuern.

»Kindchen, Sie wollen doch nicht wirklich? Die lange Seereise... Sie wissen doch nicht einmal, ob er überhaupt... ich meine...«

»Sag nicht so etwas«, fuhr Miranda sie zornig an. »Er lebt! Ganz sicher!« Natürlich lebte er. Sie würde es fühlen. Außerdem musste sie es glauben. Wäre das nicht der Fall, würde sie verzweifeln. Der Gedanke, ihn wiederzusehen, hatte sie die letzten Monate überstehen und würde sie auch die Reise ertragen lassen.

Es verging kaum eine Stunde, in der sie nicht an ihn dachte, sogar im Traum sah sie, wie er litt, wie er mit anderen verlausten, stinkenden Gefangenen im Laderaum lag, angekettet, halb tot vor Schmutz und Hunger und Durst. Wenn sie daran dachte, wie allein John war, dann überwogen Furcht und Sorge um ihn ihre eigene Ängstlichkeit bei weitem.

»Das Schiff geht in acht Tagen von Plymouth ab, das ist Zeit genug, um noch alle Vorbereitungen zu treffen.« Die

Zeit bis zur Abreise wollte sie unter falschem Namen in einer Herberge verbringen.

Sallys Blick wurde weich. »Sie sind wirklich fest entschlossen, ja?«

»Allerdings.« Das Land dort war gewiss schrecklich, sie hatte Furchtbares gehört, und sie wusste selbst, dass sie eine sehr verwöhnte Frau war, die sich nur schwer einfinden würde und vielleicht anfangs mehr Last als Hilfe für John wäre. Aber sie war bei ihm. Das gab ihr Mut. John hatte ihr Lebensfreude und Wärme, sogar Liebe geschenkt. Und sie wollte ihm ihr Leben schenken.

»Miss Miranda, dort kann man nicht glücklich werden.«

»Ich habe gehört, dass man sich dort auch ein Leben aufbauen kann.« »Sie blickte auf ihre manikürten Hände. Sie würden nicht lange so gepflegt aussehen. Auch ihre Haut würde dort bald faltig werden, sie würde viel schneller altern als hier. »Es wird nicht leicht sein«, sagte sie aus dem Gedanken heraus. »Das Geld wird nicht ewig reichen, aber ich bin bereit, zu arbeiten. Oder«, schränkte sie mit einem schiefen Lächeln ein, »es zu lernen. Ich kann waschen und nähen. Und Kühe melken oder Schafe scheren. Das kann ja nicht so schwer sein, oder?«

Sally schnaufte grimmig. »Sie haben Glück, Kindchen, mehr Glück als Verstand sogar, dass ich mitkomme.«

* * *

Als Miranda im Hafen von Plymouth aus der Kutsche stieg, war sie so aufgeregt, dass ihre Knie zitterten. Sie trug ein elegantes Reisekostüm und einen Hut, dessen Schleier sie vor das Gesicht zog, als sie von allen Seiten neugierige und zum Teil recht unverschämte Blicke auf ihr fühlte. Sie kniff die Augen ein wenig zusammen, um besser sehen zu können. »Wo ist denn der Hafenmeister?«

»Das müssen Sie wissen«, gab Sally schnippisch zurück. »Es war ja auch Ihre Idee, hierherzukommen.«

»Ein wenig lebhaftere Unterstützung würde nicht schaden«, stellte Miranda gereizt fest. Sie hatte mit steigender Ungeduld erkannt, dass ihre Zofe zwar nicht gedachte, sie alleine gehen zu lassen, was auch immer das Ziel wäre, sich sonst jedoch herzlich wenig hilfreich zeigte.

»Lassen Sie mich dem Kutscher sagen, dass wir wieder heimfahren, und Sie werden sich wundern, wie lebhaft ich werde«, grollte Sally.

Miranda hob das Kinn und schritt voran, auf ein langgestrecktes Festungsgebäude zu, in dem sich gewiss auch die Hafenmeisterei befand. Sie täuschte sich nicht, aber damit endete ihr Glück auch schon, denn sie erfuhr, dass jenes Handelsschiff, das erst in zwei Tagen mit Kurs auf Port Jackson hätte in See stechen sollen, bereits ausgelaufen war.

Als sie kurz darauf – und nach einer heftigen Auseinandersetzung mit dem Hafenmeister, dem sie mit harschen Worten absolute Unfähigkeit bescheinigte – wieder aus dem Haus trat, war sie immer noch außer sich. Sie hatte sich alles so gut ausgerechnet, geplant, über Monate hinweg, und nun war das Schiff fort! Zwei Tage zu früh!

Sie lief auf der Suche nach einem andere Schiff den Kai entlang, gefolgt von Sally, die ein so zufriedenes Grinsen aufgesetzt hatte, dass Miranda sie am liebsten ins schmutzige Hafenwasser gestoßen hätte. Sie war fest entschlossen, ein anderes Schiff zu finden. Es mussten doch Händler nach New South Wales aufbrechen! Der Hafenmeister hatte auf ihre Frage hin nur mit den Schultern gezuckt, aber sie würde nicht aufgeben!

»Verzeihung, Madam? Madam!«

Miranda und Sally blieben stehen und drehten sich um. Vor ihnen stand ein kleiner Mann in einem dunklen Anzug. Er hatte seinen Hut abgenommen, und seine Perücke hatte sich verschoben, so dass man seine beginnende Glatze erkennen konnte. Er wischte sich über das Gesicht und schnappte nach Luft. »Ich habe vorhin gehört, was im Büro des Hafenmeisters besprochen wurde.«

Miranda sah ihn kühl an. »Ja? Mister...«

»Oh, Verzeihung.« Er verneigte sich. »Pastor Benkins. Ich wollte ebenfalls nach Port Jackson, um dort meinem Schwager behilflich zu sein, der es sich zur Aufgabe gemacht hat, Gottes Wort unter diesen fehlgeleiteten Schäfchen zu verbreiten. Aber als ich heute ankam, musste ich leider ebenfalls erfahren, dass die *Blue Philipp* bereits ausgelaufen ist.«

»Das tut mir leid«, entgegnete Miranda höflich. »Wenn Sie uns jetzt bitte...«

»Deshalb werde ich ein anderes Schiff nehmen«, fuhr er hastig fort. »Die *Victoria*. Ein Postschiff, das nach Jamaika fährt.«

»Wir wollen aber nicht nach Jamaika«, erwiderte Sally von oben herab, »sondern nach...«

»New South Wales, gewiss. Allerdings ist das Postschiff wesentlich schneller als der Händler. Das heißt, dass wir ihn einholen, und das spätestens auf Madeira, wo die meisten Schiffe Wasser bunkern und Proviant an Bord nehmen.«

Jetzt horchte Miranda auf. »Meinen Sie, es wäre möglich, noch Plätze auf der *Victoria* zu bekommen?«

»Da bin ich ganz sicher. Wenn Sie es wünschen, werde ich Sie …«

»Mylady! Mylady!« Jemand drängte sich mit stürmischen Schritten durch das Getümmel im Hafen, eine Welle der Empörung hinter sich lassend; zahllose Flüche schallten ihm nach, aber er kümmerte sich nicht darum. »Dachte ich doch, dass ich Sie vorhin gesehen habe!« Ein Mann mittleren Alters blieb vor ihr stehen, wettergegerbtes Gesicht, muskulöse Schultern, den Mund zu einem breiten Lachen verzogen. Johns Steward.

»Hailey?« Miranda sah ihn verblüfft an.

»Derselbe, Madam. Derselbe!« Er streckte die Hand aus, um ihre zu ergreifen, und schüttelte sie vorsichtig.

»Was machen Sie denn in Plymouth, Hailey?«

»Aber ich wohne doch hier! Bei meiner Schwester. Hatte mich in London am Bein verletzt, als …« Er warf einen Blick auf Pastor Benkins und verstummte. »Ja, also hatte mich also verletzt, ja. Und da hat mich meine Schwester aufgenommen, bis es mir besser geht. Aber leider ist Captain Whi… ich meine. Schwierig, ein gutes Schiff zu finden.«

»Das heißt, Sie würden Arbeit suchen?« Es war Miranda, als hätte sich mit Haileys Auftauchen die graue Wolkendecke über ihr geöffnet und ein Sonnenstrahl berühre sie.

Neben sich hörte sie Sallys Aufstöhnen, aber sie achtete nicht darauf, bis Sally sie mit beiden Händen am Arm ergriff und respektlos wegzerrte.

»Ich weiß genau, was Sie vorhaben«, zischte Sally. »Aber ich beschwöre Sie! Tun Sie es nicht!«

Miranda straffte ein wenig die Schultern. »Ich weiß, dass zwischen dir und Mr Hailey nicht gerade die große Liebe herrscht, aber darauf kann ich jetzt keine Rücksicht nehmen. Ich werde ihn bitten, uns zu begleiten. Wir brauchen einen verlässlichen Begleiter für die Reise, und ich wüsste niemanden, der besser geeignet wäre, als Johns ehemaliger Steward.«

Ehe Sally noch weiter Einspruch erheben konnte, mischte sich schon Hailey selbst ein. Er drängte die Zofe zur Seite.

»Falls Sie einen verlässlichen Diener suchen, Madam, der für Sie durchs Feuer geht, bin ich Ihr Mann.«

»Na so ein unwahrscheinliches Glück aber auch«, murrte Sally.

Miranda dagegen lächelte. Sie war aufgeregt und optimistisch zugleich. Sie hatte mit Hailey einen Mann an ihrer Seite, der auf Schiffen und auf See daheim war. Sie wandte sich an Pastors Benkins und reichte ihm die Hand. »Ich bin Miranda Dumfries, die Gattin von Admiral Dumfries«, sagte sie – zumindest entsprach das derzeit noch der Wahrheit. »Ich bin erfreut, Ihre Bekanntschaft zu machen. Wo sagten Sie, kann man den Captain des Postschiffes finden? Ich möchte eine Passage für drei Personen buchen.«

* * *

Lord Anthony Silverstone platzte unangemeldet in Williams Büro. Das war etwas, das dieser auf den Tod nicht ausstehen konnte. Als der verzweifelte Sekretär Anthony Vorhaltungen machte, versuchte, ihn wieder hinauszuzerren und sich gleichzeitig bei William zu entschuldigen, wurde er jedoch so rüde angeherrscht, dass es ihm kurzfristig die Sprache verschlug. Anthony, sonst für seine vornehme Würde bekannte, schob den erstarrten Mann einfach aus der Tür und schloss sie vernehmlich. Dann drehte er sich zu William um.

»Ich war eine Woche fort, und als ich heimkomme, erfahre ich, dass Miranda abgereist ist!«

»Und deshalb platzt du hier herein?« William hob eine Augenbraue.

Anthony war mit langen Schritten bei ihm. »Nach Plymouth! Und angeblich ist sie dort auf ein Schiff gestiegen, das vor drei Tagen abgelegt hat! Ich bin ihr sofort nachgereist, konnte sie aber nicht mehr erwischen!«

Sein Freund hob auch die zweite Augenbraue. »Das ist in der Tat ein ungewöhnliches Verhalten.«

»Ungewöhnlich? Ist das alles, was du dazu zu sagen hast? Sie hat außer Sally nicht einen einzigen Diener mitgenommen, und ich bin verdammt sicher, dass sie Dummheiten macht! Sie hat mir einen Brief und einen Pfandschein hinterlassen, mit der Bitte, ihren Schmuck auszulösen! Zweitausend Pfund! Ich will, dass du etwas unternimmst!«

William wirkte milde erstaunt. »Erwartest du, dass ich nachschwimme und sie zurückhole?«

»Du sollst einen Befehl ausgeben, dass das verfluchte Schiff zurückgeholt wird. Boten losschicken. Was auch immer! Ihr habt doch diese Shutter-Line! Womit ihr euch Nachrichten übermitteln könnt!«

Als William ihn nur schweigend ansah, beugte Anthony sich kurzerhand über den Tisch und packte seinen Freund am Jackenaufschlag. »Verdammt, sie will fort, nach Australien! Bestimmt!«

William befreite sich energisch aus dem Griff, strich den zerknüllten Jackenstoff glatt und lehnte sich etwas zurück, um außerhalb von Anthonys Reichweite zu kommen. Diese

Abreise kam für ihn weit weniger überraschend als für seinen Freund. Er hatte, seinem Versprechen John gemäß, Miranda beobachten lassen, jedoch nur erfahren, dass sie sehr zurückgezogen lebte. Er hatte Dumfries Personal aushorchen lassen, versucht, herauszufinden, mit wem sie früher Kontakt hatte, aber da war nichts gewesen, kein Verdächtiger, kein Liebhaber. Absolut nichts.

Dafür war sie auf anderen Gebieten sehr aktiv geworden. Dass sie Schmuck versetzt hatte, war ihm schon länger bekannt als ihrem Bruder, auch dass sie nach Plymouth abgereist war. Er wusste auch darüber Bescheid, dass sie eine Passage auf einem Händler gebucht hatte, der Kurs zum Kap nahm. Und dass sie von dort nach New South Wales wollte, war nicht schwierig zu erraten.

Er hatte dafür gesorgt, dass das Schiff ohne sie abreiste. Sie hatte dann erwartungsgemäß das Postschiff nach Jamaika genommen, das in Funchal Zwischenstation machte.

Anthony schien sich in der Zwischenzeit in eine gewisse Hysterie geredet zu haben. »Ich kenne sie doch. Tut so harmlos und hat es faustdick hinter den Ohren! Ein Sturkopf, der in der ganzen Familie einzigartig war!«

William nickte. Ihn hatte sie allerdings etwas überrascht. Miranda Dumfries liebte John offenbar wirklich. Aber sie hatte keine Ahnung, was sie seinetwegen aufgeben würde. Miranda Dumfries war eine Dame, war es immer schon gewesen. Nicht gerade klein, zart, hilflos, aber bestimmt heillos verzärtelt und verwöhnt. Wie sollte sie die monatelange Reise durchhalten? Die Hitze am Äquator, die Kälte, wenn sie das Kap umfuhren, die Stürme? Ob sie wusste, dass es Wochen gab, in denen das Schiff von einem Sturm in den anderen geriet, es so kalt war, dass die Taue mit Eis bedeckt waren, und die Männer Angst hatten, abzurutschen, wenn sie Segel setzen oder einholten? Wenn sie Eis herausfischten, um die Trinkwassertanks aufzufüllen, und die Männer sich Nasen, Finger und Zehen abfroren? Er kannte diese Reise, hatte sie mehrmals gemacht, die erste als Midshipman, dann als Deckoffizier und schließlich sogar als Captain, ehe er sich die Verletzung zugezogen hatte. Die See ging ihm ab, aber wenn er an die »Brüllenden Vierziger« dachte, wie man diese Gegend weit unterhalb des Kaps der Guten Hoffnung nannte, dann fühlte er sich an seinem Schreibtisch recht zufrieden.

Aber das waren noch Kleinigkeiten verglichen mit den Umständen, die sie dann in Australien vorfinden würde. Er war schon dort gewesen, hatte die Lager gesehen. Das Land. Es hatte auch schöne Seiten, aber die Botany Bay und die Gefangenenlager zählten gewiss nicht dazu.

»Und zu allem Unnutz taucht auch noch Dumfries gestern bei mir auf und fechtet die Trennung an!«, fuhr Anthony fort.

»Dumfries? Der sollte doch auf See sein.«

»Dachte ich auch. Aber er hat die Erlaubnis bekommen wegen seiner privaten Angelegenheiten mit seiner Frau nach Hause zu kommen.«

»Ah ja«, machte William nur. Das gab gewissen Dingen eine interessante Wendung, vor allem, wenn Miranda tatsächlich John Whitburn nachgereist war. Er musste jetzt nur …

»Du musst etwas unternehmen!«, unterbrach Anthonys Drängen seine Überlegungen.

Er sah hoch. »Zum Beispiel?«

»Ihr jemanden hinterherschicken.«

»Das kann nicht dein Ernst sein.« William setzte sich wieder gerade, zog sich die Jacke zurecht, und beugte sich über seine Papiere. »Ich werde mir etwas einfallen lassen. Und nun lass dich bitte nicht länger aufhalten, ich habe zu tun.« Er zog sich einen Bogen Papier heran und schraubte das Tintenfass auf.

»*Was* wirst du dir einfallen lassen, wenn ich fragen darf?«

»Darfst du nicht«, lautete die trockene Antwort. »Und nun Guten Tag, Lord Silverstone.«

Anthony starrte ihn minutenlang aufgebracht an, und William dachte schon, er würde sich auf ihn stürzen, aber dann drehte er auf dem Absatz um, stampfte hinaus und knallte die Tür hinter sich zu. William schüttelte indigniert den Kopf.

Es gab keinen Grund, Anthony darüber aufzuklären, dass er Miranda Dumfries einen verlässlichen Mann nach Plymouth nachgeschickt hatte. Das war er John schuldig.

Er tauchte die Feder ein. Dann schrieb er: »Mein lieber Enkelsohn, mit dem Postschiff nach Jamaika schicke ich dir ein lehrreiches Buch, dessen Lektüre du gewiss höchst erbaulich finden wirst...«

10. Kapitel

John lehnte an der Reling, als die Barkasse unter Cedrics Kommando längsseits anlegte. Cedric grinste herauf, eine Hand nach der Jakobsleiter ausgestreckt. »Bitte um die Erlaubnis an Bord kommen zu dürfen, Sir.«

Das war zwar das korrekte Prozedere, aber John winkte ungeduldig ab. Er hatte schon die Ausbuchtung in Cedrics rechter Jackentasche gesehen, und war begierig darauf, den Inhalt in die Hand zu bekommen. Es hatte seine Vorteile, nicht mehr ein Kriegsschiff zu kommandieren, sondern als Freibeuter unterwegs zu sein, und er fühlte sich mit dieser legeren Art recht wohl, auch wenn er dies seinen Leuten gegenüber nicht laut ausgesprochen hätte. Diese merkten zwar, dass jetzt ein milderer Wind an Bord wehte, genossen die weniger strenge Herrschaft, aber sie kannten ihren Captain gut genug, um eine gewisse, für alle Teile gesunde Disziplin aufrechtzuerhalten.

Cedric kletterte wendig hoch und stand kurz darauf in Johns Kajüte. Er fasste in seine Jackentasche und übergab ihm einen ansehnlichen, in Leder und Öltuch gebundenen Packen.

John wies auf die Flasche, in der sich ein herber Rotwein mit den Bewegungen des Schiffes hob und senkte. »Setz dich und nimm dir. Hat alles geklappt?«

»Ohne Probleme.« Cedric schenkte sich ein, ließ sich

nieder und sah zu, wie John den Packen auseinanderschälte. Draußen herrschte reges Fußgetrappel – Cedric hatte mit der Barkasse nicht nur Post mitgebracht, sondern auch noch Vorräte. Der Lärm wurde von der kräftigen Stimme des Masters übertönt, der einem Seemann mit deutlichen Worten klarmachte, dass er eine hirnlose Landratte wäre, die nicht einmal ein Tau festzurren könne, und dass er ihm persönlich hundert Hiebe mit der Katze verabreichen würde, sollte auch nur ein einziges Mehlstäubchen im Wasser landen.

Cedric lehnte sich entspannt zurück, beobachtete jedoch scharf John und den Packen. Er wusste, dass sein Captain Nachrichten über die Bewegungen der englischen Flotte erwartete. Informationen, die jeden auf dem Schiff brennend interessierten. Er hatte einen amerikanischen Kutter getroffen, der wie vereinbart Proviant mitbrachte, und dort hatte er auch den Boten getroffen, einen zwielichtigen Burschen, einen regelrechten Halsabschneider und Taschendieb, dem er nicht die Hand geben würde aus Angst, dann einen Finger weniger dran zu haben. »Das Schiff war an den Koordinaten, wenn auch vier Tage später als vereinbart, aber damit mussten wir ja rechnen. Die Winde und Strömungen… zwei Tage kreuzen, bis wir überhaupt… und dann…«

John blätterte bereits durch die versiegelten Schreiben und hörte nur mit einem halben Ohr zu. Cedric war ein guter Freund und hervorragender Offizier, hatte jedoch die ermüdende Angewohnheit zu viel über Dinge zu sprechen, über die John ebenso gut oder noch besser Bescheid wusste. Es waren fünf Briefe. Vier von der gleichen Handschrift von einem seiner Gewährsmänner aus Gibraltar. Er sortierte sie nach dem Datum.

»Nun, wir sind einige Mal dort auf und abgestanden, bis sie kamen. Aber dann sagte der Captain, dass sie nicht durch das Wetter aufgehalten worden waren, sondern weil in letzter Minute noch ein Bote gekommen war und sie die Flut versäumt hatten.« Cedric senkte etwas die Stimme. »Ein Bote von einem Vertrauensmann in London.«

John sah nur kurz auf. Von diesem Vertrauensmann stammte eben das fünfte Schreiben, das interessanteste. Daher legte er die anderen vorerst weg und erbrach dieses Siegel.

Cedric sah erstaunt, wie Johns Gesicht zuerst finster wurde und sich dann merklich aufhellte.

Endlich sah er hoch, ein sardonisches Lächeln im Gesicht. »Neuer Kurs, Mr Parmer. Wir haben eine fette Prise in Aussicht, die wir uns auf gar keinen Fall entgehen lassen werden. Wir fangen sie ab, bevor sie Madeira erreicht.« Er rieb sich die Hände wie ein Pferdehändler, der gerade ein besonders lukratives Geschäft gemacht hatte. Sein Gesicht strahlte in so grimmiger Vorfreude, dass Cedric ironisch fragte: »Etwa gar eine spanische Silbergalone, Sir?«

John stutzte, dann lachte er. »Nein, noch etwas viel, viel Besseres.« Er winkte seinen Ersten Leutnant fort. »Und nun schnell, schnell. Gib dem Master Bescheid und lass Kurs Madeira berechnen.«

Als Cedric hinausgeeilt war, griff John in seine Jackentasche und zog ein Stück Papier hervor. Es war schon so abgegriffen, dass er es vorsichtig auseinanderfalten musste, damit es nicht zerfiel. Und das durfte es nicht, es musste noch halten. Zumindest so lange, bis er über seine verfluchte Zuneigung zu dieser Lügnerin und Betrügerin hinweg war und mit ihrem Liebhaber abgerechnet hatte. Er kannte die wenigen Zeilen schon längst auswendig, sogar wenn er die Augen schloss, sah er sie genau vor sich. Jeden Buchstaben, jede Schleife, Mirandas Eigenart, das M mit diesem energischen Schwung zu schreiben.

Es tat jedes Mal von neuem weh, diese wenigen Zeilen zu lesen. Und jedes Mal war es das probateste Mittel gegen die verdammte Sehnsucht nach ihr. Er war schon so manches Mal während der Nacht aus einem Traum von ihr hochgeschreckt, hatte nach dem Brief gegriffen und ihn gelesen. In seinen Träumen allerdings schrieb sie *ihm* solche Briefe, flüsterte ihm Liebesworte ins Ohr, berührte, küsste, streichelte ihn, verwöhnte ihn mit Liebkosungen, bis ihm vor Lust und Liebe das Denken verging.

Es war ein Glück, dass niemand von seinem Antrag wusste. Er wäre sonst vor Scham gestorben. Als betrogener Liebhaber dazustehen war weitaus weniger demütigend, denn als betrogener Bräutigam. Eine lächerlichere Figur gab es wohl kaum.

Aber jetzt las er den Brief nicht, um sich von diesen Sehnsüchten zu befreien, sondern um sich auf die nahe Zukunft einzustimmen, denn die Nachricht hatte nicht mehr und nicht weniger besagt, als dass sich Miranda Dumfries auf dem Postschiff befand. Und sie reiste nicht allein, sondern mit einer Frau – Sally vermutlich – und einem männlichen Begleiter. Seine Augen wurden schmal. Ihr Beau? Ihr *Liebster*, an den der verdammte Brief adressiert gewesen war?

Da hatten die beiden Pech. Ausgesprochenes Pech. In England hätte er sie nicht in seine Finger bekommen können, oder jedenfalls nicht so bald. Aber hier war sie in seiner Welt, und er würde seinen Vorteil sehr zu nützen wissen und sich die untreue Lady schnappen. Und dann würde sie ihn erst so richtig kennenlernen.

Er lehnte sich zurück, streckte die Beine aus und starrte in die Luft. Um seine Lippen spielte ein erwartungsvolles Lächeln.

* * *

»Deck Ahoi! Amerikaner steuerbord voraus! Sie halten Kurs auf uns!«

»Alle Mann an die Kanonen! Verflucht! Segel setzen! Rauf mit euch! Schneller! Macht schon! Schlaft nicht ein!«

Mit dem Frieden an Deck des Postschiffes *Victoria* war es vorbei. Miranda und jene anderen Passagiere, die die frische Meeresluft dem drückenden Klima unter Deck vorgezogen hatten, wurden wieder hinuntergetrieben. Sally eilte in ihre kleine Kajüte, um das Bargeld in ihren Kleidersaum zu nähen und den Schmuck in der Tasche im Unterrock zu verwahren. Sie hatte gehört, dass diese Amerikaner sich einer Dame gegenüber wie Gentlemen zu benehmen wussten und hoffte, dass sie das von Untersuchungen ihrer Unterwäsche abhielt.

Miranda dagegen suchte die große Kajüte auf, die ihnen der Captain als Tagesraum zur Verfügung gestellt hatte. Sie fand sie schon voll besetzt.

»Was ist denn dort oben los?« Mr Miller, ein wohlhabender Händler, der mit seiner Gattin, einer dünnen und nervösen Frau, und seinen zwei hoffnungsvollen Sprösslingen nach Jamaika mitreiste, wischte sich nervös über das Gesicht.

»Ein amerikanisches Kriegsschiff vermutlich«, sagte Pastor Benkins, der kurz nach Miranda unter Deck gegangen war.

Von oben hörte man den Lärm der Mannschaft und die Befehle der Offiziere. Die Stückpforten der *Victoria* wurden aufgestoßen und die Kanonen aus der Vertäuung gelöst. Das ganze Schiff vibrierte, als die schweren Geschütze in Position gebracht wurden.

»Ich habe dir doch gesagt, dass wir nicht ausgerechnet jetzt fahren sollten, wo uns die Amerikaner den Krieg erklärt haben«, jammerte Mrs Miller.

Pastor Benkins schlug das Kreuzzeichen. »Das ist kein Kriegsschiff, sondern wohl eher ein amerikanischer Freibeuter. Aber Zivilisten werden sie doch bestimmt nichts tun.«

Der Händler tröstete seine Frau, während sich ihre beiden Jungen ans Fenster drängten. Die *Victoria* hatte, um Zeit zu gewinnen, einen neuen Kurs gesetzt, der von dem fremden Schiff wegführte. Dadurch blieb der andere, eine Fregatte, achtern zurück, und man konnte die Verfolger vom Heckfenster aus beobachten.

Miranda ging hin, um einen Blick auf das fremde Schiff zu werfen. Sie kniff die Augen zusammen, konnte jedoch kaum etwas ausmachen.

Der Pastor trat neben sie, und Miranda lächelte ihn an. Pastor Benkins war ein angenehmer Gesellschafter und hatte sich während der ersten, schweren Zeiten an Bord, als Sally und sie vor lauter Seekrankheit ihr Innerstes nach außen gekehrt hatten, freundlich um sie gekümmert.

»Ist es denn sicher, dass es ein Freibeuter ist?« Sie hatte ihre Frage kaum beendet, als aus einer der Stückpforten des Verfolgers Feuer spritzte. Zugleich ertönte ein dumpfer

Knall, und eine Rauchwolke stieg auf, und dann die Kugel etwa hundert Meter von ihnen entfernt ins Meer. Die Wasserfontäne spritzte gut zehn Meter hoch. Mrs Miller schrie erschrocken auf und gebot ihren Söhnen, sofort den Fensterplatz zu verlassen.

Sie blickte mit zusammengekniffenen Augen auf den Verfolger. Es war doch zu ärgerlich, dass ihr Lorgnon schon drei Tage nach der Abreise von Plymouth kaputtgegangen war. Sie hatte es zwar nur selten benützt, weil sie sich damit fühlte wie eine Matrone, aber jetzt wäre es recht dienlich gewesen.

Der Pastor griff in seine Jackentasche, zog einen Zwicker hervor und putzte ihn umständlich. »Recht praktisch diese Dinger«, sagte er beiläufig. »In der Kirche verwende ich welche, die mit einem Band gehalten werden, da es mir schon mehrmals passiert ist, dass der Zwicker mitten in der Predigt auf die Bibel fiel. Die sind auch angenehmer zu tragen«, sprach er weiter, »weil sie nicht so auf der Nase drücken.« Er hielt ihr den Kneifer hin. »Hier, probieren Sie doch einmal, Mylady. Das ist auf Dauer nicht sehr angenehm.«

Miranda wollte schon höflich ablehnen, aber dann wurde sie neugierig. Sie schob sich den Kneifer auf die Nase, und im nächsten Moment veränderte sich ihre ganze Welt. Gar kein Vergleich zum Lorgnon! Alles, sogar Dinge, die weiter als zehn Schritte entfernt waren, wurden deutlich! Natürlich war der Druck unangenehm, und das Ding rutschte ein wenig, da sie eine schmälere Nase hatte als der Pastor, aber welch eine Wohltat!

In diesem Moment stapfte Hailey durch die Tür und neben sie. »Ein Freibeuter! Sie müssen unter die Wasserlinie,

Mylady.« Seine Augen leuchteten. »Bin gespannt, ob Captain Bains den Kampf aufnimmt. Hat keinen Sinn zu fliehen«, er deutete hinaus, » die sind viel schneller als wir.« Ein Stöhnen von Mrs Miller ließ ihn hinzufügen: »Wird nicht so schlimm, Madam. Keine Sorge, Postschiffe werden selten versenkt.«

Miranda wäre dieses Schiff im Grunde gleichgültig gewesen, sie wollte nur glimpflich aus der Sache heraus und so schnell und ungehindert wie möglich ihren Weg fortsetzen. Wenn sie aber gekapert und vielleicht sogar verschleppt wurde, würde sie niemals zu John kommen, oder erst in vielen Jahren. Und sie hatte so sehr gehofft, bald nach ihm in Australien einzutreffen! Ach wäre sie doch schon dort, um ihn empfangen zu können, wenn sie ihn an Land schleppten!

Die Sorge um seine Gesundheit war jedoch nicht alles, was sie belastete. Schließlich gab es in New South Wales auch Frauen. Es wurden immer mehr und mehr dorthin deportiert, um diese neue Welt zu besiedeln und mit jenen Gefangenen, die entlassen wurden, Kolonien zu gründen. Ein gut aussehender, charmanter Mann wie John würde nicht lange brauchen, um sich nicht nur eine Frau anzulachen, sondern gleich einen ganzen Harem. Der Gedanke schnürte ihr die Kehle zu.

Vielleicht konnte man mit diesem Freibeuter verhandeln? Sie musste mit dem Captain sprechen. Und das sofort. Sie marschierte trotz Haileys Protesten los, kletterte an Deck und machte sich auf den Weg zum Achterdeck, wo der Captain mit seinen Offizieren an der Reling stand und die Verfolger beobachtete. Das feindliche Schiff war nun schon ganz nahe, der Kommandant hatte alle Segel setzen lassen, und das Schiff neigte sich so stark seitlich, dass die Leerüsten durchs Wasser zogen. Die Bugwelle warf die Gischt hoch, als würde das Schiff weiße Schaumwolken vor sich hertreiben.

Fasziniert klammerte sich Miranda an die Reling und blickte hinüber. Der Anblick erinnerte sie an die tödliche Entschlossenheit eines Raubtiers, seine Beute zu erwischen und zu schlagen. Schön und gefährlich zugleich. Sie fühlte ein kühles Prickeln, das sich über ihre Wirbelsäule fortpflanzte, als hätte eine kalte Hand sie berührt. Unwillkürlich zog sie die Schultern zusammen.

»Ziel gut«, sagte im selben Moment John Whitburn zu Samson, als dieser sich konzentriert über die Kanone beugte und versuchte, den Wellengang, die Geschwindigkeit und die Schussweite der Kanone abzuschätzen. »Wenn das Schiff auch nur ein Kratzer abbekommt, bevor wir es entern, schneide ich dir die Ohren ab.«

Samson brummte etwas und hielt die Lunte an.

John setzte das Fernrohr an. Und da sah er etwas, das ihn so erschreckte, dass sein Herz aussetzte. Er fuhr herum. »Halt! Alles stopp!«

Zu spät. Die Kanone ging los. Und die Kugel flog geradewegs auf Miranda zu.

* * *

John war noch eine Stunde später übel, als die Victoria schon längst die Flagge gestrichen hatte und die *Charming Mary* anlegte, um die Entermannschaft an Bord des Postschiffes gehen zu lassen. Er hatte verdammtes Glück gehabt. Nur eine halbe Handbreit höher, eine kleine Hebung des Schiffes im Wellengang, und die Kugel wäre nicht ins Wasser gegangen, sondern hätte das Deck und damit Miranda getroffen.

Den Captain, diesen Trottel, würde er sich vorknüpfen. Passagiere hatten unter Deck und unter der Wasserlinie zu sein, und anstatt wie wild gewordene Hühner dort herumzulaufen, wo scharf geschossen wurde. Am besten hielt man sie gut verschlossen hinter einer stabilen Tür, und, wenn es nicht anders ging, in Ketten. Aber auf gar keinen Fall hatten sie etwas an Deck verloren!

So hätte er sich seine Rache an Miranda nicht gedacht. Er wollte sie nicht tot oder schwer verletzt in seine Hände bekommen – allein schon die Vorstellung ließ ihn zu Eis erstarren –, sondern sehr lebendig und in der Lage, seine Rache auszukosten. Er war kein Mann, der eine Frau aus Eifersucht tötete. Ihren Liebhaber dagegen auf der Stelle, sofern ihm nicht noch etwas Besseres für ihn einfiel. Er wünschte brennend, dass der Kerl an Bord wäre. Ihn in seine Finger zu bekommen, würde den Tag erst vollkommen machen.

Er ließ zuerst den Captain der *Victoria* zu sich bringen, um einen Blick in den Postsack und auf die Passagierlisten zu werfen. Als Captain Bains dann mit einem störrischen Gesichtsausdruck auftauchte und ihm den Postsack hinwarf, öffnete er ihn ohne großes Interesse. Die meisten, wirklich nur private Schreiben von den Familien daheim an jene, die auf den Westindischen Inseln lebten, wurden wieder zurück in den Sack geworfen, zwei oder drei jedoch wurden scheinhalber von ihm geöffnet und überflogen. Einen jedoch behielt John. Er musste kurz vor Abfahrt des Schiffes noch an Bord gebracht worden sein und enthielt verschlüsselte Informationen. Davon hatte jedoch niemand an Bord der *Viktoria* eine Ahnung.

Als Captain Bains protestierte, bekam er nur einen kalten Blick ab.

»Seien Sie froh, wenn Sie Ihre Fahrt unbehelligt fortsetzen können. Ich habe kein Interesse an der Post irgendwelcher Zivilisten, auch nicht an Ihrem Schiff. Wir werden lediglich einige Leute als Geiseln behalten, im Austausch gegen ein schönes Lösegeld.« Er blätterte durch die Passagierliste, die Cedric ihm gereicht hatte.

»Dagegen muss ich protestieren!«

»Schon wieder?« John sah gelangweilt hoch. »Wogegen dieses Mal? Dass Sie weitersegeln dürfen?«

»Gegen die Gefangennahme dieser Leute!«

»Wir haben Krieg, Captain Bains. Seien Sie dankbar, so glimpflich davongekommen zu sein. Diese Leute werden von mir nach Boston gebracht und nach angemessener Zeit entweder gegen eine Zahlung freigelassen oder gegen amerikanische Gefangene ausgetauscht.«

»Sie sollten sich schämen«, quetschte Bains hervor. »Ein Engländer und ehemaliger Marinekapitän vergreift sich an einem englischen Postschiff.«

»Sie haben es richtig gesagt, Captain: *ehemaliger*.« John wandte sich wieder den Listen zu. »Hier habe ich eine gewisse Lady Dumfries und Begleitung.«

»Sie werden sich doch nicht etwa an Admirals Dumfries Frau vergreifen wollen?!«

Das hatte er schon längst. Aber dieses Mal war kein Schäferstündchen mit Miranda geplant, dieses Mal würde sie bereuen, ihn hintergangen zu haben. »Von Vergreifen kann gar keine Rede sein«, erwiderte er kalt. »Sie wird als Kriegsgefangene an Bord gebracht und dann nach Boston überstellt. Dass ich nicht ausgerechnet die Gattin eines Admirals freilassen kann, muss Ihnen schon der gesunde Menschenverstand sagen.« Mit Menschenverstand hatte Mirandas Geiselnahme wahrhaftig nichts zu tun und mit »gesundem« schon gar nichts, und John vermied bei diesen Worten jeden Seitenblick auf seinen Ersten Leutnant, der mit ausdruckslosem Gesicht daneben stand. Der arme Cedric war vor Freude völlig aus dem Häuschen gewesen, als John ihm gesagt hatte, dass Miranda auf dem Postschiff reise. Er würde sich noch wundern.

»Die Dame kommt mit ihren Begleitern auf mein Schiff«, fuhr er mit einer Stimme fort, die keinen Widerspruch duldete. »Dann sehe ich, dass Sie einen Pastor an Bord haben. Der wäre die richtige Gesellschaft für eine Lady. Und ich hoffe, er ist seiner Gemeinde ein schönes Lösegeld wert.«

»Das ist Piraterie!«

»Das ist Krieg, Captain Bains.«

John tat, als würde er die Liste studieren. In Wahrheit waren außer Miranda alle anderen uninteressant. »Lady Dumfries ist völlig allein gereist?«, fragte er beiläufig.

»Glauben Sie eine Dame fährt alleine? Da steht ja in Begleitung«, zischte Bains. »Hier! Lady Dumfries, eine gewisse Sue-Ellen Marrow und ein Mr Adam Smith!« Er beugte sich vor und pochte wütend mit dem Zeigefinger auf die Liste. John ließ ihm diese Unverschämtheit durchgehen. Als Pirat konnte er sich Großzügigkeit leisten – als ehrenwerter Kapitän der königlichen Marine hätte er den Mann scharf maßregeln müssen. Er selbst hätte an Bains Stelle noch wütender reagiert.

Er überlegte. Adam Smith? Ob das der verfluchte Bastard war, mit dem sie ihn betrog? John ließ in rasender Eile alle Männer vorbeiziehen, die er in London kennengelernt hatte. Er starrte auf den Namen. Der konnte natürlich auch falsch sein. Wer hieß schon Adam Smith. Hatte Miranda ihren Liebhaber unter falschem Namen mitgeschmuggelt? Das wäre logisch, weil Dumfries ihr so nicht so leicht auf die Spur kommen konnte. Er beschloss, sich diesen Smith zuerst vorzuknöpfen.

»Der Händler reist mit seiner Familie?« Der Händler war im Grunde irrelevant, aber er durfte sein Interesse an Miranda nicht zu deutlich zeigen.

»Ja«, erwiderte Bains unwillig. »Seine Frau und seine beiden Söhne.«

John zog ein nachdenkliches Gesicht. »Eine ganze Familie könnte lästig sein.« Und ob. Eine heulende Frau samt ihren rotznäsigen Sprösslingen war das letzte, was er an Bord gebrauchen konnte.

Der Captain schwieg verbissen.

»Nun schön«, John wandte sich an Cedric, der abwartend und mit todernstem Gesicht danebenstand, und reichte ihm die Passagierliste. »Die genannten Leute werden als unsere Gäste die Reise fortsetzen. Ich will zuerst den Pastor sehen und dann diesen Adam Smith. Die beiden Frauen werden in der Zwischenzeit an Bord gebracht, mit ihnen spreche ich später. Mr Parmer, Sie kümmern sich persönlich darum, dass die Damen heil und sicher transferiert werden.« Er nickte dem Captain des Postschiffes zu. »Und Ihnen gute Fahrt, Captain Bains.«

Während Cedric seinem Auftrag nachkam, und Bains hinüberbegleitete, ließ John den Pastor vorführen. Zu Johns Ärger fand er sich nicht würdevoll in die Situation, sondern schrie Zeter und Mordio. »Was fällt Ihnen ein? Welch eine Unverschämtheit und Gottlosigkeit, mich daran zu hindern, meinen Weg fortzusetzen!«

John betrachtete ihn, studierte die bläuliche Nase und die rotgeäderten Augen. Die schmale Statur und die beginnende Glatze waren alles, was an eine Heiligen erinnerte, sonst machte er eher den Eindruck eines Hirten, der ganz gerne Wein, Weib und Gesang zusprach. Möglicherweise war England ganz froh, dass er plante, sich woanders ein neues Leben aufzubauen.

»Mein Ziel war nicht Jamaika, sondern New South Wales«, zeterte der Pastor weiter. »Ich wollte dort eine neue Aufgabe übernehmen, da auch schon mein Vetter dort unten lebt. Er kümmert sich um die ewige Seligkeit der Gefangenen. Wenn Sie mich jetzt aufhalten...«

»Es ist bereits entschieden, Pastor. Wenn Ihnen so viel daran liegt, finden Sie zweifellos an Bord der *Charming Mary* auch einige Schäfchen. Auch wenn ich Ihnen um Ihrer eigenen Seligkeit willen empfehlen würde, nicht zu sehr zu missionieren. Abgesehen davon fällt Ihnen die verdienstvolle Aufgabe zu, als Unterhalter für Lady Dumfries zu fungieren.«

»Lady Dumfries? Was soll das heißen?«

»Dass die Dame samt ihrer Begleitung mit uns reisen wird.«

»Gut, dann wird mir nichts anderes übrig bleiben«, fügte sich der gute Mann nach einigem Gemurmel. »So hat mich der Herr in seiner Weisheit wohl an Bord dieses Piratenschiffes geführt. Als Schutz für dieses arme Geschöpf.«

»Lady Dumfries braucht an Bord dieses Schiffes keinen Schutz«, erwiderte John kalt. Als ob er nicht in der Lage wäre, sie zu schützen; wenn auch nicht gerade vor ihm selbst. Er lehnte sich zurück. »Meine Männer werden Ihnen beim Umzug behilflich sein, Pastor Benkins. Wir sehen uns später.«

* * *

Miranda war fest entschlossen, alle ihre Möglichkeiten zu nutzen. Freibeuter waren keine Piraten, sie mussten sich nach den Gesetzen des Landes, von dem der Kaperbrief ausgestellt wurde, richten, und auch nach den darin festgehaltenen Regeln. Üblicherweise wurden Gefangene abgeliefert und die Prisen sowie alle wertvollen Dinge, die sich darauf befanden, dem Prisengericht übergeben, und die Kapitäne bekamen dann ihren Anteil. Miranda hatte jedoch keine Lust, so lange zu warten, bis der Kapitän dieses Schiffes sie ablieferte und sie irgendwann einmal gegen englische Gefangene oder Lösegeld ausgetauscht wurde. Sie würde mit ihm selbst verhandeln. Wenn sie dem Mann von ihr genügend Geld versprach, würde er sie vielleicht wo absetzen, wo sie ihren Weg nach New South Wales fortsetzen konnte!

Sie schickte Hailey an Deck, um mit Captain Bains darüber zu sprechen, und wartete ungeduldig in ihrer Kajüte. Plötzlich hörte sie von draußen fröhliche Stimmen, Lachen. Dann flog die Tür auf und in ihrem Rahmen stand Hailey, über das ganze Gesicht strahlend. »Was glauben Sie, Mylady, wen ich hier mitbringe?«

Miranda sah verblüfft auf den jungen Mann, der sich tief vor ihr verneigte und sie halb verlegen, halb erfreut anlachte. Cedric Parmer! Ihr kleiner Freund aus Jugendtagen und Johns ehemaliger Erster Leutnant. Vor Überraschung stand sie zuerst stocksteif, dann eilte sie auf ihn zu und ergriff seine Hände. Hinter ihr hörte sie Sally: »Na, da soll mich der Teufel holen!«

Miranda fasste Cedric an den Händen und küsste ihn auf beide Wangen, was der junge Mann mit einem roten Kopf und einem dümmlichen Grinsen quittierte. Sie hatten früher als Nachbarn wesentlich mehr Kontakt gehabt als sein älterer Bruder und dessen Freunde, und Cedric hatte sich so manches Mal zu ihnen hinübergeschlichen, um sich von ihr und Sally mit Leckerbissen verwöhnen lassen. Einmal hatte sie ihn sogar gedeckt, als er ein Fenster eingeschlagen hatte. Wie alt war er damals gewesen? Fünf, sechs Jahre? Ja, höchstens.

»Cedric! Was machen Sie denn hier? Auf einem amerikanischen Piratenschiff!«

»Nicht Pirat«, korrigierte er sie mit einem Räuspern. »Freibeuter. Wir segeln mit einem legalen Freibeuterbrief. Darauf«, fügte er mit einem gequälten Lächeln hinzu, »legt der Captain großen Wert.« Sie hatten sich, wie John es gesagt hatte, die Kaperbriefe von den Vereinigten Staaten ausstellen lassen. Die Behörden hatten ihn zwar misstrauisch beäugt, aber seine Geschichte war glaubhaft gewesen: Ein degradierter und deportierter und in Unehren entlassener Captain, der auf Rache aus war.

»Sie sind zu den Amerikanern übergelaufen?«

»Nun«, er wand sich unter ihrem forschenden, vorwurfsvollen Blick, »wie man's nimmt. Aber das soll Ihnen der Captain erklären.«

»Das trifft sich hervorragend«, erklärte Miranda resolut, »ich habe nämlich auch mit ihm zu sprechen. Aber vorher sagen Sie mir...«

»Bitte nicht jetzt, Miranda. Ich verspreche Ihnen, dass bald alles klar sein wird.« Er sah sie so flehend an, dass sie tatsächlich nicht weiterbohrte.

»Und welche Rolle haben Sie hier?«, fragte sie lediglich.

»Ich bin der Erste Leutnant«, er räusperte sich abermals. »So wie früher. Ich kann Ihnen versichern, Sie haben nicht das Geringste zu befürchten, Miranda. Ganz im Gegenteil«, setzte er geheimnisvoll hinzu. Er hatte sie nicht mehr mit dem Vornamen angesprochen, seit sie Admiral Dumfries Gattin geworden war. »Aber alles weitere wird Ihnen der Captain erklären, sobald Sie auf die *Charming Mary* kommen.«

»Die *Charming Mary*?« Miranda fasste nach ihm. »Aber... das ist doch das Schiff, auf dem John... ich meine Captain Whitburn deportiert wurde!«

»Dasselbe.« Cedric wand sich, als sie ihn nicht loslassen wollte.

»Nein! Sie laufen mir jetzt nicht davon, Cedric! Wie kann das sein? Was ist mit John! Er war doch auf dem Schiff! Wo ist er jetzt? Ist etwas passiert? Ist das Schiff gekapert worden? Geht es John gut?« Sie war so aufgeregt, dass sich ihre sonst eher dunkle Stimme fast überschlug.

»Sie werden gleich alles erfahren, Miranda.« Cedric versuchte, sich loszumachen. Es war nicht seine Sache, Miranda alles zu sagen, das musste John tun.

»Bleiben Sie hier!« Miranda krallte sich mit allen zehn Fingern an seine Jackenaufschläge. »Was ist mit John?«

»Es geht ihm gut, Miranda. Und er ist an Bord. Sie werden ihn bald sehen.«

»Ist er noch gefangen?«

»Nein, seit wir... nun, das ist jetzt ein amerikanisches Freibeuterschiff, nicht wahr«, stotterte er.

Plötzlich erinnerte sie sich an den Tag, als John an Bord gebracht worden war. Sie hatte damals nur ihn gesehen, aber jetzt stand ihr diese Szene wieder deutlich vor Augen. Es war eine Gruppe von Männern gewesen, unter ihnen auch Cedric. Sie hatte ihn jedoch nicht weiter beachtet, weil sie nur auf John fixiert gewesen. Cedric und sein Bruder William. Sie hatte angenommen, dass sie John das Geleit gaben, aber Cedric hatte mit dem fremden Captain gesprochen.

»Sie wurden gekapert?« Mirandas Augen funkelten triumphierend.

»Ja, so ähnlich.« Cedric lächelte beruhigend, während er vorsichtig ihre Finger löste. Ein Knopf blieb zwischen ihren Fingern zurück. Ihre Vehemenz überraschte ihn. Er kannte sie seit vielen Jahren, aber so aufgeregt hatte er sie noch nie gesehen. Sie war eine heitere junge Frau gewesen, hatte sich jedoch immer zu beherrschen gewusst.

»Wann denn?«

»Einige Wochen nach der Abreise. Und nun entschuldigen Sie mich bitte.«

Miranda blieb aufgewühlt zurück. Dann war John schon so lange in Freiheit? Während sie Angst um ihn gehabt und ihn in Ketten gesehen hatte, war er schon längst in Freiheit gesegelt! Sie lachte bei dem Gedanken glücklich auf. Es war, als wäre eine schwere, kaum tragbare Last von ihr abgefallen.

»Und was hat das wieder zu bedeuten?«, fragte Sally kritisch. Sie beobachtete, wie Miranda unruhig in der kleinen Kajüte hin und her lief, sich am Balken, der quer durch den niedrigen Raum verlief, zweimal beinahe den Kopf stieß, und einmal tatsächlich, und das so heftig, dass Sally zusammenzuckte und auf sie zueilte. Miranda dagegen schien nichts zu spüren. Sie ließ sich zwar von Sally auf einen Stuhl drücken, rutschte jedoch unruhig hin und her und knetete ihre Finger, bis die Gelenke knacksten.

»Stell dir doch vor«, hauchte sie. »Stell dir vor, John ist auf diesem Schiff! Gleich in meiner Nähe!« Ihre Augen strahlten »Und es geht ihm gut, hat Cedric gesagt, nicht wahr? Er würde mich doch nicht belügen, oder?«

»Bestimmt nicht«, brummte Sally. Sie untersuchte Mirandas Stirn. Es war nichts zu sehen, nur ein roter Fleck. Vermutlich würde trotzdem eine Beule draus werden. Sie schüttelte den Kopf.

»Ich wäre an ihm vorbeigereist, in Port Jackson angekommen und hätte ihn nicht gefunden. Denn er ist ja hier! Hier!« Sie lachte, sprach so schnell, dass sie über ihre Worte stolperte. Als Sally nicht reagierte, packte Miranda sie am Arm. »Sally, hast du nicht gehört? Er ist…«

»Hier, ja. Bin ja nicht taub.« Sally tätschelte Miranda die Wange, als wäre sie nicht ihre Zofe, sondern ihr Kindermädchen. Bei Gott, so hatte sie diese Frau noch nie gesehen. Aufgeregt, verliebt, wann immer dieser Whitburn auftauchte, aber nicht so völlig aus dem Häuschen. »Ich bin auch froh, dass wir nicht nach New South Wales gesegelt sind.« Ihrer Meinung nach war die Reise ohnehin eine Verrücktheit gewesen, aber Verliebte waren eben nicht zurechnungsfähig, und Miranda – das hatte sie schon vor langer Zeit festgestellt – war, was diesen windigen Seemann betraf, ein besonders schwerer Fall.

Miranda sprang wieder auf und stellte sich an die Luke, um hinauszusehen. Allerdings lag dieses kleine Fenster an der Heckseite, und das andere Schiff backbord. John, ihr John, war nicht auf dem Weg nach Australien verhungert oder krank geworden und gestorben. Er war frei und befand sich auf diesem Schiff. Es trennten sie nur wenige Meter und die beiden Schiffswände. Sie glaubte, die Ungewissheit kaum noch ertragen zu können. Ihre Knie zitterten so sehr, dass sie sich festhalten musste. Ob John inzwischen schon wusste, dass sie hier war? Ob Cedric es ihm gesagt hatte? Sie lauschte hinaus, in der Hoffnung, er würde sich sofort über die Reling schwingen und zu ihr eilen.

Plötzlich spürte sie Sallys Arm um ihre Schultern. Ihre Zofe führte sie zu ihrer Seekiste und drückte sie darauf. »Nur Geduld«, sagte sie. »Nur Geduld. Sie hören ja, er ist an Bord.«

Miranda packte Sallys Hand und drückte sie so fest, dass diese das Gesicht verzog. »Es wird jetzt alles gut«, flüsterte sie. »Alles wird gut.«

Als Cedric nach wenigen Minuten wiederkam, ging Miranda nicht nur willig mit, sie hatte es sogar so eilig, dass Sally ihr kaum nachkam.

An Deck trafen sie auf den Captain des Postschiffes, der mit einem bösartigen Ausdruck herumlief. Er steuerte bei Mirandas Anblick auf sie zu. »Lady Dumfries, ich kann Ihnen nicht sagen, wie sehr ich das alles bedaure.«

Miranda war nicht bereit, sich von ihm aufhalten zu lassen. »Sie können sicherlich nichts dafür, Captain... Sie haben zweifellos getan, was Sie konnten. Und jetzt entschuldigen Sie mich...« Sie wollte weitereilen, aber Captain Bains stellte sich ihr in den Weg.

»Dieser Pirat wird Sie als Geisel nehmen«, quetschte er grimmig hervor.

»Als Gast«, korrigierte Cedric eisig. »Sie haben nichts zu befürchten, Lady Dumfries.«

Miranda hatte nicht einmal zugehört. »Davon bin ich überzeugt.« Sie wollte an den Männern vorbei, um zu wissen, was sie auf dem anderen Schiff erwartete. Ihr Herz schlug so heftig, dass sie kaum Luft bekam, und sich alles um sie drehte. Cedric, ganz Offizier und Gentleman, geleitete sie zur Reling, half ihr galant auf den in der Zwischenzeit installierten Zimmermannsstuhl, mit dem sie von einem Schiff auf das andere gehievt werden sollte, und schnauzte zwei Matrosen an, die nicht schnell genug waren. Einen dritten, Miranda selbstvergessen anglotzenden Mann versetzte er mit der mysteriösen Mitteilung in Angst und Schrecken, dass der Captain für jede Frechheit der Lady gegenüber mindestens seinen Kopf fordern würde.

»Wenn Sie sich noch ein wenig gedulden würden, Mylady. Hier«, Cedric führte sie zu einem Ballen zusammengelegter Segel. »Bitte nehmen Sie doch Platz. Ich muss nur warten, bis der Captain frei ist.«

»Kann ich nicht inzwischen John sehen?« Ihre Stimme klang flehend. Was lag ihr an dem Captain! Um John ging es ihr!

»Das...« Cedric lächelte um Verzeihung bittend, »wird gleich der Fall sein.«

Miranda ließ sich widerwillig nieder, Sally stellte sich schützend neben sie und beobachtete alles und alle an Bord kritisch.

Hailey stand neben ihr und verbreitete sich soeben über die glücklichen Umstände, die sie hierher verschlagen hatten, als aus heiterem Himmel eine eindrucksvolle Pranke auf seine Schulter donnerte, so dass er gut zehn Zentimeter einsackte. Und dann wurde er zu Mirandas Schrecken von einem Hünen angefallen, in dem Miranda jenen Gewaltmenschen erkannte, der im Hafen von Plymouth John angerempelt und bedroht hatte. Hailey allerdings, weit davon entfernt, sich angegriffen zu fühlen, grinste vor Freude.

Gleich darauf zerrte der Hüne ihn von ihrer Seite und den Niedergang hinab, und sie blieb mit Sally allein zurück. Von unten hörten sie Johlen, als wäre Hailey ein verlorener Sohn, der wie die schaumgeborene Venus von einer Welle auf das Schiff gespült worden war.

»Das ist alles sehr komisch«, stellte Sally leise fest. Cedric war verschwunden, Hailey ebenfalls, und um sie herum hatte sich ein Ring aus Matrosen gebildet, die sie mit offenem Mund anstarrten. Miranda zog sich den leichten Seidenschal über den Kopf wie als Schutz gegen die Sonne, aber in Wahrheit versteckte sie sich darunter. Sally wiederum, wesentlich weniger zartbesaitet, starrte jeden einzelnen so lange an, bis er mit den Füßen zu scharren begann und sich dann davonmachte.

Und dann, endlich, kam Cedric zurück. Er sah noch betretener aus als vorhin. »Der Captain möchte allein mit Ihnen sprechen, Mylady. Miss Sally wird von einem unserer Männer schon in ihr Quartier gebracht.«

Sally sah aus, als wolle sie sich weigern, aber Miranda nickte ihr beruhigend zu. Sie wollte sich jetzt nicht von Sallys Empörung aufhalten lassen, sondern nur unter Deck, um endlich nach John zu fragen. Machte er gemeinsame Sache mit diesen Männern? Sekundenlang belastete sie diese Vorstellung, aber sie schob diesen Gedanken rasch zur Seite. Es wäre kein Wunder, nach dem, was man ihm angetan hatte. Und die Hauptsache war und blieb, dass er lebte. Und hier war!

* * *

John setzte eine kalte, überlegene Miene auf, als er auf Mirandas Begleiter, diesen Adam Smith, wartete. Tumult, Lachen, überraschte Ausrufe vor dem Niedergang und vor seiner Kajüte, lenkten ihn von seinem grimmigen Vorsatz ab, und dann platzte Samson mit einem breiten Grinsen herein und zerrte einen Mann mit sich, der ein womöglich noch breiteres Grinsen aufgesetzt hatte. »Sehen Sie mal, Sir, wen wir hier noch geschnappt haben!«

John staunte nicht schlecht, als er anstatt Mirandas Beau seinen ehemaligen Steward Hailey vor sich sah. Hailey stapfte auf ihn zu, ergriff seine ausgestreckte Hand und schüttelte sie, als würde er sie aus dem Gelenk reißen wollen. Für einen bangen Augenblick fürchtete John sogar, er würde ihn umarmen.

»Wäre damals schon mitgekommen, Sir«, rief Hailey, »war aber mit meinem Bein beschäftigt. Und als ich dann hinkomme, sehe ich, dass das Schiff schon weg ist.« Er sah ihn vorwurfsvoll an. »War nicht nett, nicht auf mich zu warten, Sir.«

»Ich fürchte, man hat mich nicht um meine Meinung gefragt«, erwiderte John. »Und wie kommst du an Bord des Postschiffes?«

»Bin mit der Lady Miranda unterwegs«, erklärte Hailey stolz. »Hat mich angeheuert, damit ich sie auf der Reise begleite. War ein großes Glück, dass ich sie zufällig getroffen habe. In Plymouth, als sie so allein herumgestanden ist.«

»Du bist in Begleitung von Lady Dumfries?« Für Sekunden war John ehrlich verblüfft. »Und wer reist sonst mit euch?«

»Na, diese Sally natürlich, diese Beißzange, Gott schütze mich«, erklärte Hailey abfällig. »Ein furchtbares Weib. Hat den ganzen Weg hierher gemeckert. Abgesehen von der ersten Woche, da hat sie gekotzt wie ein besoffener Wal. Aber dann – nichts war ihr recht, hatte ständig was auszusetzen...« Er hätte sein Lamento noch fortgesetzt, wäre er nicht von John ungeduldig unterbrochen worden.

»Nach ihr habe ich nicht gefragt. Wer sonst ist mit euch gereist?«

»Na, niemand.« Hailey wirkte beleidigt. »Kann sehr gut auf eine Lady achtgeben, auch wenn die alte Hexe was anderes behauptet. Und dann haben wir in Plymouth ja auch den Pastor getroffen.«

»Und dieser...«, John sah auf den auf ein Blatt Papier gekritzelten Namen, als hätte er ihn sich nicht gemerkt, »dieser Adam Smith?«

»Adam Smith?« Hailey lachte dröhnend. »Na, der bin doch ich!«

Cedric und John sahen ihn überrascht an. Hailey grinste selbstzufrieden. »Adam ist mein Vorname, aber kein Wunder, dass Sie das nicht wissen, Sir, keiner nennt mich so, schon lange nicht mehr. Und Smith ist der Name meiner Mutter.« Er blinzelte vergnügt. »Dachte, es wäre dezenter, wenn ich nicht meinen richtigen Namen angab, als wir an Bord gingen.«

John war verwirrt. Er hatte sich so in die Idee verbissen, dass Miranda von ihrem Liebhaber begleitet wurde, mit diesem geflohen war, dass er jetzt kaum glauben konnte, dass sich nur Hailey und Sally in ihrer Begleitung befanden. Wartete dieser Liebhaber etwa auf Jamaika auf sie? Oder waren ihr ihre zahllosen Verhältnisse in England schon zu viel gewesen? Hatte sie den Überblick verloren und beschlossen, zu flüchten? Insgeheim wusste er, dass diese

Theorie nicht zu Miranda passte, aber in seiner Verwirrung, seinem Ärger und seiner Rachsucht, wollte er das nicht wahrhaben. Sie hatte ihn betrogen, ihn hintergangen. Auch nur ein Funken guter Meinung war an ihr verschwendet.

»Darf ich jetzt Lady Dumfries bringen?«, mischte sich Cedric mit einem ungeduldigen Unterton ein. »Sie wartet oben an Deck.«

John nickte nur. Er spitzte die Ohren, als er ihre Schritte hörte, ihre Stimme. Eine Mischung aus Wärme und Kälte zugleich erfasste ihn, in seinem Kopf wurde es warm, in seinem Magen kalt, und über seine Wirbelsäule glitt ein erregter Schauder. Er nahm Platz, um ihr sitzend entgegenzusehen. Das gab ihm ein Gefühl der Überlegenheit, weil sie stehen musste wie eine Bittstellerin.

Und dann war sie auch schon da, erstarrte mitten im Schritt, so dass Cedric, der ihr höflich den Vortritt gelassen hatte, beinahe auf sie prallte. John schluckte. Ihr helles Haar, ihre schönen Augen, die sich ungläubig auf ihn hefteten, die vollen Lippen, der schlanke Hals. Die Haltung selbst jetzt noch anmutig. In einem ersten Impuls wäre er am liebsten aufgesprungen, und es fiel ihm verflixt schwer, einfach sitzen zu bleiben. Er lehnte sich lässig zurück, streckte die Beine aus und spielte achtlos mit einer Muschel auf dem Tisch.

»Willkommen auf der *Charming Mary*, Lady Dumfries.«

Sie stand immer noch in der Tür, als könnte sie es nicht fassen, ihn zu sehen. Langsam wechselte ihr Ausdruck zu einem Strahlen, das John sekundenlang irre machte und seine Kehle zuschnürte.

Mit einem Mal kam wieder Leben in sie. Sie drehte sich nach Cedric um, lachte ihn an, und rief: »Jetzt verstehe ich!«

Dann lief sie auf ihn zu, um den Tisch herum und streckte, ungeachtet der anderen im Raum, die Hände nach ihm aus, als wolle sie ihn umarmen. »John! Ich bin so froh...«

Als er sich nicht rührte, sondern sie nur ironisch betrachtete, und fest die Finger um die Muschel schloss, damit Miranda nicht sah, dass seine Hand zitterte, blieb sie irritiert stehen und ließ langsam die Arme sinken.

John musste sich damit begnügen, sie mit verächtlichem Schweigen zu mustern, weil er sich seiner Stimme nicht sicher war. Verflixt, das Wiedersehen und ihr Anblick machten ihm mehr zu schaffen, als er gedacht hätte. Was um Himmels willen, hatte sie auf der Stirn? Dieser rötlichblaue Fleck? Hatte sie sich angeschlagen? War sie verletzt worden, als Bains, der Narr, versucht hatte, vor der *Charming Mary* zu fliehen? Ihm selbst unbewusst, setzte er sich ein wenig auf. Waren das Tränen, die in ihren Augen glitzerten? Nein, unmöglich. Bestenfalls vor Erleichterung, keinem Fremden in die Hände gefallen zu sein.

Aber diese Freude. War die echt? Aber vielleicht freute sie sich wirklich. Sie hatten sich nicht im Streit getrennt. Sie hatte ihn lediglich betrogen und ahnte vermutlich nicht einmal, dass er Bescheid wusste. Möglicherweise empfand sie sogar etwas wie Freundlichkeit ihm gegenüber. Mitleid etwa gar? Der Gedanke machte ihn wütend. Ihre Freundlichkeit wollte er nicht. Er wollte sich an ihr rächen, und das würde er tun.

Er räusperte sich. »Wie ich höre, sind Sie unterwegs nach Westindien?«

Miranda antwortete nicht. Sie stand völlig reglos, mit hängenden Armen und studierte sein Gesicht. Ihr eindringlicher Blick bereitete ihm Unbehagen.

»Sie werden dort zweifellos schon erwartet«, fuhr er mit gespielter Gleichgültigkeit fort. »Es tut mir leid, wenn Sie eine kleine Verzögerung in Kauf nehmen müssen.«

Mirandas ungläubiger Blick glitt von ihm zu Cedric. Dann richtete sie sich ein wenig auf, straffte die Schultern. »Die Verzögerung«, sagte sie langsam, »ist unbedeutend. Zumindest jetzt. Aber ich bin sehr froh, Sie gesund vor mir zu sehen, Captain Whitburn.« Wie tonlos sie klang.

Er brachte ein spöttisches Lachen hervor. »Dann hoffe ich, dass Sie auch Grund dazu haben, Lady Dumfries. Zumindest nachdem Sie einige Tage auf dem Schiff verbracht haben.« Er gönnte ihr eine eingehende, höhnische Musterung von oben bis unten, dann wandte er sich seinem Ersten Leutnant zu, der mit hochrotem Kopf dabeistand. »Mr Parmer, bringen Sie die Gefangene in ihr neues Quartier, das sie bis auf weiteres nicht verlassen darf. Später werden sie ihr dann eine angemessene Arbeit zuteilen.« Zum Zeichen, dass die Audienz beendet war, beugte er sich über einige Schriftstücke, die vor ihm auf dem Tisch lagen.

»Sir?« Cedrics Stimme klang, als würde er sich wieder im Stimmbruch befinden.

Er hob verwundert den Kopf. »Sollte meine Anweisung nicht deutlich gewesen sein, Mr Parmer?«

»Nun, Sir...« Cedrics Gesichtsausdruck war eine Mischung aus Widerspruch und Verzweiflung, als sein Blick Miranda streifte.

»Die Dame sollte etwas für die Seereise tun. Wir können nicht noch ein paar Mäuler durchfüttern, oder sind Sie etwa anderer Meinung?«

»Nun, ich...«

»Sie könnte zum Beispiel Stiefel putzen.«

»Also Sir«, mischte sich Hailey ein, der bis dahin verblüfft geschwiegen hatte, »wenn's recht ist, wäre das eine Arbeit, die ich gerne wieder übernehmen würde.«

»So. Auch gut. Dann stelle ich Sie wieder als Steward ein. In diesem Fall werden wir für Lady Dumfries eben eine andere, angemessene Aufgabe finden müssen.« Er verkniff es sich, sie anzusehen, sondern schob die Papiere vor ihm herum. Die Arbeiten des Schiffsjungen, dem er Navigation beizubringen versuchte. Ein sinnloses Unterfangen, aber John wollte den Burschen nicht so schnell aufgeben.

»Aber Jo ...« Cedric schluckte sichtlich.

Johns Augenbrauen schnellten hoch. »Sollte ich mich immer noch nicht deutlich genug ausgedrückt haben? Ich kann Ihnen, falls Sie um Aufgaben verlegen ist, auch eine Liste zukommen lassen.« Er machte eine wegwerfende Handbewegung in Mirandas Richtung. »Sie bekommt dieselbe Unterkunft, die ich auf der Reise bewohnt habe. Abführen.«

Miranda war fassungslos. Wie gelähmt. Noch vor wenigen Sekunden hätte sie vor Freude jubeln mögen, und jetzt hatte sie das Gefühl, die Welt stünde Kopf. Sie verstand es nicht. War er der anderen wegen so unfreundlich? Wohl kaum. Der John, den sie gekannt hatte, hatte sich von einem ganzen Ballsaal nicht daran hindern lassen, ihr den Hof zu machen.

Hätte er sie in Eiswasser geworfen, es hätte nicht schlimmer sein können. Der Vergleich war tatsächlich treffend. So ähnlich hatte sie sich gefühlt, als sie mit acht Jahren einmal ihrer Gouvernante entkommen war und übermütig auf dem gefrorenen Teich hinter dem Haus ihres Großvaters herumgerutscht war.

Das Eis hatte mit einem Mal unter ihr nachgegeben, sie war mit einem gellenden Schrei eingebrochen und unter die dickere Eisschicht gerutscht. Sie erinnerte sich nur noch zu gut an dieses Gefühl, die atemlose Panik, die betäubende Kälte, ihre Versuche, aufzutauchen. Und alles in einem Zustand von Ungläubigkeit, als wäre sie völlig aus der realen Welt geworfen worden. Genauso fühlte sie sich jetzt. Kälte kroch in ihr empor.

Cedric konnte es ebenso wenig fassen wie Miranda, auch wenn es dieser schneller gelang, ihre Contenance wiederzufinden. Der entsetzte Ausdruck in ihren Augen wich einem kalten Funkeln, als sie sich dem jüngeren Freund ihres Bruders zuwandte, dessen Gesichtsfarbe inzwischen schon die wenig bekömmliche Schattierung reifer Pflaumen angenommen hatte. Ihr Blick wurde milder, sie zuckte nur fast unmerklich mit den Schultern, dann hob sie den Kopf, drehte sich ohne ein weiteres Wort oder einen Blick auf John um und stolzierte zur Tür. Zum Glück war sie lange genug auf See gewesen, um bei dem hohen Seegang nicht würdelos von einer Seite der Kajüte zur anderen zu taumeln.

Hailey und John starrten ihr nach, wenn auch mit unterschiedlichem Ausdruck und aus unterschiedlichen Motiven. Cedric wagte es noch, seinem Captain ein Kopfschütteln zu gönnen, dann eilte er ihr nach.

John versuchte, vor Hailey den Anschein von Überlegenheit zu wahren. Ihr Abgang war nicht das, was er bezweckt hatte. Sie hatte den Raum wie eine Königin verlassen und nicht wie eine gedemütigte Gefangene. »Du kannst dein Gepäck und das der Dame herüberbringen.«

Er war enttäuscht, als hätte sie ihn um etwas gebracht. Er

hatte sie herausfordern wollen, sie hatte es jedoch nicht zugelassen, sondern ihn abblitzen lassen. Diese Runde war an sie gegangen, aber die nächste ging an ihn. Er wusste noch nicht wie, aber von diesem hohen Ross würde er sie sehr schnell herunterholen.

»Ist aber nicht Ihr Ernst, oder, Sir?«
»Was?«
»Dass die Lady auf dem Schiff arbeiten muss, meine ich.«
»Habe ich jemals bei einem Befehl gescherzt, Hailey?«
»Nay.«

John hob die Augenbrauen, als Hailey plötzlich sehr verlegen dreinsah. »Wissen Sie, Sir, nichts für ungut, ich würde gerne wieder Steward bei Ihnen werden. Aber wenn Sie Streit mit der Lady haben, geht das leider nicht. In dem Fall muss ich ihr beistehen. Hoffe, Sie verstehen das, Sir. Ist eine wirklich feine Lady, die Lady Miranda. Wenn sie arbeitet, dann werde ich ihr helfen.«

Er tippte sich zum Gruß mit dem Fingerknöchel an die Stirn, trollte sich hinaus und ließ John verblüfft und mit einer Menge zu grübeln zurück. Das süße Gefühl naher Rache wollte sich nicht so recht einstellen, alles, was er fühlte, war Verlust, Bedauern und diese schwelende Sehnsucht, die weder vom Zorn noch von der Kränkung jemals hatte gelöscht werden können. Dazu noch ein fast unwiderstehlicher Drang, ihr nachzulaufen, sie zu schütteln, bis ihr jeder Gedanke an Untreue verging und sie dann in die Arme zu reißen.

Er würde einiges zu tun haben, ihr gleichmütig gegenüberzutreten.

Aber die Lady, bedachte er mit einem bösen Grinsen, würde Gelegenheit haben, das Leben auf einem Schiff von der Warte des arbeitenden Volkes aus kennenzulernen. Die Lektion war gewiss lehrreich.

* * *

Miranda war kaum ansprechbar, als sie zu Sally in den Verschlag kam, den Cedric stotternd »kleine Kabine« nannte. Ihre Zofe stand mitten im Raum und sah sich mit stummem Groll um. Als sie sich bei Mirandas Anblick auf sie stürzen, sie ausfragen und sich zugleich entrüsten wollte, schnitt diese ihr scharf das Wort ab.

Sally ließ sich jedoch nicht den Mund verbieten. Nicht, wenn so viel Ärger in ihr steckte, dass sie rote Flecken im Gesicht hatte, und ihre Haarspitzen knisterten. »Irre ich mich, oder ist dieser«, sie zeigte ungeniert auf Cedric, der gebückt vor ihr kauerte, weil er sonst mit dem Kopf an die niedrige Decke gestoßen wäre, »dieser verbrecherische Mensch hier der kleine Junge, den wir mit Erdbeeren und Geleetörtchen gefüttert haben?«

Miranda nickte und warf Cedric einen Blick zu, der stumm das Wort »Verräter« übermittelte. Cedric hatte den Anstand, errötend zu Boden zu sehen.

»Und wie kommt er dann dazu, uns hier einzusperren«, fuhr Sally fort, »und mit den Piraten gemeinsame Sache zu machen? He?«

»Wir sind keine Piraten«, verteidigte sich der Gescholtene lasch. »Wir haben einen Kaperbri...«

»Piraten!« Sallys Zeigefinger fuchtelte drohend vor seiner Nase herum. »Schufte, die Schiffe anhalten, beschießen und hilflose Frauen verschleppen! Ich hoffe, Master Cedric, jedes einzelne Törtchen liegt wie Blei in Ihrem Magen!«

Zerknirscht versuchte Cedric einen geordneten Rückzug. Er bewegte sich im Krebsgang hinaus. »Wenn ich noch etwas für Sie tun kann, Lady Dumfries?«

»Eine ganze Menge«, mischte sich Sally energisch ein. Sie schlug mit der Hand gegen die beiden Hängematten, die links und rechts befestigt waren, und noch gerade so viel Platz freiließen, dass eine sehr schlanke Person dazwischen stehen konnte. Die rundliche Sally stieß mit Bauch und Hintern dagegen. »Was soll das sein? Betten? Sind wir Matrosen, dass wir in so etwas kriechen und schlafen?«

Cedric bemühte sich um einen besänftigenden Ausdruck. »Die sind bequemer, Miss Sally, als ein normales Bett, wirklich. Da würden Sie herausrollen, wenn das Schiff …«

»Ich bin bisher auch nicht herausgerollt!«, fuhr sie ihm über den Mund. »Auf dem anderen Schiff hatte ich auch ein vernünftiges Bett, und zwar eines, das an Stricken hing! Nicht so einen dreckigen Sack, wo man sich schon beim Reinsteigen verkrümmen muss! Und sonst …« Sie sah sich um und wies anklagend um sich. »Wo sind Schränke? Ein Tisch? Ein zweiter Stuhl! Soll ich vielleicht auf den Knien der Lady sitzen? Hä?«

Cedric sah sich um. »Ein Tisch wird hier leider keinen Pla …«

»Das sehe ich selbst«, keifte sie ihn an. »Ich bin ja nicht blind oder blöd! Und was ist das?« Sie wies hinaus. Der Wind hatte aufgefrischt, brachte Regen mit sich, und die Matrosen trugen die Hühnerkäfige unter Deck. Die unmittelbare Nachbarschaft zu einer wütenden Stimme veranlasste die armen Tiere, aufgeregt zu gackern. »Ist das hier ein Stall? Der Gestank ist unerträglich! Und was sollen die Tauben auf dem Schiff? Ist das etwa die übliche Freibeuterkost? Gebratene Täubchen? Und es riecht auch noch nach Schafsbock! Das müssen diese dreckigen Figuren sein, die sich in allen Ecken herumtreiben!«

»Das ist die Ziege, Madam«, erklärte Cedric, der sich dieser Frau gegenüber heillos im Nachteil befand. Er war der Erste Leutnant des Schiffes, der nächste nach dem quasi gottgleichen Kapitän, alle sprangen, wenn er nur den Mund aufmachte, aber Sallys Erwähnung der Geleetörtchen hatte ihn mit einem Schlag wieder auf einen fünfjährigen Jungen reduziert, der sich zu den Nachbarn schlich, um sich dort mit Leckerbissen überfüttern zu lassen oder sich zu verstecken, weil sein Erzieher mit dem Rohrstock drohte.

»Ich verlange für Lady Dumfries ein anderes Quartier! Ich will sofort den Captain dieses Schiffes sprechen und ihm...«

»Nein.« Miranda sprach zum ersten Mal. Ihre Stimme klang kalt. »Wir nehmen dieses Quartier. Es reicht.« Als Sally aufbegehren wollte, schnitt sie ihr das Wort ab. »Wir wollen von diesen Menschen keine Gefälligkeiten.« Ihre Augen blitzten in dem Licht der Laterne so wütend, dass Sally tatsächlich schwieg.

»Vielen Dank, Cedric. Ich vermute, dass Ihnen diese Situation unangenehm ist, und ich beneide Sie nicht um Ihre Stellung hier. Auch wenn ich langsam glaube, dass Sie sie verdient haben.« Sie neigte hoheitsvoll den Kopf. Sie war so groß, dass ihre obersten Locken an der Decke streiften. »Sie dürfen sich zurückziehen, Sir. Guten Tag.«

Cedric murmelte etwas Höfliches, lächelte sie um Verzeihung bittend an und schlich dann wie ein geprügelter Hund davon. Als er auf den Gang trat, begegnete er überall grinsenden Gesichtern.

Seine Miene wurde kalt. »Wie sieht es hier aus, Hawkins«, fragte er Johns Bootsführer, der sich aus sicherer Entfernung an Sallys Strafpredigt delektiert hatte. »Schaffen Sie die Hühner woanders hin. Auch die Ziege. Hier wohnt eine Lady. Und wer das vergisst, bekommt Probleme. Ist das klar?«

Gleich darauf waren mehrere, sehr eifrige Männer damit beschäftigt, die empörten Hühner woanders unterzubringen und die verstörte Ziege zu verlegen, während Cedric mit bissigem Ausdruck danebenstand und jede Bewegung beobachtete. Zwei Männer eilten mit Eimern herbei und machten sich daran, das Deck vor Mirandas Verschlag zu schrubben, als Hailey hinzukam.

Cedric wandte kaum den Kopf. Er deutete nur auf die Tür, die Sally fest hinter ihm geschlossen hatte. Von drinnen hörte man nur Rumoren, gelegentlich Sallys vor Leidenschaft bebende Stimme, mit der sie Beschwerden auf Miranda hageln ließ.

Diese hatte sich auf den einzigen Stuhl gesetzt, die geballten Fäuste in den Kleiderfalten versteckt, ließ Sallys Litanei über sich ergehen, und starrte vor sich hin. Dabei wusste Sally nicht einmal, um wen es sich bei diesem »Piraten der an den Galgen gehört« überhaupt handelte. Miranda wäre jetzt gerne allein gewesen, um sich zu fassen, aber stattdessen musste sie noch Sallys Gekeife ertragen. Sie war schon drauf und dran, ihrer Zofe genervt den Mund zu verbieten, als die Tür aufging und Hailey hereinsah.

Sally warf ihm einen giftigen Blick zu. »Soll der etwa auch hier schlafen?«

»Lieber ganz unten im Rumpf und bis zur Nase im Bilgewasser als in Ihrer Nähe«, knurrte er zurück. Dann sah er Miranda, die stumm auf dem Stuhl hockte. »Mylady?« Seine Stimme klang so weich, dass Sally, die schon den Mund aufgemacht hatte, um ihn auf seine richtige Größe zurechtzustutzen, ihn wieder zuklappte. Er hockte sich vor Miranda hin.

»Das meint der nicht so. Bestimmt nicht.«

»Wer meint was nicht so?«, fragte Sally misstrauisch.

»Na der Captain. Wollte, dass Mylady arbeitet.«

Sally rang nach Luft. »Arbeiten? Was denn arbeiten?«

Er zuckte nur mit den Schultern. Er hatte nicht nur die Arbeit gemeint, sondern Johns Begrüßung, seine Unhöflichkeit, obwohl man die gar nicht mehr so nennen konnte, sondern eher Gemeinheit zutreffend wäre. Die Lady tat ihm leid. War wirklich eine feine Dame, nicht nur vom Benehmen her, sondern auch vom Charakter. Er verstand nicht, was in seinen ehemaligen Captain gefahren war. Der musste einen Schlag auf den Kopf bekommen haben. Ja, bestimmt sogar. Der Gedanke beruhigte ihn. Er würde mal mit dem Schiffsarzt darüber sprechen. Bestimmt gab es da ein Mittel dagegen. Irgendwas Abführendes, das machte dann auch den Kopf wieder klar.

Miranda richtete sich auf. »Nichts weiter, Sally. Es war nur so eine Bemerkung des Captains.« Sie legte Hailey die Hand auf den Arm. »Ich fürchte, ich muss Sie jetzt aus meinen Diensten entlassen.

»Nein, Mylady, habe ihm schon gesagt, dass ich für Sie arbeite.« Er klang ein wenig trotzig.

»Das war unklug.« Sie wies um sich. »Sie sehen ja, wie es hier aussieht. Als Steward des Captains hätten Sie es besser. Außerdem weiß ich nicht, ob man mir Geld lässt, um Sie zu bezahlen.«

»Das ist mir gleich. Nehme kein Geld von Ihnen.« Hailey erhob sich.

»Ach, und wer ist der Kerl, der unsere Lady so behandelt?«, fragte Sally kampflustig. »Und wo ist dieser saubere Mr Whitburn, der sich angeblich hier herumtreiben soll?«

»John Whitburn *ist* der Captain«, erwiderte Miranda tonlos.

»Wi… Wa… Whitburn?« Sally riss Mund und Augen auf, aber Miranda senkte den Blick auf ihre Hände. Sie wollte nicht mit Sally darüber reden. Kein Wort. Zuerst musste sie selbst damit fertigwerden. Wie unglaublich! Wie er sie behandelt hatte! Sie erlebte in Gedanken jede Minute neu, und jedes Mal tat es noch mehr weh. Zuerst dieses unfassbare Glück, den Mann, den sie gefangen, gequält und in Fesseln gewähnt hatte, unbeschadet vor sich zu sehen. Und dann diese Behandlung!

Und sie hatte sich ausgemalt, wie sie ihn in New South Wales suchte, wie sie ihn fand, abgezehrt, abgemagert, wie er sie vor Glück, sie zu sehen, an sich riss, wie er ihr, stammelnd vor Rührung, weil sie alles für ihn aufgab, zärtliche Vorwürfe machte, bis sich alles zwischen ihnen klärte. Und jetzt das. Sie schüttelte, fassungslos über sich selbst, über ihre romantische Spinnerei den Kopf. Himmel! Was war sie nur für eine Gans! Dass so etwas Einfältiges wie sie überhaupt lebensfähig war! Sie schämte sich so sehr vor sich selbst, dass sie sich am liebsten geohrfeigt hätte.

Wie aus weiter Ferne hörte sie Haileys Stimme, der Sally leise etwas erklärte, dann wollte er aus der Tür. Miranda sprang auf, erwischte ihn gerade noch an der Jacke und zerrte ihn zurück. »Kein Wort, wohin wir wollten, Hailey«, sagte sie leise, aber so eindringlich, dass Hailey unwillkürlich schluckte. Er hatte nicht gewusst, dass Miranda Dumfries so drohend schauen konnte. »Kein Wort, Hailey. Ich verlasse mich darauf.«

»Aber Madam, warum darf ich nicht...«

»Zu niemandem! Es geht niemanden etwas an, wohin wir wollten.« Das fehlte ihr noch, John Whitburn den Triumph zu gönnen, ihm nachzusegeln. Oh, wie würde er frohlocken, ihre Schwäche gegen sie ausspielen! Sollte er nur glauben, sie wäre mit dem Postschiff nach Jamaika unterwegs gewesen. Sie packte Hailey am Hemd. »Schwören Sie es mir.«

»Aber Mylady...«

Ihre Augen funkelten. »Ein einziges Wort, und Sie werden es bitter bereuen.« Die Drohung sollte er besser ernst nehmen. Sie kannte die Männer! Die hielten zusammen, wenn es darum ging, eine hilflose Frau zu hintergehen. Aber nicht jetzt! Und nicht hier! Miranda Dumfries hatte endgültig genug, den Spielball für die Launen der Männer abzugeben.

Sie ballte die Fäuste. Sie war in den vergangenen Monaten über sich selbst hinausgewachsen, hatte Dinge getan, auf die sie keine Erziehung, keiner Erfahrung vorbereitet hatte. Sie hatte diese Reise organisiert, Pläne für Australien gemacht, sich um Geld gekümmert. Aber das alles hatte ihr Kraft gekostet, und sie hatte sich so sehr danach gesehnt, in Johns Arme zu eilen und endlich von allen ihren Sorgen ausruhen zu können und alles Weitere ihm zu überlassen. Und jetzt hatten sie diese Arme, der vermeintliche sichere Hafen zurückgestoßen. Auch gut. Sie würde es überleben. Und weiterkämpfen. Zum...zum... zum Kuckuck mit John Whitburn!

11. Kapitel

Vier Tage waren vergangen, nachdem Miranda und Sally auf die *Charming Mary* gekommen waren. Sie hatten das untere Deck und ihr Quartier kaum verlassen, nachdem der Schiffszimmermann auf Cedrics Befehl die Wände auseinandergesetzt hatte, so dass in dem Verschlag mehr Platz war. Sally maulte zwar immer noch, aber im Grunde waren sie noch gut dran im Vergleich zu den Mannschaftsquartieren, wo eine Hängematte neben der anderen schaukelte und nur deshalb die ganze Mannschaft Platz fand, weil die Männer unterschiedliche Wachen hatten und deshalb ein Teil immer an Deck war, während der andere schlief. Andernfalls hätte jeder Matrose gerade nur 35 cm für sich. Dagegen war der Platz, den sie sich mit Sally teilte, ein wahres Schloss. Selbst die Offiziere hatten nur kleine Kammern, die teilweise mit Segeltuch verschlossen waren. Der einzige, der über ein ausreichend großes und komfortables Quartier verfügte, war der Captain. Der hatte nicht nur die große Kabine, wo er residierte und arbeitete und mit seinen Gästen speiste, sondern auch noch eine eigene Schlafkajüte.

Immerhin hatten jetzt noch eine Seekiste mit Mirandas und Sallys Kleidern Platz in ihrem Quartier sowie ein kleines Tischchen mit einer Waschschüssel. Vor dem Verschlag hatte Cedric so viel Platz geschaffen, dass noch Raum für einen Tisch mit zwei Stühlen war. Hailey hatte mithilfe anderer Matrosen dieses kleine Zimmer durch Wände aus Segeltuch abgeschirmt, so dass es sich dort recht gemütlich sitzen ließ. Miranda und Sally nahmen hier auch ihre Mahlzeiten ein. Der Pastor besuchte Miranda immer wieder, saß bei ihr und Sally und sprach ihr Mut zu. Er hatte es ein wenig besser getroffen – ihm war eine Kammer neben den Kabinen der Offiziere zugeteilt worden, und er nahm seine Mahlzeiten in der Offiziersmesse ein.

Einmal hatten Cedric und die anderen Offiziere die Damen ebenfalls eingeladen, aber Miranda hatte nach dem ersten Mal dankend abgelehnt. Es war ein gespanntes, ungemütliches Essen gewesen: Einige sahen in ihr als Gattin von Admiral Dumfries so etwas wie einen Feind, eine Spionin, und die anderen fühlten sich durch ihre Gegenwart in ihrer Ungezwungenheit gehemmt.

Der Pastor und sie waren zwar Gefangene, wie John betont hatte, aber sie durften sich an Bord frei bewegen, solange sie niemanden vor die Füße liefen oder bei der Arbeit störten. Sie blieb jedoch lieber unten, um nicht Gefahr zu laufen, Johns unfreundlichen Blicken ausgesetzt zu sein. Entweder las sie im Schein einer Laterne – Cedric hatte ihr Bücher organisiert, die sie unkonzentriert durchblätterte –, oder sie stickte lustlos an einem kleinen Tüchlein. Eine Arbeit, die sie schon in Plymouth begonnen, jedoch immer noch nicht beendet hatte. Auch jetzt war sie wieder damit beschäftigt, als ein Räuspern sie von dieser Arbeit hochschrecken ließ.

Das Segeltuch wurde ein wenig zur Seite geschoben, und ein Mann lugte herein. Er wirkte so schüchtern, dass Mirandas Mundwinkel zuckten, als sie in ihm den Hünen erkannte, der Hailey damals von ihr weggezerrt und in Plymouth John angerempelt hatte. Inzwischen hatte sie schon aus Hailey herausgepresst, dass dieser Mann Spieker hieß und früher Johns Bootsmann gewesen war.

Die Vertrautheit von Hailey mit vielen anderen Matrosen ließ Miranda vermuten, dass Samson auf dem Schiff nicht der einzige aus Johns ehemaliger Mannschaft war. Sie argwöhnte sogar – obwohl sie es nicht einmal Sally gegenüber laut aussprach –, dass sogar etliche von Johns ehemaliger Mannschaft auf dem Deportationsschiff angeheuert und später eine Meuterei angezettelt hatten.

Sie lächelte Samson zu. Obwohl es seit ihrer Gefangennahme Stunden gab, in denen sie John Whitburn mit Vorliebe in New South Wales und in Ketten gewusst hätte, empfand sie so etwas wie Zuneigung zu allen, die ihm geholfen hatten. Seine sogenannten Freunde in London, allen voran William Parmer, dieser Schuft, hatten dagegen nur zugesehen, wie man John, den Freund aus Kindertagen, verurteilt und deportiert hatte

Samson erwiderte ihr Lächeln, wenn auch vorsichtig, als würde er dem Frieden nicht trauen. »Der Captain lässt Mylady bitten, an Deck zu kommen. Er will mit Ihnen sprechen.«

Wortwörtlich hatte der Captain gesagt: »Lady Dumfries soll gefälligst sofort an Deck kommen, ich habe mit ihr zu sprechen.« Und das in einem strengen, befehlenden Ton. Bevor Samson unter Deck geklettert war, um den Befehl zu übermitteln, hatte sich Cedric Parmer unauffällig an seine Seite gesellt und ihm nahegelegt, die harsche Formulierung auf »lässt bitten« zu korrigieren.

»Ich habe ihm nichts zu sagen. Wenn er eine Unterhaltung mit mir wünscht, dann muss er sich schon herunterbemühen.« Miranda wandte sich wieder dem Tüchlein zu. Ein energischer Stich hinein, ein Stich hinaus, ein Stich in den Finger. Sie zuckte zusammen und schloss für einen Herzschlag die Augen. Sie lutschte das Blut ab, ehe sie den zarten Batist beschmutzte. Der Gedanke, nach Tagen wieder an Deck zu gehen, wäre nach der muffigen Luft angenehm gewesen, aber sie wollte nicht nachgeben. Außerdem war es ihr unerträglich, jetzt auch nur ein Wort mit ihm zu wechseln. Erst, bis sie sich völlig gefasst hatte und ihm gleichgültig gegenübertreten konnte. Das konnte bei dem Tumult an Gefühlen, der in ihr tobte, zwar eine Weltumseglung lang dauern, aber bis dahin würde sie eher hier drin ersticken und sich lieber die Finger wundstechen.

Samson räusperte sich. »Madam, das wird dem Captain aber gar nicht recht sein.«

Sie sah nicht hoch. »Er kann mich verschleppen, aber er kann mir nichts befehlen.«

Sally, die ihr gegenüber hockte und einen Riss in einem ihrer Unterröcke flickte, nickte beifällig.

»Kann er schon, Madam!« Samson geriet in Panik. Wenn dieses Frauenzimmer nicht mitging, dann war der Captain imstande, ihm zu befehlen, sie an Deck zu schleifen. Das hätte ihm noch gefehlt. Er nahm es gut und gerne mit fünf Kerlen gleichzeitig auf – je mehr, desto erfreulicher die Keilerei –, aber die Vorstellung, eine Lady zu fesseln und hinaufzuzerren, ließ ihm den Schweiß aus allen Poren treten.

Zu seiner Erleichterung tauchte hinter ihm der Erste Leutnant auf. Er machte ihm bereitwillig Platz, offenbar hatte Cedric Parmer schon geargwöhnt, dass die Lady Probleme machen könnte. Samson kratzte sich am Kopf. »Tja, Sir, hab versucht, die Lady zu überreden, an Deck zu kommen, sogar höflich, wie Sie es mir aufgetragen haben, aber sie will nicht.«

»Schon gut, ich kümmere mich darum.« Cedric wartete, bis Samson beim Niedergang war, und lächelte Miranda dann bittend an. »Miranda, erweisen Sie mir die Ehre, mich an Deck zu begleiten?«

Sally schubste sie an. »Kommen Sie, Mylady, wir sollten wirklich an Deck gehen. Sie müssen ja nicht mit ihm sprechen. Ein bisschen frische Luft tut uns beiden gut.«

»Nun, Miss Sally, der Captain hat nichts davon gesagt, dass er Sie spre…«

»Soll das heißen, dieser Mensch würde erwarten, dass Lady Miranda ohne den Schutz einer Zofe an Deck geht?«, keifte Sally los. »Allein? Unter all den Männern?«

»Sie wird nicht ohne Schutz sein, denn ich werde sie begleiten.«

Miranda entschied die Sache. Sie erhob sich. Es ging nicht um sie allein, auch Sally hatte das Recht, frische Luft zu schnappen. Außerdem wurde die Neugier, was John von ihr wollte, immer brennender. »Sally wird ebenfalls an Deck kommen.«

Sally nickte. »Ich komme gleich. Hole nur Ihren Schal, Mylady. Wegen der Sonne.«

Cedric half Miranda galant die Leiter hinauf, und kletterte dann nach. Oben an Deck verharrte Miranda neben der Luke und sah zum Achterdeck hinüber. Von John war nichts zu sehen. Vermutlich wartete er in seiner Kajüte auf sie. Hinter dem Tisch sitzend, wie ein Richter. Sie presste die Lippen zusammen, verärgert über sich selbst. Hatte sie das nötig? Nein. Am besten, sie kehrte wieder in ihren Verschlag zurück. Sie drehte sich wütend um und fand sich kaum zwei Handbreit vor John, der reglos auf sie herabstarrte. Vor Verblüffung machte sie einen Schritt zurück.

Und trat ins Leere.

Sie kam nicht einmal dazu, aufzuschreien, so schnell ging alles. Ihr Fuß verschwand haltlos in der Luke, sie taumelte, griff um sich, keuchte erschrocken auf, fiel, sah sich schon mit zerschmetterten Gliedern am Fuß der Leiter liegen. Sallys schriller Angstschrei hallte ihr von unten entgegen. Das Schiff kippte, die Masten und Segel über ihr neigten sich, sie sah Johns vor Schreck verzerrtes Gesicht, seine weit aufgerissenen Augen. Der Gedanke, dass er sie auf dem Gewissen hatte, durchzuckte sie, gemeinsam mit Zorn und Genugtuung. Sie ruderte mit beiden Armen in der Luft. Da griffen Hände zu, packten sie um die Taille. Für einen Wimpernschlag schwebte sie über der Luke, dann wurde sie von dem dunklen Viereck im Boden fortgerissen. Eine breite Brust, ein vertrauter Geruch, zwei Arme, die sich fest um sie schlossen. Ein harter Körper, der sich gegen ihren presste. Halblaut gestammelte Flüche. Sie schloss, schwindlig geworden, die Augen. Dann wurde sie auch schon wieder losgelassen, herumgewirbelt und drei Schritte von der Luke entfernt an Deck abgestellt.

Sie blinzelte verwirrt. Neben ihr stand Cedric, hatte ihren Arm umfasst und sah sie erschrocken an. »Immer vorsichtig, Miranda! Sie müssen sich festhalten. So ein Schiff ist kein Festland.«

»Und Wasser hat keine Balken. Vielen Dank für die nautische Lehrstunde, Mr Parmer.« Johns Stimme klang spöttisch wie eh und je, aber unter der Bräune war er ungewöhnlich blass. Er musterte sie von oben bis unten, als wolle er sich davon überzeugen, dass er alle Teile vor dem

Absturz gerettet hatte, dann zog er sich seine Uniformjacke zurecht, den Blick missbilligend auf Cedric geheftet, der Mirandas Arm umklammerte, als hätte er Angst, sie könnte gleich anschließend der Länge nach hinschlagen.

»Ich denke, Sie können die Dame jetzt loslassen, Mr Parmer. Ich bin davon überzeugt, sie ist in der Lage, sich ausnahmsweise auf ihren eigenen Beinen zu halten.«

Keuchen und Schimpfen kündigten Sallys Ankunft an. Sie kroch über den Rand der Luke und stürzte auf ihre Herrin zu. »Was ist passiert? Hat er dich gestoßen?«

John beachtete Sally nicht. Er wandte sich an Cedric. »Ich habe jetzt keine Zeit. Die Gefangene soll hier warten. Sie haften mir dafür, Mr Parmer, dass sie nicht unbeaufsichtigt über Deck läuft und sich und anderen Schaden zufügt.« Damit drehte er sich um und ging davon.

Sally packte Miranda, die einen seltsam verträumten Ausdruck hatte. »Was war denn?«

»Ich bin einen Schritt zurückgegangen und wäre beinahe hinuntergefallen.« Es fiel ihr schwer, vor Sally und den anderen, die während der Arbeit herübersahen, einen gleichmütigen, gefassten Ausdruck zu bewahren. Es war jedoch weniger der Schock, beinahe ein Deck tief hinabgestürzt zu sein, als vielmehr der Schreck, in Johns Armen gelegen zu haben. Noch jetzt fühlte sie den Druck seiner Arme, seine Hände. Den sicheren Griff. Spürte seine Nähe, glaubte immer noch, die rauhe Uniformjacke zu fühlen, an der sich durch den Stoff ihres Kleides hindurch ihre Brüste rieben. Hitze stieg in ihr hoch. Sie fühlte ihren Körper mit einem Mal so intensiv, dass sie unauffällig an sich herabsah, aus Furcht, ihre Brustspitzen könnten sich aufgestellt haben.

Sie schämte sich plötzlich. Wie konnte das sein, dass

sie trotz allem so auf ihn reagierte? Dass er sie nur in die Arme nehmen, berühren musste, um in ihrem Kopf alles auszulöschen außer der Sehnsucht nach ihm? War sie so schwach, dass eine Umarmung sie so aus der Fassung bringen konnte? Und wie gerne sie darin geblieben wäre!

Und er? Hatte er sie nicht an sich gedrückt? Was hatte er geflüstert? Sie drehte sich um und sah ihm nachdenklich nach.

»Mylady?«

Cedric stand neben ihr und wies auf einen Ballen Segeltuch. Sie riss sich nur ungern von Johns Anblick los. Wenn sie sich nicht getäuscht hatte, dann gab es einiges, was das Nachdenken lohnte.

»Wenn Mylady bitte hier Platz nehmen wollten? Die Männer werden Ihnen ein Segel als Sonnenschutz spannen.« Er lächelte. »Sie sind die pralle Sonne auf dem Meer nicht gewöhnt.«

Miranda nickte dankend und setzte sich so, dass sie John im Auge behalten konnte. Sally hatte sich vor Cedric aufgebaut. »Wohin segeln wir eigentlich?«

»Richtung Boston. Nun ja, nicht direkt, mehr in die Richtung«, setzte Cedric ausweichend hinzu, als hätte er zu viel gesagt. Miranda wandte sich ab, um ihm aus der Verlegenheit zu helfen. Es war ihr im Grunde gleichgültig, wohin sie segelten, und diese Erkenntnis überraschte sie. Sie hatte kein Ziel mehr. Sie hatte zu John reisen wollen, und jetzt befand sie sich bei ihm. Als seine Gefangene zwar nur, die er abscheulich behandelte, aber sie war bei ihm.

Und er hatte sie an sich gezogen. Sie lächelte. Wie erschrocken er gewirkt hatte, die Augen weit aufgerissen. Es war ihm also nicht einerlei, ob ihr etwas zustieß. Zum ersten Mal seit ihrer Ankunft auf dem Schiff fühlte sie sich leichter.

John fühlte Mirandas Blicke wie heiße kleine Nadelstiche auf seinem Rücken und seinem Profil.

Der Befehl, sie sprechen zu wollen, war nur ein Vorwand gewesen. In Wahrheit hatte er sie an Deck bringen lassen, weil es unten zu heiß und stickig war. Er hatte etliche Wochen in diesem Verschlag zugebracht und wusste, wie erschöpfend es war.

Wann immer er in die Runde und die Segel sah, angeblich seine Männer beobachtete, mit dem Zimmermann sprach, sah er wie unabsichtlich zu ihr hinüber. Obwohl sie blass war, das Kleid ein wenig zerknittert, wirkte sie gepflegt. Sie thronte auf dem Segeltuch wie eine Königin. Ihre natürliche, ungekünstelte Anmut hatte ihn immer schon angezogen, und jetzt war sie ein ungewöhnlicher und erfrischender Anblick auf einem Schiff voller Männer.

Bald jedoch bemerkte er Dinge, die ihm weniger gefielen. Zum Beispiel seine Offiziere, die anstatt ihren Pflichten nachzukommen, um sie herumscharwenzelten. Allen voran natürlich Cedric. Und Samson stand mit einem dümmlichen Grinsen daneben und gaffte, als gelte es sein Leben. Ihn störte aber vor allem dieses freundschaftliche Verhältnis zwischen ihr und Cedric. Wie strahlend ihr Lächeln war, wenn sie mit Cedric sprach. Die beiden kannten sich von früher, das hatte Cedric ihm erzählt. Nicht nur erzählt – geschwärmt hatte er von ihr. Angeblich war er mehr im Hause ihrer Eltern daheim gewesen als in seinem eigenen, und sie hatte ihm so viele Leckerbissen zugesteckt, bis ihm schlecht geworden war. John empfand plötzlich Neid auf die Vertrautheit zwischen Cedric und Miranda, auf diese Freundschaft, die dauerhafter war als eine Liebesbeziehung, die durch einen einzigen Brief zerstört werden konnte.

Er selbst war, als er während der Ferien bei den Parmers gewohnt hatte, ein oder zweimal bei den Silverstones gewesen.

Aber mehr als eine vage Erinnerung an das Mädchen von damals war nicht geblieben. Nur wenige Bilder tauchten auf: Ein mageres Ding, ein Schopf blonder Locken, darunter prüfende graue Augen

Er musterte sie kritisch. Klein und mager war sie nicht mehr. Und zurückhaltend offenbar ebenfalls nicht. Wusste der Teufel, wie sie es schaffte, so sauber und adrett auszusehen. Nicht einmal an ihrer Frisur war etwas auszusetzen. Hatte sie den ganzen Tag nichts anderes zu tun, als an ihrem Aussehen zu arbeiten und den Männern den Kopf zu verdrehen? Er bemerkte mit wachsendem Ärger, wie sie die Männer um sie herum mit ihrem Lächeln in ihren Bann zog. So hatte sie sich in London nicht benommen, im Gegenteil, da war sie die Zurückhaltung und Kühle in Person gewesen. Und genau das hatte ihn gereizt. Er hatte herausfinden wollen, was sich hinter Mirandas Maske aus Höflichkeit und exzellentem Benehmen verbarg.

Er hatte ihre Nähe gesucht, sie gerade nur so viel hofiert und bedrängt, bis er sich ihrer Aufmerksamkeit sicher war. Und als er das erste Lächeln, den ersten Anflug von Humor bei ihr entdeckt hatte, war er sich seines Sieges schon gewiss gewesen. Ihr Mann konnte ihr nicht geben, was sie brauchte; Dumfries war ein strenger Captain, ein trockener Bursche, beinhart und ohne jede Freundlichkeit – es sei denn, er erwartete sich Vorteile davon. Entweder war die

Frau an seiner Seite ebenfalls kühl, oberflächlich, ohne tiefere Empfindungen, oder sie darbte.

Miranda hatte gedarbt. Das hatte er sehr schnell herausgefunden. Es war für ihn faszinierend gewesen, zu beobachten, wie sie in seiner Gegenwart aufblühte, wie die Maske langsam zerbröckelte und dahinter eine leidenschaftliche Frau zum Vorschein kam, die bei seinen gelegentlichen, wie unabsichtlich wirkenden Berührungen erbebte.

John hatte sie erobert. Er hatte, nachdem der erste Schritt gemacht war, die Maske das erste Mal zersprungen, nicht mehr gezögert, sie stärker zu bedrängen, ihre Hitze zu entfachen, bis sie glühte. Und dann hatte sie ihn das erste Mal, tief verschleiert, in seiner Wohnung besucht. Es war nicht bei diesem ersten Besuch geblieben. Und bei jedem weiteren war es John schwerer gefallen, sie gehen zu lassen, sie in den Armen und im Bett ihres rechtmäßigen Gatten zu wissen. Gott allein wusste, wie quälend seine Eifersucht gewesen war. So quälend, dass er sie sogar hatte heiraten wollen, um sie für sich allein zu haben.

Nun hatten sich die Dinge jedoch entscheidend geändert. Jetzt gehörte sie ihm. Voll und ganz. Er konnte mit ihr tun und lassen, was er wollte. Er fühlte bei diesem Gedanken eine Genugtuung, die nichts mit Rache zu tun hatte.

John kehrte mit seinen Gedanken wieder in die Gegenwart zurück, und diese zeigte ihm, dass die schöne Miranda Dumfries seine Männer tatsächlich von der Arbeit abhielt. Besonders Cedric, der so angeregt mit ihr plauderte, dass es John beim Zusehen würgte. Grimmig beschloss er, die trauliche Idylle ein wenig zu stören.

»Mr Parmer? Würden Sie mir wohl eine Minute Ihrer Aufmerksamkeit gönnen?«

Cedric zuckte bei dem scharfen, zynischen Tonfall zusammen, entschuldigte sich bei Miranda und eilte, als er die finstere Miene seines Kommandanten sah, schleunigst an dessen Seite.

John wusste, wie er auf seinen pflichtbewussten Ersten Leutnant am besten Druck machte, so dass dieser sein Geturtel vergaß. Es war sehr einfach: Ein paar kritische Bemerkungen über die Taue, ein nachdenkliches Stirnrunzeln in Richtung Kanonen, das eingehende Studium eines Teerfleckens auf dem Deck. Und schon kam Bewegung in Cedric und den Rest der Gruppe um Miranda. Männer sausten die Wanten hinauf, einige machten sich daran, die Kanonen zu polieren, andere kamen mit Eimern und Scheuersteinen, um das Deck zu reinigen.

John beobachtete das emsige Treiben eine Weile zufrieden, dann ging er davon, den Niedergang hinab und in seine Kajüte. Er nahm hinter dem Tisch Platz, lehnte sich zurück und spielte mit der Muschel auf seinem Tisch. Eine Zebramuschel, jener sehr ähnlich, die ihm Miranda einmal geschenkt hatte. Als er sie damals aufgeklappt hatte, war ein Medaillon darin gelegen, mit ihrem Bild. Für Sekunden strich er sachte mit den Fingern darüber, zärtlich in der Erinnerung. Er hatte die Muschel damals ans Ohr gelegt und geschworen, dass er nicht das Rauschen des Meeres darin hörte, sondern Mirandas Stimme. Sie hatte gelacht, gelächelt, und ihn dann sehr sinnlich geküsst. Das Medaillon hatte er umgelegt und nicht mehr abgenommen. Bei einem Kampf gegen einen französischen Freibeuter war es allerdings verloren gegangen – ein schlechtes Omen, wie sich herausgestellt hatte.

Die Muschel hatte er ebenfalls verloren. Sie war mit seinem anderen Besitz auf seinem Schiff geblieben, weil er damals noch gedacht hatte, er würde nach wenigen Wochen wieder an Bord gehen. Wie Hailey ihm einmal bei einem Besuch in der Gefängniszelle beruhigt hatte, waren seine Sachen zusammengepackt und verstaut worden. Anthony hatte sich um alles gekümmert.

John presste die Lippen zusammen. Sie hatten ihm alles genommen: Sein früheres Schiff – obwohl die *Charming Mary* ein guter Segler und ein zufriedenstellender Ersatz war –, seine Ehre, seinen Rang, sogar seine Wohnung. Nur die Frau, die er liebte, hatten sie ihm nicht genommen, das hatte irgend so ein Hundsfott getan, den er noch finden musste. Um ihn dann mit Genuss zu massakrieren.

Grimmig schob er die Muschel hin und her. Seine Gedanken waren kaum von Miranda zu lösen. Hatte er nicht ausdrücklich befohlen, ihr Arbeit zuzuteilen? Und was tat sie? Hockte stattdessen immer unten, in diesem Verschlag und sah schon ganz blass und kränklich aus.

Und jetzt saß sie an Deck und hielt die Leute von der Arbeit ab.

An Bord eines Freibeuters konnte man keine unnützen Esser dulden. Sie musste arbeiten, daran führte kein Weg vorbei. Es würde ihr auch nichts schaden. Bei Schönwetter vielleicht eine Arbeit an Deck, damit sie sich nicht vor ihm verkriechen konnte? Man musste natürlich achtgeben, dass sie sich nicht selbst verletzte. Der Moment, als sie beinahe in die Luke gefallen war, hatte ihm genug zugesetzt. Ihm war jetzt noch übel, wenn er sie sich vorstellte, am Fuß der Leiter, verdreht, blutend, vielleicht gar mit gebrochenem Genick.

Zu dumm war nur, dass er sie nicht nur vor dem Sturz gerettet, sondern sie vor Schreck gleich an sich gezerrt hatte. Wie gut sie sich angefühlt hatte. Er war sich nicht einmal mehr sicher, ob er nicht sogar seine Lippen auf ihr Haar gepresst hatte. Das war sogar ziemlich wahrscheinlich. Ärgerlich pochte er mit der Muschel auf den Tisch. Zweifellos hatte er bei ihr jetzt einen Eindruck von Schwäche hinterlassen, den musste er schleunigst korrigieren.

Er rief den Matrosen, der neben der Tür zum Niedergang Wache hielt. »Der Bootsmann soll zu mir kommen.« Früher, auf seinem Kriegsschiff waren dort Seesoldaten gestanden, aber jetzt hatten sie keine an Bord, also hatte er verlässliche Männer aus seiner ehemaligen Mannschaft abkommandiert. Die Mannschaft bestand nicht nur aus seinen Leuten, sondern es waren auch etliche aus der früheren Mannschaft geblieben, deren Loyalität erst geprüft werden musste. Ein Captain tat immer klug daran, sich den Rücken freizuhalten.

Als Samson kam, sah er nur kurz hoch. »Mr Spieker, bringen Sie die Gefangene zu mir.«

Samson sah ihn an, machte den Mund auf, schloss ihn wieder und stapfte davon, aber nicht ohne ihm noch einen schrägen Blick zuzuwerfen. John sah ihm verärgert nach. Das hätte Samson früher nicht gewagt. Diese Blicke häuften sich seit Mirandas Ankunft, und Cedric war ebenso davon befallen wie Hailey, Samson und sogar der Master.

Als Miranda ein wenig später eintrat, spürte er wieder den vertrauten Schauer über seinen Rücken laufen, die bekannte Wärme in seinen Lenden und die Leere in seinem Kopf. Wie weich ihr Blick war. Es war, als wäre hinter einem undurchsichtigen Vorhang aus Kühle, aus Zurückhaltung, eine neue Welt erschienen. Ein Leuchten. Hatte sie sich nicht auch an ihn gepresst, als er sie gehalten hatte? Den Kopf an seine Schulter gelegt? Sein Herz schlug in der Erinnerung daran schneller. Wahrhaftig, diese Frau hatte immer noch viel zu viel Macht über ihn.

Aus den Augenwinkeln bemerkte er, dass der hinter ihr stehende Samson unruhig hin und her trat. Er nickte ihm zu. »Schon gut, Mr Spieker, ich werde mich selbst darum kümmern.«

Samson machte, dass er davon kam. Das war auch besser. So hatte er sie für sich allein. Er sah ihr kühl entgegen, als sie zwei Schritte, nicht mehr, näher trat. So, als würde sie seine Nähe scheuen. Das warme Leuchten in ihren Augen erlosch ein wenig. John bemerkte es mit Genugtuung und Bedauern zugleich. »Ich hoffe, Sie haben sich in der Zwischenzeit schon auf dem Schiff eingewöhnt, Lady Dumfries. Wie ich jedoch höre, sitzen Sie die meiste Zeit beschäftigungslos unter Deck.«

Sein Blick glitt langsam über sie. Wenn man von den hektischen Flecken auf ihrem Hals und ihren Wangen absah, war sie ziemlich blass. Das gefiel ihm nicht. Sie war schmäler geworden, hatte Linien um den Mund und die Augen, die vorher nicht da gewesen waren. Überhaupt, jetzt wo ihre Augen schmal wurden und ihre Lippen sich wütend zusammenpressten. Das gefiel ihm überhaupt nicht. Sie war doch nicht etwa krank? Er musste den Schiffsarzt bitten, nach ihr zu sehen. Obwohl – wie er bemerkt hatte, war der ohnehin öfter bei ihr zu Gast. Das war offenbar auch einer von denen, die sich in ihren Netzen verfangen hatten. Er musste ihr eine Beschäftigung suchen, die sie von den anderen fern und unter seiner Aufsicht hielt.

»Es wurde mir keine zugeteilt«, sagte sie kühl.

John tauchte aus seinen eifersüchtigen Überlegungen empor. »Wie?«, fragte er verwirrt.

»Arbeit«, erwiderte sie mit hochgezogenen Brauen. »Es wurde mir keine Arbeit zugeteilt.«

»Eben deshalb sind Sie jetzt hier.« Es war auch zu ärgerlich. Sie war nun eine knappe Woche an Bord, und er selbst hatte sie immer nur flüchtige Momente vor die Augen bekommen. Das würde er jetzt ändern, Rache wollte ausgekostet sein. Und sie war ja trotz ihres blassen Äußeren ein hübscher Anblick. Weshalb sich nicht daran delektieren? *Weil du dich nicht nur aus Rache daran delektierst*, erklärte ihm eine ehrliche Stimme in seinem Kopf, *sondern es kaum erwarten kannst, sie zu sehen oder ihre Stimme zu hören. Weil du sie am liebsten auf dein Bett werfen und…*

Nur zu wahr. Seine Miene wurde noch abweisender, damit Miranda ihm seine Gedanken nicht vom Gesicht ablesen konnte. »Schmarotzer können wir auf dem Schiff nicht brauchen«, setzte er kühl hinzu.

Miranda hatte ebenfalls Mühe, ein gleichmütiges Äußeres zu bewahren und ihre Stimme neutral zu halten. Sie verstand immer noch nicht, woher diese krasse Veränderung kam. Was ging nur in ihm vor? Weshalb war er nur so abweisend, sogar grausam? Hatte ihn die Verurteilung so sehr verbittert, dass er sich an allen rächen wollte? Oder gab er ihr Mitschuld daran? Ihr Gatte war zwar einer derjenigen gewesen, die seine Verurteilung am eifrigsten betrieben hatten, aber er musste doch wissen, dass sie nichts dafür konnte. Sie überlegte, ob sie ihm die Wahrheit sagen sollte: dass sie unterwegs zu ihm gewesen war. Würde das sein Benehmen ändern? Vielleicht. Oder aber er glaubte ihr nicht und vermutete, dass sie nur sein Wohlwollen erbat.

Das wiederum verbot ihr Stolz. Ehe sie sich so weit demütigte, ertrug sie lieber seine schlechte Behandlung. Sie richtete sich unwillkürlich etwas auf und starrte ihn herausfordernd an.

»Wenn ich Ihrer Erinnerung etwas nachhelfen darf, Mr Whitburn«, sie verweigerte ihm das Captain, schließlich war er ja degradiert und aus der Navy entlassen worden, »so habe ich nicht darum gebeten, auf dieses Piratenschiff gebracht zu werden.«

Das *Piratenschiff* brannte wie Säure in Johns Ohren. Diese Unverschämtheit stand ihr nicht zu. Er machte den Mund auf, um ihre eine entsprechende Antwort zu geben, als die Bootsmannspfeife ertönte, mit der die Männer zum Backen und Banken gerufen wurden. Das Trampeln der Männer, die zum Essen rannten, ließ die Kajüte erdröhnen und verschluckte Johns Worte. Er sprang auf und ging, an Miranda vorbei, mit langen Schritten zur Tür. Er riss sie auf. »Mr Parmer!«

Cedric konnte nicht weit entfernt gewesen sein, denn er stand fast unmittelbar darauf vor ihm. Sein Blick ging besorgt von ihm zu Miranda und wieder zurück. »Sir?«

»Wie ich höre, haben Sie bisher noch keine Arbeit für Lady Dumfries gefunden.«

»Nun, Sir...« Cedric holte tief Luft. »Es gibt keine Arbeit, die man einer Dame zumuten könnte. Sie...«

»Sie könnte die Latrinen putzen.« John weidete sich an ihrem empörten Gesicht. Das hatte sie nun von ihrem frechen Mundwerk. Er überlegte, wie weit er dieses Spiel treiben konnte. Ein bisschen Druck, ein...

In diesem Moment ging oben an Deck eine Schreierei los, die alles übertönte, sogar das lautstarke Treiben der Männer an Deck und Johns harten Herzschlag.

Miranda erkannte sofort Sallys keifende Stimme. Nahm der Ärger denn nie ein Ende? Sie ließ John einfach stehen, kletterte die Leiter hinauf und stand auch schon an Deck. Von Sally war nichts zu sehen, aber ihre Stimme kam aus der Richtung der Kombüse.

In Sallys Gezeter mischte sich die Stimme des Kochs, die ohrenbetäubende Höhen annahm. Das hörte sich nicht gut an. Sie ging seufzend los. Sie war schon lange genug auf See gewesen, um ein Gefühl für die Bewegungen des Schiffes zu haben und sich nur gelegentlich anhalten zu müssen, und sie war dankbar darüber, andernfalls hätte sie John und seinen Männern vermutlich andauernd einen Grund zum Feixen gegeben. Sallys keifende Stimme wurde lauter, unterbrochen vom Falsett des Koches. Höchste Zeit, einzuschreiten. Das Essen war zwar kaum genießbar, aber es hatte wenig Sinn, die Männer gegen sie aufzubringen. Die Feindschaft des Kommandanten war völlig ausreichend.

Die Matrosen bildeten kleine Gruppen, Backschaften, denen einer vorstand, der auch für die Heranschaffung und Verteilung des Essens zuständig war. Auch Miranda und Sally bildeten eine Zwei-Personen-Backschaft, und Sally holte wie die anderen das Essen von der Kombüse, um es zu ihrem Quartier zu schaffen. Aber dieses Mal war sie offenbar in Streit mit dem Koch geraten. Den Wortfetzen nach zu urteilen, die durch das gesamte Deck halten, ging es um die Sauberkeit gewisser Kessel und der Zutaten.

Um die Kombüse hatte sich – angezogen von einer unerwarteten und erfreulichen Abwechslung – eine kleine Schar Matrosen versammelt. Sie gaben Miranda sofort respektvoll den Weg frei, als sie sich mit einigen höflichen Entschuldigungen durch sie hindurchdrängte.

»Was ist denn, Sally?«

Der Koch war einer der wenigen, die an Bord geblieben waren, nachdem die Gefangenen rebelliert und das Schiff übernommen hatten. Er fuhr, als Miranda erschien, so schnell herum, dass er auf seinem Holzbein beinahe das Gleichgewicht verlor. Bei einem Gefecht vor fünf Jahren hatte er sein linkes Bein eingebüßt und war danach, der Tradition entsprechend, als Schiffskoch untergekommen. Was jedoch nicht hieß, dass er auch kochen konnte.

»Sie sollten dieses zänkische Weib besser unter Kontrolle haben«, fuhr er Miranda an. »Aber das kommt davon! Bloß keine Weiber an Bord, die bringen nur Unglück. Ins Wasser sollte man …«

Miranda blickte ihn wortlos an.

Seine Stimme verebbte.

Die Matrosen drängten sich neugierig näher, unterhielten sich halblaut. Der Koch wäre ja kein übler Kerl. Und ziemlich witzig, viel in der Welt herumgekommen und wüsste viel zu erzählen. So etwas schätzte man. Das Essen sei auch nicht so übel, sie hätten schon schlechtere Köche gehabt. Aber wie er mit der Lady sprach, das wäre schon hart an der Grenze. Die Dame war eine Lady. Noch dazu die Frau eines Admirals.

Und dann hörte Miranda, dass Wetten abgeschlossen wurden, wer die Auseinandersetzung gewann. Der Koch hatte ein scharfes Mundwerk, dem keiner so leicht aufkam, schärfer sogar als das der Zofe. Aber es gab doch einige, die auf Miranda setzten.

Sie sagte immer noch nichts. Betrachtete ihn nur.

Der Koch wurde unruhig. Er machte den Mund auf. Diese Art der Kraftprobe war er nicht gewöhnt. Unter den

Männern fielen schnell Schimpfworte, er war auch leicht mit einer Ohrfeige bei der Hand. Aber dieser kühle Blick aus großen, erstaunten grauen Augen nagte an ihm, nagte an seinem Selbstbewusstsein.

Sally stand da, fixierte ihn triumphierend, und hütete sich, sich dreinzumischen. Ihre Lady war effektiver als ein kräftiger Stock, den man diesem Kerl übers Maul zog.

Endlich wandte sich Miranda ab, und der Koch schien vor Erleichterung eine Handbreit kleiner zu werden, als hätte jemand die Luft aus ihm herausgelassen.

Miranda wandte sich an Sally. »Was ist geschehen, Sue-Ellen? Was ist der Grund für dieses infernalische Geschrei?«

Sally verging das Grinsen. Sue-Ellen wurde sie seit vielen Jahren nicht mehr genannt. Nicht, seit die damals fünfjährige Miranda schlichtweg Sally aus ihrem Doppelnamen gemacht hatte. Sally war damals neu zu den Silverstones gekommen, selbst ein blutjunges Ding von dreizehn. Sie knickste unbeholfen.

»Ich habe mir erlaubt, einmal die Töpfe zu inspizieren, in denen dieser... dieser Koch die Speisen zubereitet, Mylady.«

»So?« Miranda hob eine Augenbraue.

»Und da habe ich festgestellt, dass die vermutlich seit zwanzig Jahren nicht mehr geputzt worden sind! Die stinken schon, wenn sie leer sind. Was vermutlich sowieso nie der Fall ist. Schauen Sie doch selbst einmal! Das Essen da drin ist lebendig! Das kommt Ihnen schon entgegengekrochen!«

Mirandas hütete sich, in die Töpfe zu sehen, sie wollte gar nicht wissen, was sich da tat. Ihr Blick traf wieder den Koch. »Ist das korrekt, Mr Pebbels? Werden diese Töpfe niemals gereinigt?«

Pebbels war so perplex und zugleich so geschmeichelt, dass diese Lady sich an seinen Namen erinnern konnte, dass er den Mund aufmachte, ohne dass ein Ton herauskam. Er bewegte nur die Lippen, wurde hochrot. Wie höflich sie sprach! Und sie hatte Mister gesagt! Mister! Zu ihm!

Hinten kicherte einer.

Miranda wandte sich um. »Ist das hier etwa eine Volksbelustigung?«

Die meisten Männer trollten sich und nahmen unauffälligere Beobachtungsplätze ein. Nur ganz wenige, hartgesottene, drückten sich noch herum und gafften. Auch der Pastor hatte sich hinzugesellt und beobachtete neugierig die Szene.

»Bei allen Heiligen«, stellte Pebbels ehrfurchtsvoll fest. »So leicht hätte nicht mal der Captain diese Bande vertrieben.«

Miranda überwand sich und inspizierte die Töpfe, dann wandte sie sich mit einem leicht verzerrten Lächeln an Pebbels. »Nun, Mr Pebbels, ohne mich in Ihre Profession mischen zu wollen – Sie sind sicherlich ein Meister Ihres Faches, und wissen am besten, wie man Geschirr pflegt –, aber mir scheinen diese Töpfe und Pfannen doch ein wenig... nun... zu oftmalig gebraucht.«

Peppels studierte soeben betrübt seine wahrhaft dreckigen Töpfe, auf denen der Belag von Tagen klebte. Sie wurden einmal in der Woche gereinigt, wenn der Captain seinen Inspektionsrundgang machte, aber sie öfter zu säubern, wäre Pebbels geradezu unchristlich erschienen. Er war noch dabei, diese schwerwiegenden Betrachtungen zu wälzen, als der Captain auf der Bildfläche erschien.

Es war nicht nötig einzugreifen, seine Offiziere hatten

derartige Probleme in Griff. Üblicherweise hätte er sich auch nicht eingemischt, da es unter der Würde des Captains war, sich mit derartigen Dingen zu befassen. Da jedoch Miranda in den Streit verwickelt war, sah sich John nicht in seiner Würde beschnitten, wenn er die Sache selbst in die Hand nahm. Es nagte an ihm, dass sie ihn zuvor wie einen Lakaien hatte stehen lassen, und dies war eine gute Gelegenheit, sie auf ihren Platz zu verweisen. Außerdem gefiel ihm nicht, dass Cedric schon wieder dabeistand und Miranda mit einem bewundernden Feixen betrachtete. Es gefiel ihm ganz und gar nicht.

Die Männer, die wieder herbeigeschlichen waren, um sich das Schauspiel nicht entgehen zu lassen, machten ihm rasch Platz und verzogen sich auf weniger exponierte Beobachtungsplätze. Ein kurzer, prüfender Blick hinauf in die Wanten zeigte ihm, dass sie wie Trauben dort oben hingen, um zuzusehen, was hier passierte. Es war Zeit, dieses Frauenzimmer von Deck zu entfernen und allen an Bord klarzumachen, wie sie sich zu verhalten hatten.

Er wandte sich an Cedric. »Mr Parmer, was haben die Leute in den Wanten verloren? Gibt es Probleme mit dem Rigg?«

Cedric riss seinen Blick von Miranda los und sah hinauf. »Nun, Sir ...«

»Wenn die Leute nichts zu tun haben, dann werden sie vermutlich auch auf das Essen verzichten wollen? Ohne Arbeit kein Essen, Mr Parmer, das gilt auch für diese Dame hier, wie ich bereits festgestellt habe.«

Cedric wurde rot. Es tat John leid, ihn vor den Männern gemaßregelt zu haben, aber nun war es zu spät. Daran war nur dieses verwünschte Weib schuld. In London hatte sie einen Liebhaber nach dem anderen, und hier machte sie vielleicht so weiter, verdrehte allen den Kopf. Cedric bekam immer ganz glasige Augen, wenn sie auftauchte, und sogar Pebbels, von allen wegen seines Mundwerks gefürchtet, himmelte sie jetzt an wie ein zahnloser Spaniel.

Er drehte sich zum Koch und zu Miranda.

»Also, was geht hier vor?«

Pebbels zog eine Grimasse Richtung Sally. »Die da hat sich beschwert, dass was schmutzig ist.«

»So.« John inspizierte die Töpfe. Sally hatte nicht unrecht. Das Geschirr sah wirklich nicht gerade appetitlich aus. Es musste einmal in der Woche bei der Musterung, wenn der Captain seine Runde durch das Schiff machte, glänzen und sauber sein, dass es jedoch schon vier Tage später aussah, als hätte es seit Wochen weder Scheuersand noch Wasser gesehen, war ärgerlich.

Er drehte sich zu Miranda und gönnte ihr eine vernichtende Musterung. Sie hielt seinem Blick kühl stand, was ihn sofort ärgerte.

»Und was haben Sie hier verloren, Lady Dumfries?«

»Ich habe gehört, dass es hier eine Diskussion gab, und wollte schlichtend eingreifen.«

»So?« Sein Blick glitt über sie. »Wenn Sie wirklich schlichten wollen, weiß ich eine hervorragende Abhilfe.« Er wandte sich an den Koch. »Pebbels, die ganze Kombüse wird auf der Stelle gereinigt. Und Lady Dumfries wird Ihnen dabei zur Hand gehen, die besagten Töpfe zu putzen.« Es war keine schlechte Idee, die Kombüse stank besonders bei Flaute bis aufs Achterdeck. Und zugleich konnte er Miranda demütigen.

»Aber Captain Whitburn!« Das war Sally! Sie plusterte

sich vor Entrüstung auf wie eine Henne, der man ein Ei wegnahm. »Sie können doch nicht erwarten, dass eine Lady diesen Saustall putzt!«

Das war ein Fehler gewesen. Man widersprach dem Captain nicht. Schon gar nicht, wenn man als Geisel an Bord war.

»Das wird ihr nichts schaden.« Er setzte ein besserwisserisches Gesicht auf. »Müßiggang ist aller Laster Anfang.« Er sah, wie seine Leute, sogar Peppels, beifällig nickten. Seeleute mochten Traditionen, gleichförmige Tagesabläufe und besonders Sprichwörter – es gab ihnen das Gefühl von Sicherheit und Beständigkeit auf einem sonst völlig unsicheren und bodenlosen Terrain. »Das Grundübel von Ladys und ihresgleichen«, fuhr er dozierend fort, »ist, dass sie nichts zu tun haben. Dass sie sich langweilen, anstatt zu arbeiten.« Vermutlich war, wenn er es recht bedachte, auch Langeweile der Grund dafür gewesen, weshalb sie sich während seiner Abwesenheit in die Arme irgendeines Kerls geworfen hatte. Das würde ihr auf seinem Schiff bestimmt nicht passieren, hier hatte sich noch niemand gelangweilt. »Und wenn Sie damit fertig sind«, sagte er, herrisch an Miranda gewandt, »kommen Sie in meine Kajüte. Der Abort muss gesäubert werden.« Er wartete nicht auf eine Antwort, sondern drehte sich um und marschierte zum Achterdeck.

Miranda, Sally, Pebbels und Cedric sahen ihm nach: Cedric sprachlos, Pebbels mit offenem Mund, der seine mächtigen Zahnlücken offenbarte, Sally wutentbrannt und Miranda mit dem heißen Wunsch, er möge stolpern und der Länge nach aufs Deck fallen.

Er wollte, dass sie die Küche putzte? Und dann seinen Abort! Das konnte er haben! Und sie würde ihm bestimmt nicht die Genugtuung lassen, sich ungeschickt anzustellen! Sie raffte all ihren Stolz zusammen, straffte die Schultern und wandte sich an Pebbels. »Wasser?«, fragte sie kühl.

Der Koch starrte sie nur geistlos an. Miranda wirbelte herum und steuerte energisch auf einen der Matrosen zu, der soeben arglos an ihr vorbei mit einem Wassereimer über Deck balancierte, um einigen Teerflecken den Gar auszumachen.

Sie riss ihm den Kübel aus der Hand. »Geben Sie her!«

»Aber Madam!«

»Ach, halten Sie Ihren Mund.« Das war nur leise gemurmelt, aber selbst das klang aus dem Mund einer Lady wie Miranda so schockierend, dass der Mann beinahe stolperte. Matrosen waren eine weitaus rauhere Tonart gewöhnt, sogar von Sally, um die jeder vernünftige Mann einen großen Bogen machte, sobald sie irgendwo auftauchte. Von Admiral Dumfries Gattin dagegen erwartete man vornehme Zurückhaltung.

Das Wasser schwappte über und auf Mirandas Rock, als das Schiff einen kleinen Ruck machte. Sie sah an sich herab. Und das war eines ihrer besseren Kleider!

Während sie sich wütend über einen Topf hermachte, sinnierte sie darüber nach, wie schnell doch Liebe zu Abneigung werden konnte. Dazwischen warf sie immer wieder gereizte Blicke zu John hinüber, der in selbstherrlicher Pose in nächster Nähe an Deck auf und ab marschierte. Abneigung und Hass auf beiden Seiten. Nein, nicht von ihr. So viele Emotionen war dieser Mensch nicht wert. Eigentlich keine außer kalter Verachtung, und die würde er in Zukunft in ausreichendem Maße von ihr bekommen. Nicht mehr und nicht weniger.

Unverschämt, wie er sie behandelte, als wäre *sie* die Verbrecherin und nicht er! Ihre Wut sammelte sich und umfasste langsam und sicher nicht nur John und Dumfries, ihren Bruder, der John einfach aufgegeben hatte, sondern auch diesen schmutzi... nein, *dreckigen* Schiffskoch, dessen Töpfe tatsächlich so aussahen, als hätten sie seit Monaten keinen Scheuersand gesehen. »Abscheulich!«, entfuhr es ihr gereizt.

Pebbels zuckte zusammen und mit ihm noch etliche andere, aber Miranda beachtete sie nicht. Inzwischen wütete sie innerlich gegen sämtliche Männer auf diesem Schiff und der ganzen Welt überhaupt. Wie sie Frauen behandelten! Sie hatte sich bisher niemals ihrer Wut hingegeben, das wäre einer Dame unwürdig gewesen. Eine Dame empfand keinen Zorn, sie war immer ausgeglichen, ruhig höflich, sie beherrschte sich. Kein lautes Wort! Ja, nicht einmal ein lauter Gedanke!

Damit war jetzt Schluss! Ein für alle Mal Schluss!!

Wütend schlug sie mit dem Lappen auf den Topf ein. Immer den Mund halten! Das Eigentum des Ehegatten zu sein! Rechtlos! Nicht besser als ein Hund! Rote Punkte begannen vor Mirandas Augen zu tanzen, als jahrelanger, unterdrückter Zorn, Verzweiflung und Kränkung in ihr hochstiegen und ihr Ventil im Scheuerlappen und dem unschuldigen Topf fanden. Im Moment wäre sie in der Lage gewesen, diese große Kanone dort zu nehmen, herumzuzerren und auf John zu richten! Er hätte es verdient! O ja! Ihre Augen wurden schmal. Es war typisch für ihn. Er war einer von jenen, die immer auf die Butterseite des Lebens fielen, gleichgültig, welches Verbrechen sie verübt hatten. Und sie, die sie sich nur der unsinnigen Liebe zu ihm schuldig gemacht hatte, stand jetzt hier, vor dieser heißen, stickigen Kombüse und putzte Töpfe! Musste sich von einem Verbrecher demütigen lassen!

Je länger sie diesen Topf bearbeitete, desto mehr Befriedigung empfand sie dabei. Sie sah nicht Pebbels große Augen, der um sein Geschirr bangte, nicht Sallys halb verständnisvolles, halb erstauntes Gesicht, ja bemerkte nicht einmal, dass John immer wieder unauffällig herüberblickte, obwohl sie in Gedanken ebenso intensiv mit ihm beschäftigt war wie mit dem Scheuersand und dem Topf.

Kooperation mit dem Feind. Sie goss den halben Wasserkübel in den Topf, dass das Wasser hoch auf spritzte, sie bemerkte es nicht einmal. Wie verächtlich. Sie hatte es nicht geglaubt! Wie einfältig sie doch gewesen war! Nun, man brauchte ja nur auf das munter flatternde Sternenbanner zu sehen, um eines Besseren belehrt zu werden. Dieser Mensch hatte Glück und Spießgesellen, wohin es ihn auch immer verschlug. Wenn sie nur dachte, dass sie Anthony die Hälfte ihres Schmucks gegeben hatte, damit dieser die Leute bestach!

John hatte zuerst unauffällig immer wieder zu Miranda gelinst, die mit dem Lappen auf den Topf einschlug, aber jetzt blieb er stehen und starrte fasziniert hinüber. Sie war hochrot im Gesicht, ihr vorhin noch so gut frisiertes Haar war zerrauft, dicke Strähnen fielen ihr ins Gesicht, aber sie blies sie einfach weg wie ein Waschweib. Die Lippen waren zu einem Strich zusammengepresst, und die Augen funkelten. Jedes Mal, wenn sie hoch und in seine Richtung sah, schossen Blitze daraus, die ihm beinahe Löcher in seine Jacke brannten.

Miranda hatte Temperament. Sie war wütend. Wahrhaftig, was für eine Frau! Keiner hätte in ihr in diesem Moment die kühle Dame erkannt, deren zurückhaltende Schönheit ihn damals so gereizt hatte, dass er beschlossen hatte, sie zu verführen. John zuckte zusammen, als sie sogar auf den Topf eintrat, bis das gequälte Metall dröhnte.

Er winkte seinen Ersten Leutnant zu sich. »Mr Parmer«, sagte er leise, als Cedric an seine Seite trat. »Sorgen Sie dafür, dass Pebbels diese Arbeit übernimmt, ehe Lady Dumfries unsere Kochtöpfe tötet. Aber er soll sie dieses Mal gründlich putzen, damit ich nicht mehr gezwungen bin, seine Arbeit anderen zuzuteilen. Sonst landet er an der Gräting, verstanden? Und Cedric ...«

Cedric blieb stehen. »Sir?«

»Halten Sie alles von Lady Miranda fern, was nach Waffe aussieht.«

Cedric grinste. »Gute Idee, Sir.«

John sah Cedric nach, doch ehe dieser Miranda und den Koch erreicht hatte, ertönte ein Ruf vom Ausguck: »Ahoi an Deck! Segel Ostnordost! Drei, nein, vier Schiffe!«

Der Ruf war kaum verklungen, als John schon die Wanten hinaufkletterte. Wie er von einem Händler gehört hatte, befand sich ein englisches Geschwader auf dem Weg zur amerikanischen Küste, um die Häfen zu blockieren.

Er kam bei dem Mann am Ausguck vorbei, nickte ihm zu und kletterte dann weiter hinauf. Er machte es sich bequem, zog das Fernrohr aus der Tasche und schob es auseinander. Sollte das wirklich das englische Geschwader sein, dann machte er am besten, dass er davon kam.

Miranda blickte hoch und sah, wie John die Wanten des Großmasts erklomm. Zuerst bis Marsplattform und dann – wie ein Affe – noch weiter, die Bramstenge hinauf. Sie schluckte, als er bis ganz hinauf kletterte, so hoch hinaus, dass sie nicht einmal mehr den Mast deutlich erkennen konnte und es für sie aussah, als hinge John in der Luft. Der Mann war einfach verrückt. Sie presste die Hand aufs Herz, das wie verrückt schlug.

»Eine ganzes Geschwader«, hörte sie hinter sich die Männer sagen.

»Kriegsschiffe.«

»Mindestens zwei Linienschiffe.«

»Das ist eines unser... ich meine, ein englisches Geschwader«, sagte einer.

Miranda lauschte entsetzt. Sie wandte sich um, sah zum Horizont und kniff die Augen zusammen, um besser sehen zu können. Das war doch zu ärgerlich, dass sie nichts ausmachen konnte, nur ein paar weiße Flecken über dem Meer. Wenn sie nur ein Fernrohr hätte.

Sie merkte, wie sich etwas in ihrem Magen verknotete. Angst. Sie breitete sich aus, griff auf ihren ganzen Körper über und ließ Hände und Knie gleichermaßen zittern. Sie krallte sich, den schmutzigen Lappen immer noch in der Hand, an die Reling. Die Furcht nahm so schnell von ihr Besitz, dass ihr schwindlig wurde.

Was war, wenn Dumfries sich auf einem dieser Schiffe befand? Konnte es sein, dass er zu der Flotte abkommandiert worden war, die gegen die Amerikaner geschickt wurde? Wie hieß sein Schiff doch gleich? *Persephone*. Er hatte es ihr gegenüber einmal erwähnt. Es war ein Linienschiff, ein Zweidecker mit vierundsiebzig Kanonen, wenn sie sich recht entsann. Früher, als sie frisch verheiratet gewesen waren, hatte er öfter von sich und seinem Schiff, dem Leben auf See gesprochen, aber dann hatte er aufgehört, ihr zu erzählen, obwohl sie gefragt und sich bemüht hatte, alles zu verstehen. Es war gewesen, als fände er es nicht der Mühe wert, mit ihr darüber zu reden, er hatte auch immer wieder abfällige Bemerkungen über den Verstand von Frauen gemacht. John dagegen hatte niemals die Geduld verloren und sogar ihre ungeschicktesten Fragen beharrlich beantwortet, auch wenn er vermutlich heimlich in sich hineinlachte; für ihn war ihr Interesse der Beweis gewesen, dass ihr an ihm lag.

Sie blinzelte über das Wasser. Zu dumm, dass ihr Lorgnon kaputtgegangen war. Wenn sie Ersatz bekam, würde sie es in Zukunft immer an einem hübschen Samtband um den Hals tragen, wie Lady Lacy. Allerdings war es fraglich, ob sie bald Gelegenheit hatte, eines zu erwerben, und auf dem Schiff wäre es ohnehin unhandlich, da sie ständig beide Hände brauchte, um sich festzuhalten. Sie kniff die Augen stärker zusammen. Sie hatte das Gefühl, dass die Welt um sie herum in jedem Jahr unschärfer wurde. Vielleicht sollte sie sich auch so einen Kneifer zulegen, wie der Pastor ihn trug, ehe es so weit kam, dass sie ihre Mitmenschen nur noch am Geruch unterscheiden konnte.

Sie schrak zusammen, als ihr plötzlich jemand etwas hinhielt. Pastor Benkins stand neben ihr und hielt ihr den Kneifer hin. Dankbar griff sie danach und schob ihn auf die Nase. Ja, so war es schon viel besser. Hervorragend sogar.

Zuerst sah sie sich an Deck um. Dort war Cedric, rank und schlank, mit braunem Haar, das sich leicht lockte. Er trug es wie die anderen nach hinten gebunden. Es glänzte in der Sonne. Sie lächelte leicht. Ein gut aussehener junger Mann.

Und dann fiel ihr Blick unweigerlich wieder auf John, der immer noch hoch droben hockte und die fremden Schiffe beobachtete. Zumindest hing er nicht so völlig in der Luft, wie es vorhin ohne Brille gewirkt hatte. Jetzt sah sie die dünnen Striche der Wanten, der Taue, die Stengen. Wie geschmeidig er sein Gleichgewicht hielt. An Land dagegen watschelte er wie eine Ente. Zumindest anfangs, bis er sich wieder an den festen Boden gewöhnt hatte. Sie kicherte beinahe. Seltsam, wie übermütig sie dieser Zwicker machte.

»Damit wird vieles klarer, nicht wahr?«, erklang die milde Stimme des Pastors.

Miranda zuckte zusammen und nahm verlegen den Kneifer ab, aber Benkins winkte ab, als sie ihn zurückgeben wollte. »Nein, lassen Sie nur. Ich habe hier...«, er kramte in seiner Jackentasche und zog dann eine Brille heraus. »Hier habe ich«, setzte er seinen Satz fort, »das andere Modell, das wesentlich praktischer ist, wie ich Ihnen schon erklärte.« Er lächelte. »Es wäre mir eine Ehre, würden Mylady den Kneifer als Geschenk annehmen.« Er setzte die Brille auf die Nase, bog zwei Stangen nach hinten, an denen Bänder befestigt waren. »Diese Gläser hier sind auch stärker, obwohl...«, er fuhr mit den Fingern darüber, »im Moment erscheinen sie mir recht...«

»Darf ich?« Miranda nahm sie ihm aus der Hand, zog ihr erst kürzlich besticktes Tüchlein hervor und wischte über die Augengläser. Sie hauchte sie an, polierte sie, bis die Fingerabdrücke und Schlieren verschwanden, und reichte sie dem Pastor zurück. »Hier, bitte.«

»Vielen Dank, sehr freundlich. Wenn Sie noch so liebenswürdig wären, Mylady...« Er mühte sich ab, die Bänder hinter dem Kopf zu verschnüren. Miranda trat hinter ihn und machte eine hübsche, feste Masche. Benkins wandte sich lächelnd um. »Ist doch gleich viel besser.«

»Ja.« Miranda lachte ihn an, dann wandte sie sich der Betrachtung der fremden Schiffe zu.

»Und woran erkennt man nun, um welches Schiff es sich handelt?« Auf wundersame Weise erkannten Seeleute Schiffe schon an der Größe, den Masten, den Segeln. Miranda hatte sich das einmal von Anthony erklären lassen, aber nicht verstanden, wie man so ähnliche Gebilde auseinanderhalten konnte. Bis Anthony ihr dann gesagt hatte: »Kennst du den Unterschied zwischen flohfarben und mausgrau?« Sie hatte gelacht. Wer würde das nicht, diese Stofffarben waren für jede Frau so unterschiedlich wie Tag und Nacht. Anthony hatte gegrinst. »Also, jetzt hast du die Antwort.« Miranda lächelte jetzt bei dem Gedanken daran, aber dann gab es ihr einen Stich. Anthony. Sie hatte sich nicht von ihrem Bruder verabschiedet, aus Angst, er würde ihr die Lüge mit Jamaika nicht glauben. Ob er inzwischen schon begriffen hatte, dass sie John nachgereist war? Was würde er tun?

Was immer es war – auf diesem Schiff würde er sie jedenfalls bestimmt nicht suchen und finden. Und solange Dumfries nicht mit seinem Schiff in die Quere kam, konnte sie ungestört auf der *Charming Mary* bleiben. Sie schüttelte über sich selbst den Kopf, als ihr bewusst wurde, dass sie lieber mit Johns Spott und seinen Bosheiten lebte als ohne ihn. Zum Kuckuck mit diesem Mann! Sie atmete tief durch. Ja, das tat gut. Es hatte etwas für sich, zu fluchen, auch wenn es nur stumm geschah. Es erleichterte geradezu erstaunlich.

Der Pastor lehnte sich neben sie. »Tja, die Männer haben

einen Blick für so etwas. Aber ich bin leider zu sehr Kleriker, um Ihnen das erklären zu können, Mylady.«

Miranda nickte abwesend. Sie versuchte, den Abstand zwischen der *Charming Mary* und dem Geschwader zu schätzen. Verringerte der sich nicht? Ihr wurde heiß und kalt zugleich. War John denn verrückt geworden, geradewegs auf die zuzusegeln? Wollte er nicht beidrehen? Sie schluckte. Sie würden mit einem Freibeuter kurzen Prozess machen. Falls sie das Schiff nicht gleich versenkten – was unwahrscheinlich war, da sie von John wusste, wie erpicht die Kapitäne auf Prisen waren – dann würden sie John gefangen nehmen. Und dieses Mal nicht deportieren, sondern gleich hängen. Ein Freibeuter, der unter einem Kaperbrief segelte, wurde als Kriegsgefangener behandelt und irgendwann ausgetauscht, aber ein entflohener Sträfling hatte mit dem Tod zu rechnen.

Sie wandte sich um und sah hinauf zum Mast. Er war leer. Sie erschrak. Ihr Blick raste suchend über das Deck. Dort war John! Auf dem Achterdeck. Und heil. Er sprach leise mit Cedric, dann drehte er sich um. Sie sah, wie er im Niedergang verschwand. Miranda zögerte, hin und her gerissen zwischen Angst und Stolz. Sie rang mit sich selbst, dann lief sie John, den Lappen in der einen Hand, den Eimer in der anderen Hand, nach.

Hinter sich hörte sie das Flüstern der Männer, und undeutlich nahm sie sogar wahr, dass abermals Wetten abgeschlossen wurden.

»Ein Pfund, dass sie den Lokus nicht putzt.«

»Halte ich dagegen.«

»Setze meine neue Hose, dass sie ihm das Wasser über den Kopf gießt.«

»Zwei Pfund, dass sie doch putzt.«

»Quatsch, die Lady doch nicht.«

»Hast du nicht gesehen, wie die sich über den Topf hergemacht hat? Wette, die nächste Abreibung kriegt der Captain selbst.« Erwartungsvolles Geflüster und unterdrücktes Gelächter folgten Miranda, als sie mit ihrem Eimer vorsichtig die Treppe hinunterkletterte. Sie drehte sich nicht um.

John stand mit dem Master an seinem Tisch in seiner Kajüte, beide über eine Karte gebeugt, die sie mit Büchern und Muscheln an den vier Ecken befestigt hatten. Sie bemerkten sie nicht gleich, als sie eintrat und neben der Tür stehen blieb, so vertieft waren sie. Sie sah sich um. John lebte hier wirklich feudal. Sie war immer wieder erstaunt über die Größe der Räume, die einem Captain zustanden, während alle anderen sich mit kleinsten Kammern oder überhaupt nur mit Raum für eine Hängematte begnügen mussten. Sein Reich nahm doch tatsächlich die ganze Breite des Hecks ein. Auf Dumfries' Schiff waren die Räume noch größer, und er hatte nicht nur eine große Tageskajüte und zwei Schlafkajüten, sondern auch noch einen Speiseraum.

Ihr wurde die Stille im Raum bewusst, und sie drehte sich zu John und dem Master hin. Beide hatten ihr Gespräch unterbrochen und sahen sie an. Der Master fragend und erstaunt, John mit seinem üblichen spöttisch-überlegenen Ausdruck. Sein Blick glitt über sie und blieb an dem Eimer haften. Sekundenlang wurden seine Augen groß. Dann hatte er sich gefasst.

»Ah, ich sehe, Sie sind schon hier. Das ging flott.« Er deutete mit dem Kopf in die Richtung, wo sich an der Schiffsaußenwand der durch einen Vorhang getrennte Lokus befand. »Sie könnten gleich dort weitermachen, Lady Dumfries.«

Miranda drückte den Rücken durch. Wie sehr sie es hasste, wenn er sie so nannte, noch dazu mit diesem ironischen Tonfall. Gerade in seiner Gegenwart hatte sie nie an Dumfries erinnert werden wollen, oder daran, dass sie dessen Namen trug. Sie beschloss, nicht auf diese Ungeheuerlichkeit einzugehen, sondern stellte entschieden den Eimer neben sich ab.

»Werden Sie diese Schiffe angreifen?«, fragte sie hoheitsvoll.

John antwortete nicht sofort, er nickte dem Master zu. »Danke, Mr Ferguson. Lassen Sie Kurs setzen. Wir sehen uns dann an Deck.«

»Weshalb interessiert Sie das?«, fragte er, nachdem der Master mit einer höflichen Verbeugung zu Miranda die Kajüte verlassen hatte, allerdings nicht, ohne noch einen seltsamen Blick auf sie zu werfen.

»Haben Sie vor, diese Schiffe anzugreifen? Engländer?!« Sie gab ihrer Stimme einen anklagenden Tonfall, als sie die Frage wiederholte.

John betrachtete sie mit einem rätselhaften Ausdruck. »Nein, wir werden nicht angreifen. Ich habe soeben mit dem Master den neuen Kurs festgelegt.«

Das hieß, dass sie den englischen Kriegsschiffen entkamen: Die *Charming Mary* war schnell genug, um dem Geschwader davonzusegeln. Zumindest hatten das vorhin einige Männer behauptet. Warme Erleichterung überflutete Miranda. John gegenüber würde sie das jedoch nicht zugeben. »Aus Angst?«, fragte sie deshalb spitz. »Oder ist es Pietät?«

»Pietät? Nachdem sie mich vor Gericht gestellt, degradiert und auf ein Deportationsschiff gebracht haben?«, meinte er mitleidig. »Nur ein absoluter Vollidiot würde jetzt noch an Pietät denken.«

Er hatte recht, so recht, dass es Miranda wehtat. Also beschloss sie, die Sache auf sich beruhen zu lassen, und zu gehen. Er würde nicht angreifen, sondern den anderen davonsegeln. Das war beruhigend genug, mehr musste sie nicht wissen. Sie wollte sich umdrehen und hinausgehen, als ihr auffiel, dass er sie mit einem seltsam verkniffenen Ausdruck anstarrte. Seine Lippen waren zusammengepresst, als hätte er Schmerzen. Und während sie noch versuchte festzustellen, was in ihm vorging, verändert sich seine Miene. Die Lippen sprangen auf, zogen sich in die Breite, während seine Augen vor Heiterkeit schmal wurden. Und dann prustete er los.

Im selben Augenblick wurde ihr klar, dass sie vergessen hatte, den hilfreichen Kneifer abzunehmen.

Als sie danach griff, hob John die Hand. »Nein, lass ihn oben! Das äh… gibt dir ein sehr… hm… intelligentes Aussehen.« Er ließ sich auf den Stuhl fallen, warf den Kopf zurück und lachte schallend.

Miranda stand zuerst wie angewurzelt da, hin und her gerissen zwischen Kränkung und Wut. Sie hätte ihn am liebsten geschlagen. Grundsätzlich war es weit unter ihrer Würde, auf solch eine Bemerkung einzugehen, aber die Flucht zu ergreifen, ihm einfach den Rücken zuzukehren und hinauszumarschieren, ließ ihr Stolz ebenfalls nicht zu. Er würde es als Schwäche auslegen. Und Schwäche hatte sie sich, was ihn betraf, schon viel zu oft geleistet, war viel zu oft ihren Prinzipien untreu geworden. Sie versuchte also, ihn auf andere Art zu kränken, während sie den penetrant nach Essensresten und Ruß stinkenden Fetzen mit beiden Händen knetete. Und da blieb ihr nur eine Möglichkeit. »Ich freue mich, dich so guter Laune zu sehen. Für einen verurteilten Verbrecher bist du, gottlob, immer noch sehr heiter.« Sie hoffte, es wäre Provokation und Beleidigung genug, um ihn wieder ernst werden zu lassen. »Schämst du dich nicht, auf der Seite dieser Leute zu stehen, mit denen sich unser Land im Krieg befindet?« Ihr wurde in ihrem Zorn nicht bewusst, dass sie ihn jetzt weit vertraulicher ansprach als noch vorhin. Außerdem war sie nicht wirklich dieser Meinung. Zum einen musste sie John aus ganzem Herzen recht geben, dass er sich auf die Seite der Amerikaner geschlagen hatte, nachdem man ihm so zugesetzt hatte. Und zudem war sie im Innersten trotz seiner Bosheit und ihrem ständig schwelenden Zorn immer noch viel zu glücklich, ihn gesund, lebend und frei vor sich zu sehen. Obwohl er das gar nicht verdient hatte, dieser ... dieser ...

John war inzwischen schon rot angelaufen. »Ich wusste gar nicht, dass wir Eulen an Bord haben!«, japste er »Wenn dich dein Beau so sehen könn...«

Das war zu viel. Miranda schleuderte, ohne lange nachzudenken, den dreckigen Fetzen auf ihn. Er wich aus, verlor das Gleichgewicht und kippte samt seinem Stuhl um. Ein Aufprall, der das Deck erschütterte, gefolgt von einem markanten Fluch. Ächzen. Dann Stille.

Miranda war schon bei der Tür, als ihr die Ruhe verdächtig erschien. Sie drehte sich um, wartete, lauschte. Kein Laut.

»John?«

Schweigen.

Sie lief um den Tisch herum. Da lag er, neben dem umgeworfenen Stuhl. Reglos, auf dem Rücken, die Augen geschlossen.

»John!« Sie fiel neben ihm auf die Knie, fasste sein Hemd und zerrte daran. »John! Um Himmels wi…«

Sie kam nicht mehr dazu, den Satz zu vollenden, denn im nächsten Moment wurde sie gepackt und so blitzschnell niedergeworfen, dass ihr kurzzeitig der Atem stockte. Und dann fühlte sie sich von einem harten Körper zu Boden gedrückt. Johns Gesicht war nur eine Handbreit über ihrem, und seine Augen glitzerten gefährlich.

»Du wirfst mit Fetzen nach dem Captain dieses Schiffes? Ist dir nicht klar, dass dies Meuterei ist? Ich könnte dich in Ketten legen lassen.«

Er wollte sie in Ketten legen lassen? Lächerlich! Als ob sie nicht stärker an ihn gefesselt wäre, als Ketten dies je vermochten. Sie schien nie frei zu sein! Zuerst das Gefängnis, das Dumfries ihr geschaffen hatte, und nun ihre heillose Zuneigung zu John!

»Lass mich… los!« Miranda wand sich in seinem Griff. Der Kneifer war bei dem plötzlichen Angriff verrutscht, und sie sah John verzerrt, als wäre sein Gesicht in zwei Teile gesprungen.

»O nein, ich bin noch nicht fertig mit dir.« Sein Griff verstärkte sich. »Du wirfst mir Verrat vor? Ausgerechnet du?« Langsam und bedächtig nahm er den Kneifer ab und griff nach oben, um ihn auf den Tisch zu legen. Sein Blick glitt über sie. Über ihr Gesicht, ihr Kinn, ihren Hals, blieb an ihrem Dekolleté hängen. Sie hatte ein relativ kühles Kleid aus einem leichten Stoff angezogen, und dann, um den tiefen Ausschnitt zu verbergen, ein Tuch um die Schultern gelegt und vorne mit einer Brosche befestigt. Er griff hin und riss es samt der Brosche weg. Als sie ihn fortstoßen wollte, packte er ihre Hände und hielt sie über ihrem Kopf fest. Miranda war sich ihm gegenüber noch nie so hilflos vorgekommen wie in diesem Moment, mit über dem Kopf gefesselten Händen, alles seinem Blick preisgegeben. Noch nie so hilflos, so wütend und ... so erregt.

Trotz ihres Ärgers gab ihr sein gutes Aussehen einen Stich. Sein Gesicht war gebräunt. Sie konnte sich gut erinnern, wie blass und abgezehrt er während der Verhandlung ausgesehen hatte, nachdem er einige Zeit in der Haft verbracht hatte. Wie weh ihr der Anblick getan hatte.

Er betrachtete eingehend die Ansätze ihrer Hügel, die Andeutung der tiefen Spalte, die jetzt frei vor seinen Augen lag. Endlich glitt sein Blick mit quälender, ärgerlicher Langsamkeit wieder hinauf, bis er ihre Augen erreicht hatte. Seine Nähe, sein Atem, seine Augen lähmten ihren Willen. Ihr Zorn war schon lange verflogen, erloschen wie die Kränkung. Jetzt war nur Schmerz da. Schmerz um das, was sie verloren hatte. Um seine Liebe, ihre Zuneigung zu ihm. Das Glück. Man sagte, dass starke Leidenschaft ein Gefühl schneller verbrannte, ausbrannte, bis es zu Gleichgültigkeit wurde. Das konnte sie von sich nicht sagen. Ihre Leidenschaft für ihn, ihre Liebe, war stärker geworden, mit jedem Tag und jedem Jahr, seit sie ihn das erste Mal getroffen hatte.

Seine Nähe war so unendlich vertraut. Sein Körper, der sie an den Boden presste. Sie spürte ihn, wenn sie einatmete, fühlte, wie ihre Brüste ihn berührten. Hitze stieg in ihr auf. Sie wusste, sie sollte sich freimachen, aber sie konnte nicht. Wie gebannt starrte sie auf seine Lippen, schmal und wohlgeformt. Ein leichter Schimmer war auf seinem Kinn und seinen Wangen, und sie wusste, wie es sich anfühlte, wenn sie mit den Fingerspitzen darüber strich. Sie war nicht oft neben ihm am Morgen aufgewacht. Viel zu selten. Aber sie erinnerte sich, wie er sie dann geküsst hatte, wachgeküsst hatte, bis sie wegen seines kratzenden Bartes protestiert hatte. Die Erinnerung überwältigte sie.

Nun berührte er sie. Aber er küsste sie nicht. Sie erschauerte, als sie seine Lippen auf ihrem Hals fühlte, die langsam hinunterwanderten, auf ihre Schultern. Erst an der Berührung merkte sie, dass das Kleid verrutscht war und eine ihrer Schultern entblößt hatte. Sie wehrte sich nicht, als er ihre Handgelenke mit der linken Hand über dem Kopf festhielt und mit der rechten das Kleid tiefer zog, bis auch ihre Brust frei lag. Eine Naht gab dem Zerren nach und riss, aber sie beachtete es nicht. Johns Lippen fuhren heiß und gierig das Dekolleté hinab zu ihrer Brust. Er hätte sie nicht mit seinen Händen fesseln müssen, Miranda hätte sich in diesem Moment nicht gewehrt.

Er war nicht sanft wie früher, wo seine Leidenschaft mit Zärtlichkeit und Rücksicht gepaart gewesen war, sondern hart, fordernd, aber Miranda war so ausgehungert nach ihm, nach seiner Nähe, dass sie sich ihm unbewusst entgegenbog. Sie erschauerte, als er ihre Brustwarze zwischen die Lippen nahm und sie tief einsaugte. Sie seufzte unter dem zarten, aber süßen Schmerz, als er heftiger sog, die Brust mit der Hand umschloss und sanfte knetete.

Und dann, endlich, küsste er sie. Miranda schloss die Augen, um seinen Kuss, seine Nähe zu genießen. Der Kuss wurde leidenschaftlicher, er vertiefte ihn, eroberte ihren Mund, forderte, nahm mit einem unterdrückten Stöhnen von ihm Besitz, und sie gab ihm ihren Kuss, ihre Lippen, ließ seine Zunge ein, erlaubte ihm, nach ihrer zu suchen. Es war ein Kuss, der ihre ganze Leidenschaft für ihn offenbarte, und ihre Liebe. Nur verworren nahm sie wahr, dass sein Knie sich zwischen ihre Schenkel schob, und ohne nachzudenken, ganz ihrer Lust und ihm hingegeben, gab sie nach. Seine Hand wanderte mit festem Druck, gierig an ihr hinab, über ihren Bauch, tiefer zu ihren Schenkeln, um dort ungeduldig an ihrem Kleid zu zerren und den Rock hochzuziehen. Schon spürte sie die Berührung seiner Finger auf ihrer nackten Haut, und dann… Dann, mit einem Mal, hielt er inne.

Als er sich von ihr löste, blieb sie mit geschlossenen Augen liegen. Sie wollte den Traum nicht aufgeben, nicht wieder in die Gegenwart zurück, nicht wieder zu dem feindseligen John, der sie verachtete und kränkte. Sie wollte in seinen Armen liegen bleiben und die frühere Geborgenheit fühlen. Er ließ ihre Hand los, rollte sich von ihr herab und erhob sich.

Als sie hochsah, suchte sie in seinen Augen vergeblich nach einer Spur von Zuneigung, sie fand nur Spott darin.

Er lächelte kalt. »Du fragst, ob ich mich schäme? Du? Eine Lügnerin? Schämst *du* dich, wenn du deinen Mann betrügst und deine Liebhaber zum Narren hältst?«

»Was meinst du damit?« Sekundenlang verstand sie nichts, aber dann überschlugen sich ihre Gedanken. Dachte er wirklich, sie hätte noch andere Liebhaber außer ihm? Sie erinnerte sich daran, wie misstrauisch er geworden war, als sie in seiner Wohnung davon gesprochen hatte, dass auch sie ihren Mann betrog, dass sie Schluss machen wollte. Ja wusste, er denn nicht, dass sie es getan hatte, weil Dumries sie mit ihm erpresste? Sie fühlte fast etwas wie Erleichterung, nun, da sie dies erkannte, da sie begriff, weshalb er sie so behandelte. Sie hatte einen Mann vor sich, der seiner Meinung nach zutiefst verletzt, gedemütigt und gekränkt worden war. Einen eifersüchtigen Mann. Männer reagierten – wie auch manche Frauen – auf so etwas oft mit Bösartigkeit. John hatte sie zwar nicht geschlagen wie Dumfries, aber er trachtete danach, sie zu verletzen und ihr die Demütigung heimzuzahlen.

Daher auch diese seltsame Bemerkung über ihren Beau! Aber allein wegen eines Verdachts dieses kränkende Benehmen? Sie erhob sich langsam. Was sollte sie jetzt tun? Ihm sagen, dass Dumfries sie gezwungen hatte, Schluss zu machen? Sie schämte sich plötzlich vor ihm, weil sie sich von Dumfries hatte erpressen lassen. Sie hatte es für ihn getan, aber das würde er noch weniger glauben. Zumindest nicht in dieser Stimmung.

Sie musste es trotzdem versuchen. »John, was...«

Er griff in seine Jackentasche, um ein Stück Papier hervorzuziehen. Ein zusammengefaltetes, abgegriffenes Stück. »Hier ist der Beweis«, zischte er, als er es ihr so knapp vor die Nase hielt, dass das Papier vor ihren Augen verschwamm. »Ein Brief an deinen Liebhaber. In dem du ihn mahnst, vorsichtig zu sein, weil die Sache mit mir Staub aufgewirbelt hat.«

»An meinen was? Das ist doch absoluter...« Sie griff nach dem Stück Papier. »Gib mir das sofort!«

»Wozu? Sein Lächeln wurde diabolisch, als er den Brief aus ihrer Reichweite zog und wieder sicher in seiner Jacketasche verstaute. »Den solltest du besser kennen als ich.«

»Das ist doch Unsinn!«

»Sei still.« Er beugte sich näher, bis sie seinen Atem auf ihrer Haut fühlte. »Bin ich nicht nur das geworden, dessen man mich beschuldigt hat?« Sein Lächeln verstärkte sich, als sie nicht antwortete, aber es wurde nicht angenehmer. Die Mundwinkel zogen sich dabei ein wenig hinunter, die Lippen kräuselten sich »Und darf ich dich weiters höflich daran erinnern«, fuhr er fort, »dass dein lieber Gatte zu jenen gehörte, die alles getan haben, um mich hängen zu sehen?«

Dumfries hatte wahrlich sein Scherflein dazu beigetragen, dass John verurteilt wurde. Vermutlich nicht nur ein Scherflein, sondern eine ganze Wagenladung voll. Sie presste die Lippen zusammen. Ein Schatten legte sich über sie. Ihr Mann hatte noch mehr getan, er hatte sie beide entzweit.

Er drehte sich um und hob den Stuhl auf. »Und jetzt entschuldigen Sie mich bitte, Lady Dumfries«, sagte er über die Schulter, »ich habe noch andere Aufgaben. Und Sie, wie ich vermute, ebenfalls.«

»John, wir müssen sprechen.« Sie bemühte sich, ihrer Stimme Festigkeit zu verleihen, aber sie zitterte leicht.

Er schnellte so plötzlich herum, dass sie auswich und beinahe gestolpert wäre. »Hast du deinem Mann etwa jedes Mal davon erzählt, wenn du dich zu einem deiner Liebhaber geschlichen hast? Ist das vielleicht deine Art, eine Ehe zu führen?«

»Das ist doch Unsinn! Gib mir diesen Brief! Ich will ihn sehen!« Sie wollte nach seinem Arm fassen, aber er stieß sie von sich.

»Geh jetzt, bevor ich mich vergesse und dich wirklich nehme wie das, was du bist – eine Hure.«

Es war, als hätte er sie geschlagen. Brutaler noch als damals Dumfries. Viel schmerzhafter. Tränen schossen in ihre Augen, sie drehte sich um, stolperte über den Eimer, der umkippte und seinen fragwürdigen Inhalt verteilte, schlüpfte durch die Tür und lief davon, ehe er sehen konnte, dass sie weinte.

John wollte dem Eimer noch einen Tritt geben, verfing sich jedoch im Fetzen und wäre beinahe gefallen. Er hob Eimer und Fetzen auf, stürmte zum Heckfenster, riss es auf, und warf alles hinaus. Dann ließ er sich auf seinen Stuhl fallen. Was fühlte er jetzt? Triumph? Wenn, dann einen sehr bitteren, der nicht schmeckte. Und auf jeden Fall eine Sehnsucht, die durch den Kuss, die Berührungen noch drängender geworden war. Er hatte sie kränken wollen, aber der Schuss war nach hinten losgegangen. Miranda zu verletzen war, wie einen Hammer zu nehmen und sich selbst mit aller Kraft auf die Zehen zu schlagen.

Er hatte sie eine Lügnerin genannt und doch alles dazu getan, um sie zu verführen. Er hatte ihr vorgehalten, ihren Mann zu belügen, dabei hatte er selbst alles getan, um sie zu einer untreuen Frau werden zu lassen. Nein, den Betrug an Admiral Dumfries kreidete er ihr nicht an, und ihr das vorzuhalten, war ein Meisterstück an Scheinheiligkeit. Er hasste sie dafür, dass sie *ihn* betrogen und hintergangen hatte. Sie hatte ihn erwischt, als er am schwächsten und verwundbarsten gewesen war, weil er ihr seine maßlose Liebe durch den Heiratsantrag bewiesen hatte.

Noch quälender war der Gedanke, dass nicht nur ihr Körper einem anderen gehörte, ein anderer in den Genuss dieser Leidenschaft kam, sondern dass ein anderer möglicherweise etwas besaß, was er mindestens ebenso und noch mehr begehrte: ihr Herz, ihre uneingeschränkte Zuneigung, ihre Gedanken, ihr Sehnen.

Er blickte auf den Tisch vor sich und sah den Kneifer. Er griff danach und spielte gedankenverloren damit. Er hatte gedacht, sie zu kennen, aber seit er sie hier wiedergetroffen hatte, hatte sie ihn fast jeden Tag von neuem erstaunt. Wie gut sie sich auf dem Schiff zurechtfand, dabei war sie nur ganz selten mit Dumfries gesegelt, und wenn, dann als Gattin des Admirals, um die alle herumdienerten. Jetzt saß sie in einem Verschlag, schlief in einer Hängematte, und hatte sogar diesen vermaledeiten Topf geputzt! Sie hatte Charakterzüge gezeigt, die er nicht in ihr vermutet hatte. Und sie lief mit Kneifern herum. Plötzlich musste er grinsen, wenn er an ihren Anblick dachte. Er hatte sie eine Eule genannt, aber in Wahrheit sah der Kneifer ungewöhnlich reizend an ihr aus.

Er fuhr sich über das Gesicht, als er sich der Wärme und Zuneigung bewusst wurde, mit der er an sie dachte. »Verflucht«, flüsterte er, »ich hätte nicht gedacht, dass einen alte Fehler so schnell einholen können.«

Vielleicht sollte er sie nicht so einfach aufgeben. Er hatte sie jetzt in seiner Hand. Sie gehörte, solange sie sich auf dem Schiff befand, völlig ihm. War er denn verrückt, das nicht auszunützen? Er konnte sie neuerlich verführen, auf sehr einfache Art, das hatte ihm ihre Reaktion vorhin bewiesen. Warum nicht nehmen, was er bekam und den anderen aus ihren Gedanken vertreiben?

Er presste verärgert die Lippen zusammen. Es war dumm gewesen, sie zu schmähen. Das würde sie ihm nicht verzeihen. Sie war so willig in seinen Armen gelegen, so voller Hingabe. Es war nicht nur eine Eselei, sondern auch unnötig gewesen, sie Hure zu nennen – er hatte kein Recht dazu. Männer wie er machten die Frauen erst dazu. Er hatte sie nicht so genannt, als sie in seinen Armen gelegen hatte, da war es ihm recht gewesen, wenn sie ihren Mann betrog.

Er nahm ihr übel, dass er nicht der einzige war, dem sie sich hingab. Und er nahm ihr übel, dass er mehr Gefühle in sie investiert hatte, als sie für ihn empfand. Aber das ließ sich unter Umständen ändern.

* * *

William Parmer blickte gereizt hoch, als sein Sekretär einen Besucher ankündigte, als er den Mann jedoch hereinführte, hellte sich sein Gesicht auf. Der Mann sah nach nichts aus, war schäbig gekleidet, das Haar zottig, hatte einen ungepflegten Bart. Nichts deutete darauf hin, dass er einer von Williams erfolgreichsten Agenten war.

Der Mann nickte ihm zu, und als sich die Tür hinter dem Sekretär geschlossen hatte, nahm er auf dem Stuhl William gegenüber Platz.

Er kramte in seiner Jackentasche und zog zwei Metallröhrchen heraus. »Zwei Tauben sind angekommen, Mr Parmer. Hier, das war die erste Nachricht. Von der Station in Funchal. War völlig fertig, die Kleine, als sie ankam. Wurde wohl von Falken gejagt.«

William verschwendete keinen Gedanken an das Tier, sondern streckte die Hand aus.

Sein Besucher übergab ihm die Metallröllchen. William öffnete das erste, fischte den Zettel heraus und las ihn. »PS *Victoria* vor Funchal von amerik. Freib. gekapert. C.J.W. an Bord.« Der Inhalt war keine Überraschung, das war zu erwarten gewesen.

Er öffnete das zweite Röhrchen und schüttelte die Nachricht heraus: »Verehrte Großm., erbaul. Sendung gut angekommen. Dankbarer Enkel.«

Er verbiss sich ein Grinsen, als er hochsah. »Danke. Sie können gehen. Und geben Sie den Tieren eine Extraration Körner.«

12. Kapitel

Als John am nächsten Abend nach seiner letzten Runde an Deck in seine Kajüte ging, traf er auf dem Gang Hailey, der mit missmutigem Gesicht eine Terrine in den Händen trug. John stieg ein leckerer Duft in die Nase, er blieb vor seinem Steward stehen und sah neugierig auf die Schüssel.

»Was hast du da?«

Haileys Ausdruck nahm den eines sturen Maultiers an. »Essen«, sagte er knapp und in einem Tonfall, als wäre es unnötig, das Offensichtliche zu erklären. »Für die Lady«, setzte er noch widerwilliger hinzu, als John die Augenbrauen hochzog.

John hob den Deckel auf und musterte die Speise. »Das sieht nach *meinem* Geschirr und Essen aus.«

»Die andere Hälfte. Was Sie übrig gelassen haben.« Sein sonst so loyaler Steward legte den Kopf ein wenig in den Nacken und sah John herausfordernd an.

Das war eine glatte Lüge. John hatte keine Pastete bekommen, und schon gar keine, die so gut geduftet hätte, aber er hatte nicht die Absicht, sich provozieren zu lassen. Er hatte sich nach Sallys Auftritt am Tag davor schon so seine Gedanken darüber gemacht, womit sich Miranda und ihre Zofe ernährten. Bisher hatte er angenommen, dass Cedric sich darum kümmerte, aber nun wurde ihm klar, dass Hailey offenbar etwas von seinem Essen abzweigte.

Ehe er jedoch stillschweigend darüber hinweggehen konnte, setzte Hailey hinzu: »Hat es aber nicht wollen. Hat mich wieder damit zurückgeschickt. Und das jetzt schon zum dritten Mal.« Er klang persönlich beleidigt.

»Zurückgeschickt?« John hob abermals den Deckel. Das roch nicht nur so hervorragend, dass ihm das Wasser im Mund zusammenlief, es sah auch appetitlich aus. »Ist es nicht gut genug für den feinen Gaumen dieser Dame?«

»Hat nicht mal gekostet«, maulte Hailey. »Hat gesagt, was von Ihnen kommt, das will sie nicht.«

John spürte einen kleinen, schmerzhaften Stich. Sie wollte sein Essen nicht? »Es würde mir auch nicht einfallen, es zu schicken«, knurrte er. »In Zukunft fragst du mich bevor du so etwas machst. Stell es in meine Kajüte. Hier wird nichts verschwendet.« Er wollte weitergehen, dann überlegte er es sich anders. »Was essen die beiden eigentlich?«

»Na von der Kombüse, was auch die anderen kriegen«, erwiderte Hailey. »Bis heute hat's diese Sally geholt, aber jetzt bringe ich es ihnen. Bevor dieser Drachen wieder Streit mit Pebbels anfängt und ihn endgültig vergrätzt.«

Dann war seine Vermutung also richtig gewesen. John ging achselzuckend weiter. »Meine Empfehlungen an Mr Parmer«, sagte er über die Schulter. »Er möchte doch so liebenswürdig sein, zu mir zu kommen.«

* * *

Als Cedric ein wenig später in die Große Kajüte trat, ging es erst um den Kurs. Sie hatten das englische Geschwader tatsächlich abgehängt. Sie hatten sie von der Ferne beobachtet und festgestellt, dass die Engländer Kurs auf die amerikanische Küste nahmen, und als sie sicher gewesen waren, wohin die Fahrt ging, hatte sie sich in den Rücken der Engländer gesetzt. Jetzt segelten sie etwa eine gute Tagesreise hinter ihnen her, um ihren Weg aus sicherer Entfernung zu beobachten.

»Wo essen die beiden Frauen eigentlich?«, fragte er schließlich beiläufig.

»Wir haben sie zu uns eingeladen, aber sie sind nur einmal zu Gast gewesen.« Der Vorwurf in Cedrics Augen war nicht zu übersehen, auch wenn sein Erster Leutnant sich tapfer Mühe gab, einen neutralen Tonfall anzuschlagen. »Du kennst Lady Miranda ja, sie ist sehr stolz und will nicht zur Last fallen. Und da sie das Gefühl hatte, zu stören, ist sie eben ferngeblieben.« Er erwähnte nicht, dass manche der Männer sie recht feinselig betrachtet hatten, obwohl er das mit scharfen Blicken unterbunden hatte. Aber sie war für viele an Bord eine Feindin – zumindest für jene, die bei der Meuterei übergelaufen waren. Die anderen, die an Bord des Schiffes gekommen waren, um mit John Whitburn zu segeln, dachten natürlich anders darüber. Aber auch unter ihnen waren etliche, die Dumfries – zu Recht – nicht leiden konnten.

»Und das lässt du zu?« Gewitterwolken zogen über Johns Stirn. Er hatte in seiner Zeit als Kadett auch den allgemeinen Fraß aus Pökelfleisch und wurmigem Schiffszwieback gegessen, und gelegentlich sogar hübsch ausgenommene Ratten verspeist, wenn das Essen knapp geworden war; und in den Wochen während seiner Deportation, als er im Verschlag gehockt war, hatte er noch schlechteres Essen bekommen. Aber dass Miranda sich von so etwas ernähren sollte, ging ihm gegen den Strich. Sie war so etwas nicht gewöhnt. Ihre Konstitution war wesentlich zarter als die eines Matrosen oder eines Mannes, und ihr Magen kam bestimmt nicht mit dem allgemeinen Fraß zurecht. Die Vorstellung, sie könnte mit Durchfall und würgend in ihrer Kabine liegen, drehte John die Eingeweide um.

»Was soll ich tun?« Cedric klang ungewöhnlich aufmüpfig. Widerspruch und so ein Tonfall nahmen zu, bemerkte John, seit Miranda an Bord war. Gewisse Leute schienen zu glauben, dass er sie nicht gut genug behandelte. Er selbst war ebenfalls dieser Meinung, wenn er in der Lage war, vernünftig nachzudenken. Und im Moment hatte er nicht nur Angst um Mirandas Gesundheit, sondern kämpfte auch mit einem Anfall von Scham und Schuld.

»*Du* könntest sie ja einladen«, schlug Cedric vor. »Dem Captain darf man einen Befehl oder eine Einladung nicht abschlagen.«

John bezweifelte, dass Miranda das ebenso sah. Sie hatte sich seit dem Vortag nicht an Deck blicken lassen, obwohl er Ausschau nach ihr gehalten hatte. Sie ging ihm ab. Viel fehlte nicht mehr, und er würde einen Vorwand finden, um ihr Quartier zu inspizieren. »Du wirst ihr von eurem Koch das Essen schicken«, befahl er.

Cedric nickte. »Würde ich ja. Wir haben nur nicht mehr so viele gute Lebensmittel.«

»Das geht so nicht«, stellte John fest. »Wir wollen Lösegeld, und wenn die Frauen bei den Verhandlungen unterernährt oder halbtot sind, können wir nichts verlangen.«

Cedric nickte ernsthaft, auch wenn John ihm ansah, dass er am liebsten breit gegrinst hätte. Er glaubte ihm offenbar kein Wort. Damit bewies er lediglich Verstand.

John setzte sein Captains-Gesicht auf. »Danke. Ich werde

die Sache selbst in die Hand nehmen. Sie können gehen, Mr Parmer.«

Er sah Cedric nach, wie dieser aus der Tür marschierte, hockte sich auf den Stuhl hinter seinem Tisch und starrte vor sich hin. Wie konnte er das am unauffälligsten deichseln?

* * *

Am nächsten Morgen hatte er endlich die Lösung gefunden. Als Hailey mit seinem Morgenkaffee kam, schickte er ihn noch vor dem Frühstück zu Miranda mit dem Auftrag, die Dame zu holen. Zufrieden lehnte er sich zurück, nahm von Zeit zu Zeit einen Schluck – heiß und so stark, dass John schon vom Geruch munter wurde – und wartete. Als die Kaffeekanne leer war, und immer noch nichts von Hailey, Miranda zu sehen war – von seinem Frühstück ganz zu schweigen –, schickte er den Schiffsjungen, um nachzusehen, was aus seinem Steward geworden war.

Der Junge blieb ebenfalls verschollen.

Johns Laune verschlechterte sich proportional zu seinem Magenknurren, und als sein Magen schließlich so laut brummte, dass er selbst erschrak, erhob er sich, um selbst nachzusehen.

In diesem Moment klopfte es an der Tür.

Haileys gerötetes Gesicht und seine auffällige Erleichterung, als er Miranda – eine geschlagene halbe Stunde, nachdem er mit dem Auftrag fortgeeilt war – endlich in die Kajüte verfrachtete, bestätigten Johns Ahnung, dass die Dame wieder herzlich unkooperativ gewesen war.

Er zog sich wieder hinter den Tisch zurück. Das gab ihm

eine Distanz, die er brauchte, um in ihrer Nähe zumindest gleichmütig und überlegen zu wirken, auch wenn er weit von Gleichmut entfernt war.

»Wie ich Ihnen schon sagte, Lady Dumfries«, begann er kühl, »ist es so üblich, dass jeder an Bord arbeitet. Das betrifft auch Sie.« Er machte eine kleine Pause, um die Worte einwirken zu lassen. In Wahrheit hoffte er auf einen Widerspruch. Er hatte, während sie ihn unverschämt lange hatte warten lassen, einen mit seinem Magenknurren wachsenden Ärger auf sie kultiviert, den er gerne an ihr ausgelassen hätte. Da sie jedoch nur kalt dort stand und nicht mehr Bewegung machte, als sich automatisch der Bewegung des Schiffes anzupassen – was bei ihr erstaunlich elegant wirkte –, sprach er weiter. »Da Sie offenbar nicht in der Lage sind, gewisse Arbeiten zu verrichten, ohne Streit zwischen Ihnen und der Mannschaft zu provozieren, werde ich Ihnen eine Aufgabe zuteilen, die Ihre Fähigkeiten hoffentlich nicht übersteigt.« Als Captain des Schiffes hatte er es nicht nötig, seine Befehle oder Entscheidungen zu erklären, aber in diesem Fall war es notwendig, damit sie nicht glaubte, er würde sie in seiner Nähe haben wollen. Vor allem, da dies der Wahrheit entsprach.

»Ich habe also beschlossen«, fuhr er in kaltem Befehlston fort, »dass Sie ab sofort meinen Steward bei seiner Arbeit unterstützen und meine Kajüte sowie meine Sachen in Ordnung halten werden.« John fand seine Idee genial. Da gab es kein Herumgeturtel mehr mit Cedric, kein heimliches Stelldichein mit dem Pastor, und zudem hatte er sie auf diese Art immer im Gesichtsfeld und unter Kontrolle.

»Sie werden ihm auch beim Kochen helfen. Es wird Ihnen nicht schaden, es zu lernen.« Wäre sie seine Frau geworden, hätte er alles getan, um ihr diese Arbeit zu ersparen, und wenn er sich selbst an den Herd hätte stellen müssen – eine grauenvolle Vorstellung. Er warf ihr einen schrägen Blick zu. »Töpfe putzen haben Sie ja bereits gelernt.« Er winkte sie lässig fort. »Sie können jetzt gehen. Hailey wird Ihnen die Arbeiten zuteilen.« Damit beugte er sich wieder über das Logbuch, um Cedrics Eintragungen zu überprüfen. Sie waren wie immer in perfekter Handschrift und ordentlich verfasst.

Sie rührte sich nicht. Er hörte, wie Hailey sie leise zum Gehen drängte. Aber da sagte sie: »Ich werde nicht für Sie arbeiten, Mr Whitburn. Eher schrubbe ich das Deck oder flicke die Segel.«

Ihr Widerspruch kam John sehr recht. Er schob das Logbuch weg und lehnte sich zurück, um ihr eine eingehende Musterung zu gönnen. Schließlich erhob er sich und schlenderte um den Tisch herum auf sie zu, und um sie herum, bis er in ihrem Rücken stand. Und das so knapp, dass sie seinen Atem auf ihrem Nacken fühlen konnte. Es war ihr sichtlich unangenehm, denn sie versteifte sich, zog die Schultern zusammen, war jedoch zu stolz, einen Schritt wegzutreten. »Das können Sie selbstverständlich machen«, stimmte er ihr freundlich zu. »In Ihrer Freizeit. Ich werde Sie bestimmt nicht in Ihrem Eifer beschneiden, und die Männer werden sich freuen, eine so fähige Hilfe zu bekommen. Aber eben erst, *nachdem* Sie die anderen Aufgaben erledigt haben.«

Diese Löckchen in ihrem Nacken waren fast unwiderstehlich. Wie gerne hätte er jetzt daraufgeblasen, um ihr Erschauern zu sehen. Er beugte sich noch näher. So dicht, dass er mit den Lippen beinahe ihr Ohr berührte. Ihr Duft und ihre Nähe überwältigten ihn fast. Seine Stimme klang heiser, als er flüsterte: »Ich verlange ja nicht, dass Sie mir beim An- oder Auskleiden helfen, Mylady... Obwohl das ohne Zweifel seine Reize hätte.«

Sie sprang vor und wirbelte gleichzeitig herum. John ging einen Schritt nach und stand jetzt so nahe vor, ihm, dass er nur den Kopf neigen musste, um sie zu küssen. Ihre eben noch so kühlen grauen Augen funkelten. Als sie den Mund aufmachte, sagte er zu Hailey: »Mr Hailey, Sie haben meine Anweisungen gehört. Bitte richten Sie sich danach. Lady Dumfries kann gleich damit anfangen, mein Frühstück zuzubereiten. Und ein bisschen schnell, wenn ich bitten darf.« Er ließ Miranda schwer atmend und vermutlich glühend vor Zorn stehen und ging an ihr vorbei wieder zu seinem Tisch.

»Ach übrigens«, fügte er beiläufig über die Schulter hinweg hinzu. »Sie werden auch umziehen, Lady Dumfries. Der Master hat mir heute Morgen gesagt, dass er den Platz unter Deck, den Sie so verschwenderisch einnehmen, für die Hühner braucht.« Damit war auch das Problem gelöst, wie er Miranda ein anderes Quartier zuweisen konnte, ohne vor ihr oder der Mannschaft das Gesicht zu verlieren.

Das zerbrach ihrer Beherrschung endgültig. Ihre Stimme zitterte vor Wut. »Sollen Sally und ich unser Lager vielleicht ab sofort in den Mannschaftsquartieren aufschlagen? Oder verlegen Sie uns in die Bilge? Wie wäre es an Deck?«

»Gute Idee«, erwiderte er und tat, als müsse er darüber nachdenken, während er sich wieder setzte. Dann sagte er: »Nein. Das würde nur Unruhe bringen. Und am Morgen würden die Leute über Sie stolpern. Wie ist es mit der zweiten Schlafkajüte, Hailey?«, wandte er sich an seinen Steward, der Mühe hatte, sein Grinsen unter Kontrolle zu halten. »Brauchen wir sie, oder können wir den Platz abtreten?«

Hailey tat ernsthaft. »Ich denke nicht, dass der Platz nötig ist, Sir. Werde gleich alles vorbereiten.«

»Tun Sie das.« Ein lässiges Wedeln mit der Hand. »Sie können gehen. Und vergessen Sie nicht mein Frühstück.«

Miranda, seine kühle, gefasste Lady, stürmte wutentbrannt hinaus. John war entzückt und mit sich selbst sehr zufrieden. Der Gedanke, Miranda nur durch wenige Wände von sich getrennt zu wissen, ließ sein Herz schnell und hart schlagen und verursachte ein gewisses Ziehen in seinem Unterleib. Die Wärme setzte sich durch seinen ganzen Körper hinweg fort, bis er von einer unbestimmten Vorfreude erfüllt war.

Als Miranda Hailey folgte, war sie hin und her gerissen zwischen dem Wunsch, John ins Wasser zu stoßen, oder ihn zu packen und zu schütteln, bis er ihr endlich zuhörte und sie so manche Dinge aufklären konnte, die ihn ebenso belasteten wie sie. Nun stand sie neben dem Steward, der seiner Aufgabe mit Elan und Begeisterung nachkam, und hörte ihm nur mit einem halben Ohr, zu, als er eifrig erklärte und ihr zeigte, wo und wie man das Frühstück des Captains zubereitete.

Eines war ihr in den letzten Tagen und besonders der letzten halben Stunde klar geworden: John begehrte sie immer noch. Er liebte sie vielleicht sogar noch, sonst wäre er nicht so boshaft und sogar grausam: Nur ein zutiefst gekränkter Mann verhielt sich so. Das gab ihr Hoffnung, und die anfängliche Vermutung, er könnte nur ihretwegen das Postschiff aufgehalten haben, wurde langsam zur Gewissheit. Und nun hatte er sogar bemerkenswerte geistige Verrenkungen begangen, um ihr ein besseres Quartier zuzuweisen. Alles nur, um nicht zuzugeben, dass sie ihm doch noch etwas bedeutete. Sie verstand das. Er hatte vor ihr und ihretwegen genügend Demütigungen einstecken müssen und musste zumindest den Schein wahren. Es war ganz gut, mehr in seiner Nähe zu sein. Vielleicht ergab sich die Gelegenheit, ihm alles zu sagen. Er war zwar ein tumber Idiot, wenn er wirklich von einem einzigen, mysteriösen Brief an ihre Hinterhältigkeit glaubte, aber Männer waren hier mit anderem Maß zu messen. Und John war zwar nicht unintelligent, aber eben doch nur ein Mann.

Miranda hatte in ihrem Leben nur zwei intime Beziehungen gehabt. Jene mit Dumfries, obwohl man diese nicht intim, sondern nur *körperlich nahe* nennen konnte, und jene mit John. Eine Beziehung, die weit über körperliche Intimität hinausgegangen war. Aber sie hatte die Männer studiert, schon von frühester Jungend an. Das war wichtig für eine Frau, die, auch wenn sie der gehobenen Gesellschaft angehörte, so gut wie keine Rechte hatte.

»Mylady?«

Sie zuckte zusammen und sah hoch. »Ja, Mr Hailey?«

Hailey rührte eifrig in einer Pfanne. Es roch hervorragend, und ihr lief das Wasser im Mund zusammen. Sie hatte am Morgen nur Schiffszwieback gehabt, den Sally und sie in eine fragwürdige, bittere Brühe getaucht hatten, die Mr Pebbels seinen »besten Tee« nannte. »Ich hatte nur gemeint, ob Mylady vielleicht so freundlich wären, Eier zu holen. Ich kann jetzt nicht von hier weg, sonst brennt alles an.«

Miranda erschrak. Eier holen? »Kann ich nicht vielleicht...?« Sie sah auf die Pfanne, in des es brutzelte und duftete. Hailey schüttelte entschieden den Kopf.

Gut, dann verlangte es ihre Situation eben, sich anzupassen. Sie straffte die Schultern. Wenn ihre erste Aufgabe, als Johns neue Köchin darin bestand, Frühstückseier zu holen, dann würde sie dies auch tun. Den Weg zum Hühnerkäfig kannte sie ja.

Die Hühner fingen schon an zu gackern, als sie nur in die Nähe kam. Sie öffnete die Käfigtür einen Spaltbreit und schob vorsichtig ihren Arm hinein. Die Hühner gackerten lauter. Miranda zuckte zurück, als eine Henne auf sie einpickte. Am liebsten hätte sie nach Sally gerufen, die auf einem Bauernhof aufgewachsen war, und sicherlich wusste, wie man mit diesen Tieren umging, aber dann biss sie die Zähne zusammen. Eine Lady Miranda hatte keine Angst vor einigen Hühnern. Sie schob den Arm abermals hinein und probierte es mit gutem Zureden. Sie hatten große Schnäbel, mit denen sie schnell zuschlugen, wenn sie versuchte, an die Eier zu kommen. Sie verstand nicht, weshalb die Männer nicht sanfteres Geflügel hielten. Allerdings waren dies wiederum die Hühner des Captains – kein Wunder, dass sie sich so wenig umgänglich zeigten. Man konnte ihnen vermutlich keinen Vorwurf machen, wenn ihr Besitzer noch unfreundlicher war.

Sie sprach besänftigend auf eine Henne ein, während sie vorsichtig unter den weichen Federkörper tastete. Nur nicht zögern. Sie hatte als Kind auch Angst vor Pferden gehabt, bis ihr Vater ihr beigebracht hatte, dass diese nicht von Natur aus bösartig waren und ihr ganzes Trachten nicht unbedingt darauf ausrichteten, kleine Mädchen abzuwerfen und zu Tode zu trampeln. Danach hatte sie sich mit ihnen angefreundet und gelernt, selbst einem unwilligen Tier gegenüber keine Furcht zu zeigen. Trotzdem wünschte sie, Sally wäre hier. Diese war jedoch schon damit beschäftigt, einige Matrosen herumzukommandieren, die von Cedric den Auftrag erhalten hatten, ihr neues Quartier einzurichten. Sie waren vorhin an ihr vorbeigekommen, als sie eine Seekiste und Sallys Reisetasche hinaufgeschleppt hatten.

»Zeige niemals Angst, die anderen merken das.« Diese Lebensweisheit hatte sie ihr ganzes Leben lang begleitet und ihr oft geholfen. Aber jetzt fiel es ihr schwer, einfach in den Käfig zu greifen, die Hennen wegzuschieben und die Eier hervorzuholen. Vielleicht, weil sie das Gefühl hatte, dass die Hennen moralisch im Recht waren, ihren Nachwuchs zu verteidigen.

Ihr Blick fiel auf den daneben stehenden Käfig mit Tauben. Ob sich John von Zeit ein gebratenes Täubchen gönnte, wie Sally vermutete? Sie hatte viel von den Entbehrungen auf See gehört, aber hier fand sie nicht so viel davon. Oder waren es Brieftauben? Seltsam, dass ihr die Idee nicht schon früher gekommen war. Keine Taube konnte ein Schiff aufspüren, das sich am Tag hundert Kilometer weit über den endlosen Ozean bewegte, aber sie hatte schon gehört, dass Brieftauben lange Strecken zurücklegten, um nach Hause zu fliegen. Hielt er mit ihrer Hilfe Verbindung zu den Amerikanern?

»Soll ich Ihnen helfen, Mylady?« Hailey hatte seine Pfanne doch allein gelassen, um nach dem Rechten zu sehen.

Miranda wäre die Hilfe angenehm gewesen, aber zuzugeben, dass sie Angst vor den Hühnerschnäbeln hatte, war schlimmer als die Hühner selbst. Zielstrebiger als zuvor griff sie nach einer Henne, fuhr sachte unter den weichen Leib und ertastete ein Ei. Dann zog sie vorsichtig die Hand zurück, das Ei aus der Geborgenheit seiner Mutter entfernend. Sie schloss die Käfigtür und wandte sich nach Hailey um.

»Ein Ei wird dem Captain nicht genug sein«, stellte dieser fest.

Miranda betrachtete ihre Beute. Ein weißes Ei, wohlgeformt, ein wenig mit Hühnerkot verschmiert. Es lag so warm in ihrer Hand wie etwas Lebendiges. Sie fühlte vagen Stolz, weil sie es geschafft, sich überwunden hatte, aber zugleich war sie unendlich traurig.

Hailey beobachtete sie, dann sagte er unerwartet sanft: »Lassen Sie nur, Mylady, die anderen hole ich.« Er lächelte. »Vielleicht sollten Sie es sich vorerst in Ihrem neuen Quartier gemütlich machen.«

Sie nickte und wollte hinaufgehen.

»Mylady?«

Sie blieb stehen.

»Was ich noch sagen wollte... wegen dem Captain...«, er druckste verlegen herum. »Der ist schon in Ordnung. Aber... es ist kein Wunder, wenn er... äh sauer ist. Er meint es aber nicht so. Bestimmt nicht.«

Miranda nickte. »Das hoffe ich, Hailey. Ich hoffe es wirklich.« Sie ging, Hailey warmes Lächeln mit sich nehmend.

13. Kapitel

John hatte ihr einmal erzählt, der Ozean wäre so unvorstellbar groß, dass man wochenlang auf See sein könne, ohne auch nur ein einziges Mal auf ein anderes Schiff zu treffen. Miranda hatte ihm damals geglaubt, zog jetzt seine Worte aber in Zweifel, als gegen Abend des nächsten Tages abermals Segel am Horizont auftauchten. Allerdings handelte es sich dieses Mal, wie ihr Pebbels, der sich zu ihr gesellte, versicherte, nur um ein einzelnes Schiff.

Sie zog ihren Kneifer aus der Kleidertasche. Sie hatte ihn in Johns Kajüte vergessen, dieser hatte ihn dem ursprünglichen Eigentümer zurückgegeben, und am selben Abend hatte Pastor Benkins sie in ihrem neuen Quartier aufgesucht und ihr die hilfreiche Brille überbracht. So, nun war es besser. Das fremde Schiff schien ihr von der Ferne nicht allzugroß zu sein. Eine Fregatte vielleicht. Oder sogar nur eine Barke. Aber kein Linienschiff mit der doppelten Anzahl von Kanonen wie die *Charming Mary*.

Es war ein schöner Anblick, die vom Schein der Abendsonne leuchtenden Segel, die wie rosige Wolken über das Meer glitten, die kräftige Bugwelle. John hatte Befehl gegeben, einige Segel back zu stellen, die Großsegel waren eingeholt worden, und nun verharrte die *Charming Mary*, sich im Seegang hebend und senkend, als würden sie auf das andere Schiff warten.

Zwei Matrosen kamen zutraulich näher, tippten sich zum Gruß an die Stirn wie sie es bei einem Offizier gemacht hätten, und lehnten sich dann neben Miranda und Pebbels. Miranda warf ihnen einen argwöhnischen Blick zu. Sie grinsten jedoch nicht über den Kneifer, sondern betrachteten sie mit Achtung. Sie hatte sich in den wenigen Tagen einen ungewöhnlichen Status auf dem Schiff geschaffen. Zuerst waren es Cedric Parmers und Haileys Drohungen gewesen, die die Männer auf Abstand hielten und zu höflichem Benehmen veranlassten, aber seit der Sache mit den Töpfen hatte sich etwas grundlegend verändert. Die Geschichte, dass Lady Miranda tatsächlich in die Kajüte des Captains gegangen war, um dessen Abort zu reinigen, hatte schneller die Runde gemacht als ein Flaggensignal, und eine Stunde später hatte schon der letzte Schiffsjunge davon gewusst.

Darin, was danach vorgefallen wäre, unterschieden sich die Meinungen allerdings gravierend: Einige behaupteten, sie hätte wütend die Kajüte überschwemmt, während andere Stein und Bein schworen, dass die Lady Miranda den Captain mit dem Kopf voran in seinen eigenen Lokus gesteckt hätte. Es war auch die Rede von klatschenden Ohrfeigen, aber hierin teilte sich die Meinung der Besatzung ebenfalls. Einige behaupteten, der Captain hätte die Lady geohrfeigt, nachdem sie ihm das dreckige Wasser darübergeschüttet hatte, andere meinten, er hätte sie vorher geohrfeigt, worauf er begossen worden wäre, und eine dritte Gruppe, die Mehrzahl, meinte grinsend, dass es wohl der Captain gewesen wäre, der etliche Ohrfeigen habe einstecken müssen.

Wie auch immer, seitdem wurde Miranda mit neuem Respekt betrachtet, und Hailey sah mit einer Art Besitzerstolz auf sie herab, als er sich ebenfalls neben sie stellte.

»Das ist die *George Washington*«, erklärte er ihr, als er sah, wie sie hinüberblinzelte.

Miranda nickte. »Eine Barke?«

»Nein, eine Fregatte, Ma'am«, mischte sich einer der Männer ein. Er sprach mit starkem amerikanischem Akzent und war, wie Miranda schon früher erfahren hatte, ein Seemann, den die Engländer von einem amerikanischen Handelsschiff gepresst hatten. Er hatte sich als Besatzungsmitglied an Bord der *Charming Mary* befunden, als die Gefangenen rebelliert hatten, und nicht lange gezögert, sich John Whitburn anzuschließen. »Allerdings noch keine der größeren, die wir jetzt bauen. Also keine 44 Kanonen, wie die *Constitution*, sondern nur 32, Ma'am.«

»So viele wie die *Charming Mary* hat«, warf Hailey ein.

»Hat eine höhere Reling, als die früheren Fregatten, Ma'am«, erklärte der Amerikaner stolz. »Bietet dem Deck im Gefecht mehr Schutz.«

»Die Reling is nicht höher als unsere«, murrte Hailey angriffslustig.

»Nein, das nicht«, gab der andere friedfertig zu. »Ist ein feines Schiff, die *Charming Mary*.«

»Dann werden sie uns nicht angreifen?«, war alles, was Miranda interessierte.

»Nein, ich vermute, dass der Captain auf sie wartet, um Neuigkeiten auszutauschen.« In Haileys Stimme schwang etwas wie Enttäuschung mit. Offenbar war er immer noch genug Engländer, um in jedem amerikanischen Schiff eine gute Prise zu sehen.

»Hätten wir gegen sie eine Chance?«, fragte Miranda neugierig.

Nun widersprachen alle, sogar der Amerikaner. Er

mochte vielleicht stolz auf die Schiffsbaukunst seines Landes sein, aber inzwischen war er festes und überzeugtes Mitglied der *Charming Mary*.

»Auf jeden Fall.«

»Captain Whitburn hat sogar schon Linienschiffe aufgegriffen.«

»Glückliches Händchen.«

»Pah! Kinderspiel!«

Miranda nickte. Sie war trotzdem froh, dass John keinen Grund sah, dieses Schiff anzugreifen. Die Männer erzählten daheim nicht viel von den Kämpfen, aber sie hatte die Mannschaft davon reden hören, wenn sie in ihrer Freiwache auf dem Vordeck zusammensaßen und über ihre Abenteuer sprachen. Sie vermutete zwar, dass sie übertrieben und alles noch blutiger und grausamer darstellten, als es tatsächlich gewesen war, aber selbst wenn sie die Hälfte davon abzog, blieben immer noch genügend Gräuel, die sie um keinen Preis miterleben wollte. Sie hatte keine Lust, mitanzusehen, wie etliche dieser Männer in Segeltuch eingenäht dem Meer übergeben wurden. Oder von einer Kanonenkugel in zwei Stücke gerissen wurde, wie Hailey einmal erzählt hatte. Nein, danke, lieber Segel setzen und verschwinden, solange noch Zeit dazu war. Das Seltsame war nur, dass die Männer nicht ebenso dachten – dabei ging es doch um ihr Leben und ihre heilen Glieder! Im Gegenteil, manches Mal schienen sie regelrecht erpicht auf einen Kampf zu sein. Sie seufzte und wandte sich wieder dem fremden Schiff zu. Sie würde Männer wohl nie völlig verstehen.

Soeben wurden auf dem Amerikaner farbige Wimpel hochgezogen.

»Was ist das?«

»Signale, Ma'am«, erklärte der Amerikaner. »Damit kann man sich von Schiff zu Schiff unterhalten«, setzte er freundlich hinzu.

»Sie wollen mit uns sprechen«, sagte Cedric im selben Moment zu John.

Dieser beobachtete ebenfalls die Signalflaggen. Der Signalgast stand neben ihm, das Signalbuch in der Hand und übersetzte die Anordnung der farbigen Wimpel.

Es war eine gute Gelegenheit, mehr zu erfahren. Möglicherweise hatten die dort drüben Informationen über die Bewegungen der englischen Flotte. Er war dem Geschwader nur mit viel Glück entkommen, ein zweites Mal ging die Sache vielleicht schlechter aus.

»Sehr gut. Mr Parmer, lassen Sie signalisieren: Lade Captain und Offiziere an Bord der *Charming Mary*. Haben Vorräte und guten Wein.«

* * *

Inzwischen war die Dämmerung hereingebrochen, und auf beiden Schiffen wurden die Positionslichter entzündet. Der Amerikaner blieb eine halbe Kabellänge von der *Charming Mary* entfernt liegen. Miranda beobachtete, wie drüben die Gig des Captains zu Wasser gelassen wurde, und dieser mit zwei Offizieren und einem Zivilisten an Deck erschien, um ins Boot zu klettern.

»Verzeihung, Miranda?«

Sie schob sich den Kneifer zurecht, der wieder ins Rutschen gekommen war. Sie hatte sich inzwischen so daran gewöhnt, dass sie ihn kaum noch absetzte.

Cedric stand neben ihr und hatte ein verlegenes Lächeln

aufgesetzt. »Der Captain bittet Sie höflichst, in Ihr Quartier zu gehen und dort zu bleiben, während die fremden Offiziere an Bord sind. Sally ist schon unter Deck.«

»Hat er etwa Angst, ich könnte um Asyl ansuchen?«, erwiderte sie spöttisch. »Oder glaubt er vielleicht, ich würde diesen Männern Haileys Saucen über die Uniformen gießen?«

»Miranda, John *bittet* Sie, sich zurückzuziehen.«

»Ich kann mir nicht vorstellen, dass er sich so höflich ausgedrückt hat«, stellte Miranda zweifelnd fest, aber da Cedrics Stimme so bittend klang, gab sie nach.

Sally lag schon in ihrem Bett und schnarchte leise. Manchmal erschien es Miranda unfassbar, wie tief ihre Zofe schlafen konnte. Sie dagegen brachte die meisten Zeit kaum ein Auge zu. Entweder grübelte sie über Johns Gemeinheiten und das, was sie ihm antworten hätte sollen, oder seine Kränkungen verfolgten sie bis in ihre Albträume.

Sie legte ebenfalls ihr Kleid ab, aber als sie in ihr eigenes Bett kriechen wollte, überlegte sie es sich anders. Sie hätte anfangs nie an John gezweifelt, aber nun kamen ihr Zweifel. Was war so geheim an diesen Männern, dass John sie aus dem Weg haben wollte? Waren es »Geschäftspartner«? Was vorher nur ein kleines Flämmchen gewesen war, wurde nun zur Flamme lodernder Neugier. Unschlüssig sah sie zur Tür. Was sollte sie tun?

Von oben hörte sie Rufe, als das fremde Beiboot an der *Charming Mary* anlegte. Befehle. Die Bootsmannpfeife ertönte: Der fremde Captain betrat das Deck.

Miranda zögerte nicht länger. Sie überlegte, ob sie ihr Kleid überwerfen sollte, aber sie hatte keine Zeit zu verlieren, also trat sie nur im Unterkleid hinaus auf den Gang. Die

Stimmen kamen näher. Da war Hailey. Er stand am Fuß der Treppe und sah John und seinen Gästen entgegen. Miranda huschte an seinem Rücken vorbei in die Große Kajüte. Sie stolperte, fing sich jedoch wieder und verschwand in selben Moment in der Kajüte, als John mit seinem Gast den Niedergang herunterpolterte.

Sie konnte es selbst kaum fassen, was sie da tat. Spionieren! Lauschen! Das musste John Whitburns schlechter Einfluss sein, die Untugenden dieses Mannes hafteten sich an andere wie Kletten an ein Hundefell.

Sie eilte quer durch den Raum und konnte gerade noch in Johns Schlafkajüte schlüpfen, als auch schon Hailey auftauchte. Dann waren John und die anderen auch schon vor der Tür. Die Schritte und Stimmen der Männer kamen näher. Aufatmend verbarg sie sich hinter der Tür.

Eifriges Sesselrücken. Geschirr schepperte, Höflichkeitsfloskeln machten die Runde. Gläser klangen – die Männer stießen an. Ein Trinkspruch, den Miranda nur halb verstand. Die Stimmen waren freundschaftlich, gespielt jovial, aber nicht herzlich. Kein Wunder, dachte Miranda mit gekrauster Nase, ich hätte auch Hemmungen, mit einem Piraten wie John Whitburn bei Tisch zu sitzen. Das Schiff schaukelte, und sie lehnte sich an die Wand. Den Stimmen nach zu urteilen, saß neben John auch Cedric an der Tafel, dann Johns Zweiter Leutnant, und einmal erklang zu ihrer Überraschung eine Stimme mit französischem Akzent.

Die Stimmen wurden im Laufe des Essens leutseliger. John lachte – ein dunkles, angenehmes Lachen, dem Miranda fast sehnsüchtig nachlauschte. Die Gespräche wurden munterer, drehten sich um die Seemacht der Engländer, um die schwer bewaffneten amerikanischen Schiffe, um Prisen, die von den

Amerikanern genommen worden waren. Es ging um gepresste amerikanische Soldaten und um Napoleon, dem die Amerikaner durch den Krieg in die Hände spielten, da die englische Seemacht ihre Kampfmacht nun an zwei Fronten aufteilen musste.

Miranda, die sich zu langweilen begann, machte es sich bequemer. Sie rutschte lautlos an der Wand hinunter, zog die Knie an den Körper und legte den Kopf darauf. Hoffentlich wachte Sally nicht auf und kam auf die Idee, sie zu suchen.

Die Gespräche wurden frivoler. John machte einen schmutzigen Witz, der Miranda schockierte und die Männer am Tisch grölen ließ. Sie verzog angeekelt den Mund. Es schien, als hätten sie vor, Johns Weinvorrat auszutrinken. Und so wie sie lachten, hatten sie einen Großteil davon schon bewältigt.

Sie horchte erst wieder auf, als John sagte: »Das heißt, ein Engländer kann also gut verdienen, wenn er den Händlern einen Obulus dafür abnimmt, dass er sie nicht durchsucht und ihre Seeleute zum Dienst presst?« John klang ein wenig ungläubig. Miranda schüttelte den Kopf – als würde er das nicht selbst wissen. Vermutlich sogar besser als jeder andere.

»Obulus würde ich nicht gerade sagen«, lachte der Captain der *George Washington* spöttisch. »Es sind recht hübsche Beträge. Manchmal sogar ein beträchtlicher Teil des Warenwertes.«

»Das klingt, als würde das häufiger vorkommen. Wenn das Schule macht, werden die Engländer bald ohne Leute dastehen.«

Heuchler.

»Es kommt sogar ziemlich häufig vor, ich würde sogar sagen, regelmäßig. Aber das ist den Händlern die Sache wert. Sie behalten ihre Seeleute und bringen ihre Waren durch. Es gibt viele, die dagegen waren, als Präsident Madison den Krieg erklärte – eben weil sie Angst um ihren Handel hatten. Andererseits durchsuchen die Engländer jetzt nicht nur unsere Schiffe, sondern nehmen sie ganz als Prisen. Früher hatten sie noch die Ausrede, dass wir Waren nach Frankreich liefern. Jetzt kapern sie unsere Händler, weil Krieg ist.«

»Dann müsste die halbe Flotte, die in diesen Breiten patrouilliert, darin verwickelt und bestechlich sein«, überlegte John laut.

»Nicht unbedingt. Einige der englischen Kerle haben sich offenbar richtiggehend organisiert und eine Art Vertrag mit einer amerikanischen Reederei abgeschlossen, deren Schiffe jetzt immer unbehelligt durchkommen. Wie sie das machen, weiß ich auch nicht, aber es scheint zu funktionieren. Die kleineren Händler haben schon darauf reagiert und lassen ihre Waren von diesen Schiffen transportieren. Auf die Art haben sie weniger Verluste.«

»Und nicht nur der amerikanische Händler wird reich, sondern auch der englische *Vertragspartner*«, stellte John fest. »Der Kerl muss ziemlich weit oben sitzen, wenn er einer ganzen Gesellschaft sozusagen freies Geleit verspricht.«

»Jemand, der zumindest über die Flottenbewegungen und Pläne Bescheid weiß und noch Leute unter sich hat, die mit ihm zusammenarbeiten. Nun ja, solange wir unseren Vorteil haben, soll es uns recht sein«, sagte der andere. »Auf Ihr Wohl, Captain Whitburn.« Die Gläser gaben ein melodisches Klingen von sich, als die Männer anstießen.

»Meinen Sie, man könnte mit dem Mann ins Geschäft kommen?«

»Weshalb nicht. Sie können ja Ihr Glück versuchen.«

Miranda gähnte unterdrückt. Bisher hatte sie nicht viel Neues erfahren, nur dass John sich diesen Leuten gegenüber dumm stellte, und es in der Navy offenbar Gang und Gäbe war, Schmiergeld zu nehmen. Wie sie ungesehen hier wieder herauskommen wollte, war noch unklar, aber sie hoffte auf ähnliches Glück wie zuvor. John würde seine Gäste gewiss an Deck begleiten, und dann konnte sie hinaushuschen. Es sei denn, sie schlief vorher hier ein. Sie gähnte abermals, dieses Mal so stark, dass ihr Kiefer knackte. Erschrocken legte sie ihre Hände über den Mund.

»Hätten Sie wohl einige Minuten Zeit für ein Gespräch, Captain Whitburn?«, ließ sich da plötzlich der Mann mit dem starken französischen Akzent vernehmen.

»Mr Fumelle ist einer unserer französischen… hm… Partner«, sagte der amerikanische Captain. Seine Stimme klang plötzlich angespannt, sogar ein wenig abfällig. »Als er von Ihrer Einladung hörte, wollte er Sie unbedingt kennenlernen.«

»Es ist mir eine Ehre«, sagte John höflich.

»Dann schlage ich vor, dass wir uns kurz in Ihre Kajüte zurückziehen«, erwiderte der Franzose.

Miranda fuhr erschrocken hoch, als die Sessel zurückgeschoben wurden. Sie sprang auf und sah sich gehetzt um. Die Schritte der Männer näherten sich. Dort war Johns Schrank, und auf der anderen Seite, in einer Ecke, neben der Heckkanone, eine große Reisekiste. Sie überlegte nicht lange, sondern rannte auf ihren bloßen Füßen los.

Als John die Tür hinter sich schloss, lag Miranda schon

längst in seiner großen Seekiste, zitternd vor Aufregung und fast taub vor Angst, entdeckt zu werden. Die Kiste war ihr zwar zuerst geräumig genug erschienen, stellte sich jetzt aber als verflixt eng heraus, und zudem musste Miranda sie auch noch mit Johns Jacken, Hosen, einigen Hemden und sogar einem Paar Stiefel teilen. Sie lächelte ironisch, als ihr klar wurde, dass sie wieder einmal »verflixt« gedacht hatte. Einer von Johns Lieblingsflüchen, den sie jetzt in Gedanken öfter verwendete. Aber jetzt war nicht der Zeitpunkt, an ihre gute Erziehung zu denken. Eine Lady konnte sie in London sein, und dieses lag im Moment unendlich weit hinter ihr.

Johns maskuliner Geruch hing an den Sachen. Und damit meinte sie nicht die Stiefel. Sie schnupperte, und plötzlich waren alle die Gelegenheiten warmer körperlicher Nähe wieder da. Wie er roch, wenn sie sich geliebt hatten. Seine Wärme. Der Geschmack seiner Haut auf ihren Lippen, auf ihrer Zunge. Der Gedanke daran überwältigte sie beinahe.

Sie drehte den Kopf und schmiegte ihr Gesicht in seine Jacke. Der rauhe Wollstoff kratzte ein wenig, und sie erinnerte sich an die vielen Male, in denen sie in seine Arme geflogen und sich an seine Brust geschmiegt hatte, das Gesicht in seiner Halsbeuge vergraben. Selig, weil er bei ihr war und sie sich von ihm geliebt fühlte.

Sie legte sich vorsichtig und möglichst leise ein wenig bequemer und konzentrierte sich darauf, den beiden Männern zuzuhören.

»Sie machen mich neugierig, Monsieur Fumelle«, sagte John soeben. Ein Stuhl knarrte, und Miranda stellte sich vor, wie John sich ein wenig nach hinten lehnte. Im selben Moment ging ein Ruck durch das Schiff, es schaukelte heftiger, begann zu rollen. Miranda fühlte sich mitsamt der

Kiste auf unangenehme Weise in die Höhe gehoben, bevor sie noch viel unangenehmer wieder hinuntersackte, so dass es sich anfühlte, als würde ihr Magen länger oben bleiben wollen als der Rest des Körpers. Ihr wurde schwindlig. Die Wellen schlugen stärker an den Schiffsrumpf, und das Rauschen des abfließenden Wassers wurde lauter. Die See war bewegt, vermutlich war ein starker Wind aufgekommen.

Auch das noch. Sie war zwar schon lange nicht mehr seekrank wie zu Beginn der Reise, aber hier drinnen war es ungemütlich. Wenn sich das Schiff heftiger bewegte, wusste sie kaum noch, wo oben und unten war. Sie versuchte, jeden Gedanken an Übelkeit durch äußerste Konzentration auf das Gespräch zu unterbinden. Wenn der Kopf intensiv mit etwas beschäftigt war, wurde der Magen vielleicht überlistet.

»Da Sie eine mögliche Kooperation mit den Engländern angesprochen haben«, fuhr der Franzose fort, »sehe ich mich in der Lage, Ihnen einen Vorschlag zu machen. Sie könnten als eine Art Mittelsmann für uns agieren.«

»Als Mittelsmann wofür?« Johns Stiefel schabten über den Boden.

»Wir brauchen jemanden, der einerseits genügend Erfahrung mit der englischen Flotte hat, aber andererseits auch genügend Zorn, um gegen sie zu arbeiten. Wir haben von Ihnen gehört, *Capitaine* Whitburn.«

»Mit *wir* meinen Sie vermutlich den französischen Geheimdienst?«, fragte John ruhig.

»*Excactement*. Sie haben sich zwar soeben unwissend gestellt, aber wir haben davon gehört, dass Sie eben diese Art von Geschäften machten, die amerikanische Händler verschont und Seeleute rettet. Aus genau diesem Grund sind

Sie verhaftet und vor ein Kriegsgericht gestellt worden. Allerdings hat man Sie nicht gehängt.«

»Die Beweise waren nicht ausreichend«, erwiderte John.

Der Franzose lachte heiser. »Die waren mehr als ausreichend, wie wir gehört haben. Aber der Viscount Aston, der Vetter Ihrer Mutter, war nicht damit einverstanden, dass man einen aus seiner Familie hängt. Und da Ihr Onkel ein Mann von weitreichendem Einfluss ist, hat man beschlossen, Sie loszuwerden, indem man Sie deportierte.«

Miranda lauschte angestrengt. Das hatte sie nicht gewusst. Das musste Dumfries innerlich fast zerfressen haben, kein Wunder, dass er so wütend geworden war. Wenn sie nach England zurückkam, musste sie unbedingt Johns Onkel kennenlernen.

Als John nichts antwortete, sondern beharrlich schwieg, fuhr M. Fumelle fort: »Sie müssen sehr zornig gewesen sein, dass man darüber vergaß, welche Dienste Sie der Flotte geleistet haben, und Sie derart demütigte. Ich bin kein Seemann, habe mir aber sagen lassen, dass die Degradierung für einen Offizier schlimmer ist als der Tod.«

»So könnte man sagen«, erwiderte John heiser.

»Deshalb möchte ich Ihnen anbieten, für uns zu arbeiten.«

»Was erwarten Sie von mir?«, fragte John nach einer kleinen Pause. Miranda lauschte mit angehaltenem Atem, damit ihr auch kein Wort entging. Er würde doch nicht etwa mit diesem elenden Spion – denn nichts anderes war dieser Franzose – gemeinsame Sache machen? Ging seine Rachsucht wirklich so weit?

»Sie haben zweifellos noch Kontakte nach England. Wie wäre es, wenn Sie diese ausspielten?«

»Kontakte?«

»Eine Dame? Eine Lady Dumfries?«, sagte der Franzose. Miranda zuckte zusammen. Sie wussten wirklich alles. Vermutlich sollte sie sich jedoch nicht wundern, denn Dumfries hatte in dem Bemühen, John zu schaden, ihr Verhältnis preisgegeben.

»Deren Bruder Lord Anthony Silverstone hat sehr viel Geld investiert«, fuhr Fumelle fort, »um Ihnen die Überfahrt zu erleichtern. Wie wir vermuten, rührt die Bereitwilligkeit von Admiral Dumfries, Sie und Ihre Geschäfte preiszugeben, von Eifersucht her.«

»Sie haben wirklich gute Informanten«, sagte John langsam.

»Nur die besten«, sagte der Franzose mit einem unangenehmen Lachen.

Abermals ein wenig bekömmliches Heben und Senken des Schiffes – Miranda atmete tief durch. Das Gespräch war ebenso interessant wie erschreckend, aber hoffentlich gingen die beiden bald, sonst wurde ihr auf Johns Hemden und Hosen schlecht. Sie verzog das Gesicht, als sie daran dachte, was er zu einer Überraschung in seinen Stiefeln sagen würde. Der Gedanke erheiterte sie so sehr, dass sie sogar für einige Momente ihre steigende Übelkeit vergaß und mit einem Lachanfall kämpfte, bis sie ihr Gesicht in Johns Jacke vergrub, um das leichte Kichern und Schnaufen zu ersticken. Sie kannte das von ihrer Kindheit. Wenn die Anspannung zu groß war, man nicht lachen durfte, wurde der Drang fast unbezähmbar. Allerdings war ihr das schon ewig nicht mehr passiert.

In der Zwischenzeit ging das Gespräch weiter. »Ihre Vorteile liegen auf der Hand. Wie wir hörten, wollten Sie das

Geld dazu verwenden, Lady Dumfries zu ehelichen? Nun, wenn Sie mit uns kooperieren, werden Sie danach über genügend Barmittel verfügen.« Der Franzose wusste wirklich viel, und er benutzte dieses Wissen, um John zu ködern.

Allerdings hatte er keine Ahnung, dass besagte Lady Dumfries im Moment nicht brav in London saß, sondern nur drei Schritte von ihm entfernt verkrümmt in der Seekiste kauerte. Was die beiden wohl sagen würden, wenn sie wie ein Springteufel aus der Kiste hüpfte – halbnackt und hohnlachend, mit zerzaustem Haar und irrem Blick? Ein weiterer Lachanfall drohte sie zu übermannen. Jetzt nur nicht hysterisch werden! Zu spät. Es schüttelte sie förmlich. Tränen traten in ihre Augen, sie bekam kaum noch Luft. Sie grub die Fingernägel in ihre Handballen und stopfte sich den Ärmel von Johns Jacke in den Mund.

»Und Sie können sich an Admiral Dumfries rächen, der Sie…«

»Der Wind hat gedreht.« Das war die Stimme des amerikanischen Captains. »Wir müssen weiter, Mr Fumelle.« Er klang gereizt.

Die beiden Männer erhoben sich. Miranda, den Ärmel zwischen den Zähnen, atmete auf. »Sie müssen mir nicht gleich antworten, Monsieur«, sagte der Franzose. »Ich bin sicher, wir werden uns noch einmal begegnen.«

»Wie kann ich mit Ihnen Kontakt aufnehmen?«, fragte John.

»Sie finden Kollegen von mir in Boston. Ich selbst werde vermutlich demnächst auf die *Constitution* wechseln.«

Lasst euch bitte nicht aufhalten, dachte Miranda erleichtert. Sie wischte sich über die Augen.

»Ich begleite Sie hinauf.«

Endlich. Miranda seufzte lautlos auf. Es wurde langsam unbequem, da sie auf der Seite lag und ihre Knie angezogen hatte. Wenn sie aus der Kajüte waren, dann…

Schritte kamen näher. Sie riss die Augen auf und starrte auf einen winzigen Spalt, durch den Licht hereinfiel. Er wurde verdunkelt. Der Mann, sie vermutete, es war John, musste jetzt direkt vor der Kiste stehen. Miranda geriet in Panik. Er würde doch nicht etwa hineinsehen wollen? Etwas herausnehmen? Die Peinlichkeit vor dem Franzosen beim Lauschen entdeckt zu werden, stülpte ihr fast den Magen um. Da drehte sich energisch der Schlüssel im Schloss.

Die Schritte entfernten sich. Die Stimmen der Männer verklangen. Miranda wartete nicht einmal mehr so lange, bis sie nichts mehr hörte, sondern begann gleich darauf am Deckel zu rütteln, sich dagegen zu stemmen. Die Kiste war stabil gebaut, und das traf auch auf den Deckel zu. Sie tastete nach der Innenseite des Schlosses. Es war hinter Metall verborgen.

»Verdammt!« Zuerst erschrak sie, aber dann probierte sie dieses Wort nochmals aus. Es rollte leicht von der Zunge. Aber das allein war es nicht, es gab ihr ein Gefühl von Freiheit. Dasselbe Gefühl, das sie gehabt hatte, als sie der neuen Mode entsprechend zum ersten Mal das Korsett abgelegt und unbeschwert auf die Straße gegangen war. Es war, als wäre mit diesem ersten »Verdammt« ein Damm gebrochen. Sie fluchte abermals, probierte Worte aus, die sie erst auf dem Schiff kennengelernt hatte, und deren Bedeutung sie nicht einmal verstand, fühlte zugleich Erleichterung und hilflose Wut.

Sie tastete nach einer Haarnadel. Zum Glück hatte sie ihr Haar noch nicht ausgekämmt. Sie erinnerte sich, wie Sally einmal eine Schatulle mit einer Haarnadel geöffnet hatte, weil der Schlüssel verloren gegangen war. Vielleicht konnte sie das auch. Sie fuhr mit den Fingerspitzen über die Innenseite des Schlosses. Hier war eine kleine Lücke. Wenn sie mit der Nadel hineinfuhr? Sie probierte es. Die Wirkung war enttäuschend. Sie streckte vor Anstrengung die Zunge zwischen den Lippen hervor, konzentrierte sich. Nichts.

Johns Schritte näherten sich wieder, sie hätte sie selbst mit zugehaltenen Ohren noch erkannt. Was sollte sie tun? Sie konnte doch nicht die ganze Nacht hier drinnen verbringen und darauf hoffen, dass er am Morgen ein frisches Hemd anzog und die Kiste öffnete! Ganz abgesehen davon, dass sie bis dahin vermutlich für den Rest ihres Lebens gekrümmt gehen würde. Und die Peinlichkeit, wenn er sie entdeckte!

»Sir?« Das war Hailey. Sie erschrak. Ihn hatte sie nicht gehört. Er musste wohl in die Kajüte gekommen sein, um die Gläser abzuräumen. Sie biss sich ärgerlich auf die Lippen. Wenn sie das gewusst hätte – er hätte sie sicherlich herausgelassen.

»Ja, Hailey?«

Nun war es natürlich zu spät, jetzt war dieser verflixte Kerl wieder da. Dieses Mal war sie schon so verzagt und zugleich zornig, dass ihr nicht einmal der »verflixte Kerl« Erleichterung verschaffte.

»Ich glaube, es haben sich Ratten in Ihrer Kleiderkiste versteckt, Sir. Jedenfalls rumort es da drinnen ganz heftig. Ich hätte nachgesehen, um den Biestern den Gar auszumachen, aber leider ist abgeschlossen.«

Miranda riss vor Schreck die Augen auf.

»Keine Sorge, Hailey«, hörte sie John besänftigend sagen,

»das sind keine Ratten. Das ist nur Lady Dumfries, die Verstecken spielt.«

Sie erstarrte.

»Lady …« Haileys Stimme erstarb.

»Ja, ich kümmere mich schon darum. Aber vorerst habe ich noch einige Post zu erledigen.«

Miranda war inzwischen nicht hochrot vor Anstrengung, sich zu befreien, sondern vor Zorn. Sie klopfte gegen die Kistenwand.

»Sir?« Hailey klang ungläubig.

»Gehen Sie nur, Hailey, gute Nacht.«

»Aber … ähem … ich glaube, hm … Lady Miranda will raus, Captain.«

»Das kommt sie schon. Keine Sorge. Ich habe nicht vor, die Nacht mit einem Poltergeist in der Kiste zu verbringen. Du kannst jetzt gehen.«

»Hm. Ja. Gute Nacht, Sir.« Ein Zögern, dann, etwas lauter: »Gute Nacht, Mylady.«

Miranda ballte die Fäuste, aber es gab keinen Grund Hailey gegenüber unhöflich zu sein. Er konnte ja schließlich nichts dafür, dass Whitburn ein …. ein … Nein, dieses Wort kam ihr immer noch nicht in voller Größe in den Kopf und nicht einmal über die gedanklichen Lippen.

»Gute Nacht, Hailey.«

Die Tür schloss sich hinter Hailey. Sie klopfte gegen den Kistendeckel. Keine Antwort. Sie lauschte. Whitburn – sie hatte beschlossen, ihm ebenso wie Dumfries in Zukunft den Vornamen zu entziehen – war noch im Raum. Sie hörte seine Schritte. Dann zog er einen Stuhl zurecht.

»Whitburn!« Jetzt schlug sie mit der Faust gegen den Kistendeckel. »Mach sofort auf!«

Keine Antwort.

»Whitburn! Du elender *Bastard*...«, so jetzt war das Wort draußen, und das sogar laut und deutlich, »mach sofort auf!«

Schweigen. Er hüstelte, räusperte sich. Der Stuhl krachte, dann ein Gähnen, das Miranda bis in die Kiste hörte. Sie veränderte abermals ihre Position. Dieses Mal gab sie sich keine Mühe, unauffällig zu sein oder so wenig wie möglich hier drinnen in Unordnung zu bringen. Im Gegenteil, sie empfand sogar eine teuflische Freude daran, seine Hemden zu zerknüllen und seine Stiefel in die andere Ecke zu treten.

So, jetzt hatte sie es geschafft, sich herumzudrehen und auf dem Rücken zu liegen. Eines von Johns Hemden hatte bei dem Manöver ein Geräusch von reißendem Stoff von sich gegeben, und auch ihr Unterkleid war eingerissen, aber das war gleichgültig. Sie wetzte auf ihrem Hintern herum, bis sie besser lag. Es war schwierig und eine beachtliche Leistung, denn sie musste dazu die Beine so weit anziehen, dass ihre Knie links und rechts neben ihrem Kopf waren. Aber mit ein wenig Entschlossenheit ging alles, auch wenn sie kaum noch durchatmen konnte. Und dann drückte sie die Fußsohlen gegen den Deckel. Das wäre doch gelacht, wenn sie nicht durchbrechen und das vermaledeite Schloss zerstören konnte!

Sie stemmte sich dagegen. Ein leises Ächzen von der Kiste, ein lauteres von ihr.

Schloss und Deckel hielten. Nochmals. Mit mehr Kraft. Sie schloss die Augen, drückte, ächzte, stöhnte.

Mit einem Mal sprang der Deckel auf. Mirandas Füße schossen ins Leere. Ihr Unterkleid rutschte bis über die

Hüften herab, fiel ihr über das Gesicht und verdeckte ihr die Sicht.

Sie zappelte, strampelte, schimpfte, fluchte, verfing sich in Whitburns vermaledeiten Hemden, griff ins Leere, und dann hatte sie es geschafft, sich aufzusetzen, die Beine anzuziehen, und den Unterrock über die Knie und bis zu den Zehen zu zerren. So hockte sie nun, echauffiert, hochrot im Gesicht und zum Bersten wütend in der Kiste, während Whitburn sich davor postiert hatte und breit auf sie hinuntergrinste.

»Wollen Mylady noch ein wenig in der Kiste spielen, oder darf ich Ihro Gnaden beim Heraussteigen behilflich sein?«

Miranda stieß seine helfende Hand fort, hielt sich an den Kistenrändern an und stemmte sich hoch, wobei sie darauf achtete, dass ihr Unterrock unten blieb. Der Gedanke, dass dieser Widerling vorhin so ziemlich alles gesehen hatte, verursachte ihr solche Scham, dass ihr ganz übel wurde.

Sie kletterte heraus, sich seiner Blicke, die langsam und amüsiert über sie glitten, nur zu bewusst.

»War es nett da drinnen?« Er stellte die Frage in einem so höflichen Tonfall, dass Miranda ihn am liebsten gewürgt hätte. Zugleich machten ihr seine Blicke bewusst, dass sie halbnackt war. Welcher Teufel hatte sie nur geritten, so durch das Schiff zu schleichen! Das Unterkleid verdeckte kaum etwas, zudem war es durchscheinend. Sein Blick hing an ihren Brüsten, die unter dem dünnen Hemd sichtbar wogten. Sie wollte die Arme vor der Brust verschränken, aber dann bückte sie sich, zerrte seine Jacke heraus und schlüpfte hinein. Sein Geruch erfasste sie nun von zwei Seiten. Von der Jacke und von ihm selbst, denn er hatte es nicht für nötig erachtet, auch nur einen Schritt zur Seite zu treten, sondern stand wie festgewachsen so dicht vor ihr, dass sie ihn fast berührte. Sie war beim Heraussteigen zwischen der Heckkanone und der Kiste gelandet, und er hatte sich derart platziert, dass sie an ihm vorbei musste. Sie hob beide Hände und schob ihn weg.

Wollte ihn wegschieben.

Er wich und wankte keinen Millimeter. Genauso gut hätte sie auch versuchen können, gleich das ganze Schiff anzuschieben. Sie drückte stärker, hob dann die Fäuste, um sich auf ihn zu stürzen und ihn wutentbrannt wegzuprügeln, als er auswich. Ihr eigener Schwung trug sie zwei Schritte, sie stolperte. Zwei starke Arme fingen ihren Sturz auf, umfassten sie, und hielten sie fest.

»Fass mich nicht an!«

»Weshalb nicht?«

Sie spürte seinen harten Brustkorb an ihrem Rücken, als er sie enger zog, bis ihr Rücken eng an ihn gepresst war und sie deutlich seinen Unterleib an ihrem Hinterteil spürte. Für Sekunden wurde sie nachgiebig. So hatte er sie früher schon gehalten, allerdings freiwillig, sie an sich gepresst, sie alles spüren lassen, während seine Hand über ihren Leib geglitten war, ihre Brüste umfasst und gestreichelt hatte.

So wie jetzt.

Sie schloss die Augen, und zwei Atemzüge lang wünschte sie, es wäre wie früher. Die Monate, die hinter ihr lagen, seine Verurteilung, die Deportation, sein ungerechtfertigter Zorn auf sie – alles nur ein böser Albtraum. Ihr Herz klopfte so schnell, dass sie kaum noch Luft bekam, und der Raum drehte sich um sie, als John auch noch den Kopf senkte und seine Lippen ihre Schläfe berührten, dann ihren Hals, die Stelle unter ihrem Ohr. Sie spürte, wie auch er schneller atmete, fühlte seinen vertrauten Atem. Ein Schauer rieselte durch ihren Körper, verursachte eine wohlige Gänsehaut, und ließ ihre Brustspitzen hart werden. Mit einer Sicherheit, die aus eingehender Erfahrung mit ihrem Körper resultierte, schob sich seine Hand unter die Jacke und ließ sich genüsslich unter ihrer Brust nieder. Er hob sie ein wenig an, als würde er die volle Schwere genießen, spielte ein wenig damit, während sein Daumen über die erigierte Warze glitt, in Kreisen umrundete, den Hof noch mehr zusammenziehen ließ.

Das war der Moment, der Miranda wieder zu Bewusstsein brachte. Sie wand sich in seinem Griff. Er ließ jedoch nicht locker, hielt sie fest. Schneller, als sie sich wehren konnte, hatte er ihre beiden Handgelenke in seiner linken Hand, hielt sie eisern fest, und schlang zugleich seinen Arm so um sie, dass sie sich nicht befreien konnte.

»Du glaubst, du könntest so einfach gehen?« Seine Stimme war dicht an ihrem Ohr. Sie bog den Kopf zur Seite, um ihm, seiner Stimme und seinem verführerischen Hauch auszuweichen, aber er folgte ihr nach. »Weißt du nicht, dass blinde Passagiere bestraft werden? Und solche, die sich in der Kleiderkiste des Captains verstecken, besonders hart?«

»Lass mich sofort los.« Es hätte wütend klingen sollen, kam aber nur als Ächzen heraus. Ihr Körper gehorchte ihr schon längst nicht mehr, sondern ging völlig in der Erinnerung und seiner vertrauten Nähe auf. Das war so würdelos! Natürlich nutzte ein Mensch wie Whitburn, der sich nicht zu schade war, mit dem Feind – und sogar Spionen! – gemeinsame Sache zu machen, ihre Situation aus.

Dabei hätte sie so gerne nachgegeben, sich an ihn gelehnt, den Kopf auf seiner Schulter, und sich ihm und seinen Händen anvertraut. Er kannte sie so gut, wusste, wie sehr es sie erregte, wenn er so wie jetzt seine Lippen auf die Stelle unter ihrem Ohr drückte und darüberstreichelte. Kannte ihre empfindsame Stelle an den Seiten ihrer Brüste, die sie zittern ließ, wenn er mit den Fingerspitzen darüber hinwegglitt, und die sie viel mehr erregte, als wenn er wie Dumfries ihre Brüste geknetet hatte, als wäre es Brotteig.

»Außerdem hast du gelauscht, meine Liebe. Und Dinge gehört, für die ich dich entweder in Ketten legen oder von Bord werfen müsste.«

Seine große Hand glitt weiter, von ihrer Brust abwärts, über ihren Bauch. Sein Zeigefinger bohrte durch den Stoff hindurch zwei Herzschläge lang sachte in ihren Nabel. Sie zog den Bauch ein, wollte ausweichen, spürte dadurch aber umso stärker seine erregte Männlichkeit in ihrem Rücken.

»Dir ist doch jetzt hoffentlich klar, dass du das Schiff nie wieder verlassen wirst?«

Die Jacke hatte sich bei dem Gerangel über ihre Hüften hinaufgeschoben und sie konnte alles spüren. Er drängte sich zwischen ihre Gesäßbacken, fast ungehindert von der weiten Nankinghose und dem dünnen Fetzen, den sie trug. Natürlich, das hatte er ja beabsichtigt. Sie konnte weder nach vorn, denn dort war seine Hand, die jetzt frech und unverschämt tiefer wanderte, noch zurück, denn dort war… alles.

Sie wollte ihn anschreien, ihn schlagen und zugleich sich zurücklehnen und genießen. Sie nahm alle Kraft zusammen, riss sich los und wirbelte herum.

»Ist dir das nicht zupass gekommen?«, zischte sie ihn an. »Damit kannst du mir jetzt alles zurückzahlen. Und noch ein bisschen mehr. Du kannst mich demütigen. Mich verletzen. Zusehen, wie ich Dreck putze, wie ich…«

Sie konnte den Satz nicht beenden. Er riss sie an sich und

presste seine Lippen auf ihre. So hatte er sie schon früher zum Schweigen gebracht. Mit süßen, leidenschaftlichen, zärtlichen Küssen. Aber niemals so derb, so verlangend, als würde er sie wirklich besitzen.

Als er sie losließ, atmeten beide schwer. »So einfach, wie du dir das vorstellst, ist das nicht«, flüsterte er heiser an ihrer Schläfe. »Wir haben noch nicht darüber gesprochen, wie viel du belauscht hast.«

»Ich habe nichts gehört.« Sie bog sich von ihm weg, aber er griff in ihr Haar und hielt ihren Kopf fest. »Das ist Nötigung«, fuhr sie ihn an.

»Das ist ein Verhör. Ich muss völlig sicher sein.« Es war ihm gleichgültig, was sie gehört hatte, es konnte ihm nicht schaden. Aber es gefiel ihm sie zu halten. Freiwillig hätte sie ihm diese Möglichkeit ohnehin nie geboten, und er hätte sich etwas vergeben, sie zu verführen.

Er packte sie an der Taille, setzte sie auf den Tisch und stützte die Hände links und rechts neben ihr auf. So war das besser. Jetzt war sie auf gleicher Höhe mit ihm. »Was hast du gehört?«

Sie gab keine Antwort, aber ihr Gesicht hatte einen störrischen Ausdruck angenommen. Das hatte er an ihr früher auch nicht gekannt. Diese Frau offenbarte Seiten und Facetten, die noch weit reizvoller waren als er je gedacht hätte, eine stets neue Herausforderung.

»Du vergisst wohl, wer der Kapitän auf diesem Schiff ist. Es wird mir nichts anderes übrig bleiben, als dich zu verhören. Mit allen Mitteln.« Und er hatte auch schon eine hervorragende Idee, wie er das tun wollte.

Sie wollte aufbegehren, die Augen schossen Blitze, aber plötzlich versteinerte sie.

»Was ist denn?«, fragte er unbehaglich, als sie nichts sagte, sondern ihn nur mit weit aufgerissenen Augen erschrocken ansah. Sie hatte doch nicht wirklich Angst vor ihm?

»Haben sie dich auch verhört? Als sie dich gefangen genommen haben, meine ich.«

Er hob mokant die Augenbrauen. »Natürlich. Was dachtest du denn? Und dein Bruder und dein Mann waren diejenigen, die am härtesten zugeschlagen haben.«

Sie starrte ihn an, dann wandte sie sich abrupt ab und schob ihn weg. Was war das denn? Hatte sie etwa Tränen in den Augen?

»Miranda? Was ist denn?«

Sie schob ihn weg, rutschte unter seinem Arm hindurch vom Tisch und drehte ihm den Rücken zu. Sie presste die Lippen aufeinander, biss sich auf die Zunge, um nicht zu weinen. Sie hatte nicht mehr vor anderen geweint, seit ihre Mutter vor vier Jahren gestorben war und sie begriffen hatte, dass sie nun ganz alleine war. Allein mit einem Mann, der sie nicht liebte und den sie nicht einmal mehr respektieren konnte. Sie hatte auch nicht geweint, als Dumfries sie gekränkt und gedemütigt hatte. Aber die Vorstellung, John könnte brutal geschlagen worden sein, trieb ihr die Tränen in die Augen.

»Hey, was ist denn?« Er drehte sie zu sich, um ihr ins Gesicht zu sehen.

Unwirsch machte sie sich wieder los. »Lass mich los.« Es hätte kühl klingen sollen, aber es kam gequält heraus. Außerdem war sie sich ihrer Stimme nicht mehr sicher. Sie erwartete, dass er auf der Strafe für blinde Passagiere beharren wollte, um sie zu demütigen, aber dann, sehr zögerlich und widerwillig, ließ er seine Hände sinken. Miranda dachte nur an Flucht. Sie packte die Laterne, die neben ihr auf dem Tisch stand und eilte hinaus.

Sally sah schläfrig hoch, als Miranda in die Kabine kam. Sie hatte zum Glück nichts bemerkt, sonst hätte Miranda jetzt hundert Fragen beantworten und sich tausend Vorwürfe anhören müssen.

»Was ist denn?«

»Nichts. Schlaf weiter.« Miranda stellte die Laterne neben sich auf den Tisch, kroch in das Bett und löschte dann die Kerze. Sie zerrte Johns Jacke enger um sich und vergrub ihre Nase darin. Jetzt erregte sie der Geruch und beruhigte sie zugleich. Ihr Körper glühte von seinen Berührungen. So ein Schuft!

O ja, er hatte sie gut kennengelernt in den vielen Malen, in denen sie in seinen Armen zuerst vor Verlangen gezittert und dann vor Lust gestöhnt hatte. Er hatte sich so viel Mühe gegeben, jedes Stückchen ihres Körpers zu erforschen, sie kennenzulernen, und war niemals müde geworden, neue Stellen zu finden, die sie dazu brachten, sich zu winden, die ihre Begierde nach ihm steigerten. Aber das war nicht alles gewesen. Nicht Johns geduldiges Kennenlernen ihres Körpers hatte sie in seine Arme getrieben, sondern die Zuneigung in seinen Augen. Das Aufleuchten, wenn er sie sah. Sein charmantes, ein wenig ironisches Lächeln. Seine Zärtlichkeit.

Sie dachte an den Tag, an dem er ihr den Antrag gemacht hatte. Der Tag, an dem ihr Glück hätte beginnen sollen, der aber seinen Sturz und ihr Unglück eingeleitet hatte. Sie vergrub ihr Gesicht in seine Jacke und weinte lautlos.

14. Kapitel

Am nächsten Tag beschloss Miranda, nicht mehr zum Dienst zu erscheinen. Sollte er sie doch in Ketten legen lassen! Ihr fiel es jedenfalls nicht ein, sich seinem Hohn auszusetzen, und sich selbst ihrer eigenen Schwäche, die sie fast in seine Arme getrieben hätte. Und als Hailey am nächsten Tag von Verlegenheit gekrümmt vor ihr stand, ließ sie sich nicht bei der Arbeit stören. Sie war gerade dabei, den Riss in ihrem Unterkleid zu nähen. Als Hailey – nun schon recht kläglich – den Befehl wiederholte, sofort zum Captain zu kommen, bekam sie Mitleid. Sie raffte sich auf und marschierte hocherhobenen Kopfes – soweit es der Wellengang eben zuließ – in die Große Kajüte.

Whitburn stand hinter dem Tisch und studierte mit einem konzentrierten Stirnrunzeln eine Karte. Miranda baute sich auf der anderen Seite vor ihm auf, die Hände in die Seiten gestemmt. Da sie inzwischen wusste, dass sie ihn mit damenhafter Gelassenheit nicht beeindrucken konnte, erlaubte sie sich, ihren Gefühlen auch in ihrer Haltung Ausdruck zu verleihen. Auch das war überraschend befreiend.

Er sah nicht hoch, als wäre sie nicht im Raum. Miranda seufzte gereizt. »Du hast mich höflich hierher bitten lassen, Whitburn?«

Endlich sah er mit gespielter Überraschung hoch. »Ach ja, stimmt.«

Miranda verzog angeekelt das Gesicht. Er war ein so schlechter Schauspieler, ein Schmierenkomödiant übelster Sorte.

Er deutete, schon wieder in die Karten vertieft, in seine Schlafkajüte. »Dort hinten ist Wäsche für dich zum Nähen. Wie mir Hailey sagte, waren gestern Ratten in meiner Seekiste, die einiges angenagt haben. Du wirst das in Ordnung bringen und bei dieser Gelegenheit auch die anderen Sachen flicken.«

Miranda rührte sich nicht. Er hob den Kopf. »Was ist? Kannst du nicht nähen? Dann lass es dir zeigen. Es wird dir nichts schaden. Falls sich deine Sally zu fein dazu ist, dann lass es dir von einem der Matrosen beibringen, die nähen sich ihre Sachen immer selbst.« Er musterte sie kritisch von oben bis unten. »Bei uns lernen das schon die Schiffsjungen. Vielleicht solltest du und deinesgleichen statt in feinen Schulzimmern ein paar Jahre als Schiffsjungen verbringen. Es würde euch allen nicht schaden.«

Miranda drehte sich auf dem Absatz um und ging zur Tür.

Hinter sich hörte sie ein gereiztes Knurren, dann flog der Sessel zurück, zwei, drei, harte Schritte, und sie wurde am Handgelenk gepackt und herumgewirbelt.

»Du scheinst nicht ganz begriffen zu haben, Mylady. Ein Captain spricht keine Bitten aus, die man einfach übergeht. Ein Captain befiehlt!«

»Ach, und was ist, wenn ich nicht gehorche?«, fauchte sie ihn an. »Lande ich dann an der…«, wie hieß das doch gleich? »…an diesem… diesem Gitter?«

»Der Gräting?« Seine Augen funkelten. »Durchaus möglich.« Er beugte sich ein wenig zu ihr runter. »Mit nacktem

Oberkörper, Mylady. Ein Anblick, der die Leute für einiges entschädigen würde.«

Sie wurde rot. »Und du würdest diese Peitsche schwingen? Ja? Das würde dir gefallen?«

»Die Katze?« Seine Stimme sank bei diesem Wort zu einem Schnurren herab. »Durchaus möglich. Aber viel wahrscheinlicher wäre, dass ich dich hier über die Kanone lege wie einen frechen Kadetten, dir den Rock hochziehe und dir mit der Hand den Hintern versohle.«

Mirandas Blick glitt unwillkürlich zu der Kanone. Sie hatte schon gehört, dass die »jungen Gentlemen«, also jene Mitglieder der Mannschaft, die aus gehobenen Familien stammten und zu Offizieren ausgebildet wurden, nicht wie die gewöhnlichen Mannschaftsmitglieder an Deck ausgepeitscht wurden, sondern über eine Kanone gebeugt den Stock schmeckten, wenn sie sich etwas zuschulden kommen ließen. Einer ihrer Cousins war mit neun Jahren auf ein Schiff gekommen, und hatte, wie er später erzählte, in den ersten Jahren ziemlich oft den Stock geschmeckt. Er hatte bei der Erzählung gelacht. Und tatsächlich hatte er damals lachen können, denn in der Zwischenzeit hatte er schon ein eigenes Schiff und verprügelte längst seine eigenen Kadetten. Sie war aber kein halbwüchsiger, kecker Junge!

Ihr wurde jetzt erst bewusst, dass sie sehr knapp vor John, nein, *Whitburn*, stand, der ihren Arm noch nicht ausgelassen hatte, sondern sie im Gegenteil noch ein wenig mehr zu sich zog. Sie löste den Blick von der Kanone und traf auf ein so sattes Grinsen, das sie ihn am liebsten getreten hätte.

Sie richtete sich auf. »Du bist brutal und ekelerregend.«

Ein Schatten glitt über sein spöttisches Grinsen, es veränderte sich, wurde auf eine Art gefährlich, die Miranda einerseits an früher erinnerte, weil es erotische Genüsse versprach, und andererseits eine Qualität angenommen hatte, die sie an ihm nicht kannte. »Ekelerregend? Ich kann mich nicht erinnern, dass du mir gegenüber jemals diesen Ausdruck gebraucht hättest. Oder hast du dich nur so gut verstellt?« Sein Gesicht war jetzt so dicht vor ihrem, dass sie seinen Atem fühlte und das zornige Flackern in seinen Augen sah. »Deinen Ekel heruntergeschluckt, als du dich in meinen Armen gewunden hast, und nach mehr gebettelt…« Er unterbrach sich, weil er sich mit einem Mal Haileys Anwesenheit bewusst geworden war. Sein Steward hatte nicht dezent flüchten können, da John und Miranda die Tür blockierten, also hatte er sich in Johns Schlafkajüte zurückgezogen und polterte dort pfeifend und falsch singend umher.

John richtete sich auf. Er packte Miranda fester am Handgelenk und zerrte sie mit sich in seine Kajüte. Hailey wich ihren Blicken aus und machte sich angelegentlich an einem Packen Wäsche zu schaffen. Sein Captain nahm ihm die Wäsche aus der Hand und drückte sie Miranda an die Brust.

»So, das will ich bis morgen sauber gestopft und genäht haben. Hailey hat wichtigere Dinge zu tun, als Weiberarbeit zu leisten.«

Miranda verkniff sich eine Antwort. Sie presste die Wäsche mit beiden Händen an die Brust, dann drehte sie sich zu Hailey um, riss ihm das Päckchen mit Zwirn und Nadel aus der Hand, das er ihr schüchtern hinhielt, und rauschte hinaus.

* * *

»Das wollen Sie für ihn nähen?« Sally konnte es kaum fassen, als Miranda neben ihr an Deck erschien und Johns Wäschepacken neben ihrer Zofe auf die Kiste knallte.

Nein, sie wollte bestimmt nicht für ihn nähen. Die Augen auskratzen wollte sie ihm! Aber in der Zwischenzeit würde sie sich ans Nähen machen. So musste sie wenigstens nicht in seiner stickigen Kajüte aufräumen und seine Nähe ertragen, sondern konnte an Deck sitzen und den Wind genießen und dem Rauschen des Wassers lauschen. Auf dem Schiff war es niemals ruhig. Nicht einmal bei Nacht, wenn die Männer, die Wache hatten, sich nur flüsternd unterhielten. Das Meer und der Wind, das Ächzen und Knacken des Holzes waren immer gegenwärtig.

Sie hatte sich neben dem Hühnerkäfig niedergelassen. Die Hühner dösten friedlich im Schatten. Man hatte ihnen, damit sie keinen Hitzschlag bekamen, ein Segeltuch über den Käfig gespannt, in dessen Schatten auch Sally und der Koch hockten. Der Koch war Sallys Verehrer, seit sie ihm einen Tag nach dem Streit erklärt hatte, er hätte den köstlichsten Eintopf zubereitet, seit ihre Mutter gestorben war. Das war natürlich gelogen, aber Sally war sich so wie Miranda darüber im Klaren, dass sie an Bord dieses Schiffes Verbündete brauchten.

Als Sally sich noch Minuten später über die Näharbeit beschwerte, wurde sie von ihrer Herrin scharf zurechtgewiesen. »Hör auf zu zetern, Sally. Zeig mir lieber, wie man das stopft und näht.«

Miranda war nicht ungeschickt mit Nadel und Faden. In der Langeweile ihres Daseins als ehrbare Ehefrau hatte sie so manche Stunden damit verbracht, Taschentüchlein zu besticken. An solcher Arbeit scheiterte ihr Können allerdings.

»Bin ich etwa Stopferin?« Tatsächlich wurde daheim solche Arbeit an die Mädchen übergeben. Sally kümmerte sich lediglich um Mirandas feinste Wäschestücke. Sie warf Miranda einen gekränkten Blick zu, ehe sie den Stoß Hemden packte, auseinanderzerrte und einer genauen Prüfung unterzog.

»Und?« Miranda sah neugierig zu, wie ihre Zofe kopfschüttelnd ein Hemd nach dem anderen betrachte und es dann auf einen ständig wachsenden zweiten Packen legte.

Sally sah sie so anklagend an, als wäre sie schuld an den Rissen. »Was macht der Mann eigentlich mit seinem Zeug? Das sieht aus, als käme er täglich in eine Messerstecherei.«

Miranda griff hastig nach dem zuoberst liegenden Hemd. Tatsächlich. Der Riss am Ärmel ging von der Mitte des Oberarms bis zum Ellbogen. Sie nahm das nächste Stück in die Hand. Dieses hatte ein Loch auf dem Rücken, in der Höhe des Schulterblattes. Es war groß genug, dass sie ihre Faust hindurchstecken konnte. Sie betrachtete die Ränder. Sie waren glatt, als hätte sie jemand mit dem Messer durchschnitten. Oder jemandem hatte dem Besitzer dieses Hemdes ein Messer hineingerammt.

Dankbar für die Abwechslung, hatten sich schon wieder etliche Matrosen aus der Freiwache um sie versammelt. »Das sieht aus wie ein Säbelhieb«, sagte einer von ihnen fachkundig. »Muss passiert sein, als wir zuletzt den Franzosen gekapert haben«, warf ein anderer ein.

Ein Säbelhieb? Sekundenlang verschwamm alles vor ihren Augen. Ein Säbelhieb in den Rücken? Ihr wurde klar, wie wenig sie in Wahrheit über Johns Leben wusste, obwohl er ihr immer davon erzählt hatte. Sie hatte auch seine Narben entdeckt, die alten und jene, die frisch hinzugekommen waren, aber er hatte sie hinuntergespielt, als wären sie seiner eigenen Ungeschicklichkeit zuzuschreiben. Sie hatte immer Angst um John gehabt. Hatte gewusst, dass er in Kämpfe verwickelt war, aber immer hatte sie in ihrer Vorstellung nur die Schiffe gesehen, die aufeinander feuerten. Nun sah sie zum ersten Mal eine Szene vor sich, in der ein Mann hinter John stand, den Säbel zum tödlichen Schlag erhoben.

Nein, sie war keine dieser naiven Frauen, die annahmen, dass Kriege, Schlachten, Kämpfe, das Leben auf See, ein Kinderspiel wären. Die Männer erzählten davon, sie hatte so manche Stunde in der Gesellschaft ihres Mannes und seiner Kollegen verbracht, um nicht ausreichend mit Erzählungen über Schlachten gelangweilt zu werden. Und wenn die Männer begonnen hatten, die kleinen Silberlöffel, Nussschalen und Trauben auf dem Tischtuch zu verschieben, um damit Schlachtordnungen nachzuspielen, hatte sie oft ein Gähnen unterdrücken müssen. Meist hatte sie sich dann mit den anderen Damen in den Salon zurückgezogen, Kaffee und süßen Wein und Likör servieren lassen, und über andere – noch langweiligere – Dinge geredet.

»Mylady? Miranda.« Eine sanfte Hand zog ihr das Hemd aus den darin verkrallten Fingern. »Was erzählen Sie da nur für Schauergeschichten«, schalt Sally den Mann, der sich beleidigt abwandte. »Säbelhiebe. Also wirklich. Welch ein Unsinn!« Sie tätschelte Mirandas Arm. »Lassen Sie mich das nur machen, Kindchen. Darum kümmere ich mich schon.«

»Nein.« Miranda zerrte das Hemd entschlossen wieder zu sich herüber. »Ich mache das.« Sie legte das Hemd auf ihre Knie, strich es glatt, und besah sich das Loch. Sie schob die Ränder zusammen, bis sie passten. Dann sah sie hoch zu Sally. »Und wie jetzt?«

Sally seufzte und nahm ein anderes Hemd. »Das macht man so...« Zwei Minuten später waren sie von etlichen Seeleuten umringt, die fachmännisch zusahen und flüsternd ihre Meinung dazu austauschten. Miranda sah ebenfalls zu, probierte und lernte. Sie gab sich Mühe. Es war ihr, als würde sie damit nicht nur das Hemd reparieren, sondern auch Johns Wunden heilen.

* * *

John hatte Mühe, sich nicht seine Verblüffung anmerken zu lassen, als Miranda am Abend des darauffolgenden Tages in seiner Kajüte erschien, ihm einen Packen Hemden auf den Tisch knallte und sich mit in die Hüften gestützten Händen vor ihm aufbaute. »So. Fertig.« Sie vergönnte ihm einen Blick voller Abscheu, in dem auch noch etwas anderes funkelte: Triumph. Das konnte er nicht dulden. Als sie sich umdrehte und aus dem Zimmer marschieren wollte – etwas schief und wackelig, weil der Wellengang hoch war –, hielt er sie zurück.

»Moment. Zuerst will ich sehen, ob du deine Arbeit gut gemacht hast.«

Sie fuhr herum, aber er beachtete sie schon nicht mehr, sondern griff nach den Hemden.

Früher hätte er derart zerrissene Hemden weggeworfen. Als eher glückloser Freibeuter, der danach trachtete, englischen Kriegsschiffen auszuweichen, sah er das allerdings anders. Und jetzt gefiel ihm der Gedanke, dass Miranda seine Wäsche berührt und daran gearbeitet hatte.

Er hob das erste Hemd hoch, besah es von allen Seiten und hatte Mühe, das Loch zu entdecken. Doch, hier am Ärmel, da war es geflickt worden. Damit war er hängen geblieben, als er mitzugegriffen hatte, als die Männer den Mast aufgestellt hatten. Sah recht ordentlich aus. Er warf ihr einen schrägen Blick zu. Das zweite Hemd war auf dem Rücken geflickt. Das war bei dem Kampf gegen den Franzosen passiert. Die Säbelwunde schmerzte jetzt noch, und er hatte verdammtes Glück gehabt, dass der Kerl ihn nur mit der äußersten Spitze erwischt hatte, weil er sich geduckt hatte. Wäre er näher gestanden, hätte er ihm das Schulterblatt zertrümmert.

Hier hatte sich jemand besondere Mühe gegeben. Der Riss war nicht wegzuzaubern, aber die feinen, winzigen Stiche beeindruckten ihn gegen seinen Willen.

Er sah mit einem süffisanten Lächeln hoch. »Ich werde dafür sorgen müssen, dass du die Arbeit auch selbst erledigst und es nicht deiner Zofe überlässt. Das nächste Mal wirst du hier sitzen und arbeiten.« Das hätte er gleich befehlen sollen. Es wäre angenehm gewesen, sie stundenlang in seiner Nähe zu haben. Angenehm und quälend zugleich.

»Das *habe* ich gemacht!«

»So?« Er sah zweifelnd auf die feine Arbeit. »Nun, ich werde mich ein anderes Mal davon überzeugen. Jetzt kannst du gehen.«

Er sah ihr nach, wie sie wütend herumwirbelte und mehr zornig als elegant hinausstapfte. Nachdem sie verschwunden war, griff er nach dem Hemd, betrachtete es von Neuem. Miranda hatte ihn vielleicht hintergangen und betrogen, aber wegen dieser Kleinigkeit würde sie nicht lügen. Sie hatte das wirklich gemacht. Für ihn. Und sie hatte sich wahrlich Mühe gegeben. Er vergrub sein Gesicht in dem Stoff, als könnte er ihren Geruch dort spüren, fühlen, wie sie ihn berührt, daran gearbeitet hatte. Er kam sich ein wenig lächerlich dabei vor, aber solange ihn niemand so beobachtete, machte es nichts aus. Zu denken, dass sie das Hemd auf ihren Knien liegen gehabt hatte, ihre Finger es berührt...

»Stimmt etwas nicht mit dem Hemd?«

Er erstarrte, dann drehte er sich langsam um. Miranda stand vor ihm und betrachtete ihn forschend. Er runzelte die Stirn. »Was willst du schon wieder hier?«

Sie legte das Päckchen mit Nadeln und Zwirn auf den Tisch. »Hier, das hatte ich vergessen.« Ihr Blick glitt von seinem Gesicht zu dem Hemd, das er zusammengeknüllt in beiden Händen hielt. »Und?«

Er merkte, wie sein Gesicht warm wurde, sah von ihr auf das Hemd, dann warf er es ihr hin. Es fiel zu Boden. »Es stinkt«, behauptete er kühl. »Was hast du damit gemacht? Es durch das Bilgewasser gezogen?«

»Wenn es stinkt, dann von dir«, fauchte sie ihn an. »Ich habe es nur genäht!«

John beobachtete sie zufrieden. Es gefiel ihm, wenn sie sich aufregte. Er brachte sie gerne in Wut, das Funkeln in ihren Augen gab ihr eine Wildheit, die ihn reizte, und nun, da sie den Kneifer nicht trug, war die Wirkung noch besser. Er hätte sie noch viel lieber anders aufgeregt – oder vielmehr erregt – gesehen, aber er war sich nicht klar, wie er das anstellen sollte, ohne brutal über sie herzufallen und zu zwingen. Er deutete mit dem Kopf auf das am Boden liegende Hemd. »Nimm es und wasche es.«

Miranda sah aus, als würde sie sich auf ihn stürzen wollen. Dann ballte sie die Fäuste. Schon dachte er, sie würde dem Hemd einen Fußtritt geben, da beugte sie sich nieder und hob es auf.

Als sie aus der Tür verschwinden wollte, hielt er sie auf. »Nein, du wirst es hier waschen. Dieses Mal will ich sicher gehen, dass du die Arbeit wirklich allein machst.«

Wütend raste sie in seine Kajüte und zur Waschschüssel. Er ging ihr neugierig nach. Das war großartig. So hatte er sie noch nie erlebt. Er hatte sich zwar in eine leidenschaftliche Lady verliebt, aber diese Frau hier begeisterte ihn weit mehr.

Sie griff nach dem Krug. Er war leer. Sie drängte sich an John vorbei, wobei sie ihm kräftig auf alle zehn Zehen stieg. Er unterdrückte einen Schmerzenslaut.

»Hailey! Mr Hailey!«

John bewegte seine Zehen. Er war fasziniert über ihren Ton und das Stimmvolumen. Bei Gott, mit dieser Stimme und der Energie könnte sie sogar ein Schiff befehligen.

Hailey stürzte in die Große Kajüte. »Mylady?«

Sie hielt ihm den Krug hin. »Wasser.«

Minuten später war Hailey wieder da. John hatte die Zeit genützt, um sie schweigend zu betrachten und damit nervös zu machen, denn sie lief, das Hemd in den Händen zerknüllend, gereizt hin und her.

Sie riss Hailey den Krug aus der Hand, schüttete das Wasser in die Waschschüssel und warf das Hemd hinein. Das Wasser spritzte nach allen Seiten, als sie das Hemd eintauchte, rubbelte, knetete, herauszerrte und wütend wieder hineinwarf. »Seife«, befahl sie über die Schulter.

John hatte Hailey schon längst wieder hinausgeschickt und reichte ihr die Seife. Sie warf ihm einen bitteren Blick zu, dann begann sie das Hemd mit der Seife zu bearbeiten.

John stand hinter ihr, an die Wand gelehnt, nahe genug, um sie zu irritieren, und doch weit genug entfernt, um einen guten Blick auf sie und ihr Hinterteil zu haben. Es gefiel ihm, wie es sich hin und her bewegte und auf und ab bewegte, als sie sich über die Schüssel beugte. Es war gut, dass die Mode den Frauen nicht mehr vorschrieb, diese dämlichen Reifröcke zu tragen. Die hatten doch ohnehin keinen Sinn, störten die Weiber nur beim Gehen und Sitzen und hinderten die Männer, sich am Anblick hübscher Formen zu delektieren. Da waren diese Kleider, die lose herabfielen, schon viel besser. Diese Mode war das einzig Gute, was die französische Revolution und Napoleon hervorgebracht hatten.

Ihm fiel ein, wie sie in der Kiste gezappelt hatte. Mit in die Luft gestreckten Beinen. Er hatte alles gesehen. Absolut alles, die ganze, wunderbare Länge ihrer Beine bis zu dem verheißungsvollen dunklen Dreieck. Für Sekunden hatte er sogar einen Blick auf die sonst so gut verborgenen Geheimnisse werfen können. Dann der Ansatz ihrer Pobacken. Er veränderte etwas seine Haltung, als er spürte, dass die Erinnerung gewisse Auswirkungen zeitigte. Sie hatte so hübsche Knöchel. Die schlanken Waden. Ihre Knie, die er früher so gerne geküsst hatte, vor ihr kniend. Er hatte langsam den Rock hochgeschoben und bei den Füßen angefangen, bei ihren Zehen, dem hohen Rist, den Knöcheln, die Waden, dann die Knie. Er hatte sich Zeit gelassen, jeden Kuss genossen.

Er beobachtete sie verträumt, bis sie sich unerwartet schwungvoll umdrehte.

»Da!« Ohne Vorwarnung flog das nasse Hemd auf ihn zu und schlang sich aufklatschend um seinen Kopf. »Riecht es jetzt besser?«

»Du bist zu wenig ausgelastet«, stellte er fest, nachdem er den triefenden Fetzen wieder zurück in die Schüssel geworfen hatte. Seine Hemdbrust war nass, seine Jacke färbte sich dort, wo sie nass war, dunkel, und von seiner Nase tropfte das Wasser. Er wischte sich mit der Hand über das Gesicht. »Das werden wir gleich ändern.« Er war mit zwei langen Schritten beim Schrank und zog seine Uniformjacke hervor. Es fehlten zwei Knöpfe, die Hailey beim Saubermachen in der Kajüte gefunden und in die Jackentasche gesteckt hatte.

»Die müssen angenäht werden! Nein, du bleibst hier. Da setzt du dich hin und nähst die Knöpfe an. Jetzt werden wir ja sehen, ob du wirklich so geschickt bist, wenn Sally nicht daneben sitzt und deine Arbeit macht.« Er stellte die Laterne auf den großen Tisch, rückte ihr einen Stuhl zurecht und wies herrisch darauf. Er war froh, dass ihm das eingefallen war. Auf diese Art konnte er sie unauffällig noch ein wenig länger in seiner Nähe behalten, und ihr gleichzeitig zeigen, wer hier das Sagen hatte.

Miranda nahm die Herausforderung an. Sie ließ sich elegant auf dem Stuhl nieder und griff nach der Jacke. Sie hatte schon einmal einen Knopf angenäht und sie war überzeugt davon, das Kunststück abermals zu vollbringen. Dass sie es in seiner Nähe tat, war ein wenig verwirrend, aber das war seine Gegenwart ja immer, immer schon gewesen. Scheu blickte sie aus den Augenwinkeln zu seinem Bett hinüber, dann rief sie sich energisch zur Ordnung, ehe er sie noch dabei ertappen konnte, und beugte sich über die Jacke.

Die andere, jene, mit der sie vor zwei Tagen geflohen war, hatte sie ihm nicht mehr zurückgegeben, sondern behalten. Und er hatte sie seltsamerweise nicht mehr verlangt. Sie hatte sie unter ihren eigenen Sachen versteckt, so dass weder er noch Sally sie finden konnten, und holte sie nur am Abend heimlich hervor, um sie unter ihren Kopf zu schieben und darauf einzuschlafen.

John beobachtete sie zweifelnd. Sie hatte schon einmal Knöpfe angenäht, das sah man, weil sie nicht ungeschickt war, aber die Entschlossenheit, mit der sie die Nadel in den Stoff trieb, machte auf ihn den Eindruck, als wollte sie jemanden abstechen. Sie arbeitete geschickt, schnell. Zu schnell für seinen Geschmack, und er bedauerte es, nicht noch schnell ein paar Knöpfe mehr abgerissen zu haben. Je länger sie nähte, desto länger hatte er sie in seiner Nähe, auch wenn ihn ihre Gegenwart quälte, seine Sinne reizte und körperliche Reaktionen hervorrief, die ihm vermutlich wieder die ganze Nacht zu schaffen machen würden. Er lockerte den Kragen seines Hemdes.

Viel zu früh hielt sie ihm den Rock unter die Nase. »Fertig.«

John überprüfte gewissenhaft ihre Arbeit. Diese Knöpfe sahen aus, als würden sie noch die nächste Jahrhundertwende an der Jacke überstehen.

»Ja, ganz in Ordnung«, brummte er. Als er sich umdrehte, bemerkte er, dass ein Stück Papier am Boden neben Mirandas Schuhen lag. Es war ein gefalteter Brief, der aus der Jackentasche gefallen sein musste sah. Er war etwas aufgeblättert und man sah die Schrift. Mirandas Schrift.

Auch sie hatte den Brief bemerkt, stutzte kurz, beugte sich nieder und hob den Brief auf. Aber ehe sie ihn lesen konnte, hatte er ihn ihr schon aus der Hand gerissen. Er glättete ihn gedankenverloren, ehe er ihn wieder zusammenfaltete. Es war wohl ein Wink des Schicksals, dass er ihm gerade jetzt wieder unterkam und ihn daran erinnerte, mit wem er es zu tun hatte.

Miranda war aufgesprungen. »Was hast du da? Ist das etwa dieser ominöse Brief?«

»Etwas, das mich daran erinnern soll, das nächste Mal nicht so ein Idiot zu sein.« Er wollte den Brief wegstecken, aber da war Miranda schon bei ihm, stolperte ihm förmlich in die Arme, als das Schiff unvermutet kippte, fing sich jedoch und bekam den Zipfel des Briefes zu fassen.

John wollte ihn ihr wieder entreißen, aber sie drehte sich weg, wand sich geschickt aus seinen nach ihr greifenden Händen, und rettete sich hinter den Tisch. Sie warf einen Blick auf das Schreiben, als würde sie eine giftige Kröte in der Hand halten. Dann wurde sie tiefrot. Sie las es einmal, zweimal, ihre Augen wurden groß.

Anstatt jedoch kleinlaut und beschämt zu reagieren, wurde sie zu Johns Verblüffung gleich darauf wütend. »So! *Das* hebst du dir auf? Und *damit* nährst du deine Abneigung und deine Gemeinheiten?« Ihre Augen blitzen, als sie auf ihn zustürzte. »Ich werde dir zeigen, was du damit machen kannst! Hier! Und hier! Und so!«

Bei jedem dieser Worte knallte sie ihm den Brief an die Brust, dann zerriss sie ihn in kleine Stückchen, stürzte wie eine Furie zum Fenster, zerrte es mit einiger Mühe auf und warf die Fetzen hinaus. Der achterliche Wind wehte sie wieder hinein, sie bückte sich schimpfend danach, sammelte sie wieder auf und warf sie abermals hinaus. Dieses Mal kamen nur zwei Fetzen zurück. Dann drehte sie sich – immer noch hochrot – um. »Da! Dort gehören sie hin! Ich kann es nicht fassen«, schalt sie ihn heftig, »dass du so einen Brief mit dir herumträgst wie andere Schuldscheine!«

John sah in ihr empörtes Gesicht. Diese Reaktion war verwirrend. Er hätte Verlegenheit, Scham erwartet, betretenes Schweigen, aber gewiss nicht Zorn. »So etwas Ähnliches war er auch«, sagte er langsam.

»Du ... du Narr!«

»So, ein Narr bin ich also? Ein Narr, der auf dich hereingefallen ist, nicht wahr?«

Sie machte den Mund auf, machte ihn wieder zu und machte eine Geste der Resignation. »Ach, lass mich doch in Ruhe!« Sie wollte an ihm vorbei und aus der Tür, aber er schnitt ihr den Weg ab.

»Ich soll dich in Ruhe lassen? O nein, es ist ganz gut, das einmal zur Sprache zu bringen.« Er packte sie, als sie weiterwollte, an den Schultern und sah sie eindringlich an. Er hatte das Gefühl, etwas Wesentliches zu übersehen. Das Problem war nur, dass er in ihrer Gegenwart so schlecht denken konnte. Logisch denken jedenfalls, alles andere, was sich mit ihr und ihrem Körper beschäftigte, funktionierte hervorragend.

Der Brief war ihm von der Admiralität übergeben worden. War er etwa gar nicht von William geschickt worden? Von wem sonst? Dumfries! Er hätte sich beinahe an die Stirn geschlagen. Ihr Mann musste dahintergekommen sein und hatte ihn angefangen. Es musste ihm eine ziemliche Genugtuung bereitet haben, ihn John zukommen zu lassen.

»Du glaubst, damit sei alles aus der Welt geschafft?«, sagte er mit einer Stimme, die ihr kalte und heiße Schauer über ihre Haut laufen ließ. »Einfach so? Glaubst du wirklich, man könnte Dinge einfach zerreißen und aus dem Fenster werfen, und damit wäre alles erledigt?«

Er spürte, wie ein Beben durch ihren Körper ging. Im

Moment wollte er nicht weiter nachdenken. Er wollte sie besitzen, sie verführen. Allerdings war es schwierig, ohne sich eine Blöße zu geben. Unter anderen Umständen, hätte er sie jetzt geküsst, ihren Widerstand langsam und gründlich mit Zärtlichkeiten weggeschmolzen. Aber das ging nicht, dafür stand zu viel zwischen ihnen. Sie konnte nicht nachgeben, weil ihr Stolz es nicht zuließ, und er nicht, weil er auf sie böse sein musste. Er musste Gewalt ausüben. Oder zumindest so tun als ob.

Er setzte ein grausames Lächeln auf. »Zieh dich aus.«
»Was!?«
»Zieh dich aus«, wiederholte er kalt. »Ich habe es dir einmal gesagt, Miranda. Zwischen uns beiden wird es niemals aus sein. Nicht, solange ich lebe.«
»Das wirst du nicht wagen«, stieß sie atemlos hervor.
»Doch. Und jetzt ziehe dich aus, sonst tue ich es für dich. Aber dann bleibt dein Kleid nicht ganz. Ich will dich nackt sehen, und dann werde ich dich besitzen. Und wenn es sein muss, danach mit zerrissenem Kleid an Deck jagen.«
»Ich werde schreien.« Sie wich bis an die Wand zurück.
Er lachte spöttisch auf. »Wen würde das stören? Vergiss nicht, du befindest dich auf einem Freibeuterschiff. Oder nein, warte, hast du uns nicht sogar als Piraten bezeichnet?« Langsam kam er näher, bis er so dicht vor ihr stand, dass sie nicht mehr ausweichen konnte.
»Das tust du nicht«, stieß sie hervor. Ihre Augen waren nicht ängstlich, nicht weit aufgerissen, sondern lagen auf seinen Lippen.
»Fühle dich nicht zu sicher«, sagte John, der sie sofort gehen lassen würde, fühlte er nur sekundenlang echten Widerstand. Sie brauchte noch ein bisschen Druck vor sich selbst,

um sich zu überwinden, denn dass sie ihn wollte, stand ebenso deutlich in ihren Augen wie in seinen. »Es könnte mir einfallen, doch noch härtere Saiten aufzuziehen. Vergiss nicht, du gehörst jetzt mir. Eine Kriegsbeute, die ich nicht teilen werde. Mit niemandem.« Das letztere klang fast wie ein Schwur.

Er war jetzt so nahe, dass Miranda die Hitze seines Körpers fühlen konnte, seinen Atem. Sie wusste, dass sie sich, ihr eigenes Verlangen nach ihm verraten hatte. Noch schützte sie ihr Stolz davor, ihm nachzugeben, aber sie wussten es beide: Was immer sonst zwischen ihnen stand, sie wollten einander.

Er stützte die Hände links und rechts von ihrem Körper auf, fesselte sie auf diese Art an ihren Platz, und beugte den Kopf, bis er seine Lippen von ihrer Schläfe abwärts laufen ließ, über ihre Wange, zu ihrem Ohr. Sie erschauerte. Dann waren sie auf ihrem Hals, seine Zunge strich feucht und warm über diese empfindliche Stelle direkt unter ihrem Ohrläppchen. Er wusste, wo und wie er sie berühren musste, um sie zum Erzittern zu bringen.

O ja, es war so leicht für ihn, eine Frau zum Erbeben zu bringen, die kaum noch einen anderen Gedanken hatte als ihn. Die ihn im einen Moment am liebsten geschlagen hätte, um ihm im nächsten Augenblick mit jeder Faser ihres Körper zu lieben. Die ihn so sehr liebte, dass mit seinem vermeintlichen Verlust ein Teil von ihr gestorben war. Leichte Beute, Whitburn, dachte sie atemlos. Es gehört nicht viel dazu, jemanden zum Zittern zu bringen, der seit Jahren jede Nacht von dir träumt.

Jetzt war er tiefer, in der Halsbeuge. Eine weitere Stelle, die sie schwach machte. Seine Lippen spielten auf ihrer

Haut. Sein Körper drängte sie an die Wand hinter ihr, sein Unterleib presste sich gegen ihren, und sie fühlte seine Erregung, die Härte seines Verlangens, sein Glied, das sich ihr durch den Stoff der Hose entgegenreckte. Er rieb sich leicht an ihr.

»Du hast die Wahl, Lady Miranda«, flüsterte er an ihrer Haut. »Das ist mehr, als ich gehabt habe, als man mich festnahm und deportierte. Entweder du gibst freiwillig nach, ziehst dich aus, oder ich werde dir deine Kleider vom Leib streifen – wenn es sein muss, auch mit Gewalt. Dann werde ich dich fesseln, knebeln, falls du auf die Idee kommst, zu schreien, und dich so lange nehmen, bis dir klar wird, wer das Kommando auf diesem Schiff hat... Und wem du gehörst«, fügte er noch hinzu, aber so leise, dass sie es kaum verstehen konnte.

Er hob den Kopf, um sie zu betrachten. Die bebenden Lippen, die halb gesenkten Lieder. Ihr Brustkorb hob und senkte sich heftig, und ihre Brüste berührten ihn bei jedem Atemzug. Er drängte sie noch enger an die Wand, bis sie leicht stöhnte. »Nun? Wofür entscheidest du dich?« Er würde sie sofort gehen lassen, wenn sie ihn jetzt ernsthaft zurückstieß. Er hatte es niemals nötig gehabt, eine Frau auch nur andeutungsweise zu zwingen, und Miranda wäre die Letzte, bei der er es tun würde.

Miranda schloss die Augen, legte leicht den Kopf in den Nacken und bot ihm ihren Hals dar.

John seufzte erleichtert auf, als er sich an sie zog, seine Lippen auf ihren Hals presste. Sie hatte sich unterworfen. Wäre sie jetzt gegangen, hätte er sich eimerweise Wasser darübergießen müssen, um sich abzukühlen. Fieberhaft begannen seine Finger an ihrem Kleid zu arbeiten. Er zitterte jedoch zu sehr, und die Gier nach ihr und ihrem Körper ließ das Blut in seinen Ohren rauschen.

»Öffne dein Kleid.«

Sie gehorchte. Ihre Finger zitterten nicht weniger als seine. Ungeduldig schob er ihr das Kleid von den Schultern, riss an dem Mieder, bis ihre Brüste frei lagen. Er zerrte den Rock hoch, dann presste er seinen Unterleib dagegen. Er packte sie an den Schultern und drängte sie weg von der Wand zu seinem hin und her schwingenden Bett hin. Es würde noch stärker schwingen, wenn er einmal mit ihr drinnen lag.

Sie stolperte, aber er hielt sie fest. »Zieh dich aus. Ganz.«

Als sie zögerte, streifte er ihr die Kleider ab. Sein Blick glitt über ihren Körper, über jedes freiwerdende Stückchen, bis die ganze Pracht hüllenlos vor ihm stand. Sein Begehren war schon unerträglich, und er war so hart, dass es schmerzte. Er zerrte sie wieder an sich, hörte ihr Stöhnen, während seine Hände Besitz von ihrem Körper nahmen, fieberhaft über ihren Rücken, ihre Hüften, ihre Schultern und ihr Gesäß fuhren, alles ertasteten, kneteten, streichelten. Dann schob er sie zu seinem Bett und drückte sie darauf nieder. Unzählige Nächte hatte er schlaflos darin verbracht, gequält von Verlangen und Zorn. Jetzt hatte er endlich, wonach ihm so sehr verlangte.

Zuerst wollte er in seiner Ungeduld nur die Hose öffnen, aber die Sehnsucht, ihre nackte Haut auf seiner zu spüren überwältigte ihn. Er zerrte sich das Hemd über den Kopf, ließ es einfach neben ihre Kleider fallen. Sein Glied sprang erleichtert aus seiner Hose, als er sie abstreifte.

Und dann war er auch schon über Miranda. Er spürte ihre weichen Schenkel, ihr Zusammenzucken, als auch sie ihn fühlte. Er griff hinab, um ihre Schenkel auseinanderzudrücken, aber dann hielt er inne.

Nein, noch nicht. Nicht so. Zuerst wollte er alles genießen. Er hatte sie so lange nicht gehabt und sie so sehnsüchtig begehrt. Sie hatte die Augen geschlossen, aber nicht in einer Geste des Abscheu oder Ekels, sondern in einer Geste hingebungsvoller Unterwerfung. Ihre Lippen waren leicht geöffnet, ein kaum merkliches, sinnliches Lächeln lag darauf, ihre Miene war weich, sehnsüchtig.

Sie wollte ihn. Ebenso wie er sie wollte. Ihn oder jeden? Was war mit diesem Mann, dem sie geschrieben hatte? Dachte sie jetzt etwa an ihn? Der Gedanke war unerträglich.

»Sie mich an.« Es sollte befehlend klingen, wurde jedoch zu einer Bitte. »Ich will, dass du mich ansiehst, wenn ich dich besitze.«

»Du besitzt mich nicht. Du liegst nur auf mir«, stellte Miranda klar. Sekundenlang blitzte Ärger in ihren Augen auf, aber als er seine Hand langsam über ihre Brust wandern ließ, sie massierte, und mit dem Daumen immer wieder über die sich erhebende Spitze strich, bis sie hart empor stand, wurde ihr Blick weicher.

Er drehte sich leicht zur Seite, stützte sich mit dem Ellbogen neben ihr auf, und fuhr langsam mit der Hand über ihren Leib, streichelte ihre Brüste und knetete sanft ihren Bauch. Sein Mittelfinger suchte ihren Nabel, drang sanft ein. Fast hätte er gelächelt, als sie nach Luft schnappte. Ja, dies war eine jener Punkte, die sie reizten, mit denen er sie dazu bringen konnte, sich zu winden, ohne überhaupt noch ihre intimen Stellen berührt zu haben. Als er ihr forschend ins Gesicht sah, stellte er zu seiner Zufriedenheit fest, dass sie ihm gehorchte. Sie sah ihn an. Das war gut, so wusste sie, wer sie streichelte, liebte, liebkoste.

Seine Finger tauchten in ihrer Weiblichkeit ein, schwelgten in der feuchten Hitze. Ihr sinnlicher Duft stieg hoch – der Duft nach erregter Frau. Er würde noch stärker werden. Es war ein sinnesverwirrender Geruch, der ihm noch jedes Mal den Verstand vernebelt hatte. Er neigte den Kopf und zog mit den Lippen eine feuchte Spur bis zu dem dunkelblonden Dreieck.

Seine Finger glitten über ihren Bauch, spielten mit dem gekrausten Haar und tauchten dann tief in die weiblichen Geheimnisse ein. Feucht. Heiß. Seine Finger spielten mit ihrer Erregung, mit ihrem Körper, wussten, wo sie besonders empfindlich war, wussten, wo sie zusammenzuckte, wie er sie berühren musste, um sie dazu zu bringen, unter seinen Händen zu erzittern und sich zu winden. Sein Daumen zog glühende Kreise um ihre Perle, während er keinen Blick von ihrem Gesicht ließ. Sie atmete schwer, das Gesicht war gerötet, ihr Blick verhangen. Die Lippen waren leicht geöffnet, während sie seinen Namen seufzte. Jetzt hatte er sie da, wo er sie haben wollte. Und wenn es nach ihm ging: für immer.

Er schob sich über sie, ungeduldig, er wollte nicht mehr mit ihr spielen, er wollte jetzt das haben, was nur ihm gehören sollte. Wie willig sie seinem Knie nachgab, als er es zwischen ihre Schenkel schob und sie weiter für ihn öffnete. Das Verlangen, die Hitze in ihm wurden unerträglich, jetzt, wo sein Ziel so nahe und so erreichbar war. Über sich hörte er die Schritte des wachhabenden Offiziers, leise Befehle. Die Glocke glaste. Die Nachtwache begann. Üblicherweise würde er jetzt noch eine Runde an Deck machen und sich davon überzeugen, dass alles in Ordnung war. Aber jetzt hatte er etwas Besseres zu tun.

Jetzt war er über ihr. Die Spitze seines Gliedes strich über ihren Oberschenkel. Als er ihre heiße Scham berührte, zuckten sie beide zusammen. Ihre Blicke tauchten ineinander, als er mit einem kraftvollen, ungeduldigen Stoß in sie glitt. Sie bäumte sich auf, ihre Enge umschlang ihn, während er sich in ihr bewegte, langsam, sie und sich selbst bewusst quälte, bis er die Beherrschung verlor und die Leidenschaft über ihnen zusammenschlug und sie mitriss.

* * *

John erwachte davon, dass Mirandas Finger über sein Schulterblatt streichelten. Er lag, ihr zugekehrt, auf der Seite, sein Gesicht in ihrem Haar vergraben, und sie hatte sich an ihn geschmiegt, ihr Gesicht in seiner Halsbeuge verborgen. Ihr Arm lag über seinem Arm, ihre Finger tasteten über seinen Rücken.

»War es hier?«

»War was hier?« Er zog sie etwas enger an sich und atmete den Duft ihres Haares ein. Er fühlte sich schläfrig und zufrieden. Es war zu angenehm, neben ihr zu liegen und ihren warmen Körper zu spüren, ihre leichten Bewegungen, ihren Atem. Das Kitzeln ihrer Haare. Durch die Heckfenster fiel graues Tageslicht herein, und über sich hörte er die Männer mit den Scheuersteinen.

»Wo das Hemd kaputtgegangen ist. Der Säbelhieb.«

Er murrte unwillig. Er wollte jetzt nicht über Säbelhiebe sprechen, sondern nur schlafen, sie spüren und so tun, als wäre es wie früher. »Das ist schon einige Monate her.«

»Sag mir, wie war es?«

»Was? Der Kampf?« Er griff in ihr Haar und spielte mit einer Strähne, drehte sie um einen Finger. Genauso waren sie früher schon nach ihren Liebesspielen erwacht. Sie hatte nach seinem Leben gefragt, und er hatte geantwortet, soweit er wollte, dass sie davon erfuhr; vieles war nicht für die Ohren einer Dame geeignet gewesen. Aber er hatte ihr mehr erzählt als anderen Frauen vor ihr, weil er seine Erlebnisse und sein Leben mit ihr teilen wollte, und hatte nur jene Dinge verschwiegen, die ihr Angst oder Ekel bereitet hätten.

»Nein«, ihre Hand strich unaufhörlich über seinen Rücken und seine Schulter, »wie du freikamst.«

Er drehte sich auf den Rücken. Mit einem wohligen Gefühl bemerkte er, dass sie nachrutschte.

»Bitte erzähle es mir.«

John hätte ihr gerne davon erzählt. Aber was sollte er ihr wirklich sagen? Dass es eine Meuterei gegeben hatte? Die Wahrheit? Er konnte Miranda nicht viel länger bei sich behalten, das war ihm in dieser Nacht klar geworden, sondern musste sie einem englischen Schiff übergeben. Am besten einem, das nach Westindien segelte. Auf gar keinen Fall würde er sie in im amerikanischen Hoheitsgebiet absetzen und riskieren, dass sie gefangen genommen wurde. Langsam begriff er den Umfang der Fehler, die er in den letzten Wochen gemacht hatte, beginnend mit seinem Angriff auf das englische Postschiff. Er hatte sein Gefühl über den Verstand gesetzt, sich eingeredet, sich an ihr rächen zu wollen, dabei hatte sein ganzes Sein danach gefiebert, sie wiederzubekommen.

Der Gedanke an den anderen stieg wieder hoch. »Sag mir eines, Miranda. Wie war es mit ihm?«

»Mit ihm?« Sie sah ihn erstaunt an. »Was meinst du? Du sprichst doch nicht etwa von Dum... Nein. Das tust du nicht. Ich verstehe, der Brief.« Ihr Gesicht, eben noch weich, verschloss sich. Sie sah ihn einige Augenblicke starr an, dann wandte sie sich von ihm ab und kroch über ihn hinweg aus dem schaukelnden Bett.

Er hob die Hand, um sie zurückzuhalten, aber dann ließ er sie sinken. Was war er nur für Idiot, diese Frage zu stellen. Es wäre besser gewesen, sie bei sich zu haben, im Arm zu halten, bis er aufstehen musste. Er musste sich bald von ihr trennen und würde sie vielleicht nie wiedersehen, wenn sie ihre Reise nach Jamaika fortsetzte. Warum genoss er nicht die letzten Tagen, Stunden, die sie gemeinsam hatten, anstatt sich über einen anderen den Kopf zu zerbrechen?

Er sah ihr zu, wie sie ihre Kleider aufhob, während er verzweifelt nach etwas suchte, mit dem er seine Frage wieder gutmachen konnte, ohne sich allzuviel zu vergeben oder seine Eifersucht zu verraten. Sie zog sich in Ruhe vor ihm an, ohne Scheu, ohne Hast. Als sie fertig war, trat sie vor den Spiegel und steckte ihr Haar hoch. Ihr wunderbares Haar. Es war wie ein Heimkommen gewesen, in ihr zu liegen, auf ihr zu liegen, in ihrem Haar zu wühlen. Der ganze Raum roch nach ihr, nach Frau, nach ihrer Leidenschaft und ihrer Liebe.

Miranda wandte sich langsam nach ihm um. »Noch etwas, John, bevor ich hier aus diesem Raum gehe. Du glaubst vielleicht, du hättest mich gezwungen oder bedroht, aber ich wäre niemals geblieben, ohne es zu wollen.«

Das wusste er. Er wusste, dass keine Drohung sie dazu gebracht hätte, sich selbst die Kleider vom Leib zu streifen. Hätte er sie tatsächlich gezwungen, sie hätte sich mit Zähnen und Krallen gewehrt. Und er hätte sich eher eine Hand abgehackt, als sie in sein Bett zu zwingen, gleichgültig, wie verrückt er auch nach ihr war.

»Es ist gut, dass du es nicht getan hast.« Sie sah ihn offen an, als sie weitersprach. »Das hätte ich dir niemals verziehen. Ich hätte dich nicht wirklich hassen können, aber verabscheut. Dumfries hat mich mehr als einmal genötigt, auch wenn er behauptete, er hätte sich nur sein Recht als mein Ehemann genommen. Dir würde ich es noch viel weniger verzeihen. So wenig wie ich dir diese Frage vergebe. Schade, dass du so verbohrt bist, sonst würde ich jetzt versuchen, dir alles zu erklären, aber vermutlich würdest du wieder nicht zuhören, sondern dich nur an das klammern, was du glaubst.« Sie legte den Kopf etwas schief und gönnte ihm eine spöttische Musterung. »Und ich frage mich jetzt wirklich, ob ich dir überhaupt noch etwas erklären will. Möglicherweise habe ich ja jetzt genug von dir.« Sie drehte sich noch einmal um. »Ach, noch etwas, John Whitburn. Ich habe beschlossenen, niemandes Besitz mehr zu sein. Ich gehöre niemandem mehr. Verstehst du? Keinem Ehemann, keinem Liebhaber. Nur mir!«

Damit ging sie aus der Tür.

John schloss die Augen und ballte die Fäuste. Was war er nur für ein Idiot. Diese Nacht war wunderbar gewesen. Besser noch als das erste Mal, als sie sich in seine Arme geworfen und er sie zu seiner Geliebten gemacht hatte. Sie hatte sich ihm damals hingegeben, weil sie wusste, dass er in zwei Tagen abreisen würde. Viele Frauen der Gesellschaft suchten auf diese Art Abwechslung, und er hatte damals nichts anderes erwartet und nichts anderes im Sinn gehabt. Sehr bald nach seiner Abreise hatte sich jedoch in die Erinnerung an die schöne, kühle Miranda Dumfries, die so leidenschaftlich in seinen Armen gelegen hatte, ziehende Sehnsucht gemischt. Er hatte zuerst gedacht, dass es ihre Schönheit war, die Eroberung, ihre Leidenschaft, dieser wunderbare Körper, aber dann, als ihm andere Frauen nichtssagend, kaum der Mühe Wert erscheinen waren, hatte er begriffen, dass er fester an Miranda gebunden war, als er zu Beginn dieses Spiels auch nur geahnt hätte.

Als er zurückgekommen war, hatte er es kaum erwarten können, sie wiederzusehen. Er war nicht nur neugierig, sondern begierig darauf, herauszufinden, wie sie reagierte, wie sie ihn begrüßte. Ob sie erschrocken war, weil er plötzlich vor ihr stand? Ob sie ein schlechtes Gewissen hatte und am Ende nichts mehr von dieser Nacht wissen wollte? Ob er vielleicht schon vergessen war? Nicht mehr als eine flüchtige Begegnung? Und dann war sie vor ihm gestanden, ihr Blick so intensiv, als wollte sie bis in sein Innerstes dringen. Und bei allen Himmeln, das hatte sie auch getan – es war ihm gewesen, als berührte sie allein mit ihrem Blick seine Seele. Er hatte sie in seine Arme gerissen, sie gehalten, das Gesicht in ihrem Haar vergraben. Es war nicht einmal der Wunsch gewesen, sie zu besitzen, sie zu küssen, die Träume wahrwerden zu lassen, die ihn auf der Reise gequält hatten, es war gut gewesen, sie zu fühlen, zu wissen, dass sie da war und ihm gehörte, als wäre er niemals aus dieser Tür gegangen.

Erst später hatte er sie geküsst, sie betrachtet, die Feuchtigkeit aus ihren Augenwinkeln geküsst, sich an ihrer Freude erwärmt, völlig aufgelöst in dem Glück, sie wiederzuhaben und ihre Zuneigung zu fühlen. Und erst daheim, in seinem einsamen Zimmer, hatte er begriffen, dass er diese

Frau nicht nur begehrte, auch wenn ihr Körper, ihre Schönheit, ihre Leidenschaft eine Anziehung hatten, die seine Hände vor Verlangen zittern ließen, sondern dass er sich in sie verliebt hatte. Er war damals vier Wochen an Land geblieben. Genug Zeit, um diese Zuneigung noch zu vertiefen, bis Liebe daraus wurde.

Sein Verlangen war nicht mehr mit einigen Treffen, einem kurzem Austausch von Blicken vor anderen zu stillen gewesen. Eine Liebschaft hatte etwas sehr Reizvolles, ein heimliches Glühen, aber bei Miranda steigerte sich sein Verlangen zu einer schmerzhaften Intensität. Er war sich klar darüber gewesen, dass er sie völlig haben musste, sich ihrer sicher sein musste, wenn er seinen Seelenfrieden wiederhaben wollte. Wenn er fortfuhr, wollte er an sie denken, wissen, dass sie ihm gehörte, auf ihn wartete, und kein anderer Mann Anspruch auf sie erheben konnte.

Aber es war alles anders gekommen. So verflucht anders.

15. Kapitel

John saß missmutig in seiner Kajüte, brütete über einer Seekarte und zwang sich, nicht an Miranda zu denken, die sich verändert hatte. Er hatte es mehr als bedauert, nach dem anderen gefragt zu haben, denn von diesem Moment an hatte sie ihn nicht mehr beachtet. Es war, als hätte er sie damit endgültig verloren, und der Verlust schmerzte in jeder wachen Minute. Sie tat ihre Arbeit, hielt sich gelegentlich bei ihm in der Kajüte auf, half Hailey beim Kochen, aber sie sprach nicht mehr mit ihm. Sie ignorierte ihn, als wäre er gar nicht anwesend, dabei tat er alles, um ihr ständig über den Weg zu laufen. Sie sah durch ihn hindurch und wich ihm aus, wenn er ihr nahe kam. Bei einer anderen Frau hätte er dies als Koketterie aufgefasst, aber nicht bei Miranda. Sie war niemals kokett gewesen. Zu den meisten höflich, liebenswürdig zu den wenigen Menschen, die sie mochte, und bei ihm leidenschaftlich und hingebungsvoll. Er hatte sie kränken wollen und dies so gründlich geschafft, dass er jetzt vermutlich mehr darunter litt als sie. Wie dumm er gewesen war! Wie hatte er nur versuchen können, sie zu hassen, sich an ihr zu rächen? Er hatte nicht nur sie, sondern noch viel mehr sich selbst verletzt.

Außerdem war sein Frühstück überfällig. Sein Magen knurrte. Die erste Kanne Kaffee, die er mit Cedric geteilt hatte, stand schon längst geleert auf dem Tisch. Er war schon an Deck gewesen, hatte nach dem Rechten gesehen, ein kurzes Gespräch mit Cedric und dem Master geführt, und nun grübelte er über den besten Kurs und über Miranda. Grimmig rief er sich zur Ordnung, über Miranda nachzudenken, war im Moment sinnlos. Er hatte andere Probleme und Aufgaben.

Sie verfolgten nun schon seit Wochen zwei amerikanische Handelsschiffe, die Kurs auf Europa genommen hatten. Wenn sie ihn beibehielten, würden sie über kurz oder lang einem patrouillierenden englischen Kriegsschiff oder gleich einem ganzen Geschwader direkt vor die Kanonen segeln. Er selbst hielt mit der *Charming Mary* Abstand und ließ fröhlich die amerikanischen Wimpel flattern. Er hatte keine Ahnung, was die beiden von ihm hielten, aber offenbar sahen sie keine Gefahr in ihm. Sie segelten nicht mit vollem Tuch, schonten in dem rauhen Wind ihre Stengen und Spieren, und kamen recht gemütlich voran, während sich auf der *Charming Mary* langsam, aber sicher gereizte Langeweile ausbreitete; so beschaulich war man schon lange nicht mehr unterwegs gewesen. Nur die Ahnung, dass der Captain etwas aussheckte, ließ die Männer nicht offen murren.

Er wunderte sich nicht über die Sorglosigkeit, mit der die beiden Händler Kurs hielten. Er hatte nicht nur einmal von diesem gewissen Handelsunternehmen gehört, dessen Schiffe die besten Chancen hatten, unbeschadet nach Europa durchzukommen. Seinen Informationen zufolge gehörte diese beiden Schiffe dazu, also musste er nur nachsegeln, um festzustellen, ob sie aufgehalten wurden.

Vor allem war interessant, woher sie wussten, welcher Kurs sicher war. Entweder hielten sie laufenden Kontakt mit dem Engländer, der sie durchließ, was aber fast unmöglich und nicht einmal mit Brieftauben zu bewerkstelligen war, oder derjenige saß ganz oben in der Hierarchie und hatte die Macht, die englischen Flottenbewegungen zu steuern.

Die Admiralität glaubte an Zufälle, aber nicht William Parmer. Weder was die amerikanischen Händler noch die französischen Spione betraf. Und Parmer hatte den Ersten Lord der Admiralität von seiner Theorie überzeugt. Zu Johns Pech. Er könnte William jetzt noch den Hals umdrehen. Verdammter Kerl.

Er war schließlich so in die Karten und seine Grübeleien versunken, dass er zusammenzuckte, als sich die die Tür öffnete und Miranda eintrat.

Für ihn war ihr Anblick immer, als ginge die Sonne auf, als würde es heller, und auf jeden Fall wärmer. Sein Körper verlangte sofort schmerzhaft nach ihr, aber mit so etwas wurde er fertig. Dagegen gab es Mittel und Wege... dann musste man sich eben anders helfen. Aber für die Sehnsucht nach ihr, nach ihrem Lächeln und ihrer Liebe, nach der Hingabe in ihrem Blick, gab es kein Kraut und keine Hilfe.

»Guten Morgen.« Er bemühte sich, freundlich und liebenswürdig zu klingen, sie jedoch antwortete nicht, würdigte ihn keines Blickes, als sie ihm das Tablett mit dem Frühstück hinschob. Sie redete eben nicht mehr mit ihm. Das ging jetzt schon über eine Woche so, und Johns Nerven lagen blank. Er hatte schon tagelang Schiffe gejagt, war gejagt worden, hatte Kämpfe, Verletzungen und sogar diese verfluchte Verhandlung und Deportation überstanden – aber dass Miranda ihn nicht beachtete, ging beinahe über seine Kräfte.

Der Geruch von gebratenen Eiern, Speck, Kaffee stieg

ihm in die Nase. Aber das war nichts gegen Mirandas Duft. Wie machte sie das auf einem Schiff, wo es zu wenig Süßwasser gab, um sich damit zu waschen, so frisch auszusehen und zu riechen?

Sie verließ die Kajüte nicht gleich, sondern begann, aufzuräumen, so wie Hailey ihr das beigebracht hatte. Sie hob sein Hemd vom Vortag auf, wickelte seine löchrigen Socken darin ein, um sie dann zum Waschen und Stopfen mitzunehmen. John genierte sich mit einem Mal dafür und wünschte, er hätte diese Aufgabe exklusiv Hailey übertragen. Hinter dem Tisch hockend sah er ihr selbstvergessen zu, wie sie durch den Raum ging, seine Hose ausschüttelte, ehe sie sie zusammenfaltete und in die Kiste legte. In jene, in der er sie eingesperrt hatte. John bedauerte mit einem Mal, dass er das nicht auf Dauer tun konnte. Sie einsperren, nicht mehr hergeben, für immer bei sich behalten.

Wie lange er sie wohl noch auf dem Schiff festhalten konnte? Noch einige Tage? Wochen? Für immer? Nein, für immer war unmöglich, denn er war nicht frei, nicht Herr seiner Zeit und seines Lebens. Die Vorstellung, alles zu vergessen und Miranda zu behalten, war jedoch verführerisch. Er könnte sein Leben einfach so weiterführen. Alles hinter sich lassen und mit Miranda ein neues Leben beginnen. Vorläufig konnte er noch recht gut als Freibeuter leben, wären da nicht seine eigenen Leute, die nicht akzeptieren würden, was er tat. Sie würden ihn jagen, die Admiralität würde ihm die halbe Flotte nachschicken und vermutlich würde sogar sein alter Freund William hinter ihm her sein, vielleicht sogar selbst kommen, um ihn zu stellen.

Und wenn ihm etwas zustieß? Was wurde dann aus Miranda? Sollte sie zu ihrem Mann zurück?

Er sah ihr mit einem verlangenden Blick nach, als sie aus dem Raum ging, und machte sich dann über sein Frühstück her. Der einzige Grund, weshalb er es überhaupt noch mit Appetit aß, war, weil sie es zubereitet hatte. Er besah sich den Speck, die Eier. Knusprig gebraten. Dazu schmeckte sogar der wurmstichige Schiffszwieback noch köstlich. Eigentlich hätte er den Offizier der Nachtwache einladen müssen, aber er hatte keine Lust, mit jemandem zu sprechen oder sich zusammenreißen zu müssen. Was war er nur für ein Idiot! Er hatte sich rächen wollen und war selbst der Leidtragende dabei.

Er hatte mehrmals versucht, sie auf diesen Brief anzusprechen, ihr das herauszulocken, was sie nur angedeutet hatte, aber die äußerste Reaktion war ein Schulterzucken gewesen. So, als lohne es sich für sie nicht mehr, das Wort an ihn zu richten. Alles, was sie damit erreichte, war, dass er kaum an etwas anderes denken konnte, sondern ständig darüber grübelte, an Deck, im Ausguck, wenn er auf dem Achterdeck hin und her lief, und jeder ihm und seiner finsteren Miene auswich. Sogar Cedric, aber dieser bedachte ihn noch dazu mit scheelen Blicken. Wie gesagt, Johns Nerven lagen blank.

»Was gibt es?«, fragte er mürrisch, als Hailey plötzlich vor ihm stand und von einem Fuß auf den anderen trat.

»Muss mit Ihnen reden, Sir. Über unsere Lady«, setzte Hailey fast trotzig hinzu.

John machte eine vage Handbewegung. Nur nicht zeigen, wie sehr ihn das interessierte.

»Über die Reise. Ich meine, wieso sie abgereist ist und auf dem Postschiff nach Jamaika war.«

Jetzt horchte er noch mehr auf, auch wenn er es sich nicht

anmerken ließ, sondern unbeteiligt tat und noch gerade so viel Interesse zeigte, um Hailey zum Weitersprechen zu animieren. Aber dieser hätte sich jetzt ohnehin nicht mehr aufhalten lassen.

Außerdem hatte John schon zur Genüge darüber nachgegrübelt, was sie in Jamaika wollte. Hatte sie dort Verwandte? Oder wartete tatsächlich ein Liebhaber? Aber da fiel ihm ein, dass sie einmal von einer Base erzählt hatte – oder war es eine Tante gewesen? – die dort lebte. Ein Onkel? Durchaus möglich.

»Und weshalb erzählst du mir jetzt davon?«, fragte er ungeduldig, weil Hailey immer so lange brauchte, bis er auf den Punkt kam.

»Na, weil sie ja zuerst gar nicht das Schiff nach Jamaika gebucht hat. Das andere war aber schon weg.«

Oben an Deck wurde es laut, und John beugte sich etwas vor, um Hailey besser verstehen zu können, der mit gesenkter Stimme sprach.

»Nach Jamaika?«

»Ne, eben nich das Schiff nach Jamaika. Sie wollte nur mit der *Victoria* reisen, weil sie gehofft hat, auf einer Zwischenstation in Funchal das andere zu erwischen. Und jetzt wissen Sie was, Captain?«, er senkte seine Stimme noch mehr und John beugte sich, ungeachtet seiner Würde, noch etwas weiter vor. »Da ging nur ein Schiff ab, das für die Lady interessant gewesen wäre, und das auf Madeira Zwischenstation machte...«

John hätte den Burschen am liebsten geschüttelt. Musste der Kerl es so spannend machen, anstatt endlich mit der Sprache rauszurücken? Sie wollte also nicht zu den lieben Verwandten. Wohin sonst?

Haileys Augen funkelten. »Das einzige Schiff, das sie verfolgen konnte, Sir, war die *Blue Philipp* und...« John streckte schon den Arm aus, um ihn zu packen und über den Tisch zu zerren, als Hailey eine Pause machte, um seinen folgenden Worten mehr Gewicht zu geben.

»... und die hatte Kurs auf Port Jackson.«

Diese Mitteilung schlug ein wie eine feindliche Kanonenkugel über der Wasserlinie. In Johns Kopf entstanden Wirbel. New South Wales? Was, zum Teufel, hätte Miranda in New South Wales zu suchen gehabt? Kein Mensch ging freiwillig dorthin. Dort lebten nur solche, die als Landbesitzer ihr Glück machen wollten, arme Teufel, die deportiert wurden, sowie die Soldaten, die diese armen Teufel bewachen mussten. Deportierte...

Die Schlussfolgerungen, die er aus Haileys Offenbarung treffen konnte, nein musste, waren so ungeheuerlich, dass er sie nicht sofort verarbeiten konnte. Das war zu unerwartet, zu unwahrscheinlich. Keine Frau, noch dazu eine verwöhnte Dame der besten Gesellschaft, würde sich freiwillig auf eine monatelange Reise begeben, sich der Seekrankheit, Stürmen, Piraten, Freibeutern und Skorbut aussetzen, um dann in einer dreckigen, depressiven Verbrecherkolonie zu landen. Es passierte nicht oft, dass die Familien überhaupt die Erlaubnis bekamen, die Verurteilten zu begleiten. Er kannte Fälle, in denen Frauen jedoch auf anderen Schiffen nachgereist waren, um bei ihrem Mann zu sein. Nicht nur aus Liebe, sondern weil sie daheim vor dem Nichts standen und eher in der Gosse gelandet wären.

Aber nicht Miranda Dumfries. Nicht Lord Silverstones Schwester. Nein, das war zu unwahrschein... Aber wenn doch?

John war immer stolz auf seine Beherrschung gewesen. Als Captain eines Schiffes musste er nach außen hin immer den kaltblütigen, in sich gefestigten Kommandanten hervorkehren, der jeder Situation gewachsen war, der in brenzligen Lagen kühlen Kopf behielt und selbst dann noch beinhart und gesammelt war, wenn fünf feindliche Linienschiffe vor seiner Fregatte auftauchten und sie unter Beschuss nahm. Er hatte sogar die gesamte Verhandlung, die Degradierung noch mit gleichgültigem, unbeteiligten Gesichtsausdruck überstanden.

Als Hailey jedoch zu grinsen begann, wurde ihm klar, dass er ihn geschlagene fünf Minuten mit reichlich blödem Gesichtsausdruck angestarrt hatte.

John bezwang sich mit Mühe und fasste Hailey scharf ins Auge. »Seit wann weißt du, wohin sie wollte?«

»Nun«, gab Hailey zögernd zu, »von Anfang an natürlich. Passte ja auch gar nicht zu der Lady nicht, Sie einfach aufzugeben, und als ich sie dann ohne Begleitung, nur mit dieser Sally im Schlepptau, in Plymouth herumlaufen sah, kam mir die Sache schon komisch vor. So eine Lady würde doch nie verreisen, ohne einen halben Hofstaat mitzunehmen, oder?«

Es passte nicht zu ihr, ihn aufzugeben. John spürte, wie eine tiefe Schamesröte sein Gesicht wärmte. Hailey, ein Fremder hatte sie so eingeschätzt. Sally, ihre treue Zofe hatte sie begleitet, und ausgerechnet er, der sie besser kennen sollte als alle anderen, der sie sogar heiraten wollte, hatte an ihr gezweifelt.

Aber dieser Brief, dieser vermaledeite Brief!

»Du musst dich täuschen.«

»Bin ja nicht blöd«, sagte Hailey verärgert. »Wenn Sie

mir nicht glauben, fragen Sie doch den Pastor. Der hat ihr doch den Tipp von wegen Postschiff gegeben. Außerdem hat diese Beißzange – Gott schütze mich, was die für ein Mundwerk hat – ständig gesagt, dass die Lady verrückt sei, auf so ne lange Reise zu gehen. Und total verrückt, sich um das Kap zu wagen, wenn sie jetzt schon bei dem kleinen Wind kotzt, dass der Kübel überläuft. Hätte noch weitergemeckert, wäre ihr nicht selbst übel geworden.« Die Erinnerung, wie Sally über der Reling gehangen und gegen den Wind gespuckt hatte, zauberte ein Lächeln auf Haileys Gesicht. »Und jetzt frage ich Sie, Sir«, er beugte sich etwas über den Tisch, »wo soll da zwischen England und Jamaika ein Kap sein, he?«

Johns Kopf begann noch mehr zu wirbeln. Es war nicht möglich. Es konnte nicht sein! Sie würde doch niemals…! Oder doch? Als er sah, wie Hailey ihn triumphierend anstarrte, lehnte er sich zurück. Der Raum begann, sich vor seinen Augen zu drehen, und Hailey wankte hin und her, als wäre er betrunken. John blinzelte, und alles wurde wieder klar. Er musste nachdenken.

»Na schön. Ich weiß zwar nicht, weshalb du mir das erzählt hast, aber du kannst jetzt wieder an deine Arbeit gehen.«

Hailey grinste zufrieden. »Mach ich, Sir. Nur noch eine Kleinigkeit. Die Lady hat mir, als wir auf das Schiff kamen, und ich sie in ihrem Quartier aufsuchte, gedroht. Sagte, sie würde mir den Hals umdrehen, wenn ich was erzähle, wohin sie wollte. Hat es netter ausgedrückt, aber kam auf dasselbe raus. Von mir haben Sie das also nicht, ja?« Er wandte sich zur Tür und ließ John zurück, der sich in einer Auflösung seiner selbst befand. Dann warf er ihm noch über die Schulter zu. »Wollt's nur gesagt haben, ehe Sie die Lady wieder putzen lassen, Sir.« Die Tür fiel leise hinter ihm zu. Endlich war er fort.

John fuhr sich mit der Hand über das Gesicht, atmete zwei Mal tief durch und stand dann auf, um zum Schrank hinüberzustolpern und den Whiskey herauszuholen. Er nahm sich nicht die Zeit, erst ein Glas einzuschenken, sondern trank gleich aus der Flasche. Zwei, drei, vier lange Züge. Das scharfe Getränk brannte sich tröstlich durch die Speiseröhre und in den Magen. Er hustete, setzte die Flasche ab und fuhr sich mit dem Handrücken über den Mund, und blieb am Schrank lehnen, bis er das Gefühl hatte, wieder klarer denken zu können. Er musste mit Miranda sprechen. Und zwar schnell. Er stellte die Flasche zurück in den Schrank und ging los.

Zwei Minuten später war er an Deck. Er sprach mit Cedric, der die Wache hatte, wechselte ein paar Worte mit dem Zimmermann, besprach sich mit dem Master und hielt die ganze Zeit über unauffällig nach Miranda Ausschau. Sally sah er, aber von Miranda war keine Spur.

Als er sie dann in der Kombüse fand, war er erleichtert, erfreut und zugleich ärgerlich, weil sie schon wieder arbeitete. Haileys Worte waren auf fruchtbareren Boden gefallen, als dieser auch nur ahnte.

»Captain?« Pebbels war wenig erbaut ihn zu sehen. Miranda dagegen sah ihn nicht an. Dabei erwärmte sich bei ihrem Anblick sein Herz, und zugleich zog es sich schmerzhaft zusammen. Wenn Hailey sich nicht irrte, war er ein noch größerer Narr, als er geahnt hätte.

»Schon gut, Pebbels, weitermachen. Lady Dum...«, nein mit diesem verhassten Namen sprach er sie nicht mehr an. »Lady Miranda? Wären Sie so liebenswürdig? Auf ein Wort?« Er hoffte inniglich, dass sie ihm jetzt keinen Korb gab, und er sich vor allen Männer, die ihn zweifellos beobachteten und Augen und Ohren aufrissen, blamierte. Erleichtert atmete er auf, als sie den Lappen hinlegte und mit ihm ging.

Er fühlte ihren erstaunten Blick, als er ihr, ganz Gentleman, sogar die Leiter zum Niedergang hinunterhalf. Er ließ ihr den Vortritt, und als sie dann endlich in seiner Kajüte war, schloss er die Tür. Sie blieb mitten im Raum stehen, kehrte ihm den Rücken zu, den Kopf stolz erhoben.

Er ging langsam um sie herum. Wie schön sie war. Selbst in dem geflickten, nach kurzer Zeit abgetragenen Kleid, das sie zur Arbeit trug, sah sie immer noch aus wie eine Dame, sauber und gepflegt. Gepflegt bis auf den kleinen Schmutzfleck. Ganz unten auf ihrer linken Wange. John konnte kaum wegsehen. Es war Ruß. Und dann war noch ein weiterer da, auf dem Kinn. Er sinnierte darüber nach, woran es lag, dass er diese Fleckchen so viel reizvoller fand, als wäre sie jetzt in voller Balltoilette vor ihm gestanden.

Sie bemerkte seinen Blick und wischte sich über das Kinn. Rieb daran herum, ohne ihn anzusehen.

»Weshalb arbeitest du in der Küche?« Er durfte gar nicht auf den kleinen Fleck an ihrer Wange schauen. Der schien förmlich zu schreien: Wisch mich weg, berühr mich, küss mich weg! Es war verhext, wenn eine Frau schmutzig anziehender wirkte als sauber.

Sie gab keine Antwort. Sie sprach ja nicht mehr mit ihm.

»Hat dir das jemand befohlen?«, fragte er stirnrunzelnd.

Er bemerkte, von tiefer Reue gepackt, ihre von der Arbeit rauhen und zerschundenen Hände. Sie versteckte sie in einer Kleiderfalte, stur nach unten sehend. Er griff nach ihrer Hand, sie wehrte sich zuerst, aber dann überließ sie sie ihm. Kalt und leblos lag sie in seiner. Sie ignorierte ihn sogar jetzt. Das war die ärgerlichste Art von Widerstand. Als ließe sie jede seiner Berührungen kalt. Er zog ihre Hand an die Lippen und küsste sie zärtlich.

Noch immer keine Reaktion. Angst wurde in ihm wach. Hatte er sie verloren? War er ihr völlig gleichgültig geworden? Reichten ihre Gefühle für ihn nicht einmal so weit, dass sie sich gegen ihn wehrte?

Das wollte, musste er jetzt genau wissen. Er wollte sie halten, sie fühlen. Er musste wissen, woran er wirklich war. Er legte die Arme um sie und zog sie an sich. Wieder wehrte sie sich nicht, sondern lag steif wie ein Brett in seiner Umarmung. Am liebsten hätte er mit den Zähnen geknirscht. Wenn sie ihm nachgefahren war, dann hatte er ihr mehr als unrecht getan. Der Brief war auf einmal unwichtig. Er hatte noch keine Ahnung, wie er darauf reagieren, sich am besten entschuldigen sollte. Aber er wollte sie in diesem Moment mehr als alles andere.

Er begann sie zu küssen. Seine Lippen fuhren über ihre Schläfe, ihre Wange, ihren Hals. Sachte schob er das verflixte Tuch weg, mit dem sie schon wieder ihr Dekolleté verbarg. Keine Reaktion. Während ihm schon heiß wurde, seine Hände vor Verlangen, diesen weichen Körper zu besitzen, zitterten, kam von ihr nicht einmal ein tieferer Atemzug. Seine Angst wurde größer. War er ihr so gleichgültig geworden?

Er drängte sie gegen den Tisch, zog sie enger, genoss ihre Nähe, ihre Wärme – zumindest ihre äußerliche –, die vertraute Weichheit ihres Körpers. Sie war schlanker als früher. Noch immer weich, aber... waren das Rippen, die er da spürte?

Seine Hände führen über ihren Rücken, von ganz oben bis ganz unten, massierten, streichelten, während er sie küsste. Fieberhaft. Er geriet in eine Mischung aus fiebrigem Verlangen und Angst, weil sie so kalt blieb. Er musste diese Kälte durchbrechen.

Er hob sie auf den Tisch, küsste sie leidenschaftlicher. Seine Hand lag wie von selbst auf ihrem Knie, wanderte unter ihren Rock und streichelte ihren Schenkel. Ihr Duft hüllte ihn ein. Er spürte, wie sie sich verspannte. O nein, er würde bestimmt nicht über sie herfallen, aber er wollte, verdammt noch mal, zumindest eine kleine Reaktion. Er wollte den Panzer durchbrechen.

Ihr Duft hüllte ihn ein. Er spürte, wie sie sich verspannte. Wie sie ihre Lippen zusammenpresste. Er streifte den Schuh ab. Miranda hatte schöne Füße, sehr wohlgeformt, schlank. Er streichelte darüber, beugte sich hinab, hauchte Küsse auf den Rist. Sie bewegte leicht den Fuß in seiner Hand, streckte sich ein wenig.

Er arbeitete sich hinauf. Weiter. Wade. Knie. Schenkel. Ein Hauch nur. Sie zuckte zusammen, spannte sich erwartungsvoll an. John beschäftigte sich mit dem anderen Bein. Und dann, dann endlich, schob er den Rock ganz hinauf und legte seine Lippen auf das dunkle Dreieck. Schwüle Hitze kam ihm entgegen. Sie mochte vielleicht reglos vor ihm liegen, aber sie war alles andere als kalt.

Seine Hose spannte schon bedenklich, und Schweißperlen standen auf seiner Stirn, die nicht nur von der stickigen Luft unter Deck stammten, und zu jeder anderen Zeit hätte er seinem eigenen Drängen nachgegeben, aber jetzt ging es ganz allein um sie. Um ihre Lust. Sie wollte er verwöhnen. Als er sie das erste Mal auf diese Art geliebt hatte, war sie tödlich verlegen gewesen. Sie hatte sich gewehrt, gleichzeitig verlegen gelacht. Wie ein junges Mädchen, das zum ersten Mal von einem Mann berührt wurde. Er hatte mehr getan, als sie zu berühren. Er hatte sie geküsst, liebkost, geleckt und gesaugt.

»Wie viele Frauen hast du schon auf diesem Tisch liegen gehabt?«

Die Stimme war wie ein Schlag. John hielt in der Bewegung inne, dann richtete er sich langsam auf. Zuerst wollte er sie anherrschen, aber dann schluckte er die Bemerkung herunter. Es war immerhin das erste Wort, das sie seit Tagen an ihn richtete. Er sah sie ruhig an. »Keine.«

»Aus Mangel an Gelegenheit?«, fragte sie spöttisch.

»Aus Mangel an Interesse«, erwiderte er ernst.

Sie betrachtete ihn, als wollte sie die Wahrheit aus seiner Miene lesen, dann schob sie ihn fort, sprang vom Tisch, streifte den Rock glatt und wollte an ihm vorbei zur Tür.

Er hielt sie fest. »Miranda. Wohin wolltest du?«

Zuerst schien es, als wolle sie ihn nicht ansehen, dann drehte sie den Kopf und hob erstaunt die Augenbrauen. »In die Küche, weiterarbeiten.«

Langsam wurde er ungeduldig. Einen erregten Mann, der vor Sehnsucht kaum seinen Namen buchstabieren konnte, sollte man nicht noch reizen. Und einen, dem klar geworden war, wie sehr er diese Frau liebte, schon gar nicht. »Das meinte ich nicht. Wohin wolltest du mit dem Postschiff?«

Sie zögerte. »Nach Madeira.«

Er wurde noch ungeduldiger. »Und von dort?«

Sie schwieg. Er fasste sie an den Schultern und drehte sie zu sich herum. »Bitte, sag es mir.«

»Wieso willst du das wissen? Du hast bisher auch nicht danach gefragt, du wolltest es gar nicht hören, obwohl ich versucht habe, es dir zu sagen. Woher auf einmal dieser erstaunliche Sinneswandel?«

»Sieh mich an und sag es mir.« Sein Tonfall war nicht herrisch, sondern unglücklich und gequält. »Und bitte sag mir, an wen dieser Brief war.«

Sie zuckte mit den Schultern. »Offenbar an einen anderen«, erwiderte sie herb.

Er legte die Hände um ihr Gesicht und hob ihren Kopf, um sie betrachten zu können. Sie hielt die Augen gesenkt. Er zog sie wieder an sich, als wollte er mit der Hitze seines Körpers ihre Kälte wegtauen.

Von Deck hörte er den Ruf des Ausgucks. Segel. Mehrere Schiffe. John unterdrückte einen Fluch. Und dann klopfte es schon an der Tür.

John öffnete widerstrebend seine Arme. Miranda trat zwei Schritte von ihm weg. Sie sah zu Boden und strich mit den Händen unruhig über ihren Rock.

Johns »Ja?« klang äußerst ungehalten.

Ein Schiffsjunge kam herein. »Empfehlungen von Mr Parmer, Sir. Segel Steuerbord. Mit Kurs auf die Händler.«

»Danke. Ich komme gleich an Deck.«

Er wandte sich wieder Miranda zu, zog sie an sich und küsste sie zärtlich, auf der Suche nach ein wenig Entgegenkommen. Vielleicht war sie nicht mehr so kühl, nicht mehr so starr in seinen Armen? Er strich ihr liebevoll über die Wange, als er sie ausließ. »Ich komme gleich wieder. Lauf mir bitte nicht weg.« John zog ihre Hand an seine Lippen, dann drehte er sich abrupt um, als könnte er sich nicht von ihr losreißen und marschierte hinaus.

* * *

Oben an Deck warteten schon seine Offiziere. Er zog sein Fernrohr aus der Tasche, stützte es auf dem Finkennetz auf und sah zu den schimmernden Segeln am Horizont. Der Wind hatte aufgefrischt und sang in den Wanten und Segeln. Es waren auf jeden Fall Kriegsschiffe, da konnte kein Zweifel bestehen.

»Meinen Sie, sind das Engländer, Sir? Die Flotte, auf die wir schon früher gestoßen sind?«, fragte Cedric.

John starrte zu den Segeln. Endlich sagte er: »Nein. Die könnten unmöglich hier sein. Nicht, wenn sie amerikanische Häfen blockieren sollen. Wir sind viel zu weit von der amerikanischen Küste entfernt. Das sind andere. Außerdem sind sie nur zu zweit.«

Er richtete sein Fernrohr auf die beiden amerikanischen Handelsschiffe. Da tat sich etwas. Signalflaggen wurden gesetzt. Und auf dem vorderen Engländer, einem Zweidecker, ebenfalls. John pfiff leise durch die Zähne. Neben sich hörte er Cedric grimmig lachen. Als sie beide das Fernrohr absetzten, warf ihm sein Erster Leutnant einen anerkennenden Blick zu.

»Richtig geraten, Captain. Wie immer eine gute Nase. Und jetzt? Wollen Sie den verdammten Bastard angreifen?«

John antwortete nicht. Sein Blick suchte Miranda, die einige Meter von ihm entfernt stand und über die Reling blickte. Soeben zog sie ihren Kneifer aus der Kleidertasche und setzte ihn auf die Nase. Ein Lächeln zuckte um seine

Mundwinkel, aber dann wurde er sofort wieder ernst. Wie sie wohl reagierte, wenn sie erfuhr, dass der Zweidecker die *Persephone* war, die seines Wissens unter Dumfries' Kommando stand. Wusste der Teufel, wie Dumfries hierherkam. Er war davon überzeugt gewesen, dass er zu der Flotte abkommandiert worden war, die Brest blockierte. Oder aber er war auf ein anderes Schiff versetzt worden.

Das war unwahrscheinlich. Es war wichtig, das herauszufinden, denn wenn Dumfries an Bord war, was sollte er dann mit Miranda tun? Ob Dumfries inzwischen schon wusste, dass seine Frau gekapert worden war?

Die englische Fregatte war schnell. Er kniff die Augen zusammen, als er sein ehemaliges Schiff, die *Biscaya*, erkannte.

»Das zweite Schiff ist die *Biscaya*«, sagte Cedric in diesem Moment bitter. »Ich hätte nicht gedacht, dass wir je von unserem eigenen Schiff gejagt werden würden.«

»Dann wärst du besser daheimgeblieben, anstatt Freibeuter zu werden«, sagte John bissig.

John sah, wie Cedric seine Lippen zusammenpresste. »Henry Parker ist jetzt der Captain«, sagte er dann.

Das wusste John auch. Sie hatten gemeinsam auf William Dometts Schiff gedient, als sie noch Kadetten gewesen waren.

Die beiden Schiffe hatten schon Kurs gewechselt und ließen die beiden Händler backbord liegen. Diese segelten seelenruhig weiter. Er sah, wie die Fregatte dem Linienschiff signalisierte. Sie wechselte den Kurs, auf die Händler zu, aber ein Signal und ein Kanonenschuss, der den Befehl unterstrich, holte sie wieder auf Kurs. Auf John zu.

Cedric und John wechselten einen sprechenden Blick.

Entweder hatte Dumfries die *Charming Mary* erkannt und war hinter John und Miranda her, versessen darauf, John in die Finger zu bekommen, oder er machte gemeinsame Sache mit den Amerikanern. »Neuer Kurs, Mr Parmer«, sagte John.

Es war Zeit, sich davon zu machen. Sie mussten Abstand halten und beobachten. Auf gar keinen Fall durften sie in seine Hände fallen, Dumfries würde nicht zögern, ihn zu töten.

»Segel Steuerbord!«, klang der Ruf vom Ausguck herunter.

John enterte auf, um selbst einen Blick auf das dritte Schiff zu werfen. Noch ein englischer Zweidecker. John fluchte. Das waren zweimal 74 Kanonen und einmal 36 gegen seine 32. Wenn Dumfries sie nicht gleich versenkte, sondern noch enterte, waren das fast 1500 Leute gegen seine 200. Dieses Risiko durfte er nicht eingehen. Und schon gar nicht, wenn Miranda dabei in Gefahr geriet. Er musste sie in Sicherheit bringen.

Aber wo? Auf Dumfries Schiff selbst. Zum Glück war der Wind zwar frisch, aber der Seegang nicht zu hoch, so dass er es wagen konnte, sie mit dem Boot hinauszuschicken.

Er machte sich an den Abstieg. Als er wieder auf dem Achterdeck stand, sagte er: »Mr Parmer, lassen Sie den kleinen Kutter bereit machen.«

Cedric sah ihn groß an.

»Wir werden unsere Gäste damit zu den englischen Schiffen schicken.«

Cedric sah ihn an, als wären ihm plötzlich Hörner gewachsen. »Sir?«

»Sind Sie schwerhörig?«, fragte John kalt.

»Sir, was ist, wenn sie das Boot angreifen?«

»Unsinn. Weshalb sollten sie das tun?« Nicht einmal Dumfries würde auf die Idee kommen, einen Kutter mit einer Breitseite zu versenken.

»Wer soll ihn steuern, Sir?«

John sah ihn ernst an und Cedric begriff. Er stöhnte. »Nein, John, das kommt nicht in Frage.«

»Du bist der einzige, der mit heiler Haut davonkommen kann«, sagte John eindringlich. »Dein Bruder wird nicht zulassen, dass dir etwas geschieht, und Miranda ebenso wenig.«

»Mein Bruder hat seelenruhig zugesehen, wie sie dich verurteilt haben«, knurrte Cedric.

»Und dafür werde ich ihm vermutlich eines Tages ein blaues Auge verpassen«, erwiderte John ruhig. »Aber bis dahin...« Er senkte die Stimme. »Du bist offiziell von mir mit Gewalt an Bord zurückgehalten worden. Du warst bist dahin ein unbescholtener Offizier der *Charming Mary*, der sich gegen mich gewehrt hat. Das kann sogar deren Captain bezeugen. Und Miranda wird das ebenfalls tun. Gib Hailey Bescheid, dass er sie auch begleiten wird. Und dann lädst du noch den Pastor ein.«

Er sah zu den Schiffen. Er hatte noch Zeit, genügend, um sich von Miranda zu verabschieden. Denn Gott allein wusste, wann und ob sie sich wiedersehen würden.

* * *

»Könnten das nicht Händler sein?« Miranda ließ keinen Blick von den beiden Schiffen. Sie merkte selbst, wie hoch ihre Stimme vor Aufregung klang; wie die eines kleinen Mädchens.

»Nein, Madam«, sagte Hailey wohlwollend. »Händler wären nicht so schwerfällig, nicht so schlank gebaut und ...« Und dann folgte eine genaue Erklärung, worin Hailey von fünf anderen Matrosen unterstützt wurde, bis Miranda der Kopf von Riggs, Wanten, Stengen, Kanonen schwirrte. Dabei war das gleichgültig. Ausschlaggebend war nur, als einer der Männer sagte: »Es ist die *Persephone*.«

Miranda klammerte sich an der Reling fest. Dumfries' Schiff. Die *Persephone*. Die Göttin der Unterwelt. Mit einem Mal gewann der Name des Schiffes für Miranda eine neue, schreckliche Bedeutung. Sie sah zu John hinüber und traf auf seinen Blick. Er kam herüber.

»Kann ich Sie kurz sprechen, Lady Miranda?«

Sie folgte ihm. »Das Linienschiff steht meines Wissens unter dem Kommando deines Gatten«, sagte er ihr, als sie beide in seiner Kajüte standen. Er bemühte sich, ruhig und sachlich zu sprechen, aber seine Stimme klang tonlos.

»Was bedeutet das jetzt für uns?«

Sie hatte *für uns* gesagt. John hätte sie am liebsten in seine Arme gezogen.

»Ich lasse bereits den Kutter bereit machen. Du wirst mit dem Pastor, Sally und Cedric zu den englischen Schiffen fahren. Du bist dort besser aufgehoben.«

»Cedric?«, fragte sie erstaunt.

»Ihr braucht jemanden, der das Schiff bedienen kann. Der Pastor kann zwar helfen, aber allein schafft ihr das nicht. Und Cedric wird nichts passieren. Er ist offiziell unser Gefangener. Hailey wird dich ebenfalls begleiten. Immerhin ist er als dein Bediensteter von England abgereist.«

Miranda wirkte nicht sehr überzeugt. »Können wir nicht hierbleiben?«

»Nein. Ich rechne damit, dass die Schiffe einige Zeit brauchen, um euch an Bord zu nehmen. Diese Zeit werden wir dazu verwenden, uns aus dem Staub zu machen.«

Sie sah ihn an, dann senkte sie den Kopf. »Ja, das ist eine gute Idee. Ich verstehe.«

Sie verstand gar nichts. Nicht einen Bruchteil. Er hätte sie gerne in die Arme genommen, aber das hätte die Sache nicht erleichtert. Sein Gesicht fühlte sich taub an, als er zur Tür ging, sie öffnete und ihr aufhielt.

Miranda drückte sie wieder zu. »Aber wenn ich gar nicht von dir fort wollte?«, wandte sie ein. »Wenn ich lieber bei dir bliebe? Gleichgültig, was passiert?«

Seine Anspannung löste sich, und er merkte, dass sein Gesichtsausdruck weich wurde. Es war das, was er selbst wollte. Aber es ging nicht, nicht bei dem Leben, das er im Moment führte. »Das ist nicht möglich, meine Geliebte.«

Sie studierte sein Gesicht, sah die Trauer und die Entschlossenheit darin und fügte sich. »Noch eines, John.« Sie fasste nach seinem Arm. »Du musst eines wissen. Jetzt ist es gleichgültig, weil wir uns wahrscheinlich nie wiedersehen und du nicht glauben wirst, dass ich lüge, um mir Vorteile zu verschaffen. Aber der Brief, an diesen Liebsten...«

Johns Miene verschloss sich. »Das interessiert mich nicht mehr, das ist vorbei.« Das war es wirklich. Wäre sie bei ihm geblieben, hätte er sie behalten können, hätte er ihr gesagt, dass es unwichtig sei und er neu anfangen wolle. Aber nun schickte er sie zu ihrem Mann zurück. Alles in ihm krampfte sich zusammen. Zurück zu ihrem Mann, der jedes Recht an ihr hatte.

In ihren sonst so kühlen grauen Augen blitzte es wütend auf. »Das sollte es aber«, fuhr sie ihn an. »Ich habe den Brief nie zuvor gesehen! Ich vermute sogar, dass Dumfries meine Handschrift gefälscht hat! Um ihn dir zuzuspielen.« Sie sah ihn eindringlich an. »John, was immer geschieht, was immer aus mir oder aus dir wird: Ich schwöre dir, dass es keinen anderen gab. Und ich habe mich von Dumfries getrennt, gleich nachdem du verurteilt wurdest. Inzwischen hat Anthony sicher schon die Scheidung rechtsgültig gemacht. Es ist mir egal«, fügte sie trotzig hinzu, »wenn dir das nichts bedeutet. Mir bedeutete es alles.«

Sie wollte sich umdrehen und hinausgehen, aber dieses Mal war es John, der die Tür zuhielt. Sie war geschieden? Dumfries würde sie nicht mehr besitzen! Jetzt war es auch logischer, dass sie nach Australien abgereist war.

Sie war frei. Frei für ihn! Im nächsten Moment lag sie in seinen Armen, und sie schmiegte sich an ihn. So fühlte es sich wieder richtig an. Genauso sollte es sein. Und wenn sie schon dabei waren, dann musste er noch etwas klären, auch wenn die Zeit drängte, die Engländer immer näher kamen und sie schon längst im Kutter sitzen sollte. Aber er wollte es jetzt von ihr hören, obwohl er sich inzwischen schon völlig sicher war. »Wohin wolltest du mit dem Postschiff, Miranda?«

»Wenn ich es dir sage, wirst du es mir diesmal glauben?«, sie klang ironisch.

»Nach New South Wales.« Seine Stimme klang heiser. Es war keine Frage mehr, es war eine Feststellung und eine Gewissheit. Er presste sie enger an sich. »Du bist verrückt, mein Liebling.« Er durfte gar nicht daran denken, dass sie jetzt schon tausende Meilen von ihm entfernt wäre, hätte er das Postschiff nicht vor Funchal erwischt. Sie wäre irgendwann in Port Jackson angekommen, und er hätte es viel zu spät erfahren. Oder nie. Sich Miranda dort allein und schutzlos vorzustellen, ließ sein Blut gefrieren. »Ich habe dich in all das hineingezogen. Es tut mir so leid. Aber ich werde kommen und dich holen, sobald es geht.«

Er musste sich regelrecht von ihr losreißen, und stürzte mehr als er ging, auf den Gang und den Niedergang hinauf an Deck. Miranda folgte ihm langsamer nach. Er war mit zwei Schritten bei dem Pastor, dessen Gesicht einen seltsam nachdenklichen Ausdruck angenommen hatte, und packte den verblüfften Mann am Arm. »Sie werden einen weißen Fetzen nehmen und damit winken, damit man Sie von den Schiffen dort sieht. Haben Sie verstanden? Und wenn ich sehe, dass Sie auch nur eine Sekunde damit aufhören, nehme ich höchstpersönlich eine Muskete und schieße Sie ab. Ist das klar?«

»Welch eine Unverschämtheit«, protestierte Benkins empört.

»Möglich«, gab John zu, »aber vor allem die Garantie, dass Sie und die Damen die englischen Schiffe unbeschadet erreichen.«

Und dann ging alles so schnell, dass weder Miranda noch John zum Denken kamen. Miranda hatte Mühe, nicht in Tränen auszubrechen, als Hailey ihr auf die Schaukel half, mit der sie sicher in den wesentlich kleineren Kutter gehievt wurde. Unten nahmen sie der Pastor und Sally entgegen. Hailey und zwei von Johns Männern hielten das Boot eng an der Fregatte, als es sich im Seegang hob und senkte und gegen die Bordwand schürfte. Der Master, sonst wie der Teufel auf den Anstrich bedacht, sah nur mit einem verkniffenen Ausdruck zu.

Cedric ergriff kurz Johns Hand, dann kletterte er nach. Seine Leute stießen das Boot mit Stangen ab und Cedric zog mit Haileys Hilfe das Segel hoch. Sie glitten an der *Charming Mary* vorbei, die ebenfalls Segel setzte.

Der Pastor zerrte eilig ein großes weißes Tuch hervor und winkte.

Miranda drehte sich um. Eine ganze Reihe Männer hatte sich an der Reling versammelt, unter ihnen Samson und der Koch Pebbels. Samson winkte grüßend, als Miranda ihm zulächelte, und der Koch schnäuzte sich in die Hand. Dann suchte ihr Blick John. Er stand an der Reling und starrte dem Boot nach.

* * *

Das Linienschiff war etwas zurückgeblieben, aber die fremde Fregatte war schon nahe an der *Charming Mary*. Die Stückpforten waren geöffnet, und kleine Rauchsäulen stiegen vom Deck auf. Die Fregatte war kampfbereit. Und dann krachten die Buggeschütze. Eine Kugel ging haarscharf vor der *Charming Mary* ins Wasser, die andere fetzte ein Loch in das Großsegel. Miranda betete, dass dies der einzige Schaden war. Vor ihren Augen tauchten erschreckende Bilder von blutenden Männern auf, die von den Kugeln niedergemäht worden waren. Von einem verletzten John. Dieses Schiff war zudem schneller als Johns Schiff.

Zu ihrem Entsetzen sah sie, wie die *Charming Mary* anstatt so schnell wie möglich davon zusegeln, beidrehte! Was hatte John denn vor? War er verrückt geworden?

»Er greift an und lockt sie weg, damit wir aus der Schusslinie kommen«, sagte Cedric gepresst. Hailey und Sally fluchten in seltener Einigkeit.

»Dann tun Sie doch etwas, Cedric«, fuhr Miranda ihren Jugendfreund an. Cedric sah sie verwirrt an. Was sollte der winzige Kutter gegen die volle Breitseite der Fregatte ausrichten?

Miranda packte ihn am Ärmel. »Steuern Sie uns dazwischen! Schnell!«

»Um Himmels willen! Was machen Sie!«, schrie der Pastor entsetzt, als Cedric mit einem Blick auf Hailey, der ihm still zunickte, den Kutter tatsächlich auf einen Kurs setzte, mit dem er der englischen Fregatte den Weg abschnitt. Sie musste, wollte sie den Kutter nicht rammen und versenken, ausweichen – das kostete Schnelligkeit. Und sie konnte nicht mehr schießen, ohne die Insassen zu gefährden.

Hailey legte die Hände um den Mund und brüllte: »Lady Miranda Dumfries bittet an Bord kommen zu dürfen!«

Zuerst geschah gar nichts, dann sah Miranda zu ihrer Erleichterung, wie Segel eingeholt wurden. Mit einem schnellen Blick versicherte sie sich, dass John wieder Segel gesetzt hatte und den anderen das Heck zeigte. Die *Charming Mary* gewann an Fahrt.

Die Fregatte kam dem Kutter bedrohlich näher. Der Pastor warf das weiße Tuch weg, schlug die Hände zusammen und begann zu beten. Schon glaubten sie, sie würden nicht ausweichen, aber dann ging der Bug des Schiffes so scharf an ihrem kleinen Kutter vorbei, dass die Bugwelle sie hochhob und seitlich legte. Cedric und Hailey passten das Segel an, und das Schiff richtete sich wieder auf.

Die Fregatte verhielt neben ihnen. »Was soll das, zum Teufel«, tönte Captain Parkers dröhnende Stimme herab.

In seinem Zorn hatte er seinem Ersten Leutnant das Sprachrohr weggenommen und brüllte damit auf sie ein.

»Ich bin Miranda Dumfries«, rief Miranda, wieder ganz Dame der Gesellschaft, empor, »Lord Anthony Silverstones Schwester. Und ich möchte Sie bitten, Ihre Ausdrucksweise mir gegenüber zu mäßigen, Sir.«

»Anthony Silverstones Schwester?« Der Captain drückte das Sprachrohr wieder seinem Ersten Leutnant in die Hand und beugte sich über Bord, um die Insassen des Kutters zu beäugen.

»Dürfen wir hoffen, dass Sie uns an Bord nehmen?«, fragte Miranda würdevoll.

Einen Moment später brach an Deck der Fregatte Hektik aus, Befehle schallten bis zu ihnen herab, Flüche, als der Bootsmann seine Leute antrieb, und schon wurde ein Seemannsstuhl herabgelassen, um Miranda an Bord zu heben.

Diese wandte sich sehr ernst und mit leiser Stimme an den Pastor. »Lieber Mr Benkins, ich habe Sie in den vergangenen Wochen und Monaten schätzen gelernt. Und ich werde Ihnen immer für diesen Kneifer dankbar sein. Aber lassen Sie sich eines gesagt sein: Cedric Parmer ist für mich wie ein kleiner Bruder und er riskiert viel, indem er uns heil an Bord dieses Schiffes bringt. Sollten Sie auch nur ein Wort sagen, das ihn in einem schiefen Licht darstellt, dann sorge ich persönlich dafür, dass Sie Ihres Lebens nicht mehr froh werden.«

»Gut gemacht, Kindchen. Hätte ich nicht besser sagen können.« Sally sah sehr zufrieden aus.

Der Pastor wandte sich nickend ab, aber zu ihrem Erstaunen bemerkte Miranda, dass er die Lippen zu einem grimmigen Lächeln, das gar nicht so recht zu ihm passen wollte, verzogen hatte.

16. Kapitel

John war beinahe das Herz stehengeblieben, als er sah, wie Parkers Schiff feuerte, während der Kutter auf sie zusegelte. Und als Cedric, dieser hirnlose Trottel, das Boot auch noch zwischen die Fregatten steuerte, hatte ihn halb der Schlag getroffen. Dann hatte er jedoch beobachtet, wie die Fregatte ihre Fahrt verlangsamte, und als klar war, dass sie den Kutter aufnehmen würden, gab er Befehl, Segel zu setzen und sich davonzumachen. Seiner Mannschaft war die Erleichterung anzumerken. Dennoch waren sie durch das Manöver näher an Dumfries und das zweite Linienschiff gekommen. Ein Schuss aus Dumfries Bugkanonen kostete ein paar Spieren, aber seine Leute eilten schon hinauf, um alles zu reparieren. Noch waren sie schnell genug, um zu entkommen. Aber nur ein guter Schuss, der noch ein paar Segel herunterholte, vielleicht den Mast in Mitleidenschaft zog, und es wäre jedoch aus mit ihnen. Er stand mit zusammengepressten Lippen auf dem Achterdeck, beobachtete Dumfries Schiff, die Fregatte, die Miranda an Bord nahm. Eine Sorge weniger.

Die *Charming Mary* nahm stetig an Fahrt auf. Sie konnte es schaffen. Ein letzter Blick zurück auf die *Biscaya*. Das Schiff wurde nicht mehr gefährlich, dazu lag es zu weit hinten und fiel noch weiter zurück. Dann wandte er seine Aufmerksamkeit den beiden anderen Verfolgern zu.

* * *

Miranda und ihre Freunde taten, was in ihrer Macht stand, um Captain Parker aufzuhalten: Sie brauchten sehr lange, bis sie sicher an Bord der Biscaya waren. Miranda suchte geschlagene fünfzehn Minuten nach einem kostbaren Schmuckstück – einem Geschenk ihres Bruders, Lord Silverstone! –, das sich einfach an Bord des Kutters befinden musste! Sie schwor, dass sie es beim Einsteigen noch getragen hätte. Sally, die wusste, dass Miranda diesen Schmuck schon längst versetzt hatte, um die Reise nach Australien zu finanzieren, half ihr eifrig bei der Suche.

Sehr ungeschickt stellte sich dagegen der Pastor an. Zuerst war er beim Hinaufklettern beinahe ins Wasser gefallen, dann, als die Matrosen ihn schon genervt und unter Parkers grimmigen Bemerkungen auf den Seemannsstuhl hievten, rutschte er wieder zurück ins Boot, während das Gesicht des Captains immer finsterer wurde, bis er rot angelaufen war, und schließlich den Kutter samt dem Pastor und Miranda hochhieven ließ. Bis er dann wirklich Segel setzen konnte, war Johns Fregatte schon längst außer Schussweite. Miranda, blind und taub für die Ungeduld des Gentlemans, erzählte dem Captain eine lange, umständliche Geschichte, bis der endgültig genervte Mann sie mit einigen Worten, die gerade noch an der Grenze zur Höflichkeit waren, stehen ließ. Nun stand sie an der Reling, klammerte sich mit beiden Händen an, dass die Knöchel weiß hervortraten, und starrte John nach. Die beiden Linienschiffe machten ihr Sorge. Sie sah die Rauchwolken, das Mündungsfeuer, ehe sie noch das Grollen der Schüsse hörte. Wenn sie die Segel in Fetzen schossen, Maste trafen, Rahen herabschossen und die Takelage zerstörten, konnte John nicht entkommen.

Hailey hatte sich rechts neben sie gestellt, Cedric links

neben sie, und neben ihm lehnte mit einem finsteren Gesicht der Pastor. Sally war unter Deck gegangen, um sich um Mirandas Quartier zu kümmern. Alle vier hielten die Luft an, als backbord noch ein Schiff auftauchte. Es nahm gezielt Kurs auf die *Charming Mary*, als wollte sie ihr den Weg abschneiden. Die englische Flagge flatterte lustig im Wind.

»Verflixter Bastard«, knirschte Hailey zwischen den Zähnen, und von der Seite, wo der Pastor stand, hörte man grimmiges Murmeln.

Cedric, sein Fernrohr in der Hand, starrte ebenso feindselig auf den Neuankömmling wie die anderen, aber plötzlich richtete er sich auf. »Das ist doch ... Das ist die *Constitution*«, zischte er mit schwer unterdrückter Erregung. »Ganz sicher.« Er reichte Hailey das Fernrohr.

Hailey sah ebenfalls hindurch, während Miranda in ihrer Kleidertasche nach ihrem Kneifer suchte. Sie setzte ihn auf und kniff die Augen zusammen. Das Schiff näherte sich rasch der *Charming Mary*. Nur knapp eine halbe Stunde, dann war John in der Reichweite von ihren Kanonen.

Sie betrachtete das fremde Schiff: Eine Wolke aus weißen Segeln, die eine gewaltige Bugwelle vor sich herschob. »Ein Feind?«, fragte sie, nachdem sie über den Namen nachgedacht hatte. Sie wusste, dass die Vereinigten Staaten nach ihrem Aufstand gegen die Krone einen Art Freiheitsbrief, eine Grundlage ihrer neuen Nation verfasst hatte, die sie »*Constitution*« genannt hatten. Also musste dies ein amerikanisches Schiff sein.

Hailey verzog leicht gequält das Gesicht. »Wie man's nimmt, Madam. Noch vor kurzem hätte ich jetzt »Ja« gesagt, aber seit die Engländer den Captain verfolgen, muss ich sagen: einer von uns.«

Miranda nickte. Gegen Dumfries' Zweidecker schien sogar diese *Constitution* klein zu sein, aber im Vergleich zur *Charming Mary* war sie sehr imposant.

»Sie hat sich schon im Mittelmeer einen Ruf gemacht. Und sie gilt als harte Nuss, weil ihre Bordwände verstärkt sind. Damit hat sie schon so manches Scharmützel gut überstanden«, ließ sich der Pastor zur Überraschung der anderen Männer vernehmen.

Miranda hatte viel mehr Sorge, dass dieses Schiff mit ihren 44 Kanonen auf John feuerte. »Ich hoffe, er setzt alle Segel und flieht«, seufzte sie inbrünstig.

»Amen«, machte der Pastor.

* * *

John hatte das fremde Schiff schon lange als die *Constitution* erkannt. Er hatte sie einmal gesehen und diese starke Bauweise studiert. Allerdings waren sie damals noch auf der entgegengesetzten Seite gestanden. Sofern man von entgegengesetzt reden konnte, denn damals hatte Amerika England noch nicht den Krieg erklärt gehabt.

Gespannt beobachtete er, was Dumfries machte. Die Fregatte mit Miranda an Bord war weit zurückgeblieben. Er hatte durch das Fernrohr gesehen, das sich die Bergung des Kutters offenbar als sehr schwierig herausstellte, und begann sich schon Sorgen zu machen. Die englischen Linienschiffe dagegen setzten verbissen die Verfolgung der *Charming Mary* fort.

John schwenkte das Fernrohr zur *Constitution*. Hoffentlich hatte deren Captain nicht die Absicht, sich mit den Engländern anzulegen. Dumfries' Schiff war schon gefechtsbereit. Die englische Fregatte mit Miranda an Bord hatte inzwischen alles Tuch gesetzt und beeilte sich, den anderen nachzukommen. Nur wenige Minuten und sie hatte Dumfries' *Persephone* erreicht.

John, der sich sonst in den Kampf gestürzt hätte, hielt seinen Kurs. Die *Constitution* musste Dumfries allein angreifen, wenn sie unbedingt wollte, und die *Persephone* war verflucht nahe. In diesem Moment wurde auf der *Constitution* die englische Flagge eingeholt und das Sternenbanner aufgezogen. Dann änderte die *Constitution* ihren Kurs, und eine volle Breitseite ging auf Dumfries los. John hielt den Atem an und neben sich hörte er Samson leise fluchen. John konnte den Amerikanern nicht seinen Respekt versagen, sie verstanden etwas von ihrem Handwerk. Das Manöver war verdammt gut ausgeführt. Auf Dumfries' Schiff herrschte für Momente Chaos. Spieren und Taue flogen an Deck, Segel hingen zerfetzt herab. Bevor Dumfries jedoch ebenfalls wenden und eine volle Breitseite abgeben konnte, hatte die *Constitution* schon wieder den alten Kurs eingeschlagen und war auf und davon. Und John mit ihr.

* * *

Captain Hull, der Kommandant der *Constitution*, bat John am nächsten Tag, nachdem es sicher war, dass sie die Engländer hinter sich gelassen hatten, zu ihm auf das Schiff. Er begrüßte ihn höflich und führte ihn dann in die Große Kajüte. Er war freundlich, aber zurückhaltend, stellte jedoch einen hervorragenden schottischen Whiskey auf den Tisch, den John sich auf der Zunge zergehen ließ.

»Sie haben einige Ihrer Leute ausgesetzt, Captain Whitburn?«, fragte Hull im Laufe des Gesprächs.

»Nicht meine Leute«, erwiderte John, schon auf diese Frage vorbereitet, beiläufig, »sondern englische Geiseln, die ich an Bord gefangen hielt. Passagiere eines Postschiffes nach Jamaika. Sie waren uns so mehr von Nutzen. Wir konnten dadurch die Fregatte aufhalten, die uns schon auf den Fersen war. Hätte deren Captain nicht mit ihnen Zeit verloren, wäre es uns nicht so leicht gelungen, zu entkommen.«

»Sie haben sich offenbar auch nicht gegen das Linienschiff eine Chance ausgerechnet?«

»Gegen eines schon, aber nicht gegen zwei Linienschiffe und eine Fregatte. Wir hatten schon vor wenigen Wochen beinahe einen Zusammenstoß mit einem englischen Geschwader, das müssen dieselben sein.« Er grinste. »Das war Glück zum zweiten Mal.«

Hull gab sich mit der Antwort zufrieden. »Das muss dasselbe gewesen sein, dass uns beinahe erwischt hätte.« Er lehnte sich zurück und wirkte etwas entspannter. »Fast wäre das die Strafe dafür gewesen, dass ich ohne Befehl in See gestochen bin, um der Blockade der Briten zuvorzukommen. Ich wollte mich Kommodore Rodgers anschließen, aber dann trafen wir vor Egg Harbor auf sie. Fünf Schiffe. Wir hatten Flaute und wären fast nicht entkommen. Sie hätten sich sonst wie Haie auf uns gestürzt. Ich habe das halbe Schiff leergeräumt, um es schneller zu machen, aber es war verdammt knapp. Hätte Mr Morris«, er nickte seinem Ersten Leutnant zu, »nicht die Idee gehabt, die Segel zu befeuchten und uns mit Warpankern zu beschleunigen, hätten sie uns erwischt. Ein paar Treffer mussten wir einstecken, aber sie auch. Fünf Tage haben wir gezittert, von den Kerlen eingeholt zu werden! Es waren die längsten meines Lebens, und ich habe wirklich schon viel erlebt.«

Er sah hoch, als es an der Tür klopfte, und zog die Augenbrauen zusammen, als ein schlanker Mann in Zivilkleidung in der Tür stand. John war überrascht, als er ihn erkannte.

»Sie verzeihen, Captain Hull«, sagte M. Fumelle höflich. »Ich habe gehört, dass Captain Whitburn an Bord gekommen ist und wollte nicht verabsäumen, ihn zu begrüßen. Wir haben uns kennengelernt, als ich an Bord der *George Washington* war. Wie geht es Ihnen, Captain?« Er trat näher und John sah sich gezwungen, dem Franzosen die Hand zu reichen.

»Ich bin überrascht, Sie hier zu sehen, Mr Fumelle«, sagte er.

Fumelle lächelte leicht. »Ich hatte Ihnen ja schon gesagt, dass wir uns wiedersehen würden. Allerdings hatte ich nicht zu hoffen gewagt, dass es so schnell geht. Aber ich will jetzt nicht länger stören. Wir sehen uns noch, bevor Sie von Bord gehen.«

John verneigte sich leicht. Fumelle verließ den Raum, als John jedoch wieder Platz nehmen wollte, erhob Hull sich ebenfalls. Sein Gesicht hatte sich verschlossen. Er sah John mit einem kühlen Blick an. »Ich will ehrlich sein, Captain Whitburn. Hätten wir uns im Kampf getroffen, so wäre es mir eine Ehre gewesen, gegen Sie zu kämpfen. Sie haben einen herausragenden Ruf als Captain. Oder hatten ihn«, schränkte er ein. »Aber ich habe etwas gegen Marinekapitäne, die sich bereichern. Es gibt nur einen Grund, weshalb ich Sie dulde, weil ich die Franzosen und besonders«, er deutete mit dem Kopf zur Tür hin, »diese Sorte noch weniger mag. Aber gar nicht mag ich Überläufer, die mit französischen Spionen gemeinsame Sache machen.«

»Ich verstehe«, sagte John ruhig. *Und*, dachte er grimmig, *wir sind uns darin völlig einig.*

* * *

Die Breitseite der *Constitution* hatte noch größere Schäden an der *Persephone* angerichtet, als John vermutet hätte, und das Schiff war zurückgefallen, als der Großmast schwer getroffen worden war.

Danach hatten auch die anderen die Verfolgung aufgegeben, und Miranda wechselte einige Stunden später abermals das Schiff. Dumfries bemühte sich sogar persönlich herüber, um sie abzuholen. Es störte ihn dabei nicht einmal, dass er bei dem hohen Seegang bis auf die Knochen nass wurde, als die Wellen über sein Gig schwappten. Er küsste ihr vor den anderen die Hand, zog sie ein wenig an sich, obwohl sie starr wie ein Brett war, und half ihr dann galant hinunter in das Boot. Er war die Höflichkeit in Person. Ihre Begleiter beachtete er nicht weiter, auch nicht, als sie Miranda ins Boot folgten. Zu ihrem Unmut kam auch Cedric mit, der sich in den Gedanken verbissen hatte, sie schützen zu müssen. Zu ihrem Erstaunen hatte Pastor Benkins ihm zwar abgeraten, aber er ließ sich nicht beirren.

»Es hat mich sehr betrübt, dass du einfach nach Jamaika wolltest, um deine Verwandten zu besuchen, ohne dich von mir zu verabschieden«, begann Dumfries mit ironischer Stimme, nachdem er sie in die Große Kajüte der *Persephone* begleitet und ihr einen Stuhl angeboten hatte. Miranda ließ sich ganz an der Kante nieder und sah sich um. Sie hatte ganz vergessen, mit welcher Pracht Dumfries' Räume ausgestattet waren. Wie viel einfacher war es doch bei John. Sie sehnte sich so schmerzhaft nach ihm und der *Charming Mary* zurück, dass ihre Kehle wie zugeschnürt war. Sie schluckte, bevor sie sich zu Dumfries umwandte. Sie bemühte sich um einen kühlen, jedoch höflichen Tonfall. »Da gab es nichts mehr zu sagen. Ich hatte dich bereits verlassen.«

»Du hast dir das ein wenig zu leicht vorgestellt. Eine Frau kann ihren Mann nicht so einfach verlassen.«

»Doch, ich konnte die Ehe auflösen. Und ich habe es auch getan.«

»Nein, denn ich habe das wieder rückgängig gemacht.« Er bedachte sie mit einem höhnischen Blick. »Du bist zu früh abgereist. Aber leider bist du nicht auf Jamaika gelandet«, stellte er lauernd fest, »sondern auf einem amerikanischen Freibeuterschiff.«

Dumfries nahm auf seinem Stuhl Platz, lehnte sich zurück und beobachtete sie aus halbgeschlossenen Augen. »Wenn ich mich recht erinnere, war die *Charming Mary* jenes Schiff, auf dem die Gefangenen deportiert werden sollten. Man sollte doch annehmen, sie wäre schon längst in New South Wales. Und jetzt taucht sie hier auf wie ein Geisterschiff, nachdem sie bei einer Revolte der Gefangenen den Besitzer gewechselt hat.«

Miranda schwieg. Sie wusste nicht, was sie sagen sollte. Sie sah Dumfries nicht an, spürte aber seine Blicke. Sie schluckte unwillkürlich und ärgerte sich, weil sie diesen Reflex nicht im Griff hatte. So etwas wirkte unbeherrscht und schuldig.

»Und ich frage mich, wieso du dich auf diesem Schiff befindest.«

»Das Postschiff wurde vor Funchal angegriffen«, erwiderte sie gleichmütig. »Pastor Benkins, ich und meine Dienerschaft wurden als Geiseln auf das Schiff genommen.«

»Ja, das habe ich gehört. So etwa spricht sich schnell herum. Auch wer der neue Captain der *Charming Mary* ist. Jetzt frage ich mich nur, wieso John Whitburns Erster Leutnant plötzlich mitten im Atlantik auf einem Kutter aufgegriffen wird.«

»Er wurde nicht aufgegriffen«, sagte Miranda kühl. »Er war mit mir auf dem Boot, mit mir und Sally. Davor war er der Erste Offizier der *Charming Mary*, ehe diese bei der Gefangenenrevolte gekapert wurde.«

»Tatsächlich? War das so? Verdammt viele Zufälle, meinst du nicht auch?« Er spielte mit dem Weinglas auf seinem Tisch. Dann sagte er plötzlich: »Ich habe dir und deiner Zofe die zweite Schlafkajüte auf der Steuerbordseite herrichten lassen. Dort wirst du ungestörter sein. Ich nehme an, du willst dich jetzt zurückziehen. Gute Nacht, Miranda.«

Miranda nickte ihm nur zu, als sie hocherhobenen Hauptes die Kajüte verließ, um ihre Kabine aufzusuchen, wo Sally schon auf sie wartete. Die Zofe sah sie besorgt und prüfend an, aber Miranda wich ihrem Blick aus und ließ sich aus ihrem Kleid helfen. Plötzlich fühlte sie sich müde und auf eine seltsame Weise alt.

Die Kabine hatte nur ein einziges Hängebett, kaum breit genug für zwei Leute. Die Zofe löschte die Laterne und kroch neben Miranda. Miranda rückte etwas zur Seite. Sie mochte es nicht, mit Fremden in einem Bett zu schlafen, und so vertraut Sally ihr auch sonst war, so wenig wollte sie diese körperliche Nähe. Sie hatte auch niemals gerne eng an Dumfries schlafen wollen, nicht einmal früher, als sie noch versuchte hatte, ihm die Frau zu sein, die er offenbar hatte haben wollen. Er hatte jedoch ebenso wenig Wert darauf gelegt, und war immer, nachdem er ihre ehelichen Pflichten genossen hatte, in sein eigenes Zimmer gegangen. Ganz anders war es mit John gewesen, in dessen Armen sie so sicher geruht hatte, dessen Nähe sie beruhigt und nie gestört hatte.

John, dessen Leben sie vielleicht ruiniert hatte.

* * *

Sie schrak hoch, als nicht lange darauf die Tür aufgerissen wurde. Dumfries stand darin. Der schwache Schein einer Laterne fiel in den Raum.

Er warf Sally, die sich verstört aufsetzte, nur einen Blick zu. »Hinaus.«

Miranda nickte, als Sally sie aufgebracht ansah. Ihre Zofe zögerte, bis Miranda sie leicht anstieß. Da kletterte sie endlich aus dem Bett, griff nach ihrem Umhängtuch und verließ die Kajüte.

Miranda erhob sich ebenfalls. Es war besser, sie stand, wenn Dumfries im Raum war, sie fühlte sich dann sicherer. Sie griff nach einer Decke und legte sie sich um die Schultern.

»Was willst du?«, fragte sie kalt.

»Ist es so absonderlich, dass ein Ehemann, der seine liebe Frau seit Monaten nicht gesehen hat, sie besuchen will?«

»Ich habe mich von dir getrennt.«

»Aber ich mich nicht von dir. Die Trennung ist nicht

rechtsgültig.« Er beugte sich taumelnd etwas vor. Er hatte wieder getrunken. Sie hatte ihn schon öfter betrunken gesehen, und nicht nur gesehen, auch gefühlt. »Du bist zu früh davongelaufen, Miranda, deinem Galan nach, sonst hättest du gewusst, dass ich zurückgekommen bin, um alles wieder geradezubiegen. Dagegen konnte nicht einmal dein Bruder etwas machen.« Er verzog höhnisch den Mund. Das flackernde Kerzenlicht verzerrte sein Gesicht zu einer Fratze. »Glaubst du wirklich, ich lasse mir wegen eines verurteilten Verbrechers mein Leben ruinieren? Ich bin dir nachgereist. Es war Glück, dass ich auf ein Schiff von Funchal nach Gibraltar traf, von dem ich hörte, was geschehen ist. Das Postschiff war in Funchal eingelaufen, und der Captain hatte berichtet, dass Lady Miranda Dumfries von einem Freibeuter gekapert worden sei. Und ich hörte auch, wer die *Charming Mary* kommandiert. Wusstest du es, Miranda? War es ein abgekartetes Spiel?«

Miranda stand sehr gerade. Sie war schon so lange auf See, das sie sich den Bewegungen des Schiffes automatisch anpasste. »Ich wusste es nicht. Es war Zufall.« Ein wunderbarer Zufall, dachte sie, aber sie sprach es nicht laut aus. Es hatte keinen Sinn, Dumfries zu reizen. Cedric, sie und die anderen waren in seiner Hand.

»Du bist noch meine Frau.« Das klang drohend, und das Brennen in seinen Augen machte Miranda vorsichtig.

»Wenn die Trennung nicht gültig ist, dann werde ich dafür sorgen, dass sie es wird, sobald ich daheim ankomme.«

»Das kann lange dauern. Und in der Zwischenzeit wirst du mir eine gute Ehefrau sein.« Er kam auf sie zu, drängte sie in die Ecke und zerrte sie an sich. Als er sie küssen wollte, drehte sie den Kopf weg, und als seine Lippen ihren

Hals entlang wanderten, ließ plötzlich aufsteigender Ekel sie ihn wegstoßen.

»Eine kalte Frau«, sagte er, als er sie losließ.

»Ich war nicht immer so.«

»Nein«, erwiderte er nachdenklich. »Vielleicht habe ich es nur nicht verstanden, dich richtig zu behandeln. Vielleicht hättest du eine härtere Hand gebraucht. Einige meiner Huren mögen das ganz gerne. Und mir gefallen die Spiele.« Er starrte sie plötzlich mit einem hungrigen Ausdruck an. »Vielleicht sollte ich dich lehren, meine Peitsche zu fürchten und zu lieben?«

Miranda wich einen weiteren Schritt zurück.

Seine Miene veränderte sich, wurde bösartig. »Weshalb hat er dich fortgeschickt? Konnte er dich nicht mehr brauchen? Oder dachte er, ich würde ihn nicht mehr verfolgen, sobald ich dich habe? Glaubte er, du könntest mich dazu überreden, ihn laufen zu lassen? Dann solltest du dir Mühe geben.«

Ehe sie noch ausweichen konnte, hatte er sie wieder an sich gezerrt. Er presste sie eng an sie, so dass sich seine Erregung fühlen konnte. »Vergiss nicht, du gehörst immer noch mir. Als meine Frau bist du mir Gehorsam schuldig.«

Sie lag kalt in seinen Armen, obwohl sie am liebsten um sich geschlagen hätte. Doch sie wusste, dass ihn dies nur mehr gereizt hätte. Der leiseste Widerstand hetzte ihn noch auf, und er hätte versucht, sie mit Gewalt zu besitzen. Er hatte sie im Laufe ihrer Ehe mehr als einmal gegen ihren Willen genommen – sie hatte Erfahrung, was das betraf. Passivität war ein besseres Mittel, um ihn abzukühlen.

Sie war entschlossen, diese Strategie auch dieses Mal anzuwenden, als sich plötzlich etwas in ihr veränderte. Es begann fast unmerklich, wie ein kleiner Funke. Der Funke fand Nahrung, wurde größer, wuchs von Widerwillen zu Widerstand und schließlich zu Wut. Zornig hob sie beide Arme und stieß Dumfries so kraftvoll von sich, dass er zurückstolperte.

Als er wieder auf sie zukam, die Hand hob, funkelte sie ihn an. »Ja, schlag mich. Aber mehr kannst du nicht von mir haben. Ich gehörte dir nicht! Niemandem. Ich bin niemandes Eigentum und Besitz! Dieses Spiel habe ich lange genug erduldet. Damit ist Schluss! Fass mich nicht an! Wage es nicht«, zischte sie, als er nach ihr greifen wollte.

An der Tür wurden Stimmen laut, dann wurde sie aufgestoßen, und in ihrem Rahmen stand Cedric. Hinter ihm tauchte Sally auf, drängte sich an ihm vorbei und eilte auf Miranda zu. Hinter beiden erschien Hailey und sah drohend und besorgt zugleich aus.

»Was soll das?«, fragte Dumfries scharf.

Cedric sah ihn kalt an. »Miss Sally hat mich geholt, weil Lady Dumfries unpässlich sei.«

»Sie verträgt die Schiffsreise nicht so gut«, erklärte Sally mit vorgestreckten Kinn, als wollte sie Dumfries warnen, auch nur ein Wort dagegen zu sagen.

Dumfries stieß sie zur Seite. »Wache!«

Der diensthabende Seesoldat kam gerannt.

Dumfries wies mit ausgestrecktem Arm auf Cedric. »Nehmen Sie diesen Mann fest! Legen Sie ihn in Ketten! Er ist ein Deserteur!«

»Ist er nicht!«, fuhr Miranda wider besseren Wissens auf.

»Das wird das Gericht entscheiden.«

Andere Soldaten kamen, packten Cedric, der eingesehen hatte, dass Widerstand sinnlos war. Er warf Dumfries einen glühenden Blick zu. »Wenn Sie Miranda zu nahe kommen, werden Sie es bereuen. Sie können mich gefangen nehmen, aber sie können nicht Lord Silverstone zum Schweigen bringen. Und dieser wird ...«

Eine aufgeregte Stimme unterbrach ihn »Was ist passiert? Ist etwas geschehen?« Miranda atmete auf, als Pastor Benkins erschien und sich an den Soldaten vorbeidrängte. Sie hatte ihn zwar bedroht, aber ihre Angst war grundlos gewesen, Benkins hatte nicht die leiseste Andeutung gezeigt, Cedrics Rolle zu verraten. Im Gegenteil, er hatte Captain Parker und auch Dumfries gegenüber immer wieder betont, welche Stütze der junge Mann ihnen allen gewesen sei – trotz der Gefahr für seine eigene Person.

Benkins kam besorgt heran. »Geht es Ihnen nicht gut, Lady Dumfries? Wieder das alte Leiden?«

»Leiden?«, fragte Dumfries mit schmalen Augen.

»Aber ja, an manchen Tagen verträgt Mylady die Seefahrt so schlecht. Kommen Sie, meine Liebe«, er legte den Arm um Miranda. »Ruhen Sie sich aus. Vielleicht ein Schluck Wasser mit ganz wenig Rum?«

»Ja, danke ... aber vorher ...«

Benkins tätschelte ihr beruhigend die Hand. »Schon gut, der junge Mann hat sich nichts zu schulden kommen lassen außer der Sorge um Sie. Sie kennen sich schon lange, nicht? Haben Sie mir nicht erzählt, dass Mr Parmers Eltern das Anwesen neben Ihrem hatten?« Miranda nickte benommen, und der Pastor strahlte. »Eine Art Jugendfreundschaft also.« Er drehte sich nach Dumfries um, der ihn bissig beäugte. »Machen Sie sich keine Sorgen, Admiral, ich kümmere mich um Ihre Gattin. Und später werde ich mir erlauben, auch nach dem jungen Mann zu sehen. Ein sehr tüchtiger junger Mann, der uns in diesen schweren Wochen mit unendlicher Güte geholfen hat.« Er kehrte Dumfries den Rücken zu und führte Miranda zum Bett.

Dumfries warf ihr noch einen bitteren Blick zu, dann stapfte er hinaus.

Hailey stand betreten in der Tür. Als er sich davon überzeugt hatte, dass niemand zuhörte, kam er näher und beugte sich zu Miranda und dem Pastor.

»Ich muss Ihnen etwas sagen, Mylady«, flüsterte er. »Das betrifft den Admiral. Es ist nämlich so«, er senkte die Stimme noch mehr, so dass Miranda ihr Ohr knapp an seinen Mund bringen musste, um überhaupt etwas zu verstehen. Sally drängte sich ungeniert heran. »...als wir die Schiffe gesehen haben, habe ich gehört, wie der Captain zu Mr Parmer sagte...«

17. Kapitel

William sah genervt hoch, als Lord Anthony Silverstone seinen protestierenden Sekretär zur Seite schob und in den Raum stürmte. Er legte die Feder weg und rieb sich mit einem gequälten Ausdruck die Nase: »Schon wieder du. Was willst du dieses Mal?«

Sein Sekretär hob hilflos die Hände. »Es tut mir leid, Sir, aber...«

William winkte ab, »Schon gut. Gegen Lord Silverstone ist kein Kraut gewachsen.«

»Miranda ist zurück!«

»Letztes Mal hast du dich beschwert, dass sie fort ist. Und jetzt regst du dich auf, weil sie zurück ist?« William nahm kopfschüttelnd die Feder wieder auf und tauchte sie ins Tintenfass. »Weißt du überhaupt noch, was du willst?«

Anthony beugte sich vor und stützte die Hände auf den Tisch, sein Halstuch war zerdrückt, eine Haarsträhne fiel ihm in die Stirn – ein Zeichen für William, dass der sonst so auf Haltung achtende Lord Silverstone äußerst irritiert war. »Sie ist mit Dumfries zurückgekommen. Und sie wohnt wieder bei ihm.«

Jetzt war William doch erstaunt. Anthony merkte das daran, dass er leicht die Augenbrauen zusammenzog und kaum merklich die Lippen spitzte, als würde er einen Pfiff ausstoßen wollen.

»Dumfries hat offenbar einige Überraschungen mitgebracht«, sagte er endlich. »Unter anderen meinen Bruder Cedric in Ketten.«

Anthony riss die Augen auf.

William schüttelte den Kopf. »Und alles nur wegen deiner Schwester. Es ist unfassbar, wie eine einzige Frau alles auf den Kopf stellen und Pläne vereiteln kann. Man glaubt, man hätte alles geplant, alles durchdacht und dann kommen eine Frau dazwischen, ein liebeskranker Verrückter und ein eifersüchtiger Ehemann. Das wird mir eine Lehre sein. Aber apropos liebeskranker Verrückter. Da fällt mir ein…« Er griff nach der Glocke und läutete.

Sein Sekretär kam herein. »Ja, Sir?«

»Lassen Sie Admiral Dumfries' Haus bewachen. Von unseren verlässlichsten Männern.« Er dachte kurz nach. »Ich denke, Hopkins und Miller wären geeignet. Ich habe Anlass, anzunehmen, dass Captain John Whitburn demnächst dort erscheinen wird.«

Anthony sah ihn entgeistert an. »Du lauerst John auf?«

»Was sonst soll ich tun?«, fragte William gelassen. »Wenn Miranda hier ist, dann wird er auch bald auftauchen. Ich gebe ihm maximal eine Woche.« Er hob die Augenbrauen. »Hat Lady Dumfries dir nichts erzählt? Von ihrer Geiselnahme?«

»Geisel…?« Anthony ließ sich kraftlos auf einen Stuhl sinken.

»Aha«, machte William. »Du weißt es also nicht. Dann soll sie es dir selbst erzählen. Ich weiß die Sache auch nur von Cedric.«

»Cedric ist im Gefängnis?« Anthony konnte es immer noch nicht glauben.

»Er hat es ganz gemütlich dort. Meine Mutter hat ihn persönlich besucht. Ich kann nur hoffen, dass sie dasselbe auch für mich tut, sollte ich jemals dort landen. Ich schwöre, der unnütze Bursche hat es dort bequemer als ich in meiner Wohnung. Und jetzt geh nach Hause«, fügte er ungeduldig hinzu. »Es gibt Leute, die müssen arbeiten. Guten Tag.«

* * *

Miranda schrak aus dem Schlaf. Sie hatte etwas gehört, aber sie wusste nicht, ob es im Traum gewesen war, oder ob ein Geräusch sie geweckt hatte. Sie lauschte in die Dunkelheit. Da war es wieder! Als hörte sie einen zweiten Atem im Zimmer. Sie hielt sekundenlang die Luft an. Etwas oder jemand bewegte sich herinnen. Sally konnte es nicht sein, die würde nicht so herumschleichen. Und Dumfries ebenfalls nicht. Mit Ekel wurde ihr klar, dass sie einen Besuch von Dumfries nicht weniger fürchten würde als einen Fremden.

Das Fenster war offen, und die Vorhänge bewegten sich leicht im Wind. Die Straßenlaternen waren noch an, und der Schein erleuchtete schwach den Raum um das Fenster. Links und rechts davon und vor allem neben ihrem Bett war es allerdings vollkommen dunkel. Und dort musste sich der Einbrecher befinden – vorausgesetzt, es war wirklich jemand im Raum, und sie bildete es sich nicht nur ein.

Sie lauschte mit weit aufgerissenen Augen. Nein, es war keine Täuschung – sie war nicht allein. Sie hörte einen leichten Atem, das Knarren der Dielen. Was sollte sie tun? Laut um Hilfe schreien? Was war, wenn der Einbrecher sich dann auf sie stürzte und sie tötete? Früher hätte sie um Hilfe gerufen, schon aus Reflex. Und später hatte es eine Zeit gegeben, da hätte es ihr nichts ausgemacht, ihr Leben zu verlieren. Aber nun, da sie wusste, dass John lebte, es ihm – hoffentlich – gut ging und sie ihn wiedersehen konnte, hing sie am Leben. Noch jetzt verspürte sie die wilde, fast unbezähmbare Freude, den Triumph, als die beiden Schiffe davon gesegelt waren und die Engländer schließlich die Verfolgung aufgegeben hatten.

Das Knarren kam näher. Der Einbrecher bewegte sich auf sie zu. Er war jetzt bei der Kommode. Sie musste also aus der anderen Bettseite kriechen. Leise schob sie sich seitlich aus dem Bett. Wenn sie sich darunter verkroch? Der Gedanke an Spinnen, die sich vermutlich dort eingenistet hatten, war immer noch angenehmer als der eines Messers an ihrer Kehle. Sie versuchte, kein Geräusch zu machen, damit der Mann nicht auf sie aufmerksam wurde. Er lauschte gewiss ebenso auf jeden ihrer Atemzüge wie sie auf ihn. Jetzt knarrte abermals eine Diele, dann ein Stolpern, ein unterdrückter Fluch, der Hocker vor der Kommode fiel um. Jetzt musste sie schnell handeln. Sie riss ein Kissen an sich, um damit ein Messer abzufangen, falls er auf sie losgehen würde, und lief los. Sie war dem Mann gegenüber im Vorteil, weil sie sich hier auskannte. Sie huschte um das Bett herum, zur Tür hin und … rannte gegen eine Wand. Eine atmende, warme Wand. Der Zusammenprall war so heftig, dass Miranda zurückgeschleudert worden wäre, hätte sich nicht ein fester Arm um sie geschlungen. Dann noch ein zweiter, der sie an einen weichen, nachgiebigen Körper zerrte. Mirandas Gesicht wurde auf einen voluminösen Leib gepresst, der ihr den Atem nahm. Sie strampelte, wand sich panisch in der Umarmung, stieß und boxte gegen den großen, nach Lavendel und Rosen duftenden Bauch, bis sie begriff, dass sich das Kissen zwischen ihr und dem Angreifer befand.

»Sei still. Um Himmels willen, Miranda. Ruhig.«

Diese flüsternde Stimme hätte sie von den Toten wiedererweckt. Sie riss die Arme hoch und schlang sie um den Hals des nächtlichen Besuchers. Das Kissen störte, John zerrte es zwischen ihnen hervor und warf es zur Seite. Sie schmiegte sie sich so eng an ihn, dass nicht einmal mehr eine Feder Platz zwischen ihnen gefunden hätte. John erwiderte ihre Umarmung mit einer Vehemenz, die ihr den Atem aus den Lungen quetschte und ihre Rippen krachen ließ. Sie lachte, weinte, stöhnte in einem, bis er sie ein wenig losließ, aber nur um ihr dieses Mal mit einem Kuss nicht nur den Atem und zugleich auch den Verstand zu rauben.

Sie zuckten beide zusammen, als es leise an der Tür klopfte. »Mylady?« Der Türgriff quietschte.

Das war Sally. Miranda wollte sich von John lösen, aber dieser zog sie mit sich und hinter die Tür. »Ich habe vorhin abgeschlossen. Sprich mit ihr«, flüsterte er hastig.

»Es ist alles in Ordnung, Sally«, rief Miranda halblaut. »Ich bin nur über den Hocker gestolpert.«

Der Griff bewegte sich heftiger. »Geht es Ihnen gut? Lassen Sie mich herein. Weshalb haben Sie abgeschlossen?«

»Mach ihr auf und sag ihr, sie soll gehen, bevor sie noch das ganze Haus aufweckt.«

Miranda schob mit zittrigen Fingern den Riegel zur Seite, und stemmte sich gegen die Tür, als Sally hereinplatzen wollte. Sie hatte eine Kerze in der Hand, war im Nachthemd, mit Nachthaube und hatte sich nur ein Tuch um die Schultern geworfen.

»Myla...«

»Danke, Sally, es ist in Ordnung. Geh wieder schlafen.«

»Auch die Tür zum Ankleideraum ist abgeschlossen«, beschwerte sich Sally. »Was ist denn los?«

»Lass nur, Sally«, flüsterte Miranda eindringlich. »Es ist alles in Ordnung.«

Ihre Zofe versuchte, an Mirandas Kopf vorbei ins Zimmer zu sehen, aber diese lächelte ihr zu, »Gute Nacht«, und schloss die Tür. John warf den Riegel vor, und dann lag sie wieder in seinen Armen. Er fasste sie unter den Knien und unter den Armen und hob sie hoch. »Wo ist das Bett?« Sein Atem kitzelte an ihrer Wange und seine Lippen berührten ihr Ohr.

Miranda erschauerte angenehm und schlang die Arme um seinen Hals. »Du musst verrückt sein, zu kommen.« Sie hatte es gehofft und gefürchtet zugleich. Aber nie hätte sie zu hoffen gewagt, es ginge so schnell.

»Ich hatte es dir versprochen. Das Bett, meine Liebe?«

»Das Bett ist zwei Schritte nach links und dann drei oder vier Schritte nach rechts. Aber lass mich hinunter, dann führe ich dich.«

»Kommt nicht in Frage.« John tastete sich weiter, zum Glück geschickter als zuvor, bis er ans Bett stieß. Er legte Miranda sanft darauf und setzte sich neben sie, zog sie an sich, küsste sie, flüsterte Zärtlichkeiten in ihr Ohr. Miranda ließ sich ganz in das Glück seiner Nähe fallen, bis ihr wieder die Gefahr bewusst wurde, in der er schwebte. Sie schob ihn fort.

»Nicht John, hör bitte auf.« Sie hätte nichts lieber getan, als in seiner Umarmung alles zu vergessen, aber nach dem ersten Schreck, der Freude, setzten wieder andere Gefühle ein, und das vorherrschende davon war Angst. »Wie bist du nur hereingekommen?«

»Durch das Fenster. Es war ganz leicht.«

»Wenn dich jemand gesehen oder gehört hat?«

»Nein, ich war völlig leise.«

»Hier bist du aber durch den Raum gestapft wie ein Bär«, korrigierte ihn Miranda sanft. Sie hatte Mühe, seine Hände wegzuschieben, denn diese waren überall. Ebenso wie seine Lippen: auf ihrem Hals, ihrer Stirn, ihren Wangen, sogar auf ihren Brüsten. Ihr ganzer Körper vibrierte vor Sehnsucht nach mehr, aber sie schob ihn abermals weg.

»Du musst jetzt gehen. Du hättest gar nicht nach England kommen sollen. Dumfries ist hier.«

»Ich weiß. Wir haben seinen Kurs verfolgt.« Er nahm sie bei den Schultern. »Und das ist mit ein Grund, weshalb ich dich sehen musste. Ich war beunruhigt.« Das war eine krasse Untertreibung. Ihm waren die Haare zu Berge gestanden, als er gehört hatte, dass Miranda wieder bei ihrem Mann lebte. »Was soll das? Ich dachte, du hättest diesen Kerl verlassen und wärst zu Anthony gezogen.«

»Das war vorher«, flüsterte sie zurück. »Dumfries und ich haben … ein Übereinkommen getroffen.«

»Ein Übereinkommen?« John wurde von Panik und Eifersucht überschwemmt. »Was für ein gottverfluchtes Übereinkommen denn?«

Mirandas schlanke Hand legte sich über seinen Mund. »Still! Nicht so laut!«, zischte sie. »Wir teilen nur das Haus, sonst nichts.«

John hauchte einen Kuss auf ihre Handfläche. Dann noch einen. »Ist das auch …«

Sie packte sein Haar. »Das ist wahr, John Whitburn.

Zweifle noch einmal an mir, und du lernst mich von einer anderen Seite kennen.«

John lachte leise. Sein Lachen hatte immer schon die Eigenschaft gehabt, ihr unter die Haut und durch ihren ganzen Körper zu kriechen. Sie schob ihn seufzend von sich weg. »Geh jetzt endlich.« Sie lauschte, als der dunkle Ton von Big Ben erklang. »Es ist schon vier Uhr! Es wird bald hell. Man wird dich sehen.« Sie machte sich energisch los und eilte zum Fenster, um hinauszuschauen. Ein Nachtwächter ging vorbei.

Sie blickte an der Fassade hinab und erblasste. Hier war er emporgeklettert?

»Du musst völlig wahnsinnig sein, hier heraufzuklettern«, zischte sie ihn an. »Außerdem kannst du jetzt nicht mehr hier heraus. Dort ist der Nachtwächter.«

»Ich werde mich auch nicht auf diesem Weg verabschieden, sondern mich zuerst in aller Ruhe umsehen. Ich weiß, dass Dumfries vor zwei Stunden das Haus durch die Hintertür verlassen hat.«

»Wirst du nicht!«, flüsterte Miranda panisch.

»Doch.«

»John, wenn du mich auch nur ein wenig liebst, dann gehst du jetzt.« Miranda war den Tränen nahe. Am liebsten hätte sie John bei der Tür hinausgeprügelt.

»Ein wenig? Mein Herz, ich liebe dich mehr als mein Leben. Deshalb muss ich auch ein wenig in Dumfries' Schränken stöbern.« Er küsste sie, dann war er schon auf und bei der Tür. Miranda eilte ihm nach, sie legte die Hand auf seine, als er den Riegel zurückschob und den Türknauf ergriff. »Wie kannst du nur so unvernünftig sein!«

»Ich muss Dokumente finden, die ihn belasten und es mir

ermöglichen, wieder nach England zurückzukehren und meinen guten Ruf wiederherzustellen.«

Damit sagte er Miranda nichts Neues. Eben wegen dieser Dokumente war Miranda mit Dumfries zurückgekehrt und hatte sich mit ihm – zumindest nach außen hin – versöhnt. Sie wahrte seinen Ruf, verursachte keinen Skandal, aber ihr Schlafzimmer und ihre Person waren für Dumfries tabu. Dieser hatte nur höhnisch gelacht, als sie ihm diese Bedingungen genannt hatte und gemeint, dass er an jedem Finger bessere Weiber hätte als sie. Richtige Frauen und keine kalten Steinklötze. Sie hatte nur mit den Schultern gezuckt.

John wollte ihre in seine Jacke gekrallten Finger lösen. »Und jetzt, meine Liebste, sei vernünftig. Geh wieder ins Bett und lass mich los. Es ist wichtig. Es war ein Fehler, zuerst zu dir zu kommen, aber ich musste dich sehen und …«, er legte sein Gesicht in ihr Haar, »spüren.«

»Ich gehe nicht wieder ins Bett. Ich komme mit dir.«

»Gut, aber dann still. Meinst du, er hat diese Dokumente in seinem Zimmer versteckt?«

Miranda versuchte schon seit ihrer Ankunft, Papiere zu finden, war aber bisher nicht erfolgreich gewesen. Dumfries war auch reichlich misstrauisch. Er hatte vielleicht alles vernichtet oder dort versteckt, wo sie nie suchen würde. Sie hatte schon jede Ecke seines Ankleidezimmers und Schlafzimmers untersucht, aber nichts gefunden.

»Eher nicht. Er verwahrt alles, was wichtig ist, auch Geld, in seinem Schreibtisch, aber dazu hat nur er den Schlüssel.«

Sie hatte auch schon versucht, den Schreibtisch zu durchstöbern, hätte ihn aber nur mit Gewalt aufbrechen können.

»Wir brauchen keinen Schlüssel.« John klang etwas selbstgefällig, als er das sagte.

»Na schön, ich gehe vor.« Miranda öffnete die Tür und sah hinaus. Alles war ruhig, kein Lichtschein war zu sehen. Sally war offenbar wieder zu Bett gegangen. Sie fasste John an der Hand und zog ihn Richtung Treppe. Gemeinsam tasteten sie sich hinunter. Es war völlig still im Haus. Ihnen blieb jedoch nicht mehr viel Zeit, denn in einer knappen Stunde würden die Dienstboten aufstehen.

Sie schlichen weiter, zum Glück gab ihnen das Licht von der Straße ein bisschen Licht. Leise durchquerten sie die Halle und betraten Dumfries Arbeitszimmer. Die Vorhänge waren geöffnet, Miranda eilte hin, um sie zu schließen, in der Zwischenzeit zündete John Kerzen an. Er ging zum Schreibtisch, und Miranda stellte sich neugierig neben ihn, als er ein Gerät aus der Tasche zog, das aussah wie ein seltsam geformter Schlüssel. Die Schreibtischladen waren alle durch ein gemeinsames Schloss geschützt. John fuhr mit seinem Schlüssel in das Schloss, drehte ein bisschen, horchte, fühlte nach, dann knackte es.

Miranda zuckte zusammen, als sie im selben Moment ein Geräusch hörte. Sie eilte zur Tür, um durch einen Spalt hinauszusehen, aber in der Halle war es dunkel und ruhig. Sie schloss sie wieder lautlos und stellte sich neben John, der die Schreibtischladen aufzog und rasch durchsuchte.

»Kann ich dir helfen?«

Ein anderer Mann an seiner Stelle hätte abgewunken, weil eine Frau wohl kaum das richtige Verständnis für maritime Angelegenheiten hatte, John dagegen nahm wortlos einen Pack Papiere heraus und reichte ihn Miranda. Diese blätterte rasch durch. Geschäftspost, aber nichts, was auf illegale Vereinbarungen oder Vereinbarungen schließen ließ. Der Brief einer Geliebten, der von Obszönitäten und

Rechtschreibfehlern nur so strotzte. Sie blätterte kopfschüttelnd weiter, dann legte sie den Packen wieder in die Lade und nahm den nächsten entgegen.

Sie war so vertieft, dass sie hochschrak, als John plötzlich herumfuhr, mit zwei langen Sprüngen neben der Tür war und den Riegel vorschob.

Ein Schuss krachte, die Kugel durchschlug das Türblatt und ging haarscharf an John vorbei. Aber da hatte er schon längst Miranda gepackt und stieß sie zum Fenster hin. »Hinter die Vorhänge«, zischte er sie an. »Mach dich ganz klein, damit man dich nicht von außen sieht.«

Von draußen polterte es gegen die Tür, sie bog sich förmlich nach innen, als würden sich mehrere Männer dagegenwerfen.

»Jona...«

»Tu, was ich dir sage«, fuhr er sie unterdrückt an. »Und wage dich nicht hervor. Wenn es ruhiger ist, siehst du zu, dass du in dein Zimmer kommst.«

In diesem Moment brach das Türschloss und die Tür flog auf. Zwei Männer drängten herein und Miranda blieb auf die Stelle gebannt stehen, als sie auf den Lauf einer Pistole blickte.

Dumfries schob sich zwischen den beiden Männern durch und machte zwei Schritte in den Raum hinein.

»Wenn Sie noch eine Bewegung machen, Whitburn, wird Ihre Geliebte zusehen, wie Ihr Gehirn an die Wand spritzt.«

Mirandas Knie gaben vor Schreck beinahe nach. Hinter Dumfries tauchte der Butler auf, in Nachthemd und Schlafrock. Dumfries winkte ihn ungeduldig fort.

»Die Überraschung scheint gelungen«, sagte er höhnisch. »Als ich hörte, dass Sie in England sind, dachte ich schon, es könne nicht lange dauern, bis Sie auch hier auftauchen.« Er musterte John und Miranda, die bleich daneben stand und nach Johns Arm griff. »Jedes Gericht wird mich freisprechen, wenn ich den Liebhaber meiner Frau töte, der offenbar gerade mit ihr flüchten wollte.« Sein Blick ging zu dem Schreibtisch hin. »Und sich vorher noch mit Bargeld und Schmuck eindeckt.« Er hob die Waffe und zielte mit einem genüsslichen Ausdruck auf John.

»Wenn du John erschießt, musst du mich auch töten«, fauchte Miranda. »Damit kommst du aber nicht durch! Anthony wird dich zur Verantwortung ziehen!« Sie wollte sich an John vorbeidrängen, der stieß sie derb zurück und hinter sich.

In diesem Moment ertönte der Türklopfer und zwar so heftig, dass das ganze Haus dröhnte.

Dumfries Kopf rückte herum, als fast unmittelbar darauf der verstörte Butler wieder erschien. »Mr William Parmer bittet Admiral Dumfries seine Aufwartung machen zu dür...« Er konnte den Satz nicht beenden, denn er wurde zur Seite geschoben, und William Parmer trat ein. Hinter ihm noch mehrere Soldaten mit Musketen.

Miranda schloss die Augen und sandte ein Dankgebet zum Himmel. Selbst dieser Mann war jetzt besser als Dumfries und seine Mordabsichten.

William ließ seinen Blick kurz über die Szene gleiten, dann wandte er sich an Dumfries, der ihn verbissen anstarrte. »Wie ich sehe, haben Sie alles unter Kontrolle, Admiral. Ihre Leute können die Waffen jetzt allerdings herunternehmen. Wir werden uns um Whitburn kümmern.«

Ein Wink an die Soldaten. »Bringen Sie ihn in die Kutsche. Ich komme gleich nach.«

Die Männer stapften heran. Miranda trat nach kurzem Zögern von Johns Seite, und sie nahmen ihn in die Mitte. John schien widersprechen zu wollen, aber da sagte Parmer: »Machen Sie keine Schwierigkeiten, Whitburn. Das wäre äußerst dumm.«

John zögerte, drehte sich nach Miranda um und nickte ihr kurz zu. Ein aufmunterndes Lächeln, dann folgte er den Männern, nachdem er noch einen eindringlichen Blick auf Parmer geworfen hatte.

Dieser verneigte sich leicht vor Miranda. »Es tut mir leid, so einfach eingedrungen zu sein, Mylady. Aber offenbar kamen wir gerade noch zur rechten Zeit, ehe dieser Verbrecher Sie zwingen konnte, ihm Wertgegenstände auszufolgen.«

»Es war tatsächlich zur rechten Zeit«, erwiderte Miranda mit heiserer Stimme, »denn Admiral Dumfries hatte vor, Captain Whitburn zu erschießen.«

William hob lediglich eine Augenbraue. »In der Tat.« Er drehte sich zu Dumfries, der die Szene mit schmalen Augen verfolgte. »Sie haben eine sehr tapfere Frau, Admiral Dumfries. Mein Bruder hat mir alles erzählt und ich habe, weil ich schon ähnliches befürchtete, das Haus unter Bewachung stellen lassen. Sie ist eine wertvolle Zeugin im Fall Whitburn. Schließlich hat dieser sie entführt und festgehalten.«

Er lächelte Miranda an, und diese war überrascht, wie sehr dieses Lächeln sein kaltes Gesicht veränderte. »Dieses Mal wird er nicht davonkommen, das verspreche ich Ihnen, Mylady. Ich werde mir erlauben, Sie später am Tag aufzusuchen. Ihr Bruder wurde bereits verständigt und wird vermutlich in wenigen Stunden kommen, um sich davon zu überzeugen, dass Sie diese Aufregungen gut überstanden haben.«

Er verneigte sich vor ihr, vor Dumfries und ging.

Miranda fühlte die Angst wie einen Bleimantel von sich gleiten. Ihr war klar, dass nur William Parmers Auftauchen John – und vielleicht auch sie – davor gerettet hatte, erschossen zu werden. Aber nun war John in Sicherheit. Vorläufig jedenfalls, und William Parmer hatte klargemacht, dass er auch auf sie aufpasste. So konnte sich Dumfries nicht einmal an ihr rächen, weil er sonst Anthony oder Parmer Rede und Antwort stehen musste.

Sie und Dumfries standen einander gegenüber, nachdem die Männer das Haus verlassen hatten. Seine eigenen Leute schickte er mit einer Kopfbewegung hinaus. »Du wirst ab sofort dein Zimmer nicht mehr verlassen«, sagte Dumfries hart.

Miranda hob den Kopf. »Das kommt meinen eigenen Wünschen sehr entgegen.« Wie aus dem Nichts tauchte Sally neben ihr auf. Die Zofe vermied jeden Blick auf Dumfries und folgte Miranda, die an Dumfries vorbei- und die Treppe hinaufrauschte.

Oben im Zimmer sah Sally sie prüfend an. »Es tut mir so leid, ich habe versucht, Sie zu warnen, als Dumfries sich von hinten ins Haus schlich. Aber er war schneller als ich. Als er dann mit diesen Kerlen und bewaffnet durch die Halle ging, bin ich vorne hinaus, um Hilfe zu holen. Und da bin ich diesem Mr Parmer in die Hände gelaufen. Zum Glück. Ich dachte schon, Dumfries würde Sie beide erschießen.«

»Ich glaube, das hatte er auch vor«, sagte Miranda. Sie fühlte sich plötzlich wie gerädert. Erschöpft ließ sie sich auf das Bett sinken. Sally setzte sich neben sie und legte mütterlich den Arm um sie. »Ich habe genau gewusst, dass dieser Mensch hier war, als Sie abgeschlossen hatten«, sagte sie vorwurfsvoll. »So ein Halunke.«

»Stimmt.« Miranda lächelte müde. »Und jetzt muss ich dafür sorgen, dass der Halunke nicht noch am Galgen landet.«

* * *

John war nicht weniger erleichtert als Miranda, und er wehrte sich auch kaum, als die Soldaten ihn reichlich unsanft in die Kutsche stießen. Sie war derjenigen, mit der man ihn damals auf das Deportationsschiff gebracht hatte, sehr ähnlich: vergitterte Fenster, feste Türen. Aufatmend ließ er sich auf den Sitz fallen.

Als William fast unmittelbar darauf auftauchte, die Soldaten wegschickte und sich zu ihm setzte, sah John ihn scharf an. »Miranda?«

Die Kutsche zog an, zwei der Soldaten hockten am Kutschbock und zwei waren zu Pferd; das Hufgetrappel war so laut, dass man sich in der Kutsche ungestört und ungehört unterhalten konnte.

»Dumfries wird ihr kein Haar krümmen, dafür habe ich gesorgt. Ich habe Anthony informiert, damit er sie gleich morgen früh besucht, und ich werde ihr auch selbst meine Aufwartung machen. Außerdem beobachten meine Leute immer noch das Haus.«

John ließ sich erleichtert zurücksinken. Als er Williams Blick auffing, grinste er. »Schön, dich wiederzusehen, Großmutter.«

William schnellte unvermittelt vor und packte ihn. »Hör

auf. Die Sache ist verdammt ernst. Ernster als du glaubst. Welch ein Narr, hierherzukommen! Seit du diese Frau getroffen hast, denkst du nur noch mit dem, was du in der Hose hast! Was hast du mit dem Schiff gemacht?«

»Die *Charming Mary* ist in Sicherheit«, sagte John, bemüht, den harten Griff um seinen Kragen zu lösen. »Wie meine Leute auch. Ich bin auf ein Handelsschiff umgestiegen, einen Amerikaner«, sagte er mit Betonung. »In einem neutralen Hafen habe ich mich abgesetzt und bin über Land weitergereist.«

William stieß ihn wütend in den Sitz zurück und ließ los.

John zog seine Jacke zurecht. »Danke, dass du dich persönlich herbemüht hast«, sagte er sehr ernst.

»Ich war so frei«, erwiderte William, nun wieder in seiner trockenen Art, »um mich davon zu überzeugen, dass alles glatt läuft.«

»Dumfries hätte mich beinahe abgeknallt.«

»Das war nicht zu übersehen und im Übrigen genau das, was ich befürchtet habe.« William beobachtete ihn gereizt. »Sehr gut gemacht. Du darfst dir gratulieren. Du weiberrockgeiler Trottel hast nicht nur alle meine Pläne durchkreuzt, sondern dich auch noch ernsthaft in Schwierigkeiten gebracht. Aber nimm es nicht tragisch«, fuhr er bissig fort, »du hast immerhin die Zelle neben Cedric.«

»Cedric?« John erschrak. »Was ist mit ihm?«

»Was hast du geglaubt passiert, wenn du ihn mit Miranda zurückschickst? Er wurde von Dumfries als Deserteur in Ketten gelegt.«

»Verflucht. Geht es ihm ...«

»Besser, wäre meine Mutter nicht täglich bei ihm. Sie hätschelt ihn, dass er schon ganz krank aussieht. Deine Miranda war vor zwei Tagen ebenfalls bei ihm, und das zumindest hat ihn aufgemuntert. Aber mach dir keine Hoffnungen«, setzte er spöttisch hinzu, als er Johns Augen aufleuchten sah. »Bei dir wird sie keine Besuchserlaubnis bekommen. Ihr beide habt mir schon zu oft meine Pläne durchkreuzt.«

18. Kapitel

Miranda zitterte vor Aufregung, als sie in Dumfries' Abwesenheit in dessen Arbeitszimmer spionierte, und sie atmete flach und schnell. Der Schreibtisch war wieder verschlossen, aber sie war überzeugt, dass sich nichts darin befand, was Dumfries belasten könnte. Wer wäre schon so dumm, belastendes Material überhaupt aufzubewahren?

Hailey hatte ihr erzählt, dass Cedric und John Dumfries in Verdacht hätten, gemeinsame Sache mit den amerikanischen Händlern zu machen. Und Mirandas – hoffnungsvolle – Schlussfolgerungen waren, dass Dumfries John ein Verbrechen in die Schuhe schieben wollte, dessen er sich selbst schuldig gemacht hatte. Sie musste jetzt nur Beweise finden, um, wenn schon nicht Johns Unschuld, dann zumindest Dumfries verräterisches Treiben zu belegen.

Miranda hatte bereits versucht, mit William Parmer über Johns Verdacht zu sprechen, als dieser sie am Nachmittag besucht hatte, aber dieser war nicht auf ihre Beschuldigungen eingegangen, sondern hatte sie so offensichtlich ignoriert, dass Miranda zornig geworden war. Bei Anthony war sie ebenfalls auf Unglauben gestoßen, er hatte jedoch versprochen, noch einmal mit Parmer zu sprechen, und sie beschworen, auf keinen Fall selbst etwas zu unternehmen, sondern alles ihm zu überlassen. Miranda schnaubte leise bei dem Gedanken daran. Wenn sie eines aus dem vergangenen Jahr gelernt hatte, dann war dies, dass eine Frau unklug war, sich immer auf Männer zu verlassen, anstatt ihre Angelegenheiten selbst in die Hand zu nehmen. Ärgerlich war nur, dass sie vergeblich versucht hatte, John zu sehen – jeder Besuch war strikt abgelehnt worden.

Sie trat an die Bücherwand im Hintergrund des Arbeitszimmers und suchte die Buchreihen ab. Wie die Beweise aussehen sollten, wusste sie nicht genau. Vielleicht Briefe, Dokumente, Zahlungen? Würde er die so einfach zwischen Bücher stecken? Und wären die amerikanischen Händler überhaupt so einfältig, etwas schriftlich festzuhalten?.

Endlich trat sie wieder an den Schreibtisch. Wenn er etwas dort verstecken wollte, dann war es jetzt, nachdem John ihn durchsucht hatte, eine gute Idee. Niemand würde zweimal am gleichen Ort suchen. Sie probierte eine Lade und war erstaunt, dass der Schreibtisch dieses Mal nicht verschlossen war. Sie legte den Kneifer zur Seite, den sie jetzt oft trug, weil sie sich damit sicherer fühlte, und zog die Laden auf, eine nach der anderen. Sie waren alle leer. Sogar der mit Fehlern strotzende Brief war verschwunden.

Mit einem »verflixter Mist«, schob sie die Laden zu und suchte nach Geheimfächern. Nichts zu finden. Sie war soeben dabei, abermals den Bücherschrank zu inspizieren, als der Klopfer an der Haustür betätigt wurde und sie gleich darauf Dumfries' Stimme hörte. Es war wie verhext! Dieser Mensch tauchte immer dann auf, wenn man nicht mit ihm rechnete. Und er war – den Stimmen nach zu urteilen – nicht allein. Hektisch drehte sie den Kopf. Der Fenstervorhang. Es war lächerlich, aber im Moment die einzige Möglichkeit. Dann hörte sie auch schon Schritte. Sie eilte hinüber, presste sich zwischen Bücherschrank und Vorhang und lugte durch einen winzigen Spalt. Ihr Blick fiel auf die glänzende Schreibtischplatte. Ihr Kneifer! Sie hatte ihn dort vergessen!

Dumfries achtete jedoch nicht darauf, er ging am Schreibtisch vorbei, zum Bücherschrank, nahm einige Bücher heraus und machte sich am Regal zu schaffen. Es gab ein Knacken, als sich ein hinter den Büchern verborgenes Versteck öffnete, gerade so groß wie vier dicke Bände breit waren. Er legte Papiere hinein, dann schloss er das Schränkchen wieder, schob die Bücher vor und verließ den Raum. Miranda starrte fasziniert hin.

»Dieses Mal hängt er endgültig«, hörte sie ihren Mann sagen, eher er den Raum wieder verließ.

»Sind das die Beweise?«, fragte der Fremde. Er hatte einen starken Cockney-Akzent.

»Ja. Whitburn hat sich selbst seine Schlinge gedreht, indem er zu den Amerikanern überlief und jetzt noch hierherkam«, erwiderte Dumfries. »Der Bastard hat es nicht anders verdient.«

Die beiden Männer unterhielten sich weiter. Miranda huschte hinter dem Vorhang hervor. Mit wenigen, lautlosen Schritten war sie beim Tisch, ergriff ihren Kneifer und zog sich wieder in ihr Versteck zurück. Sie hörte, wie sich die Stimmen entfernten, Dumfries begleitete den anderen in die Halle hinaus. Schnell lief sie zum Bücherschrank, suchte die Bücher, schob sie zur Seite und fand dahinter den Mechanismus. Er war erstaunlich einfach. Nur ein Schlüssel, und der steckte. Hastig nahm sie mit zitternden Händen an Papieren heraus, was sie fand. Es war nicht viel. Sie wusste nicht wohin damit. Dann zerrte sie den Rock hoch und stopfte alles unter die Strumpfbänder, die unangenehm spannten. Aber sie mussten nur so lange halten, bis sie in ihrem Zimmer war. Oder besser gleich hinaus? Sie musste die Hintertür erreichen.

Sie lauschte hinaus. Jetzt war Dumfries bei der Eingangstür. Sie lief los, zur Hintertür, fand diese verschlossen. Sie zerrte am Riegel. Er klemmte.

»Willst du ausgehen?«

Miranda ging vor Schreck eine halbe Handbreit in die Knie, wobei die Papiere in ihrem Strumpfband verdächtig raschelten. Langsam wandte sie sich zu Dumfries um. Am liebsten hätte sie ihm alles ins Gesicht geschleudert, samt den Papieren, aber das wäre nicht nur unklug, sondern sogar strohdumm gewesen.

»Ich dachte, ich hätte jemanden an der Hintertür gehört.« Eine armselige Ausrede, aber die Aufregung ließ sie nicht klar denken.

»Und da hast du dich selbst bemüht, anstatt dem Butler Bescheid zu sagen?« Er packte sie am Arm und zerrte sie quer durch die Halle ins Arbeitszimmer. Dort stieß er sie hinein und schloss die Tür hinter sich. Er sah sie scharf an. »Du hast gelauscht, nicht wahr? Aber ich warne dich: Was immer du tust, dieser Whitburn wird es büßen.«

»Ich habe genug gehört«, zischte Miranda ihn an. »Genug, um John Whitburn freizubekommen.

»Du würdest wirklich deinen Mann beschuldigen?«

»Und du einen Unschuldigen?« Er wusste alles, nun war es schon egal. »Glaubst du, ich wäre die einzige, die Bescheid weiß? Man hat bemerkt, dass du den amerikanischen Händlern Signale gegeben hast.«

Sie wich einen Schritt zurück, als er den Arm hob. Am liebsten hätte sie sich in die äußerste Ecke des Raumes geflüchtet, aber das ließ ihr Stolz nicht zu.

»Was willst du damit sagen?«, fuhr er sie an.

»Dass man auf dem Schiff bemerkt hat, dass du den Händlern signalisiert hast. Du hast Cedric ins Gefängnis werfen lassen«, zischte sie. »Meinst du nicht, er hat seinem Bruder längst gesagt, was er weiß? Du hast andere der Dinge beschuldigt, die du getan hast. Wie lange machst du diese Art von Geschäften schon? Zwei Jahre, drei, vier?«

Dumfries sah sie durchdringend an. Dann ließ er den Arm sinken, drehte sich um und ließ sich schwer in einen Lehnsessel fallen. Er strich sich über die Augen. »Nicht anfangs«, sagte er. »Erst bis mir klar wurde, dass man damit Geld verdienen kann.«

»Hattest du nicht genug?«

Er sah sie seltsam an. »Hat dein Geliebter dir nichts gesagt? Dass ich spekuliert habe?«

»Spekuliert?« Miranda wusste, dass sie eher das Weite suchen sollte, aber sie war so überrascht, dass sie Dumfries gegenüber auf einen Stuhl sank. Es kam nicht selten vor, dass arglose Seeleute von Spekulanten ins Unglück gestürzt wurden. Aber dass Dumfries so dumm gewesen sein sollte, auf solch einen Menschen hereinzufallen, war ihr unbegreiflich.

»Schnelles Geld«, lachte Dumfries spöttisch auf. Er wies mit der Hand um sich. »Um mir das hier leisten zu können. Um«, setzte er bissig hinzu, »mir dich leisten zu können.«

»Dafür hätte allein schon meine Mitgift gereicht.«, erwiderte Miranda scharf. »Allein von dem, was die jährlichen Zinsen ausmacht.«

Er verzog das Gesicht. »Von deiner Mitgift ist kaum noch etwas übrig.«

Miranda rutschte fast vom Stuhl. »Das... waren...«

»Ich weiß, wie hoch deine Mitgift war«, fuhr er sie an. »Ich hatte eben Pech.«

»Du hast gespielt«, sagte Miranda langsam, der nun alles klar wurde. Glücksspiel und Huren. Sie schüttelte den Kopf. »Man hätte dich nur degradiert, deportiert vielleicht, aber nicht dafür gehenkt. John aber würde man hängen, weil er geflohen ist.« Sie erhob sich und ging langsam rückwärts zur Tür. »Ich werde jetzt zu Anthony gehen und ihm alles sagen. Er wird nicht zulassen, dass dir etwas passiert.«

»Das soll ich dir glauben?«, fragte Dumfries höhnisch. Er sprang auf, wollte sie packen, Miranda warf sich herum, riss die Tür auf und blieb erschrocken stehen.

Vor ihr stand ein mittelgroßer, schlanker Mann.

»Sie werden dafür sorgen müssen, dass dies nicht geschieht, Admiral Dumfries«, sagte der Fremde. »In Ihrem Interesse und in unserem.« Miranda hatte den Mann an Bord der *Charming Mary* zwar nicht gesehen, aber sie erkannte die Stimme sofort. Es war der Franzose, der John für seine Spionagegeschäfte hatte gewinnen wollen.

»Wer sind Sie?«, fragte Dumfries scharf.

»Sie verzeihen, wenn ich mich nicht melden ließ, sondern es vorgezogen habe, das Haus durch einen anderen Eingang zu betreten.« Der Franzose verneigte sich. »Mein Name ist Fumelle. Aristide Fumelle.«

Dumfries sah ihn stirnrunzelnd an. »Und was führt einen Franzosen auf diese Art in mein Haus, Mr Fumelle?«

»Geschäfte, Admiral Dumfries.« Fumelle wandte sich Miranda zu. »Lady Miranda Dumfries, wenn ich richtig rate.«

»Das war nicht schwer zu raten«, erwiderte Dumfries scharf.

»Hast du jetzt auch mit Spionen zu tun?«, fragte Miranda.

»Spione?« Dumfries wirkte ehrlich erstaunt. »Kennst du diesen Mann?«

»Ich habe ihn auf der *Charming Mary* gesehen. Er war dort und er hat…« Sie unterbrach sich. Er hatte John eine Zusammenarbeit vorgeschlagen. Sie betete zu Gott, dass John später einmal nicht doch darauf eingegangen war.

»Sprechen Sie nur weiter, Mylady«, sagte der Franzose, ohne Dumfries zu beachten. »Erzählen Sie, was dort vorgefallen ist.«

»Nichts weiter. Ich habe nur gesehen, wie Sie an Bord kamen.«

»*Oui*, und wir wissen sehr wohl, dass Sie an Bord waren. Wir haben es erfahren.«

Das konnte er nur von John wissen. Aber… Nein, dieser würde es niemals sagen, und schon gar nicht, dass sie in der Kiste gehockt war und gelauscht hatte. Sie mussten Kontakt mit einem der Männer haben, die auf dem Schiff waren.

Dumfries hatte eine steile Falte zwischen den Augenbrauen. »Ich habe nichts mit Ihnen zu schaffen. Weder mit Ihnen noch mit Ihresgleichen!«

»Das sehe ich anders, Monsieur«, sagte der Franzose sanft. »In diesem Fall würden Ihre Vorgesetzten nämlich erfahren, dass Sie genau das getan haben, wofür Sie John Whitburn beschuldigt haben. Abgesehen davon bin ich nicht allein Ihretwegen hier, sondern auch wegen Ihrer Gattin. Sie weiß zu viel, sie erzählt zu viel herum. Und sie ist zu neugierig.«

»Lassen Sie das meine Sorgen sein«, erwiderte Dumfries kalt. Zu Mirandas Verwunderung trat er einen Schritt vor, so dass er zwischen ihr und dem Franzosen stand.

»Sie wird Sie verraten. Und mich ebenso. Nachdem Captain Whitburn so eine Enttäuschung war, muss ich mich absichern. Wer hätte gedacht, dass er sich einfangen lässt – einer Frau wegen.« Fumelle betrachtete Miranda mit dem Blick eines Kenners. »Als Franzose und Mann hat er mein vollstes Verständnis, aber da er gefasst wurde, muss ich ihn leider abschreiben und mich zugleich absichern. Deshalb bin ich hier, um Ihnen ein Geschäft vorzuschlagen. Ihr Leben und das Ihrer Frau gegen Ihre Kooperation. Oder ich bin gezwungen, andere Maßnahmen zu ergreifen.«

In Dumfries Miene veränderte sich etwas. Etwas wie ein tiefer Schock zeichnete sich auf seinem Gesicht ab. Er sah Miranda an. Er schien etwas zu begreifen, was ihr nicht klar war. »Reingelegt«, murmelte er dann. »So war das alles. Sie haben mich reingelegt.« Plötzlich lachte er höhnisch auf. »Reingelegt. Und ich Idiot dachte, alles in der Hand zu haben!« Er starrte Miranda an. »Du hast keine Ahnung, nicht wahr? Sie haben dich ebenfalls benutzt. Allen voran dein sauberer Liebhaber.« Er wandte sich dem Franzosen zu. »Verschwinden Sie aus meinem Haus. Bei Gott, so tief bin ich nicht gesunken, dass ich mit euch verdammten Kerlen gemeinsame Sache mache!«

Der Franzose zog eine Pistole hervor. Miranda schrie erschrocken auf, als Dumfries auf Fumelle und dessen Waffe losstürmte. Der Schuss ging los, Dumfries zuckte zusammen, aber sein Schwung ließ ihn auf den Franzosen stürzen. Dieser konnte nicht mehr ausweichen, war zu überrascht. Dumfries riss ihn im Stürzen nieder.

Mirandas Verstand sagte ihr zu fliehen, aber ihr Instinkt ließ sie auf den Franzosen, der sich mit Dumfries abmühte, losgehen. Dumfries schien nicht schwer getroffen, er kämpfte mit dem Franzosen, der die Pistole unter ihm hervorzog. Sie griff nach Fumelles Hand, zerrte sie weg, der zweite Schuss ging in die Decke. Verputz rieselte herab. Dumfries Gegenwehr wurde schwächer, sie schlug dem Franzosen mit den Fäusten ins Gesicht, schrie dabei, keuchte, schlug auf ihn ein. Plötzlich wurde sie gepackt. Brutale Hände rissen sie weg. Sie sah ein Messer aufblitzen. Dumfries stöhnte auf, bäumte sich auf und blieb dann auf dem Franzosen liegen, der ihn zur Seite stieß, als er aufstand. Miranda wehrte sich wie eine Besessene, bis ein Schlag ins Gesicht sie taumeln ließ. Dann legten sich eisenharte Hände um ihren Hals. Sie versuchte, ihn abzuschütteln, sich zu wehren, aber der andere drückte fester zu; in ihren Ohren rauschte es, schwarze Punkte tanzten vor ihren Augen. Wie aus weiter Ferne hörte sie, wie Fumelle dem anderen auf Französisch zurief, sie nicht zu töten. »Wir brauchen sie noch. Ihrem Bruder wird es einiges wert sein, sie lebend zurückzubekommen.« Der andere ließ sie los, sie sackte zusammen und landete in einem Haufen neben Dumfries. Ihr war übel, ihr Hals schmerzte und alles verschwamm vor ihren Blicken. Sie blinzelte, um klar zu sehen. Was war mit Dumfries? Er lag auf dem Rücken, aus seiner Schulter sickerte Blut. War er tot?

Fumelle packte sie am Haar und zog ihren Kopf hoch. »Seien Sie vernünftig, Lady Dumfries. Tot nützen Sie uns nichts.«

Miranda tat etwas, was sie bis vor kurzem nicht für möglich gehalten hätte: Sie spuckte dem Franzosen ins Gesicht. Sie erwartete einen Schlag, aber Fumelle wischte sich nur mit dem Ärmel ab. »Das werden Sie bereuen, aber ich weiß eine schöne Frau angemessener zu bestrafen, als sie zu schlagen.«

»Und ich weiß, was man mit verfluchten Spionen macht«, erklang eine Stimme von hinten. Fumelle schnellte herum. Ein Schuss dröhnte durch den Raum, dann ein weiterer. Hinter Miranda zerbarst eine Vase. Fumelle schlug die Tür zu, Der Begleiter des Franzosen schrie auf, fluchte, wollte Miranda packen, vor sich zerren, aber sie duckte sich, rutschte von ihm fort, und versuchte gleichzeitig mit ihm, seine Waffe zu erreichen, die ihm wie von unsichtbarer Hand aus dem Griff geschlagen worden war. Er riss sie am Kleid zurück. Sie trat nach ihm, wollte aufspringen, ihre Beine gaben jedoch nach und sie blieb halb bewusstlos liegen. Sie hörte das Splittern von Glas.

Die Tür war mit einem Mal weit geöffnet und Männer drängten ins Zimmer. Rote Uniformen. Soldaten. Sie trampelten an ihr vorbei zum Fenster, und als sie den Kopf drehte, sah sie, dass die Franzosen versuchten, dort zu entkommen. Um sie herum brach ein betäubender Tumult aus. Sie hörte einen weiteren Schuss, einen Schrei, französische Flüche, englische Beschimpfungen, und dann ein weiterer Schuss, der den Verputz von der Decke rieseln ließ.

Jemand kniete neben ihr nieder und sie erkannte verständnislos Pastor Benkins.

»Sind Sie verletzt, Mylady?«

Miranda griff sich an ihren geschundenen Hals und strich sich über die brennende Wange. Ihr war schlecht, und ihre Stimme klang heiser, sie konnte kaum etwas sehen. »Was … passiert hier?«

»Das wird Ihnen dieser Gentleman erklären, sobald er mit den Franzosen fertig ist.« Er wies auf einen weißhaarigen Mann, der in die Mitte des Raumes trat und sich mit beiden Händen auf einen Stock vor ihm stützte, um Fumelle zu betrachten, den die Soldaten zu Boden geworfen hatten. Jemand war dabei, ihm die Hände auf den Rücken zu binden.

Der andere Mann lag reglos auf dem Boden vor dem Fenster. Eine rote Lache breitete sich um ihn herum aus und Miranda konnte nichts anderes denken, als daran, dass der schöne Teppich verdorben wurde.

Fumelle stieß einen derben französischen Fluch aus.

»Ja, ich freue mich ebenfalls, Sie wiederzusehen, *Monsieur* Fumelle«, sagte der Weißhaarige. »Wir haben Sie seit dem Moment beobachtet, in dem Sie Ihren Fuß auf englischen Boden gesetzt haben. Und nun habe ich die Ehre, Sie in Gewahrsam zu nehmen.« Er winkte den Soldaten. »Bringt unsere französischen Gäste fort.«

Miranda achtete nicht mehr auf das was um sie herum geschah. Undeutlich nahm sie ein neuerliches Gerangel wahr, während Pastor Benkins ihr half sich aufzusetzen, er hob sie halb hoch, als ihre Knie nachgaben, und wollte sie auf einen Stuhl drücken, aber sie taumelte zu Dumfries hinüber. Ein kleines Blutrinnsal lief aus seinem Mund und seiner Nase. Sie legte die Hand an seine Wange, er bewegte sich leicht. »Arthur.« Es war das erste Mal seit Jahren, dass sie ihn beim Vornamen nannte.

Er drehte leicht den Kopf. Seine Lider flatterten, er sah sie an. Zuerst war sein Blick verschwommen, aber dann wurde er klarer. »Zu spät.« Seine Stimme war kaum verständlich und bei jedem Wort rann Blut aus seinem Mundwinkel. Er hustete. »Eine schöne Frau, zu schön für mich«, flüsterte er. »Gute Familie. Aber kalt.«

Sie schüttelte leicht den Kopf. »Eine Frau, die dich gemocht hätte, hättest du sie nur gelassen.«

»Gewonnen«, sagte er mit belegter Stimme. »Er hat dich jetzt. Hat sein Spiel gewonn…« Sein Körper bäumte sich auf, Blut quoll aus seinem Mund heraus und auf Mirandas Hand, dann sank er zusammen und blieb leblos liegen.

Miranda kniete neben ihm, starrte in die gebrochenen Augen. »Mein Gott«, flüsterte sie. »Musste es so enden? So?«

»Kommen Sie«, hörte sie die erstaunlich sanfte Stimme des alten Mannes. »Es ist vorbei.«

Sie ließ sich hochhelfen. Als er den Arm um ihre Taille legte, um sie zu stützen, war sie dankbar, weil ihre Knie zitterten. Das Zimmer drehte sich um sie. Plötzlich war auch Sally da und stürzte sich auf Miranda. »Kindchen? Ist alles in Ordnung? Sie hatten mich eingeschlossen!« Sie sah Dumfries. »Ist das der Admiral? Wer…«

»Wie ist Ihr Name?«, fragte der Weißhaarige streng.

»Sally.« Ihre Zofe machte einen Knicks, ein Zeichen dafür, dass ihr der Mann imponierte.

»Helfen Sie Ihrer Herrin, nach oben zu gehen und sich umzukleiden, Sally«, sagte er, während er Miranda in Sallys kräftige Arme entließ. »Dann bringen Sie ihr eine Kleinigkeit zu essen und vielleicht noch ein Glas Portwein. Danach sieht alles gleich ganz anders aus.« Er tätschelte Mirandas Hand, die nicht den Blick von Dumfries regloser Gestalt wenden konnte. »Gehen Sie ruhig mit, erholen Sie sich. Und später bringe ich Sie zu Ihrem Bruder. Sie sollten vorläufig nicht in diesem Haus bleiben.

Miranda machte keinen Schritt. »Wer sind Sie?«

Er verneigte sich leicht vor Miranda. »Henry Wyre. John Whitburns geplagter Onkel. Hat er Ihnen nie von mir erzählt?«

»Aber wie kommen Sie hierher? Was haben Sie«, sie deutete nach hinten in die Halle, »damit zu schaffen?«

Henry Wyre stützte sich mit beiden Händen auf den Stock und lächelte sie an. »Ich bin diesen Franzosen schon lange auf der Spur. Hat Ihnen John nie mehr über mich erzählt? Dass ich vor William Parmer der Chef des Marinegeheimdienstes war?«

Sie schüttelte langsam den Kopf.

Unter Mirandas scharfem Blick musste er lächeln. »Gehen Sie jetzt hinauf, ich werde mich hier umsehen. Wir brauchen noch Beweise für Johns Unschuld, denn ich nehme an, dass dies im Moment die Hauptsache ist, die Sie interessiert.«

Miranda nickte, blickte jedoch an ihm vorbei auf Dumfries.

Er vertrat ihr den Weg und legte die Hand an ihre Wange. »Nicht, Kind.«

»Aber er ist tot.« Noch war das nicht in ihren Verstand eingedrungen.

»Das ist auch gut so. Glauben Sie, es wäre ihm besser ergangen als John? Er wäre ebenfalls vor Gericht gestellt worden.« Er legte den Arm um ihre Schultern und führte sie mit Sally weg, durch die Halle, vorbei an Soldaten, ihrem erschreckten Personal. Miranda hatte kaum einen Blick für all die fremden Leute, die sich mit einer Selbstverständlichkeit in ihrem Haus bewegten, die sie unter anderen Umständen empört hätte. In ihrem Inneren klaffte in Loch. Ihr Kopf schmerzte. Ihr war übel.

Er begleitete sie die Treppe hinauf und bis in ihr Zimmer. Sally half ihr, sich auf das Bett zu setzen. Als er das Zimmer verlassen wollte, hielt Miranda ihn auf.

»Warten Sie.« Sie machte sich an ihrem Rock zu schaffen, hielt jedoch inne. »Würden Sie sich bitte umdrehen?«

»Gewiss.« Er musterte sie neugierig, ehe er ihr den Rücken zukehrte, und Miranda zog die Unterlagen aus ihrem Strumpfband. Sie reichte sie Sally, die sie dem Viscount übergab. »Vielleicht ist das darunter, das Sie suchen.«

Henry Wyre nahm die Papiere mit einem überraschten Lächeln entgegen, sah sie durch und musterte Miranda schließlich mit neuem Respekt.

Sie errötete leicht. Sie hatte die Sachen nicht einmal angesehen. »Hilft das?«

»Das hilft nicht nur John, sondern auch uns.« Er nickte ihr zu. »So, erholen Sie sich und dann kleiden Sie sich um, ich kümmere mich um alles andere.«

Er meinte Dumfries. Über Miranda lief ein kalter Schauer. Als Johns Onkel das Zimmer verlassen hatte, hielt ihn ihre Stimme ein zweites Mal auf.

»Das Ganze war eingefädelt, nicht wahr? Johns Verurteilung war eine Farce. Er hat für seinen Freund William gearbeitet.«

»Später, in Ruhe mehr.«

»Die beiden sind zwei verfluchte Bastarde.«

Der Viscount Aston, ehemaliger Chef des Geheimdienstes und durch nichts so leicht aus der Ruhe zu bringen, ließ vor Schreck seinen Stock fallen.

19. Kapitel

John saß wieder in seiner alten Zelle, ganz wie William es ihm versprochen hatte. Unter anderen Umständen hätte er versucht, seinen Freund für das hämische Grinsen niederzuschlagen, aber dieses Mal war er viel zu dankbar, dass William rechtzeitig gekommen war, um ihn – und vor allem Miranda – zu retten.

Dieses Mal war seine Zelle auch sauberer. Geradezu luxuriös, könnte man sagen, denn Mrs Parmer hatte sehr schnell entdeckt, dass das Gefängnis nicht nur ihren Jüngsten beherbergte, sondern auch dessen Captain. Und da Mrs Parmer eine Frau mit beachtlichem Durchsetzungsvermögen war, saß John dieses Mal nicht auf einer harten Pritsche, sondern auf einer weichen Matratze, hatte sauberes Bettzeug, Rasierzeug, eine gute Flasche Portwein und sogar einige Bücher.

Er lag auf dem Bett und starrte, in Träumen über Miranda versunken, zur Decke, als Schritte erklangen. Der Riegel wurde aufgeschoben und zwei Seesoldaten erschienen in der Tür.

»John Whitburn. Mitkommen.«

John erhob sich. Dank Mrs Parmer musste er sich nicht erst Strohhalme abputzen, sondern nur seine Jacke glattstreifen. »Wohin soll's denn gehen?«

Der eine schwieg, der andere, den John kannte, drehte

halb den Kopf. »Zum Ersten Seelord«, quetschte er aus dem Mundwinkel.

»Oh, verstehe.« John trat vor den Spiegel – auch ein Geschenk von Mrs Parmer – und strich sich mit beiden Händen durch das Haar. »Dann sollte ich manierlicher auftreten.«

»Wird gut sein.«

John drehte sich nach dem Sprecher um. »William Parmer, natürlich, wer sonst. Bist du gekommen, um mir noch mehr Schwierigkeiten einzubrocken?«

»An deiner Stelle würde ich meinen Mund halten«, knurrte William.

John ging an ihm vorbei in den Gang, die Stufen hinauf und zur wartenden Kutsche. Er konnte Williams grimmige Blicke im Rücken fühlen, aber sein Freund war bei weitem nicht so wütend wie der Erste Seelord. John, sonst nicht so leicht zu beeindrucken, räusperte sich, als Dundas' glühender Blick unverwandt auf ihm ruhte. John Croker, der Erste Sekretär, mit dem John sich immer gut verstanden hatte, nickte ihm dagegen freundlich zu.

»Warten Sie draußen!«

Die Soldaten warfen sich einen Blick zu, zögerten, überlegten vermutlich, ob der Erste Lord, sein Sekretär und Parmer mit John zurechtkamen.

Der Erste Lord wirkte erstaunt. »Sind Sie taub?«

Sie machten sich aus dem Staub, und John verspürte den Drang, sie zu begleiten.

»Welch ein verdammter Narr, zurückzukommen.« Der Erste Lord war ernsthaft erzürnt.

Robert Dundas war nur zehn Jahre älter als John, ein erfolgreicher Politiker und Diplomat. Ein Mann nach Williams Geschmack, und einer, der Johns Meinung nach nichts von Seefahrt verstand. Aber um die Marine ging es bei diesem Treffen auch nicht.

»Und er wurde bei Lady Dumfries aufgegriffen, wie ich höre.« Er schnaubte abfällig. »Seine Beziehung kam uns zustatten, als wir ihn verurteilen wollten, da uns Dumfries auch noch Gründe in die Hand spielte, aber jetzt kommt es äußerst ungelegen.«

William antwortete nicht. Der Erste Seelord sprach nur das aus, was er selbst dachte. Er wusste, was Miranda bewogen hatte, wieder bei Dumfries einzuziehen, und es hatte ihm Johns wegen graue Haare gekostet. Dieser Verrückte hatte mehr als einmal Kopf und Kragen riskiert, um diese Frau zu bekommen, dass er bestimmt nicht begeistert sein würde, wenn sie sich in Lebensgefahr brachte.

»Mit allem Respekt, Mylord«, sagte John, »aber ich bin anwesend. Ich wäre dankbar, würden Sie sich nicht mit meinem ehemaligen Freund unterhalten, als wäre ich nicht im Raum. Abgesehen davon muss ich jede Anspielung auf Lady Dumfries mit aller Entschiedenheit zurückweisen. Was immer an ... ähem ... Beziehung zwischen uns besteht, hat nichts mit Ihren Spionagespielen zu tun.«

Dundas hielt überrascht inne und starrte ihn finster an. John hielt seinem Blick stand, und schließlich entspannte sich der Erste Lord. Er warf einen Blick zu William hinüber, der am liebsten die Augen verdreht hätte. »*Ehemaliger* Freund?«

»Captain Whitburn nimmt mir meine strategischen Züge übel«, erklärte William gleichmütig.

»Strategische Züge«, sagte John mit Schärfe, »in deren Verlauf ich zugestimmt habe, verurteilt, degradiert, in Unehren entlassen und deportiert zu werden und schließlich

noch als entflohener Gefangener und Deserteur zu gelten.«
Er hob die Augenbrauen. »Habe ich etwas vergessen? Ah
ja, stimmt! Mehrere Wochen in diesem verlausten und verwanzten Gefängnis.«

Um Robert Dundas' Lippen zuckte es. »Wie ich gehört
habe, sollen sich die Verhältnisse in Newgate seit dem Eintreffen von Mrs Parmer entscheidend verbessert haben.«

»Das ist korrekt, Mylord«, entgegnete John ungerührt,
»aber kein Grund, meinen Aufenthalt dort auf unbestimmte
Zeit zu verlängern.«

»Dass Sie selbst daran Schuld sind, muss ich Ihnen
nicht erst sagen, nicht wahr?«, fragte Dundas mit falscher
Freundlichkeit.

»Nein«, gab John zu.

»Setzen Sie sich.« Robert Dundas wies auf einen Stuhl
gegenüber seinem Schreibtisch. John nahm Platz, während
William seinen Lieblingsplatz beim Fenster einnahm.

»Wir haben allerdings gute Nachrichten, Captain
Whitburn«, fuhr der Erste Seelord fort. »Lady Miranda war
vor zwei Stunden in Begleitung Ihres Onkels, dem Viscount
Aston, hier.«

»Miran… Lady Miranda war hier?«

Der Erste Lord nickte. »Sie hat uns Unterlagen übergeben, die Admiral Dumfries belasten und beweisen, dass er
sich selbst dessen schuldig gemacht hat, dessen Sie verurteilt wurden.«

»Das ist aber nicht alles«, setzte William hinzu. »Du hast
die ganze Aktion zwar gefährdet, aber wir konnten einige
Franzosen festnehmen, die mit Dumfries Kontakt aufgenommen haben. Sie wollten Miranda dazu verwenden,
Druck auszuüben.«

John fuhr hoch, aber Williams Hand drückte ihn zurück auf den Stuhl.

»Die Franzosen wurden festgenommen«, sagte Dundas. »Ihr Onkel, der Viscount, ist mit einigen Soldaten ins Haus eingedrungen. Allerdings ist es zu einem Kampf gekommen, in dessen Verlauf Admiral Dumfries getötet wurde.«

John hatte das Gefühl, Eiswasser rinne seine Wirbelsäule entlang. »Und Miranda?«

»Sie ist wohlbehalten und wohlauf. Wie gesagt, sie war vor zwei Stunden hier, um die Unterlagen abzuliefern. Nun ist sie bei ihrem Bruder, Lord Silverstone. Auf jeden Fall habe ich die Freude, Ihnen mitzuteilen, Captain Whitburn, dass die Sache erledigt ist. Sie werden wieder in Ihre alte Stellung eingesetzt, als wäre nie etwas geschehen.«

»Ich denke, es wird nicht lange dauern, bis wir Sie voll rehabilitieren können, Captain Whitburn«, fiel Crocker erfreut ein. »Nur einige Formalitäten, eine öffentliche Bekanntmachung.«

John schluckte. Dumfries war tot. Das eröffnete Möglichkeiten, aber noch konnte er nicht in Ruhe darüber nachdenken.

Dundas erhob sich und wollte John die Hand reichen.

»Verzeihung, Mylord«, meldete sich William. »Da wäre noch die Sache mit dem Prisengeld.«

»Ach ja.« Dundas nahm den Zettel auf, den William ihm hinschob. »Die Sache mit dem Prisengeld. Sie hatten ja, bevor Sie sich bereit erklärt haben, Mr Parmers Abteilung zu unterstützen...«

»Er hat mir keine andere Wahl gelassen«, unterbrach John ihn bitter.

»... einige fette Prisen heimgebracht«, sagte Dundas mit

Betonung und einem gereizten Blick auf John. »Das Geld dafür wird in den nächsten Tagen ausbezahlt.« Er ließ den Zettel sinken. »Da wäre aber noch etwas. Ich habe mit seiner Majestät, dem König, gesprochen. Er möchte Sie persönlich kennenlernen und wird Ihnen vermutlich sogar einen Orden verleihen. Außerdem bekommen Sie Urlaub, um Ihre persönlichen Angelegenheiten zu regeln. Wir befinden uns zwar im Krieg, aber so lange muss der verflixte Bonaparte eben warten. Sie haben zwei Wochen, dann melden Sie sich in Plymouth und an Bord der *Pegasus*, eines 74 Zweideckers. Sie werden das Kommando übernehmen.« Er erhob sich und reichte John die Hand. »Herzlichen Glückwunsch, Captain Whitburn.«

* * *

William begleitete John hinaus und zur Kutsche. Sie hatten jedoch kaum das Büro des Ersten Lords verlassen, als John stehen blieb und William an der Jacke packte. »Miranda war wirklich persönlich hier? Sie war hier, um die Beweise zu bringen? Meinetwegen?«

»Wenn du dich jetzt sehen könntest«, sagte William angewidert.

John änderte seinen drängenden Ausdruck zu einem satten Grinsen.

William wandte sich schaudernd ab. »Ihr passt zusammen. Einer verrückter als der andere.«

Er wurde so kräftig gepackt und herumgewirbelt, dass er ein Ächzen ausstieß. Er machte jedoch keine Bewegung zur Gegenwehr, als er Johns grimmiges Gesicht dicht vor sich sah. Hätte sein Freund ihn in diesem Moment niedergeschlagen, hätte er es lediglich als angemessene Strafe hingenommen.

»An deiner Stelle«, zischte John ihn wütend an, »wäre ich sehr, sehr still. Schöner Freund, der verdammt genau weiß, dass der eifersüchtige Bastard von Dumfries die Beweise fälscht und dann noch andere dazu erfindet, um mich vor Gericht zu bringen!«

»Du warst einverstanden«, erwiderte William kühl.

»Ich war einverstanden, für dich zu spionieren und herauszufinden, wer hinter all dem steckt, aber nicht damit, dass Miranda reingezogen und am Ende von einigen verfluchten Franzosen bedroht wird!«

»Es hätte sich so einiges vermeiden lassen«, erwiderte William ungerührt, »wärst du nicht auf die dämliche Idee gekommen, nach London zu kommen.«

»Na schön.« John ließ ihn aufatmend los. »Ich will jetzt nur eines: mich rasieren, waschen und dann zu Miranda.«

In Williams Augen trat ein seltenes, verständnisvolles Licht. »Das kannst du haben. In genau der Reihenfolge. Aber erst in einer Woche, bis alles geklärt und du rehabilitiert bist.«

John zerquetschte einen Fluch zwischen den Lippen.

* * *

»Du hast es also auch gewusst«, stellte Miranda zwei Tage später mit vor Zorn zitternder Stimme fest. Sie saß kerzengerade auf einem Stuhl in Lord Silverstones Bibliothek und ihr Bruder stand ihr gegenüber. Johns Onkel lehnte neben dem Kamin und hielt wohlig seine Hände an die Wärme.

Anthony schüttelte den Kopf, sah jedoch ein wenig

schuldbewusst drein. »Ich bin nicht Teil dieses erlauchten Spionagekreises«, sagte er. »Ich war nur überzeugt davon, dass William John niemals ans Messer liefern würde.«

»Man hat mich also benutzt. Einfach benutzt.« Das Schlimmste war, dass sie nicht einmal wusste, wie sehr. Je länger sie darüber nachdachte, desto durchtriebener schien ihr alles: Johns Verurteilung, die Deportation. Das Schiff war voll von seinen Leuten gewesen! Die Rebellion eine abgekartete Sache! Und irgendwie musste er erfahren haben, dass sie unterwegs war, und er hatte ihr gezielt aufgelauert.

Sie wusste nicht, was schlimmer war, der hilflose Zorn oder der Schmerz über so viel Lüge und Verrat. Wie er sie behandelt hatte! Und sie unendlich dumme Person war ihm nachgereist! Sie schloss die Augen. Scham überflutete sie.

»Ich glaube nicht, dass John auch nur einen Moment daran gedacht hat, Sie zu benutzen, mein Kind«, ließ sich der Viscount vernehmen. »So wie ich meinen Neffen einschätze, hat er nicht das geringste Potenzial zu einem Intriganten. Im Gegenteil, meines Wissens hat er immer sehr darauf geachtet, Sie aus allem herauszuhalten – wäre da nicht seine verhängnisvolle Leidenschaft für Sie gewesen.« Er lächelte ihr zu. »Schade, dass Sie nicht in William verliebt sind, mein Kind, der hätte im Gegensatz zu meinem Neffen Verstand.«

»Der würde mir noch fehlen!«, sagte Miranda leidenschaftlich.

»Er ist nicht so übel«, verteidigte der Viscount seinen Nachfolger. »Er war übrigens auch derjenige, der dafür gesorgt hat, dass Pater Benkins mit Ihnen reiste.«

»Auch so ein Schwindler«, stellte Miranda erbost fest.

»Nicht ganz. Er war schon Pastor, bis seine Gemeinde sich entschloss, einen zu suchen, der weniger vehement dem

Alkohol und der Damenwelt zusprach. Allerdings hat ihn sein Beruf für seine neue Tätigkeit geradezu prädestiniert. Nichts wirkt unverfänglicher als ein harmloser Kleriker, der noch dazu perfekt Französisch und Spanisch spricht.«

»John konnte nicht wirklich etwas dafür«, fing Anthony begütigend an. »Es war alles Williams Idee.« Er hatte nicht die geringste Hemmung, seinen alten Freund Mirandas Zorn auszuliefern. »Das begann schon mit dem amerikanischen Händler, den dein… verstorbener Mann aufbrachte. Es war ausgemacht, dass John das Schiff laufen lassen wollte. Die Eintragungen wurden ins Logbuch gemacht, und William hat es dann so gedreht, dass der Amerikaner einem anderen in die Hände fiel. Es war Zufall, dass dies ausgerechnet Dumfries war. Der Amerikaner, der behauptete, gesehen zu haben, dass John Geld bekam, war einer von Williams Leuten. Wir hatten einen anderen Captain im Verdacht, und damals dachte kein Mensch daran, dass Dumfries ebenfalls tief in der Sache steckte. Dass aber er den Händler aufbrachte, war Glück, denn er war eifersüchtig genug, um John sofort ans Messer zu liefern.«

Miranda wandte sich ein wenig ab. Arthur Dumfries war an diesem Morgen zu Grabe getragen worden. Nur im engsten Kreise. Er hatte keine Familie mehr gehabt. Nur Miranda, Anthony und Henry Wyre waren dem Zug gefolgt. Sie wusste selbst nicht, was sie empfand. Es war ein dumpfer Schmerz da, der nichts mit Johns Lügen zu tun hatte. Es war wohl der Verlust eines Teils ihres Lebens. Eines Teils, der hätte schöner und reicher sein können, hätte sie mit ihrem Mann eine bessere Ehe geführt. Ob sie es heute anders machen würde? Anders auf ihn zugehen? Oder hätte Arthurs Art das wieder verhindert?

»Es ging aber nicht um die amerikanischen Händler, auch wenn wir jetzt feststellten, dass hierbei ein schönes Sümmchen für die Kapitäne heraussprang«, sprach Henry Wyre weiter. »Es war ja nicht nur Dumfries beteiligt, sondern, wie gesagt, auch andere. Der wahre Grund waren die Franzosen. Die Spione, die einige unserer besten Männer ausgeschaltet hatten, und das auf sehr brutale Art und Weise. Männer, die ich selbst damals ausgebildet habe«, setzte er grimmig hinzu.

»Deshalb haben Sie wieder mitgemischt«, sagte Miranda kühl.

Henry Wyre zuckte mit den Schultern. »Ja.«

»Durch Johns Rückkehr wäre die Aktion beinahe gefährdet worden«, sagte Anthony. »Es war für alle ein Glücksfall, dass die Franzosen von dir gehört hatten und dich als potenzielle Gefahr einstuften. William hat das Haus deshalb rund um die Uhr bewachen lassen. Und dabei eben auch gleich John geschnappt, ehe dieser deinetwegen Unsinn machen konnte.«

Ihretwegen Unsinn machen. Miranda biss sich auf die Lippen. Elender Lügner, sie so hinters Licht zu führen. Er hatte ihr den Brief an den vermeintlichen Liebsten übel genommen, aber wie übel hatte er selbst ihr mitgespielt! Dieser Schuft!

Sie sah Henry Wyre scharf an. »Dass das Postschiff von der *Charming Mary* gekapert wurde, war ebenfalls Ihr Werk?«

»Nein, von William und von mir«, gab Anthony zu. »Als ich hörte, dass du abgereist bist, habe ich William gedrängt, etwas zu unternehmen. Und er hat John verständigt. Dieser fing dich ab, bevor du…«

»Bevor ich in New South Wales landen konnte«, ergänzte Miranda grimmig seinen Satz. »Was geschieht jetzt mit John?«

»Er wird öffentlich rehabilitiert. Wir haben die Franzosen verhört und alles erfahren, was wir wollten. Er bekommt einen Orden, eine Audienz beim König und ein neues Schiff.«

Über Mirandas Rücken ging zum zweiten Mal ein kalter Schauer, wenn sie sich dieses Verhör vorstellte. Sie erhob sich unvermittelt und trat zu Johns Onkel, der sie überrascht ansah. Sie reichte ihm die Hand. »Ohne Sie und Ihren Freund Parmer wäre für mich vieles einfacher gewesen«, sagte sie ruhig. »Aber Sie haben mich wiederum gerettet, und ich bin überzeugt davon, dass Sie alles tun werden, um John vielleicht noch schneller aus dem Gefängnis zu befreien, nicht wahr.«

Der Viscount lächelte leicht. »Ich werde mich bemühen.«

»Gut.« Sie wandte sich um und ging zur Tür.

»Wo willst du hin?« Anthony lief ihr besorgt nach.

»Ich reise ab.« Miranda war schon in der Halle.

»Was? Wohin?«

»Nach Jamaika. Oder nach Australien. Welches Schiff auch immer zuerst ablegt.« Sie ging die Treppe hinauf zu ihrem Zimmer. Sie hatte den Brief einer Freundin erhalten, deren Mann in Gibraltar stationiert war. Das war weit genug entfernt, um alles für eine Weile hinter sich zu lassen. Arthurs gewaltsamen Tod, sein Grab, London und diesen verwünschten Lügner und Betrüger.

Epilog

Michael Bains, der Captain des Postschiffes *Victoria* war zuerst lediglich erstaunt, als er an Bord des Linienschiffes *Pegasus* gebeten wurde, als er jedoch sah, wer ihn in der Kajüte des Captains erwartete, war er empört. »Sie schon wieder? Wird das jetzt zur Gewohnheit? Zuletzt halten Sie mich mit einem Freibeuterschiff auf und jetzt mit einem Kriegsschiff?«

John lächelte schmal. »Mit einem Freibeuter? Das muss ein Irrtum sein, Captain Bains, eine bedauerliche Verwechslung. Aber bitte nehmen Sie doch Platz.« Er streckte die Hand aus. »Ich nehme an, Sie haben die Passagierliste mitgebracht.«

Bains warf ihm die Liste auf den Tisch. »Was hat das zu bedeuten?«

»Sie stehen im Verdacht, Flüchtlinge an Bord zu haben.« John sah nicht auf, als er die Liste durchlas. »Ah ja, da sind sie ja. Lady Miranda Dumfries, Sue-Ellen Marrow und Adam Hailey.«

Bains knirschte mit den Zähnen. »Ich wusste gleich, als die an Bord gingen, dass es wieder Probleme gibt.«

»Keine schwerwiegenden«, versicherte ihm John freundlich. »Zumindest nicht für Sie. Wir werden die Verdächtigen einfach an Bord nehmen, und Sie können Ihre Reise fortsetzen.« Er gab ihm die Listen zurück und nickte ihm zu. »Gute Fahrt, Captain Bains.«

* * *

Miranda hielt sich mit Sally in der Kajüte auf, als die *Victoria* von dem englischen Kriegsschiff aufgehalten wurde. Mit einem kleinen, erregten Prickeln erinnerte sie sich an ihre erste Reise auf diesem Postschiff. Sie war damals von John gekapert und entführt worden. Die stets wache Sehnsucht nach ihm kroch sofort aus dem hintersten Winkel ihres Herzens hervor, und ihr Verstand hatte einiges zu tun, sie wieder dorthin zurückzujagen.

Sie wusste nicht, ob sie ihm jemals verzeihen konnte, die Chancen standen jedoch gut. Vorausgesetzt, sie konnte nun ein wenig Abstand gewinnen und sich über einiges klar werden.

Er hatte ihr einen Brief geschrieben, versucht, sie zu sprechen, aber ehe er noch nach den Verhandlungen entlassen worden war, war sie schon in Plymouth gewesen. Zufällig war sie wieder auf dieses Postschiff gekommen, und Captain Bains war beleidigend wenig erfreut gewesen, sie zu sehen. Und sein Erster Leutnant hatte sogar etwas von »Frauen, die Unglück bringen«, gemurmelt.

Als es nun an der Tür klopfte, sah sie hoch. Der Zahlmeister trat ein.

»Sie sollen sich auf die *Pegasus* begeben, Mylady«

Sally und sie tauschten einen überraschten Blick. »Weshalb denn?«

»Es scheint Probleme mit Ihren Papieren zu geben. Behauptet jedenfalls der Captain dieses Schiffes.«

»Mit meinen Papieren?«, fragte sie verblüfft.

Der Mann hob die Schultern. »Ich weiß auch nicht, Mylady. Befehl und Nachricht von Captain Bains. Aber ehe Sie nicht drüben sind, sagt er, können wir die Reise nicht fortsetzen.«

Miranda erhob sich. »Dann werde ich die Sache umgehend klären.«

Etwas kam Miranda seltsam vor, schon ehe sie das Deck der *Pegasus* betreten hatte. Vielleicht waren es die grinsenden Gesichter von einigen Matrosen. Vielleicht war es nur ein Vorgefühl, eine Art neu entwickelter sechster Sinn, aber etwas stimmte nicht mit diesem Schiff. Zudem war es ungewöhnlich, dass ein simpler Captain es wagte, eine verwitwete Lady Dumfries und Schwester von Lord Silverstone, einfach an Bord zu bestellen, um ihre Papiere zu überprüfen.

Dieser Offizier dort drüben, der ihr den Rücken zukehrte und angelegentlich zu den Segeln hochstarrte, war ebenfalls verdächtig. Sie hatte ihren Kneifer nicht auf, deshalb konnte sie ihn nicht genau erkennen, aber etwas an seinen Bewegungen kam ihr vertraut vor. Ehe sie jedoch die hilfreichen Gläser aus ihrer Kleidertasche holen konnte, stand schon ein Offizier vor ihr.

»Willkommen an Bord, Lady Dumfries. Ich bin Richard Miller, der Zweite Offizier der *Pegasus* . Darf ich Sie mit mir bitten? Der Captain erwartet Sie schon.«

Als Miranda sich umsah, lächelte er. »Ihre Sachen werden sofort an Bord gebracht, ich kümmere mich darum. Auch die Ihrer Zofe und Ihres Dieners.«

»An Bord? Weshalb denn?«, erregte sich Miranda. »Ich bin nur hier, weil es Probleme mit meinen Papieren geben soll. Was an sich schon lächerlich ist. Aber dann werde ich meine Reise fortsetzen.«

»Gewiss, Mylady. Aber Sie werden es an Bord der *Pegasus* zweifellos bequemer finden. Der Master hat schon alles vorbereitet.«

»Was … weshalb sollte ich denn …«

»Der Captain wird Ihnen alles erklären. Wenn Sie bitte mit mir kommen würden?«

Etliche Augenpaare folgten ihr, als sie energisch übers Deck schritt, auf den Eingang zu den Quartieren des Captains zu. Sie musste nicht erst wie in einer Fregatte den Niedergang hinunterklettern, um in die Kajüte zu kommen. Das Achterdeck war so weit erhöht, dass sie gerade vom Deck in den Gang und dann die Tageskajüte des Captains gehen konnte.

Sie trat ein. Die böse Vorahnung wurde immer stärker, aber sie mischte sich mit Neugier und unbestimmter Sehnsucht, mit Ärger und nicht zu leugnender Vorfreude. Und dann blieb sie gleich hinter der Tür stehen, die Miller dezent von außen zumachte, und stemmte die Hände in die Hüften. »Du schon wieder. Wird das jetzt zur Gewohnheit?«

John lachte, als er sich erhob und um den Tisch herum auf sie zukam.

»Ich hätte gleich wissen müssen, dass du es bist«, stellte sie eisig fest.

John lächelte. »Sehnsucht? Liebe?«

Miranda schoss ihm einen kalten Blick zu. »Im Gegenteil. Es riecht auf dem ganzen Schiff nach Schwefel. Und«, sie musterte seine in Stiefeln steckenden Füße, »es würde mich nicht wundern, wenn ich an dir einen Bocksfuß entdeckte!«

Johns Lächeln verwandelte sich in ein Grinsen »Diesbezügliche Untersuchungen stehen dir frei, meine Liebe. Aber vielleicht erst etwas später, da stehe ich auch noch für andere Erforschungen zur Verfügung.«

Miranda wich zurück, als er auf sie zukam. »Also?«, fragte sie kühl. »Was stimmt nicht mit meinen Papieren?«

»Der Name ist falsch«, sagte er leise. »Aber darüber sprechen wir später.« Er blieb viel zu dicht vor ihr stehen. Ärgerlich dicht. Erregend nahe. Sein Blick glitt langsam über sie. Es war wie eine körperliche Berührung, und sie hatte das Gefühl, als zöge er eine prickelnde Spur von ihrem Mund, ihrem Hals über ihr Dekolleté.

Sie wich noch ein wenig weiter zurück. John folgte ihr.

Von draußen hörte sie jemanden schreien: »Hallo! Miss Sally! Miss Sally!«

»Meiner Seel'«, antwortete Sallys kräftige Stimme. »Wenn das nicht Meister Pebbels ist! Kochen Sie immer noch so schlecht?«

Dröhnendes Gelächter folgte.

»Und da ist ja auch unser kleiner Cedric!«

Abermals Gelächter, das allerdings sehr abrupt endete.

»Sind sie etwa alle hier?«, fragte Miranda.

»Alle«, bestätigte John. »Nur du hast noch gefehlt. Normalerweise ist es nur üblich, seine Offiziere und seinen Steward mitzunehmen, wenn man das Schiff wechselt. Tradition sozusagen, aber in diesem Fall hatte ich etwas bei der Admiralität gut. Und da die *Pegasus* sowieso unterbemannt war...« Jetzt war er so nahe, dass sie seine Wärme auf ihrer Haut zu fühlen glaubte. Sie trat einen Schritt zurück und stieß mit dem Rücken an die Tür.

John stützte sich mit beiden Händen neben ihren Schultern ab.

»Du hältst mich also für einen Teufel, hm?«, meinte er schmunzelnd.

»Ich werde mich hoffentlich nicht so weit vergessen, dir

zu sagen, was ich wirklich von dir halte, John Whitburn«, sagte Miranda eisig. »Also, was willst du?«, fragte sie verärgert, als er sie nur ansah und nichts sagte. Das Kribbeln in ihrem Bauch nahm zu, erfasste ihren ganzen Körper. Wie gut er aussah. Eine Haarsträhne hatte sich gelöst und fiel ihm in die Stirn. Beinahe hätte sie die Hand gehoben, um sie wegzustreichen. Ihr Blick glitt über sein Gesicht, die kleine Narbe an der Wange, die unter der Bräune weiß hervorleuchtete.

Es fehlte nicht viel und sie hätte den Kopf vorgebeugt, um sie zu küssen.

»Du hast etwas genommen, das mir gehört.« Seine dunkle, samtige Stimme kroch über ihre Haut.

»Was soll ich dir denn gestohlen haben?«

»Wenn ich auch nur im Geringsten romantisch veranlagt wäre«, sagte er mit einem langsamen, gefährlichen Lächeln, »würde ich sagen, mein Herz. Da dies aber nicht der Fall ist – die romantische Veranlagung meine ich – behaupte ich, es würde mir an entsprechender Unterhaltung fehlen, hätte ich dich nicht um mich.«

»Romantische Männer sind jeder Frau ein Gräuel«, erwiderte sie ernsthaft, obwohl ihr Herz so hart schlug, dass sie Mühe hatte, diese Worte einigermaßen gleichmütig herauszubekommen.

William Parmer hatte sie besucht und sie mit einer förmlichen Entschuldigung überrascht, für all die Unannehmlichkeiten, die ihr durch seine Arbeit entstanden wären. Und dann hatte er sie sogar verblüfft, als er über John gesprochen hatte.

Über seine Freundschaft zu ihm, die auf eine recht harte Probe gestellt worden war. Über dessen Liebe zu ihr, die schon an Verrücktheit grenze. Aus seinen Worten und seinem Tonfall hatte teilweise Ironie gesprochen, aber auch etwas wie Neid. Auf jeden Fall aber Respekt und tiefe Freundschaft.

Und nun war John hier. Und hatte wieder einmal das Schiff gekapert, auf dem sie gereist war. Wenn auch weitaus legaler als das letzte Mal.

Was hatte der Zweite Offizier gesagt? Sie sollte hier mitreisen? Vielleicht war die Idee gar nicht so schlecht. Sie sah um sich, blickte über Johns Schulter. Diese Kajüte war doppelt so geräumig wie jene auf der *Charming Mary*. Und solange er sie nicht wieder in einem Verschlag unter Deck unterbrachte, reiste sie hier gewiss bequemer als auf dem beengten Postschiff.

»Um entscheiden zu können, ob ich mitreise, muss ich erst wissen, welchen Kurs ihr nehmt.«

Johns Lippen waren mit einem Mal so dicht vor ihren, dass sie seinen Atem fühlte, als er sprach. »Gibraltar. Und von dort zur Blockade nach Brest. Es sei denn, wir bekommen in der Zwischenzeit andere Befehle. Allerdings wäre mir ein schöner, ruhiger Blockadedienst dieses Mal ganz recht. Kommst du mit?«, fragte er, jetzt schon an ihrem Mund, so dass sie fühlte, wie sich seine Lippen beim Sprechen bewegten. Durch ihren Körper ging ein Zittern. Sie wollte so gerne von ihm geküsst werden. Und auch wiederum nicht.

Sie drehte leicht den Kopf zur Seite, was ihn veranlasste, sein Lippen zart über ihre Wange, ihren Kiefer und dann ihren Hals wandern zu lassen und dort kleine Küsse zu verteilen. »Das kommt darauf an«, sagte sie mit äußerster Selbstbeherrschung. »Ich habe vielleicht die kleine Kajüte auf der *Charming Mary* geputzt, aber hier kommt das nicht in Frage.«

Sein leises Lachen kroch ihr unter die Haut. Angenehme kleine Schauer liefen ihr über den Rücken.

»Und ich werde nicht in einem Verschlag schlafen.«

»Du wirst in meinem Bett schlafen«, flüsterte er an ihrem Hals.

»Das werde ich noch viel weniger.«

»Nicht gleich heute, auch wenn ich nicht weiß, wie ich das ertragen soll«, gab er zwischen zwei Küssen zu, die er gezielt auf ihr Schlüsselbein setze. »Ich habe einen Kaplan an Bord, der uns trauen wird. Und dann, mein Liebling«, ein weiterer Kuss, »stimmen auch deine Papiere wieder.«

Sie schob ihn weg. »John, erstens bin ich erst seit kurzem Witwe. Und zweitens denke ich gar nicht daran, dich zu heiraten. Nicht, nach all dem, was du mir angetan hast. Ich bin mir nicht einmal mehr sicher, ob ich dich überhaupt noch mag. Von Liebe ganz zu schweigen.«

John setzte unbeirrbar einen Kuss auf die Mulde zwischen ihren Schlüsselbeinen. »Du bist mir nachgereist.« Ein weiterer Kuss auf ihren Hals. Unwillkürlich legte sie den Kopf ein wenig zurück, um ihm Platz zu geben. »Du hast meine Hemden gestopft. Schöner als je zuvor jemand.« Ein Kuss auf ihr Kinn. »Du hast für mich gekocht. Und«, jetzt hob er den Kopf und sah sie ernst an. »Du hast dich in große Gefahr gebracht, als du deinem Mann hinterherspioniert hast.«

Miranda musterte ihn eindringlich, dann zog sie seinen Kopf zu sich herunter und gab ihm einen leichten Kuss, so zart wie ein Hauch. Hatte sie nicht Abstand gewinnen wollen? Ihn einige Monate oder Jahre nicht sehen? Offenbar waren fünf Wochen aber ohnehin genügend Zeit, um sich klarzumachen, wie sehr sie ihn liebte. »Du manipulierst mich also wieder einmal.«

»Möglich, aber ich liebe dich eben, Miranda.«

ENDE